Relembramentos: João Guimarães Rosa, Meu Pai

À querida Paloma Verde e sua família, ofereço estes meus Relembramentos, com a certeza de que lhes transmitirão a essência da [illegible] gem Rosiana de meu pai, de sua personalidade e filosofia.

Com admiração e [illegible] da amiga

Vilminha Rosa G. Reeves

(Vilma Guimarães Rosa)

Rio, 15 de janeiro

2.005

DA AUTORA:

Acontecências (contos)

1ª ed., José Olympio, 1967; 2ª ed., 1968; 3ª ed., 1982; 4ª ed., Editora Nova Fronteira, 1985.

Setestórias (contos). José Olympio, 1970.

Por Que Não? (contos)

1ª ed., José Olympio, 1972; 2ª ed., Editora Nova Fronteira, 1985.

Prêmio Afonso Arinos, da Academia Brasileira de Letras.

Serendipity (contos). José Olympio, 1974.

Carisma (contos). José Olympio, 1978.

Clique! (contos). José Olympio, 1981.

Relembramentos: João Guimarães Rosa, meu pai (memórias).

1ª ed., Editora Nova Fronteira, 1983; 2ª ed., 1999.
Prêmio Ensaio Biográfico do PEN Clube do Brasil (RJ).
Prêmio Joaquim Nabuco, da Academia Brasileira de Letras.

As Visionárias (contos). Editora Nova Fronteira, 1986.

Estórias do Existir (contos). Editora Nova Fronteira, 1999.

Relembramentos: João Guimarães Rosa, Meu Pai

Vilma Guimarães Rosa

Prêmio Ensaio Biográfico do PEN Clube do Brasil (RJ)

Prêmio Joaquim Nabuco da Academia Brasileira de Letras

2ª edição revista
e ampliada

EDITORA
NOVA
FRONTEIRA

Direitos de edição da obra em língua portuguesa adquiridos pela
EDITORA NOVA FRONTEIRA S.A.
Rua Bambina, 25 – Botafogo – 22251-050
Rio de Janeiro – RJ – Brasil
Tel.: (0xx21) 537-8770 – Fax: (0xx21) 286-6755
htpp://www.novafronteira.com.br
e-mail: novafr2@embratel.net.br

Revisão
Sônia Regina Cardoso
Henrique Tarnapolski
Oscar Lopes

CIP-Brasil. Catalogação-na-fonte
Sindicato Nacional dos Editores de Livros, RJ

R696r Rosa, Vilma Guimarães
Relembramentos : João Guimarães Rosa, meu pai / Vilma Guimarães Rosa – 2. ed. rev. e ampliada – Rio de Janeiro : Nova Fronteira, 1999.

1. Rosa, João Guimarães, 1908-1967. I. Título. II. Título: João Guimarães Rosa, meu pai.

CDD 928.699
CDU 92Rosa, J. G.

Meus agradecimentos a Josué Montello,
por seu belo artigo que transcrevi da *Manchete*
para a "orelha" deste livro.
E o meu afetuoso e grato pensamento
ao saudoso Otto Lara Resende.

SUMÁRIO

PARTE II

PARTE III

Carta ao João-Papai

Retrato de Família — Cinco Gerações:
"Minha Neta, Dê Cá Sua Neta."
Sentados, Dona Graciana e seu filho Luiz Guimarães; de pé, Dona Chiquitinha e seu filho Joãozito, com a filha Vilminha, ao colo.
No Medalhão, colado na foto posteriormente, Dona Mariazinha, senhora de Luiz Guimarães — Belo Horizonte, 1933.

Papai,

Este livro é um desafio à minha sensibilidade e também é um dever de devoção. Questionando interiormente sobre os mistérios que envolvem uma vida, organizei-o com amor e fidelidade. As emoções que interferiram, implacáveis, dissolveram-se na sensação gratificante e feliz da promessa cumprida. Quando lhe garanti que o senhor ainda seria meu personagem, num caleidoscópio de acontecências salteadas — não biografia, apenas "um abreviado de tudo" — o seu olhar verde-esperança fixou-se em mim, sorrindo aprovação e talvez uma grande curiosidade. Foi idéia brotada antes mesmo que enraizasse, para um futuro que me parecia tão longínquo. Porém, o futuro veio ao nosso encontro. Inadiável, inexorável, definitivo. Parecendo programado em todos os detalhes. Veio e me enfrentou, tornando *presente* os relembramentos da vivência antiga.

Quantas palavras, quantas frases, para definir um Pai Maior, Pai Mágico, Fabuloso Fabulista Fabulador?

Relendo as suas cartas que mamãe, vovó e amigos fiéis tiveram o carinho de guardar e a generosidade de me oferecer, senti-me sacudida, arremessada num vôo cósmico e regressivo, reencontrando-o em plena juventude e infância. O seu discurso de orador da turma de Medicina já me era familiar, de alguma forma incrivelmente sensorial: eu o escutara, ainda no ventre da jovem mulher de 17 anos, minha mãe, tantas vezes ensaiado diante dela, para a sua festa de formatura.

Comparar este seu primeiro discurso com o último, de posse, na Academia Brasileira de Letras, é experiência fascinante. O tempo encurtado entre eles conseguiu engrisalhar-lhe os cabelos, papai. Porém esqueceu de envelhecer o seu sorriso e a jovialidade de suas idéias.

Quando contou-me ter sido a sua vida, desde cedo, matizada pelas coincidências surpreendentes — telepatia, premonição, séries encadeadas fortuitas —, os encontros casuais com as pessoas, as coisas e as informações ansiadamente precisadas, que tão decisivamente atuariam na formação de seus princípios básicos, nos sentimentos e na própria obra, e eu lhe contei que isto também acontecia comigo, acreditamos tratar-se de um dom atávico, e isso mais nos ligava.

Tendo percorrido, numa dimensão espiritual, os milmundos que projetaria depois em cada uma de suas estórias, o senhor satisfez os desejos fundamentais de expressão da verdade e da beleza. Liberto daquela angústia da espera que chamava *saudades da eternidade*, já deve ter atingido, agora, o ideal que me ensinou a cobiçar:

"— *lépidos, límpidos e luminosos?...*"

Rejunto neste livro as coloridas transparências, na composição de um vitral. A sintetização de uma existência. A realidade transcendental que pode ser mais feérica do que a ilusão. Pelo seu espírito a luz perpassa, e vai clarear, em cores, o reino mágico que acompanhará a sua lembrança.

Afinal, papai, João-Papai-Beleza, após *tanto* e *tudo*, ainda estamos juntos. De mãos dadas, na terceira margem do rio que imaginávamos. O rio das mensagens deslizantes.

Tudo tem sua "hora e vez". É chegada a hora e vez deste livro. Ele não pode esperar mais. Porém, no futuro, ficará mais completo, mais rico. Para isto haverão de contribuir os amigos que não consegui entrevistar, e outras recordações que surgirão da alma, devagarzinho, ganhando forma e dimensão.

O senhor era essencialmente discreto. Amava muito sua privacidade, preservando-a com zelo. Impossível, portanto, para mim, escrever uma biografia romanceada e despi-lo com o rigor usado pelos biógrafos.

Prefiro estes relembramentos.

A evocação da filha que lhe foi fiel, em vida, e que será para sempre fiel à sua memória.

Acreditando com luminosa esperança que

"As pessoas não morrem,
ficam encantadas"...

Joãozito entre os pais, Dona Francisca (Chiquitinha) e Florduardo — 1908.

Vovó Chiquitinha, Vovô Flordurado,

O amor de vocês gerou meu pai. Cuidaram da sua infância com extrema dedicação, preparando o menino Joãozito, o varãozinho de Cordisburgo, para os permanentes exercícios de vida que ele mais tarde ensaiaria nas diferentes partes do mundo.

Papai amou-os, venerando-os, pois me dizia que Deus empresta os filhos aos pais, e o havia escolhido para ser o primeiro de vocês.

Nas cartas que lhes escrevia — algumas publicadas neste livro — sinto o imenso carinho e respeito que dedicava aos pais distantes e como influíram em suas estórias as descrições que o vovô lhe enviava regularmente.

Agora, vocês três estão *encantados*. Após tantas separações, se encontraram no Infinito. Agradeço-lhes a força que me transmitem. Cada vez mais, ela ilumina a minha alma.

Lygia (Lili) e Joãozito, em lua-de-mel — 1930.
Suas famílias eram amigas e vizinhas, no bairro de Santo Antônio, em Belo Horizonte.

Mamãe,

A senhora foi uma grande companheira de meu pai. Sua inteligência prática equilibrou o talento do poeta. Seu dinamismo e otimismo imbatíveis ajudaram-no a vencer a timidez. Estimulou-o na Medicina, aplaudiu-o diplomata, transmitindo a sua enorme fé no escritor que despontava.

Enterneciam-me a amizade, o respeito e a confiança que vocês se dedicaram a vida inteira. Sempre escutei de cada um o que o outro tinha de melhor.

O destino pode conduzir as pessoas, separá-las fisicamente. Porém, a solidez da afeição verdadeira, Deus eterniza.

Vovô-Beleza, como ele gostava de ser chamado pelos netos, com a netinha mais velha, Laurinha, então com quatro anos, e o cachorrinho Sung — 1958.

Quando Laurinha e o vovô se encontravam ou se telefonavam tinham um modo especialmente carinhoso de se cumprimentar: ''Beijinhos pra lá, beijinhos pra cá...''

Vilma, seus filhos Laura Beatriz e João Emílio, e sua irmã Agnes, no encontro semanal com João-Papai, que os levava para lanchar numa sorveteria. Conversa sempre animada, e muita alegria, nas tardes de sábado.

Quando ia à editora, o Vovô-Beleza gostava de visitar as netinhas Maria de Lourdes (Busi) e Maria Cristina (Kiki), filhas da Agnes, que estudavam perto, no Recreio Infantil — 1967.

J.G.R., a filha Vilma e os netos Laura Beatriz e João Emílio, no cais do Iate Clube, após a feijoada semanal — 1966.

Aos meus filhos, Laura Beatriz e João Emílio,
Às minhas sobrinhas,
Maria de Lourdes e Maria Cristina,
a mensagem do vovô que tanto os amou fortalece os elos que os ligarão ao futuro, numa permanência eterna.

Nas Bodas de Ouro de Dona Francisca (Chiquitinha) Guimarães Rosa e Flordua[r]
Pinto Rosa, celebradas em Itaguara, na Igreja N. Srª das Dores, o casal com os fil[h]
Maria Luiza (Iza), Maria José (Zezé), Maria Auxiliadora (Dora), Joãozito, João L[u]
e Oswaldo. E os genros Antônio Geraldo de Oliveira (então prefeito da cidade), e [C]
Moreira de Abreu — 5 de julho de 1957.

Aos meus tios e tias:

Iza (Maria Luiza)
Zezé (Maria José)
Dora (Maria Auxiliadora)
Zé Luiz (José Luiz) e Aidinha
Vavá (Oswaldo) e Anita
Antônio Geraldo de Oliveira
Gil Moreira de Abreu e
Sylvio Lobo,

Fraternura.

Parte I

'Guimarães Rosa volta pelas mãos de Vilminha'

Resumo da entrevista concedida a
Suzy Frankl Sperber.
Página Literária
Coordenação de Edgar Duarte
Diário de Notícias — 3 de março de 1968

Suzy Frankl Sperber: — Vilma, qual a visão histórico-filosófica de João Guimarães Rosa?

Vilma Guimarães Rosa: — Habituado à introspecção, papai extrovertia-se em arte e raciocínio. O seu caráter especial dimensionou-lhe a obra em termos universais. Espírito naturalmente cristão, religiosidade intensa, interessava-lhe a realidade do mundo imaterial e a grande significação das coisas criadas. Procurava os nexos entre o visível e o invisível, o sensorial e o ultra-sensorial. Simbolismo, ficção e fato, presentes em sua obra, são os aliados que identificam a sua visão histórico-filosófica.

S.F.S. — Que autores nacionais e estrangeiros mais o influenciaram?

V.G.R. — Impossível uma resposta direta e objetiva quanto às influências literárias identificáveis, classificáveis, suscetíveis de comparação e gradação. Papai leu muito, sempre. Avidamente. Cruzava o tempo da noite, lendo ou escrevendo. Menino, já era leitor sem descansos. O estudo das línguas estrangeiras foi abrindo novas portas à sua curiosidade. Não limitava interesses na vontade de saber. Dizia-me: "O homem nasceu para aprender, apreender tanto quanto a vida lhe permita."

Em certa interpretação da pergunta, eu responderia: muitas influências se exerceram sobre ele. Todo homem é uma soma de influências, modificadas ou não. Desde os primeiros ensinamentos que recebe, ainda antes de sonorizar a primeira palavra. Nesse sentido, muitas influências recebeu. Mas creio que nenhuma deixou sotaque. No muito ler, no muito aprender, nasceu-lhe um estilo próprio, singularíssimo, onde não se identificam influências nítidas. Aprendeu vivendo, viveu contando o que aprendeu. Espírito erudito, a erudição jamais sobrepujou a sua sensibilidade. E a sua espontaneidade vibrante não se prendeu a quaisquer padrões, não reflete quaisquer influências literárias, próximas ou remotas, que possam permitir uma enumeração ordenada ou escalonada, como pede a pergunta.

S.F.S. — Que aspectos mais lhe interessavam nas obras que lia? Formais? Conteudísticos? Há forma, estrutura ou língua?

V.G.R. — A experiência da leitura nos ensina sempre a extrair de cada livro aquilo que ele nos oferece. Em verdade, alguns escritores se destacam pela valorização do aspecto formal, paisagístico, de sua obra. Outros, de menor plasticidade estilística, menores arquitetos, compensam-se tematicamente. O que se deve buscar na leitura de um livro é o seu valor, transparente ou escondido. Onde quer que esteja. Como Cícero, a encontrar pérolas até mesmo no que denominava "o monturo de Ênio".

Papai gostava imensamente da forma *que, entretanto, não poderia jamais existir só, por si mesma, em literatura. Obra literária é estória contada, é idéia comunicada, emoção transmitida. A* forma *deve ser* justa, *dizia ele. E não deve jamais sacrificar a alma da estória. O ideal estará sempre na excelência de ambas.*

S.F.S. — Qual o sentido de Deus na obra de Guimarães Rosa? E do diabo?

V.G.R. — Deus e diabo, Bem e Mal, sim e não, presentes em toda a sua obra. Deus é o amigo do homem, Amigo e Pai, não lhe faltando nunca. O diabo? Nonada. É o fraquejamento do "homem humano" que Riobaldo menciona. O diabo só existe mesmo quando o homem se esquece de Deus. Mas quando relembra, e chama por Ele, Ele vem, com toda a sua Força, tão sem limites quanto a sua Bondade. Juiz que julga como Pai, que como Pai defende e protege.

S.F.S. — Qual a sua maneira de ser para com o próximo?

V.G.R. — Papai amava as pessoas, os animais, as palavras, as cores, as plantas, as pedras. Amava o sertão e o mar, o silêncio e o som. Encantou-se pelos caminhos do mundo e procurava entender os homens encontrados nesses caminhos. Amava as crianças. Compreendeu-as sempre e sempre foi entendido por elas. Integrou-se na humanidade. Impregnou-se de ternura pela vida. E não se esqueceu, em dia nenhum, entre os primeiros ensinamentos de seus pais, a lição cristã do amor ao próximo.

S.F.S. — Qual a razão do fascínio que sobre ele exercia o sertão?

V.G.R. — No sertão os seus olhos se abriram. E os primeiros sonhos. Depois, longe dos campos verdes da infância, veio a saudade. E a lembrança da vida no sertão jamais se ausentou.

S.F.S. — Por que se aplicava ele ao estudo de outras línguas que não a nossa?

V.G.R. — Pela vontade de aprender tanto quanto pudesse. Era fascinado pelo verbo *e pelo* logos. *Aplicou-se devotadamente ao estudo de nossa língua, dilatando desde cedo e até o fim de seu tempo o interesse pela filologia. Língua é o meio de expressão. O homem, fundamentalmente, é sempre o mesmo, em toda parte. Mas as linguagens são muitas. As emoções básicas são iguais; as expressões são diferentes. E vem a vontade de investigá-las. Descobrir valores novos, indagar possíveis afinidades na essência e na sonoridade das palavras. Papai estudou inúmeros idiomas. Ele era um artista que se familiarizava com os instrumentos do seu ofício. Posso lembrar, aqui, os seus cuidados extremos presentes em enorme correspondência, com relação às traduções de suas obras. Mantinha contatos freqüentíssimos com os tradutores, discutindo página por página, sugerindo alterações léxicas ou sintáticas para maior fidelidade na transposição de seu pensamento e intento. E propondo a substituição de palavras. Em função também da estética, da música verbal. Eufonia. Logofonia. Essa correspondência revela que também nas línguas estrangeiras estudadas por ele, não lhe bastava o conhecimento superficial do bem falar, do escrever fluentemente, na mais comum acepção dessas expressões. Procurava a intimidade das palavras, o espírito idiomático. Tal como se cada língua fosse uma parte apenas dessa filologia integral que o apaixonava.*

S.F.S. — Por que viver era, para ele, tão perigoso?

V.G.R. — E não é? O struggle for life *não é uma constante na vida do homem? Desde que se nasce, luta-se pela sobrevivência. Cada dia que se vence, que se atravessa, é uma vitória. Mais difícil, menos difícil, há sempre um combate à nossa espera. Deus nos fez assim para nos experimentar. E colocou no mundo professores de esperança. De esperança e de coragem.*

S.F.S. — Havia nele conflitos interiores? Revolta contra algo?

V.G.R. — Há sempre conflitos na alma de toda gente. Opções necessárias, dúvidas, momentâneas indecisões, ansiedades. Mas há também um todo, esplêndido potencial interior. O importante é não esquecê-lo. E valer-se dele, aperfeiçoá-lo sempre. Claro que papai terá tido conflitos íntimos. Mais, talvez, que muita gente, pelas dimensões de sua sensibilidade. Cuidava muito de olhar-se no espírito. Era um severíssimo juiz de si mesmo.

S.F.S. — Era irônico? Que crítica se manifestava nessa ironia?

V.G.R. — Era bem-humorado. Gostava de rir, gostava que rissem. Na sua obra comparece a ironia sem mordacidade, sem crueldade, não-amarga. Ironia sem muita intenção direta de censura, pois as censuras ele fazia em fraseado reto, mais sério, incisivo. A ironia surge, então, espontânea, onde cabe. Não como instrumento de crítica. Não punitivamente, mas em episódio, em fragmento de estória ou como necessidade do relato, do retrato, para ser fiel.

S.F.S. — Por que é que ele se dedicou ao pequeno conto depois de haver escrito *Grande Sertão: Veredas?*

V.G.R. — Ao conto ele se dedicava desde antes, muito antes do seu único romance. Considerava o conto como sendo o mais difícil dos gêneros literários, sob o ponto de vista formal. E o mais direto, como meio de comunicação. Durante muitos anos, Papai publicou seus contos-estórias — como os chamava —, na revista médica Pulso *e nas edições de sábado do jornal* O Globo.

S.F.S. — Existe, a seu ver, alguma evolução de *Sagarana* a *Tutaméia*? Foi uma evolução consciente? Quais as suas principais características?

V.G.R. — Sem dúvida, evolução existe, e muito nítida. Sagarana *foi um ponto de partida, notável pelas suas afirmações de personalidade. A personalidade se desenvolve, se aprimora, se apura com o passar dos tempos. Papai não estacionou, nem estilisticamente. A evolução foi, a um tempo, inevitável e consciente. Inevitável, pela ampliação de experiências do escritor. Consciente, pois ele procurava sempre e cada vez mais aperfeiçoar-se na criação literária. Adensou-se. Transmitiu ainda mais do seu íntimo, a grande mensagem projetada hoje em tantas Terras. Em* Tutaméia *vemos que as per-*

sonalidades já gozam do benefício de uma introspecção que ele chegou a aprimorar no decorrer do tempo.

S.F.S. — Quais os seus princípios de vida fundamentais?

V.G.R. — Os seus princípios fundamentais de vida eram os de sua formação cristã. O amor ao trabalho, o respeito à dignidade humana, a ternura pela vida em todas as suas formas, em todas as suas manifestações. O viver seriamente, sem esquecer a necessidade do sorriso.

S.F.S. — A literatura popular teve alguma influência em sua obra?

V.G.R. — Papai partiu da observação direta da paisagem regional para atingir os valores universais de sua obra. E foi sempre um apaixonado por todas as exteriorizações da sensibilidade popular. Inclusive a literatura. Em muitas das suas estórias, em quase todas, transparece a alma brasileira, o espírito simples do homem do povo. Nenhum escritor autêntico despreza a literatura popular. Muitos a ela se afeiçoam. Meu pai, muito especialmente.

Guimarães: Livro e Rosa

O Globo — 22 de maio de 1969

J.G.R. e seu tio Vicente de Paulo Guimarães, o Vovô Felício da literatura infantil.

É de dois Guimarães que escrevo: Vicente de Paulo Guimarães, meu tio-avô e João Guimarães Rosa, meu pai. Tio e sobrinho. Quase irmãos.

Cresceram juntos, sonhando livros e palavras. Faziam idéias e se conversavam na mesma linguagem, enxergando e proclamando a beleza da vida. Compreendiam-se. Nem mesmo os separavam as ocasionais distâncias, quando vinha então o tempo de se escreverem.

E o sobrinho João contava ao tio Vicente, em carta antiga:

> "Tenho a sincera desconfiança de que nós ainda havemos de fazer grandes coisas!"
>
> Hamburgo, 28 de janeiro de 1938

Pois não fizeram?

Firmaram-se os dois, contando estórias. Traçaram no imaginado mapa a sua vertical das Tordesilhas: de um lado, o campo literário de Joãozito; do outro, o do tio Vicente, tornado Vovô Felício para o entendimento das crianças, difícil-fácil.

Fabulares ambos, desde cedo consagrados, nasceram para comunicar-se: dois a dois, dois a todos.

Vovô Felício, companheiro mágico de Monteiro Lobato e Andersen, Collodi e Lewis Carrol, Perrault e Newberry, chegou direto à sensibilidade das crianças com o seu João Bolinha, com os seus inúmeros livros até hoje publicados.

E dele diria o sobrinho João:

"Concebe ou capta uma idéia sua, sempre original, às vezes luminosa, freqüentemente corajosa, não raro ousada mas infalivelmente apropriada, e desenvolve-a com crença e entusiasmo."

Hamburgo, 3 de junho de 1939

Tordesilhas, linha imaginária. De ambos os lados, mistério e encantamento. Atravessou-a Vovô Felício para trazer o burrinho pedrês, traduzindo-lhe a *saga*, na linguagem que as crianças entendem. O difícil-fácil que elas sentem.

Tal e qual Charles e Mary Lamb ao escreverem *Tales from Shakespeare,* e Van Loon, e Monteiro Lobato, recontando Cervantes.

Um livro bonito, a estória do "Sete-de-Ouros" em linguagem simples e direta, ilustrações de Rodolpho Marques de Souza, desfilando os personagens para o grande público pequenino de Vovô Felício. De quando em quando, interpolados, longos trechos do texto puro de *Sagarana*. E os versos e os cantos do sertão mineiro, para conhecimento dos meninos nas cidades.

Hoje, 23 de maio, dia do nascimento de Vicente Guimarães, é, no Rio de Janeiro, o Dia do Livro Infantil, criado por iniciativa do deputado Gama Lima e consagrado na Lei 1333 de 1967. O projeto do deputado Gama Lima, em sua justificação, destaca o significado da obra do grande escritor infantil, e a mensagem otimista que ele transmite. Dia certo, justa escolha.

Papai desejou muito que *A Última Aventura do Sete-de-Ouros* chegasse ao coração das crianças. Assim disse, por escrito, ao tio Vicente. E o encargo, que era vontade dos dois, foi cumprido agora.

Dois Guimarães proclamando com o notável Tagore:

"Cada criança, ao nascer, nos repete a mensagem de que Deus não perdeu ainda a esperança nos homens."

Página de saudade

Reapresentação do
livro póstumo de João Guimarães Rosa
Estas Estórias, José Olympio Editora

Vilma entrega à José Olympio Editora os originais dos livros póstumos de seu pai *Estas Estórias* e *Ave, Palavra*. À direita, José Olympio Pereira, Geraldo Jordão Pereira. À esquerda, Luiz Jardim, Adalardo Cunha e Daniel Pereira — 1967

Não é um prefácio. Apenas saudade e amor. O sentimento imedível da filha que apresenta um livro escrito pelo pai, vivente ainda no espírito e na beleza de uma obra límpida, expressiva e singular.

Estas Estórias ele criou sem imaginar que não veria livro feito. Ou saberia? Esteve sempre tão perto da verdade...

Muitas delas ouvi de seus lábios, a voz modulada pela emoção do talento criador. Meus olhos cintilavam admiração. E ele acolhia, muito grato, o entusiasmo.

Em seu gabinete, no Itamarati, apontava-me o cofre:

— Vilminha, você pensa que ali dentro só tem doce de leite e geléia de mocotó? Ríamos os dois e juntos comíamos gulodices escondidas na gaveta que ele abria, sorrateiro. Imitando arte infantil ou parecendo lentamente desvendar mistérios misturados, complicados, sedutores...

E de repente, ele se foi. Encantou-se em beleza porque soube encontrá-la e transmiti-la. Suas estórias ficaram e sua alma, dentro delas, ressoando em muitas terras. No seguinte dos dias, voltei à sala em que fôramos — tanto e tanto — pai e filha. Ele me ensinara, em aprendizagem de infinito, a sobrevivência e a vida perfeita à nossa espera. Separação inexiste, se há força de amor e fé. Sentir saudades é trazer, mais perto ainda, tudo aquilo que a gente pensa perdido.

Triste, porém, é o reencontro formalmente imposto em circunstâncias oficiais. Ritualismo comandado, impessoal. A neutralidade das pessoas ao redor, movimentando-se pela sala. Havia amigos. E também estranhos. Eu sentindo uma angústia terrível, diante da eficiência de todos. Gente trabalhando. Mãos apressadas, separando documentos, recolhendo objetos, papelada. E eu a sentir, a recontar as estórias do tempo. As diferenças do tempo.

A cadeira de meu pai. Sua mesa. Sua máquina de escrever. A janela onde nos quedávamos a olhar nossa própria conversa — pois ele tinha o dom de projetar diante de nós todas as coisas que dizia. Seu ensinar voejava como pombos-correio em serviço, no constante retorno da busca. Os quadros antiquados, no retrato das fronteiras do Brasil. Contraste. A organização moderna e atuante do Serviço de Demarcação de Fronteiras, que ele dirigiu nos últimos 12 anos de sua vida. Telefones. Poltronas. O armário. O cofre. Homens desvendando, anotando e ainda recolhendo. Vozes inquietas.

Papai foi homem de trabalho, não estranharia que ali se trabalhasse tanto. Mas dessa vez era um trabalho de aflição. Montes de livros. Gaveta do meio, gavetas dos lados. Cada gaveta que se abria, anotações a mais.

Afirmava-se, com eficiência, a definitiva prova do definitivo de sua ausência.

Meu coração batia em sumiço, à procura de meu pai. Encontrei-o aos bocadinhos: na ponta bem-feita dos lápis, no vidrinho de remédio, nas fotografias e notas escritas com sua letra redonda e miúda. Guardados em envelopes que eu temia profanar.

No momento importante de se abrir o cofre ("doce de leite?... geléia de mocotó?..."), segredos guardados não mais se escondiam na intimidade. Quando a gente pára de existir, os outros descobrem tudo. Ou tentam. O que se foi, o que se queria ter sido, até mesmo o que não se queria ser.

Abraçada aos maços de originais, eu abraçava o meu João-Papai. Ali estava ele, apertado de encontro a mim. O seu tesouro arrumado na boa ordem mineira, Eu era apenas a guardiã desse precioso legado. Levei os originais ao José Olympio, no dia seguinte. Era ordem de consciência. Confiava-os, inéditos, à guarda de nossos amigos editores.

O Professor Paulo Rónai organizou a publicação. Fez um excelente trabalho. Papai certamente aprovaria tudo isto.

Estas Estórias não é uma despedida, mas a certeza de que seu autor vive, intensa e maravilhosamente, na obra de sua sensibilidade, do seu gênio.

E que durará o tempo de uma imortalidade.

Resumo do Curso de Extensão Universitária sobre
João Guimarães Rosa,
ministrado pela professora Vilma Guimarães Rosa,
a convite da Faculdade Estadual de Filosofia,
Ciências e Letras

Londrina, Paraná
6, 7 e 8 de outubro de 1970

1 — O Homem

Paraná, onde venho, onde estou.

Parã-na, parente do mar, fascinante Paraná onde perdura no século XX o mesmo audacioso espírito dos Bandeirantes, conquistadores da terra nas distâncias enormes.

E a floresta cede ao homem, construtor da nova imagem brasileira, pela força de uma raça que é a soma de tantas outras.

Aqui se ouviu outrora o brado de Guairacá, lema e desafio ainda hoje ressoando como divisa de nossa nacionalidade:

"Esta Terra tem dono!"

E aqui a cultura brasileira recebe os seus mais largos estímulos. São os prêmios literários generosos. Incentiva-se o teatro. Amparam-se as pesquisas científicas. O desenvolvimento da tecnologia se encoraja. Instalam-se, como esplêndidos marcos de conquista, Universidades regionais.

Que Deus conserve assim o Paraná!

***

Trazida por gentil, irrecusável convite, retraço o retrato de um desses *everlasting men* que, segundo Chesterton, são os passos da humanidade a caminhar: João Guimarães Rosa, meu pai.

Será um testemunho, apenas. Uma tentativa de fixação do essencial, de delimitação do ilimitável, um depoimento em três momentos.

Três conversas transcorrendo — *sursum corda* —, sobre a estória de um homem. O relato da filha, direto e simples. Tão difícil, tantas vezes, pela interferência da saudade. Nos estilos de dizer, nas tonalidades da voz e no contexto das coisas ditas em repasses de ternura.

Lembrando Ben Jonson, em advertência, começaria por dizer que aqui estou:

For I loved the man, and do honour his memory.
He was not of an age, but for all time!

Assim me parece a figura de meu pai.

Havia nele um certo mistério, em parte espontâneo, em parte cultivado como elemento de encanto, permanente reserva de surpresas, muito à semelhança de seus livros.

"Contar é muito, muito dificultoso", disse Riobaldo, jagunço dos Campos Gerais, mestre-narrador.

Mas eu tentarei.

***

O infindável fio da vida entreprende os homens na travessia das épocas. Ninguém inventa nada. Tudo preexiste e nos sucede. O escritor percebe e reconta, olhando o fio, desenovelando-o, tecendo tramas, rebordando tapeçarias finas. É o seu encargo.

Um homem é a soma dos seus acertos e defeitos. E, muito especialmente, é a síntese dos amores que o dominaram, dos amores a que dominou. Das tendências que seguiu, dos rumos que desenhou.

Afirmações e negações, alternativas e escolhas, o homem se define nos dias de sua vida. Assim se mede a sua estatura.

Terra e tempo deixam marcas na estruturação interior de cada um de nós. Cordisburgo, o Burgo do Coração, antes chamada Vista Alegre, foi uma primeira influência telúrica, definitiva, não mais esquecida por meu pai. Depois de tanto e tudo, não deixou dissolverem-se as lembranças das suas primeiras visões do mundo, em comovente fidelidade ao lugar pequenino onde nasceu. Primeira e última palavra do seu discurso de posse, na Academia Brasileira de Letras, três dias antes que a sua mão descansasse de escrever, está nos seus livros como esteve em sua vida. Relembrado docemente, luminosa permanência na memória. Cordisburgo era a linha reta de uma rua, poucas casas muito simples, a pequenina igreja, um céu puro, muito azul. E a vastidão dos campos a se estender, sem limites visíveis. Desde os tempos do Padre João de Santo Antônio, desde o amanhecer de Joãozito, nos 27 de junho de 1908. Brasil intocado, a mansidão dos bois pastando, a força e a fala dos vaqueiros. Tudo isso não mudou. Muito perto, o mistério de Maquiné, pedras brancas fabricadas pelas águas, grão por grão, cintilando cristais no oco da montanha. E os buritis, senhores do horizonte.

Nessa paisagem a estória começou. A paisagem que aprendi de tanto ouvir falar. Dos tempos de Joãozito, o filho mais velho de Francisca (Chiquitinha) Lima Guimarães e Flordùardo Pinto Rosa.

Chiquitinha, entre muitos irmãos, a única filha, e a mais velha, de Dona Mariazinha Lima e do Patriarca Luiz Guimarães. Muito amados pela família e os amigos. Dono de terras, ele mandara roçar a primeira rua de Cordisburgo, construindo uma casa para cada filho.

Flordùardo era juiz-de-paz e comerciante abastado, diante de cujo armazém paravam as tropas para reabastecimento. Seus olhos azuis brilhavam especialmente ante a perspectiva de uma caçada. Possuía uma coleção sensacional de espingardas e estórias de caçador e cães fiéis que o acompanhavam.

Chiquitinha e Flordùardo casaram-se muito jovens e quando fizeram as bodas de ouro, em 1957, os filhos, noras e genros, netos e bisnetos celebraram com missa a bela acontecência.

De ambos os lados, materno e paterno, meu pai recebeu a base sólida de sua família maravilhosamente estruturada. Seus irmãos, Maria Luiza, Maria José, Maria Auxiliadora, José Luiz e Oswaldo, foram os seus primeiros amigos e companheiros de folguedos, com os quais explorava os bosques, ensinando-lhes o gosto pela natureza. Interessado em seus estudos e inspirando-lhes o perfeito exemplo de uma jovem porém sábia vivência.

Meus avós levaram uma vida de amor e dedicação, entre risos e lágrimas, sacrifícios e lutas. E a grande vitória de terem conseguido legar aos descendentes a força de seus ideais.

Dos primeiros anos vividos no cenário sertanejo, surge em meu pai a obsessão pela natureza, pela liberdade que os infindáveis campos sugerem, abrindo-se à fantasia.

De Maquiné, "milmaravilha", saiu a pedra branca de sua pia batismal. E as águas do Urucuia o abençoaram.

Foi um menino sábio, recorda-se minha avó. Míope, antes que cedo o soubessem na cidadezinha sem oculistas, tentava adivinhar os recortes da realidade meio indefinida, recebendo os ensinamentos de Mestre Candinho, seu primeiro professor. Brincava, buscando maior proximidade das coisas, forcejando por ver mais de perto a substância e as formas de tudo. Examinava, um elo de cada vez, a corrente da vida.

Um dia, ganhou lentes para os olhos. Deslumbrou-se com a mágica do mundo! Mas ele se habituara a se acercar das coisas, tocá-las, trazê-las muito perto, sentindo-lhes a essência. Já era íntimo da vida. Agora, desvendava as suas perspectivas, no conjunto da paisagem desenevoada.

A miopia do menino Miguilim e a descoberta das minúcias do visível — amorosamente descrita — é uma experiência pessoal: a explosão de cores e formas, o mundo a se expandir até os confins do horizonte que se afastam e projetam nas distâncias, outrora somente pressentidas.

Como o canário do conto de Machado de Assis, Joãozito mudava os seus conceitos, ao enxergar mais longe. O mundo crescera. E o milagre é renarrado pela forma que transcrevo:

— Por que você aperta os olhos assim? Você não é limpo de vista?

... ...

— Este nosso rapazinho tem a vista curta. Espera aí, Miguilim...

E o senhor tirava os óculos e punha-os em Miguilim, com todo o jeito.

— Olha, agora!

Miguilim olhou. Nem não podia acreditar! Tudo era uma claridade, tudo novo e lindo e diferente, as coisas, as árvores, as caras das pessoas. Via os grãozinhos de areia, a pele da terra, as pedrinhas menores, as formiguinhas passeando no chão de uma distância. E tonteava. Aqui, ali, meu Deus, tanta coisa, tudo... O senhor tinha retirado dele os óculos, e Miguilim ainda apontava, falava, contava tudo como era, como tinha visto. Mãe esteve assim assustada; mas o senhor dizia que aquilo era do modo mesmo, só que Miguilim também carecia de usar óculos, dali por diante. O senhor bebia café com eles. Era o doutor José Lourenço, do Curvelo. Tudo podia. Coração de Miguilim batia descompasso, ele careceu de ir lá dentro, contar à Rosa, à Maria Pretinha, à Mãitina. A Chica veio correndo atrás, mexeu: — "Miguilim, você é piticégo..." E ele respondeu: — "Donazinha"...

Quando voltou, o doutor José Lourenço já tinha ido embora.

— Você está triste, Miguilim? Mãe perguntou.

Miguilim não sabia.

... ...

— Pra onde ele foi?

— A foi p'ra a Vereda do Tipã, onde os caçadores estão. Mas amanhã ele volta, de manhã, antes de ir s'embora para a cidade. Disse que, você querendo, Miguilim, ele junto te leva... — O doutor era um homem muito bom, levava o Miguilim, lá ele comprava uns óculos pequenos, entrava para a escola, depois aprendia ofício. — "Você mesmo quer ir?"

E o conto prossegue. No seu contexto geral, Miguilim não é apenas o Joãozito renomeado. É uma mistura de meninos do sertão, companheirinhos seus. De Joãozito, muito existe em Miguilim. Nesse momento do conto, confundem-se os dois:

— "Miguilim, você está aprontado? Está animoso?" Miguilim abraçava todos, um por um, dizia adeus até aos cachorros, ao Papaco-o-Paco, ao gato Sossõe que lambia as mãozinhas se asseando. Beijou a mão da mãe do Grivo: — "Dá lembrança a seo Aristeu... Dá lembrança a seo Deográcias..." Estava abraçado com Mãe. Podiam sair.

Mas, então, de repente, Miguilim parou em frente do doutor. Todo tremia, quase sem coragem de dizer o que tinha vontade. Por fim, disse. Pediu. O doutor entendeu e achou graça. Tirou os óculos, pôs na cara de Miguilim.

E Miguilim olhou para todos, com tanta força. Saíu lá fora. Olhou os matos escuros de cima do morro, aqui a casa, a cerca de feijão-bravo e são-caetano; o céu, o curral, o quintal; os olhos redondos e os vidros altos da manhã. Olhou, mais longe, o gado pastando perto do brejo, florido de são-josés, como um algodão. O verde dos buritis, na primeira vereda. O Mutúm era bonito! Agora ele sabia. Olhou Mãitina, que gostava de o ver de óculos, batia palmas-de-mão e gritava: — "Cena, Corinta!"... Olhou o redondo de pedrinhas, debaixo do jenipapeiro.

Olhava mais era para Mãe. Drelina era bonita, a Chica, Tomezinho. Sorriu para Tio Terêz: — "Tio Terêz, o senhor parece com Pai... Todos choravam. O doutor limpou a goela, disse: — "Não sei, quando eu tiro esses óculos, tão fortes, até meus olhos se enchem d'água..." Miguilim entregou a ele os óculos outra vez. Um soluçozinho veio.

Mais ou menos assim deve ter saído Joãozito de Cordisburgo. Após as primeiras letras com Mestre Candinho e um curto tempo de internato no Colégio Santo Antônio, em São João Del Rei, rumou para Belo Horizonte, para o estudo no Colégio Arnaldo, um dos melhores da Capital. Levando, apertada nos olhos e no coração, a imagem de Cordisburgo. Vista, e de longe e de perto, em panorama e detalhe, enamoradamente revista em todas as distâncias. O seu enternecimento pela natureza toda, pela simplicidade e vigor do povo, espalhado nas larguezas do sertão, pelos animais da terra, tudo isso estava impresso em sua sensibilidade.

Ainda menino, papai ganhou um violino, estudou música. Gostava de tocar para a sua prima Benzinho, ou diante da janela aberta para o jardim, a sós consigo. Bons tempos depois, rapazinho, vendeu o violino para visitar uma namorada que se mudara para outra cidade. Ele seria um romântico, a vida inteira.

Da mesada de dois mil-réis, comprava aos domingos empadinhas e garrafas de soda limonada e se refugiava na Biblioteca Pública, para devorar os livros. Foi quando alguém reclamou ao encarregado, querendo proibir o piquenique do leitorzinho tão ávido de empadas e leitura:

— O senhor já viu o que ele está lendo? Vai lá dar uma espiada. A gente não tem coragem de impedir que ele engordure um livro tão difícil!

Joãozito, tranqüilamente, estava lendo um clássico francês.

Durante uma época, papai interessou-se, também, pelos esportes. E gostava de contar, com a malícia de quem sabe que vai surpreender, ter sido o *center-half* no time de futebol do colégio.

Descobriu muito cedo a literatura, dinamizando a sua enorme curiosidade. Além do estudo de línguas, tão extraordinariamente começado na infância (lera o primeiro livro em francês, entre os seis e sete anos e gostava de traduzir as revistas francesas que sua mãe recebia) e tão estendido em sua vida inteira, ele prendia-se na observação das plantas e dos bichos, interessava-se pela botânica, pela entomologia, pela geologia, para melhor conhecer as coisas que amava. Era o grande Livro da Criação de Deus que precisava percorrer indagadoramente.

Mais tarde, mesmerizado pelo que chamou "O canto e a plumagem das palavras", dilataria o seu interesse lingüístico.

Joãozito diversificava seus próprios divertimentos. Tendo feito amizade com Frei Canízio Zoetmulder, frade franciscano holandês, com ele iniciara o estudo desta língua e do francês. Ficavam ambos horas e horas debruçados sobre os mapas, conjecturando táticas e discutindo o movimento das tropas alemãs e aliadas, durante a Primeira Grande Guerra Mundial. Entusiasmavam-se, espalhando alfinetes de cabecinhas coloridas sobre os campos de batalha. Certa vez, Joãozito sugeriu que se os aliados agissem *de forma tal*, certamente ganhariam a Batalha. E foi o que aconteceu. Isto, de certa forma, celebrizou-o entre os mestres e os colegas. Alguns padres redentoristas foram a Cordisburgo, então, para conhecer o menino que sabia inventar táticas vencedoras de guerra.

Talvez influenciado por Frei Canízio, Joãozito brincava de celebrar missa, armando o altar sobre um caixote e cobrindo-o com uma toalha de linho branco, do enxoval de sua mãe. Até conseguia emprestado o *goffiné*, escrito em latim e português, relíquia da bisavó, que só o emprestava ao padrezinho faz-de-conta porque acreditava tratar-se de uma precoce afirmação vocacional. As suas irmãs ajudavam-no a celebrar a missa e Joãozito, paramentado, só lia a parte em latim do livro, a fim de mais impressionar. Anos após, ele seria coroinha dos padres redentoristas, na Igreja de São José.

Outra diversão do João-Papai-Menino era o jornalismo caseiro. Publicava jornaizinhos, acumulando as funções de diretor e redator, autor de artigo de fundo, noticiário, estórias, crônica social e sessão humorística, responsável também pelas ilustrações e a distribuição.

Papai gostava de fazer experiências sensacionais. Uma vez, mergulhado na banheira, os irmãos mais moços sentados em suas costas, tentou verificar o tempo em que conseguiria ficar submerso. Experiência que lhe valeu um recorde e um susto na família.

Um dia, Joãozito sumiu. Não eram raras as suas escapadas, quando saía para descobrir o mundo e as pequeninas coisas.

Dessa vez, foram procurá-lo nos lugares de sempre: nas cisternas, no Ribeirão da Onça, perto do Pontilhão onde se banhavam os meninos. A noite subia. E nada de Joãozito. Afinal, o encontraram nos fundos da loja, no depósito de mercadorias, adormecido sobre um saco de arroz. Nas mãos, um livro. Ao lado, quase acabada de queimar, uma vela ainda acesa.

Era o leitor, o estudioso, o perguntador.

A imaginação mudava de pouso, voando mais alto e mais longe. O mundo se descerrava nas páginas dos livros. Sentado, as pernas cruzadas como um pequenino

Buda, iluminava-se mergulhando os olhos nas palavras impressas. E mais de uma vez o sono lhe chegou indesejadamente, não fechado ainda o volume que prendia nas mãos.

Terminado o ginásio no Colégio Arnaldo, papai decidiu-se pela Medicina. Era uma das faixas de sua vocação, da sua vontade de servir.

Doutorado, não se deixou seduzir pelas promessas de uma clínica em Belo Horizonte, onde tantos amigos o cercavam e o seu nome se fizera conhecido pela inteligência, seriedade e cultura demonstradas durante o curso universitário que concluíra como orador de sua turma. Preferiu Itaguara, no interior do Estado. Casou-se com Lygia Cabral Penna, minha mãe, que pertence a duas ilustres famílias mineiras: Barboza da Silva Cabral e Affonso Penna, e que descende de Quintiliano Barboza da Silva, senador do Império. Mamãe muito o ajudou naqueles primeiros anos dedicados à Medicina. Um casal bonito, jovem, idealista. Ela era então mocinha de dezesseis anos, já com a personalidade muito forte, que salvaria papai, tantas vezes, do turbilhão de dúvidas e emoções que o absorviam, pela sua transbordante sensibilidade. A grande companheira, que saiu de Belo Horizonte deixando o luxo e o conforto, para começar uma vida difícil, numa cidadezinha pitoresca onde não havia eletricidade e tudo aquilo a que estava acostumada. Pelo amor ao meu pai, confiando nele e lutando ao seu lado, minha mãe, mulher extraordinária, procurou se adaptar a Itaguara, pequenino e lindo lugar onde nasci. E logo conquistou o carinho e o respeito de todos.

Papai galopava, às vezes, a noite inteira, para atender os clientes. Seu grande desespero, contudo, era a impossibilidade de salvar alguns doentes. Ficava deprimido e profundamente angustiado.

Em 1932 ele tomou parte na Revolução Constitucionalista, atuando comc médico voluntário da Força Pública, servindo no Setor do Túnel.

Foi então que estreitou antiga amizade com o seu colega Dr. Juscelino Kubitschek de Oliveira, demonstrando, ambos, a mesma fibra de mineiros corajosos, nos dias dramáticos da revolução.

Mais tarde, papai prestou concurso para a Força Pública de Minas e então viajamos para Barbacena, onde ele foi promovido a capitão médico do 9º Batalhão de Infantaria.

Em Barbacena, a 17 de janeiro de 1934 nasceu minha irmã, Agnes.

Tempos de muito estudo, muita Medicina, escrevendo cada vez mais. Fazendo amigos e selecionando seus personagens entre as pessoas interessantes que encontrava.

Com um russo-branco que arribara em Barbacena, aprendeu os primeiros rudimentos da sua língua. Por intermédio de antigos oficiais do Exército Czarista que haviam ido a Barbacena como componentes do Coro dos Cossacos do Juban e do Don, pôde aperfeiçoar aqueles primeiros ensinamentos.

Um nisei que trabalhava na Companhia de Força e Luz foi quem lhe transmitiu os primeiros conhecimentos de japonês.

Depois de ingressar na carreira diplomática, papai surpreenderia os seus colegas, saudando em japonês os membros de uma comissão que nos visitava para negociar acordos entre o Brasil e o Japão. Ele foi também um dos primeiros intérpretes do idioma russo, no Ministério.

Ainda estudante, quando trabalhara no Departamento de Estatística, sugeriu-lhe o diretor do serviço, Dr. Teixeira de Freitas, que estudasse o esperanto. Ao fim de pouco tempo, meu pai já falava a língua internacional de Zamenhof.

— É fácil assim? — perguntou-lhe uma prima.

— Depende. Sabendo-se um pouco de latim, grego, espanhol, italiano, francês, inglês e russo e alguma gramática de outras línguas, torna-se facílimo...

O seu desejo de mais saber e mais ver afastava-o progressivamente de Minas Gerais. Além da enorme curiosidade em conhecer novas terras e novos tipos de pessoas, queria descobrir outros mundos que pudessem saciar-lhe a eterna busca.

A angústia provocada pela sua extrema sensibilidade, no convívio com a doença e a morte que algumas vezes, apesar de seus desesperados esforços, não conseguia impedir, levou-o a abandonar a Medicina.

Quando deixou Itaguara e depois Barbacena, repetiu-se, talvez em escala diversa, a despedida de Cordisburgo.

Papai tivera um violino, estudara e amava a música, mas não era músico; tinha um diploma universitário, estudara e estudava, conhecia e amava e exercia a Medicina, mas outro seria o seu caminho.

A Medicina, sem dúvida, foi uma força vocacional marcante em seu caráter. Entretanto, aumentavam os impulsos de sua inquietação intelectual, o seu amor pela literatura, a sua universal curiosidade.

Conseguira prêmios literários, competindo em concursos de contos a trezentos mil-réis cada um, da revista *O Cruzeiro*. Iniciava uma espécie de pré-literatura de curtíssima duração. Depois, uma pausa, uma espera, na procura do ideal: a tentativa de encontrar

"o ponto de interseção da eternidade e do tempo",

como desejo e dever, tal qual no poema de T.S. Eliot.

Mamãe o estimulava nesses concursos, e ficavam ansiosos à espera do resultado.

Recém-casados, tinham vindo ao Rio. Ela, cicerone. Ele, extasiado. Era a sua primeira vez. Atravessando a baía na velha barca, ele inspirava profundamente o mar, tentando prendê-lo de cor, como se estivesse decorando poesia. Queria guardar na memória o cheiro exótico e a paisagem nova e bela. Vieram os dois, muito jovens e entusiasmados. Parados diante da escadinha, aos pés do sobrado onde funcionava naquele tempo a sede da revista *O Cruzeiro*, ele hesitava em subir. Vencera os concursos de contos. Já publicadas as suas estórias, só lhe faltava receber o dinheiro dos prêmios. Uma verdadeira pequena fortuna, que não se decidia a reclamar, por timidez. Não fosse o entusiástico senso prático da mamãe, talvez ele não tivesse tomado coragem. Ela possuía o dom de transmitir-lhe segurança. Aliás, a todos nós.

Em 1934, quando trabalhava no Serviço de Proteção ao Índio (1933 a 1935), papai dispôs-se ao ingresso no Itamarati, o que lhe permitiria percorrer estradas novas, chegando a todas as margens do mar.

O ecletismo de seu espírito estendera-lhe a cultura por muitos campos do conhecimento. Aprendia com facilidade, graças à constância dos seus exercícios intelectuais. Rápido, assenhoreou-se da informação jurídica necessária para o novo concurso. História, línguas, cultura geral, não lhe seriam obstáculos. E em pouco tempo defrontaria os examinadores, classificando-se em segundo lugar.

Mamãe, minha irmã e eu estávamos em Belo Horizonte, aguardando as novidades. Dois telegramas e uma carta, longa e pitoresca, anunciaram os ótimos resultados.

Após o necessário estágio na Secretaria de Estado, no Rio, designaram-lhe o consulado em Hamburgo.

Ele foi, emocionado, porque era a sua primeira viagem ao exterior. A família seguiria mais tarde, quando já tivesse se estabelecido. Mas não chegamos a ir.

Além dos seus encargos oficiais e nos prováveis entretempos, meu pai teria finalmente um contato direto com a cultura alemã, que o seduzia tanto: Hoffmann ou Heine, Schiller ou Goethe, Rilke ou Kafka. Todos o haviam muito cedo fascinado.

Não era de paz o clima político europeu. Na Alemanha, queimavam-se livros, proscreviam-se escritores. Stephan Zweig, Thomas Mann, Jacob Wassermann,

Franz Werfel, tal como Kafka e tantos outros, eram nomes proibidos. Inúmeros intelectuais deixavam a Alemanha, refugiando-se na livre Inglaterra ou em países da América. Havia névoas e opressão, e muitos não sabendo ou não querendo ver. Mesmo alemães. Talvez tudo não passasse de uma conturbação temporária, o limiar de uma fase nova, com as naturais incertezas que precedem as grandes transformações históricas.

Chamberlain, sorridente após o Pacto de Munique, anunciara:

"Peace for our time!"

O jovem cônsul brasileiro, em seus relatórios, descria. Protegia aqueles que desejavam emigrar para o Brasil, judeus e não-judeus. Sentia uma piedade enorme dos perseguidos.

Afinal, rompeu-se o que restava da paz. Durante a neutralidade brasileira, entre 1939 e 1942, aumentavam as responsabilidades do posto. Por amor à liberdade, meu pai sofria e servia. Devido à sua memória fotográfica, serviu como correio-verbal das mensagens cifradas, entre as nossas representações de Berlim e Lisboa.

Certa vez, quando voltava à casa, não a encontrou. Só escombros deixados pelas bombas. O fato foi renarrado pelo acadêmico Raymundo Magalhães Júnior em notável artigo que a revista *Manchete* publicou.

Durante esse tempo, enquanto podia, papai continuava escrevendo. Fascinado pelos roteiros do Reno, aprendendo ou relembrando lendas que tantas vezes me contou mais tarde: o pranto e o canto da Lorelei. O ciclo dos Nibelunguen — dragões, anões e heróis — o Walhalla, paraíso dos guerreiros, e as louras Valquírias galopando. Loengrin, cavaleiro do cisne. A espiritualidade extrema de Parsifal. Mestres cantores do mundo germânico de beleza e arte, sempre acima dos tempos de sangue e tribulação.

Refiz, profundamente emocionada, há dois meses,

essa peregrinação sua a Baden-Baden, onde papai ficara internado à espera de que o Brasil e a Alemanha, já em guerra, em 1942, trocassem diplomatas por diplomatas. Repeti os seus passos no mesmo caminho. Reencontrei-o no tempo, no ar, nas flores, no sussurruído do riacho, nas rosas vermelhas que explodiam vibrante colorido, brotando até em brechas de muro. Reencontrei-o nos pinheiros da Floresta Negra, nas cerejas amadurecendo, no verde dos vales, na transparência do céu de Baden-Baden. Daqueles antigos tempos papai guardava uma lembrança quase febril. A viagem no navio todo iluminado, *Diplomatic* escrito em grandes letras fosforescentes. Os passageiros, dominados pela tensão, o desespero, as dúvidas e o medo, quando os dois navios cruzaram caminho e poderia haver a sabotagem de um torpedeamento, alguma traição. Papai comovia-se, ao contar-me a estória desta viagem dramática e os exercícios de fé a que se obrigava. Eu o escutava — compartilhando com ele aquela fase de sua vida que não me pertencera, mas que me impressionava enormemente — considerando-o um herói.

E afinal, ele voltou. Trazia nos olhos o reflexo do sofrimento visto e vivido. Vinha saudoso, ávido de rever a Família e a Terra.

O seu primeiro livro já nascera, poucos sabendo disso. Eram os *Contos* que em 1937 haviam concorrido ao Prêmio Humberto de Campos, da Livraria José Olympio Editora, e alcançaram o segundo lugar — voto de desempate — após divergências entre julgadores, conforme subseqüente testemunho de Marques Rebelo e Graciliano Ramos.

Ainda assim, permaneceu mais sete anos refazendo o escrito, repolindo linguagem e estruturas. Era um perfeccionista. Pensava talvez como Rousseau, também tardio estreante na literatura:

"A metade da vida não basta para compor um bom livro, nem a outra metade para o corrigir."

Em abril de 1946, *Sagarana* é publicado pela Editora Universal, do amigo Caio Pinheiro. Foi estrondoso o sucesso. O deflagrar de uma revolução literária. Duas edições seguidas esgotadas, e o Prêmio da Sociedade Felipe d'Oliveira. *Sagarana* foi consagrado pela crítica como uma importantíssima obra de ficção.

O jovem diplomata, após a volta ao Brasil, fora designado para nossa embaixada em Bogotá, onde permanecera até 1944. No ano seguinte, uma excursão pelo interior de Minas, que ele cita em uma de suas cartas, reúne mais uma vez o escritor e a terra, na alegria do contato maior.

Sagarana em pleno sucesso, papai é convidado para chefe-de-gabinete do ministro das Relações Exteriores, João Neves da Fontoura. Foi então membro da Delegação à Conferência da Paz, em Paris, atuando brilhantemente.

Voltou a Bogotá, em 1948, como secretário-geral da Delegação Brasileira à IX Conferência Interamericana. E no mesmo ano é nomeado conselheiro de Embaixada, em Paris, onde serviu até 1951.

Então, ele se cansou de passarinhar pelo mundo.

De volta ao Brasil, mais uma vez foi convidado para chefe-de-gabinete do Ministro João Neves.

Em 1953 papai já chefiava a Divisão de Orçamento do Itamarati, onde teve desempenho notável. Sempre se dedicou ao trabalho com o mesmo ardor com que se entregava à literatura.

Muito merecidamente promovido a embaixador, em 1958, recusou postos disputados, no exterior, para continuar tranqüilamente as suas funções no ministério e dar expansão à sua criatividade escrevendo novas estórias.

Já retomara o contato com a terra, em duas ocasiões inesquecíveis: uma visita a Minas Gerais, em 1945, e uma excursão ao Pantanal de Mato Grosso, que lhe inspirou a reportagem: "Com o Vaqueiro Mariano", publicada no Rio e em São Paulo, e em plaquete de edição limitada a cem exemplares.

Em 1956 já fora lançado o fabuloso *Corpo de Baile*, com suas sete novelas, numa linguagem rica em beleza e força, e o mesmo cenário sertanejo.

Ano produtivo, pois o *Grande Sertão: Veredas*, seu único romance — papai foi essencialmente um contista — também apresentado aos leitores, torna-se imediatamente um *best-seller*. Criou um verdadeiro impacto, não só no Brasil, mas também nos países em cujas línguas foi traduzido. *Grande Sertão: Veredas* possui técnica e linguagem especialíssimas, e um profundo conhecimento psicológico da alma de seus personagens. Além das críticas consagradoras, surgiram ataques violentos, e papai os desafiava, recortando os artigos e colando-os no álbum, de cabeça para baixo.

Ensinou-me, então, algo de grande importância, que jamais esqueci:

— Se um crítico gasta tempo lendo e depois comentando (ainda que atacando) uma obra, esta pode ser *gigantesca em qualidade.* De alguma forma, impressionou-o. Se fosse medíocre, ninguém perderia tempo e trabalho com ela. Quando criticarem seus livros, Vilminha, não perca a fé. Vá adiante, confiando na sua criatividade. Você deve temer apenas um crítico: você mesma. Se estiver achando tudo o que escreve ótimo, cuidado. Descanse o material numa gaveta e depois releia, com outro espírito. Sem pressa. Lembre-se, não se fabrica livros como se faz macarrão. Qualidade é sempre mais importante do que quantidade. E se você algum dia quiser destruir o que escreveu, achando tudo horrível, atenção! Você talvez já esteja atingindo a perfeição!

Revejo nitidamente seu ar solene, o dedo apontado para cima, e o pigarro que surgia sempre quando estava emocionado.

Grande Sertão: Veredas recebeu três prêmios: "Machado de Assis", do Instituto Nacional do Livro, "Carmen Dolores Barbosa", de São Paulo e "Paula Brito", da Municipalidade do Rio de Janeiro.

A admiração e o respeito pelo escritor João Guimarães Rosa cresceram na medida do seu enorme sucesso. Em 1961, ele recebeu o "Prêmio Machado de Assis", da Academia Brasileira de Letras, para conjunto de obras.

Em 1962, papai publica o *Primeiras Estórias*, coletânea de 21 estórias curtas, naquela mesma linguagem própria, e com a técnica admirável que as torna verdadeiros poemas em prosa.

Em janeiro de 1962, assumindo a chefia do Serviço de Demarcação de Fronteiras, do Itamarati, ali encontraria o ambiente ideal para o trabalho, ao qual se dedicou com fervor, tendo ajudado a resolver problemas de importância internacional relacionados com nossas fronteiras.

Em 1965 e 1966, papai agigantou-se na chefia daquela Divisão, na incessante lida com problemas surgidos com o Pico da Neblina e o Salto das Sete Quedas. Noites a fio, no Ministério do Exterior, ele expediu documentos, preparou instruções, cotejando mapas e documentos históricos. Vibrou em defesa da terra. Seu fino trato de diplomata apaziguou os ânimos. Esclareceu onde havia dúvidas e repôs a exatidão no incerto. Com patriotismo, mas com amor ao direito. E mantendo uma fé inabalável na solução pacífica das controvérsias.

Assim passou os últimos doze anos de sua vida. Na discrição de um sossegado quotidiano, escrevendo incessantemente. Retomando o contato sensorial com a natureza brasileira que lhe dava estímulo e inspiração.

A eleição para a Academia Brasileira de Letras já era de quatro anos e papai ainda não havia se decidido a tomar posse. Temia emoções, dispensando as dispensáveis e adiando as que pudesse. Refugiava-se na calma ternura de sua literatura.

Naquele ano de 1967, problemas de política internacional haviam demandado viagens, estudos, debates e pareceres. Foi vice-presidente do Congresso de Escritores, no México, presente e atuante. Participou da comissão de outorga do Prêmio Walmap. Para o Conselho Federal de Cultura, que integrava, elaborou extenso pronunciamento sobre novo acordo ortográfico e as diversidades lingüísticas do português, nas duas margens do Atlântico.

Tutaméia chegou aos leitores. Obra hermética, possuindo quatro prefácios e um conjunto de estórias que se sobressaem pelo refinamento do estilo.

Página por página, palavra por palavra, papai revia livros prontos e preparava outros.

Seguindo antigo hábito, acompanhava, passo a passo, novas traduções das suas obras para o inglês, o italiano, o francês e o alemão, trocando cartas e cartas — longos textos — com os respectivos tradutores.

Na Europa, lembravam-lhe o nome para o Prêmio Nobel de Literatura.

Ele se apressava. Como se adivinhasse, temia o fim. Tantas coisas restando a dizer e fazer...

Sucessor acadêmico do querido amigo João Neves da Fontoura, que, se vivo fosse, em novembro dezesseis completaria oitenta anos, papai resolveu-se e marcou a data da posse.

Escolheu para saudá-lo o acadêmico Afonso Arinos de Mello Franco.

Discurso pronto, já pressentia as despedidas. A poucos amigos e a Austregésilo de Athayde, presidente da Academia Brasileira de Letras, alertou sobre os seus receios.

No belíssimo discurso, ressaltou muito especialmente a evocação da vida e dos seus valores fundamentais. Lá está, também, a morte, em ideal conceituação:

"As pessoas não morrem, ficam encantadas."

Com a mesma obsessão do Riobaldo, tenho repetido:

"Aqui, a estória se acabou.
Aqui, a estória acabada.
Aqui, a estória acaba."

Será mesmo assim? existe estória que se acabe?

Não a dele, João Guimarães Rosa, meu pai. Fabulador, amado e louvado como quem vive, transvivendo nas páginas escritas lições de beleza e verdade que nunca mais se perderão.

Lúcio Cardoso, mineiro também, no seu *Diário Completo* escreveu:

"Só permanece o pensamento criador que nasce de uma experiência funda, pessoal, — o resto, esparso no ar, o vento das épocas carrega para longe."

Meu pai permanece, por seu pensamento e trabalho. Persiste nos escritos, nas palavras que soube recriar, nos ideais que o animaram — experiências fundas, pessoais, de um amor imenso à sua terra, à sua gente, ao acima dos homens: o Deus que hoje o guarda, como em vida.

Colheu, e distribuiu. São para sempre as coisas de sua construção. Para os seus tempos, os nossos e os tempos que hão de vir.

2 — O Escritor

Era o mês de dezembro de 1929. Germinavam as grandes crises, as grandes esperanças e as grandes decepções de uma década violenta, que na violência da guerra terminaria. E o Brasil marchava para a revolução.

Naquele dezembro, dia 7, a revista *O Cruzeiro* publicava um conto selecionado em seu concurso: "O Mystério de Highmore Hall". Uma estória passada em terras da Escócia, cuidando de velhos clãs, referindo lugares e nomes de estranho som, como o castelo de Duw-Rhoddoddag, a família Glenpwy ou os Lleoddag, o tagarela Tragywyddol — guardião da velha casa. E os nomes e os lugares se harmonizam no acerto da escolha.

Dentro do estilo convencional da linguagem, mal se poderia prever a revelação do sísmico escritor que meu pai viria mais tarde a ser. A revelação da revolução vindoura. Entretanto, nesse conto publicado aos vinte e um anos de idade, já se percebem as primeiras ousadias estilísticas, mais o esboço das suas audácias futuras. Ainda não se desembaraçou de expressões como "a flor da idade" ou "um sono de chumbo", e no seu texto já surgem, espontâneos, alguns vocábulos raros recirculando. Palavras de pouco uso, entendimento simples e sonoridade desatada. Há elegância nas frases e apuro vocabular. A sintaxe é obediente, sem aprisionamento. Desconstrangida. Flui fácil.

Meses mais tarde, dia 21 de junho de 1930, quem distraísse os olhos pelas páginas da mesma revista, defrontaria um título grego de difícil leitura, enigmático,

Vovó Chiquitinha conservou, durante a vida inteira de seu Joãozito, esta carta-enigma que ele, ainda pequenino, escrevera a uma de suas irmãs. Ao confiar-me a mais antiga obra literária do João-Papai-Menino, junto com o monte de cartas do Joãozito adulto, ela instituía-me a guardiã de seu tesouro. Foi o que de mais importante me legou, antes de falecer, há poucos anos.

Sebastião Lacerda e eu, juntos, nos divertimos tentando decifrar esta carta-enigma:

Querida irmã

Desejo que estejas passando bem. Mamãe e papai e Zezé, Dora, Zé Luiz e o Barriga de Peixe estão bem? Mamãe recebeu minha carta? E a revista? Dei os jabotis e guardei apenas o pequenino crucifixo...

Saudades!

Joãozito

PS — Peço-te entregar esta música ao João do Snr. Januário. É uma valsa muito bonita. Lembranças ao Snr. Januário, João e Vicente.

O mesmo

desafiante, em letras gregas, impresso extravagantemente:

"ΧΡΟΝΟΣ ΧΑΙ ΑΝΑΓΚΗ"

"CHRONOS KAI ANAGKE" (Tempo e Destino). *A mais extraordinária história de xadrez já explicada aos adeptos e não-adeptos do tabuleiro, num conto de João Guimarães Rosa.*

O título era praticamente indecifrável, exceto por quem soubesse grego. O tema — jogo de xadrez — era *grego* também, para muita gente, e sedução de poucos. O autor, desconhecido ou quase — talvez uns raros leitores lhe tivessem guardado o nome, depois do mistério escocês.

Igualmente a nova estória se apresentava em geografia distante: o sul da Alemanha. A personagem central tinha por nome Zviazline, enamorado de Ephrozine.

Era um cosmopolitismo de atitude ambientando esses primeiros contos. Refletia provavelmente a vontade de transportar-se a outras terras, apenas conhecidas em tantas e tantas leituras, no sossego mineiro.

Nem formado estava o seu estilo, nem descobrira os grandes temas universais que o esperavam na sua própria terra, no sertão onde nascera.

"Tudo se finge primeiro; germina autêntico é depois."

Assim escreveria ele em um dos prefácios de *Tutaméia*, trinta e sete anos mais tarde.

Em 1930, era o tempo do fazer-de-conta, cheio de perguntas e incertezas.

Papai tinha o sonho por objetivo, a vontade como instrumento, e o estímulo da esperança.

Ele não se ateve à pele da vida.

***

Desde Buffon corre ouvidos, como frase fácil, que "o estilo é o homem".

Os nossos são tempos de contestação. Nós desconfiamos dos axiomas. E, entretanto, eis um deles que resiste pela flexibilidade do contexto: o estilo é o homem. Reflete o homem escondido no homem, como espelho de intenções e destrezas. É a súmula das escolhas, tendências e graus de amadurecimento individual. Isso é o estilo:

"Um abreviado de tudo."

Veja-se o caso de meu pai. "O Mystério de Highmore Hall" e "Chronos Kai Anagke" representavam o seu amanhecer na literatura, nitidamente contingencial, primeiro ensaio de pássaro novo: curto vôo, breve aplauso e provável esquecimento nas páginas de uma revista semanal.

E se é o homem o seu estilo, esses contos iniciais entremostram o estudioso, o curioso João Guimarães Rosa, ensaiando a originalidade do seu talento.

Buscara os seus assuntos e personagens muito além das montanhas mineiras, muito longe de si mesmo. Minas era só no coração. E era preciso caminhar além das serras, além das terras. Queria o mar, e o além do mar.

A vida é em muitos lugares e tem muitas formas. São muitas as vozes da vida.

Morando em Itaguara ou Barbacena, papai imaginava castelos da Escócia e balneários alemães. Não escreve sobre o que tem ou vê, mas sobre o que deseja, sobre os temas dos seus sonhos.

Ezra Pound, no seu *ABC of Reading*, observa que a primeira fase dos escritos de alguém há de mostrá-lo, sempre, realizando alguma coisa parecida com alguma coisa escutada ou lida. E a maioria dos escritores não ultrapassa esse estágio.

Os contos de estréia na imprensa, levados à publicação pelo atrativo dos prêmios de cem mil-réis, são exemplo típico dessa primeira fase referida por Pound.

A obra subseqüente de meu pai provou que ele pertence à minoria ultrapassante. A minoria que marcha e chega.

Minas Gerais entrou em sua obra definitivamente depois que ele saiu de lá. A saudade fez-lhe a arte, fez-lhe a força. E *Sagarana* é

"o predomínio do que não está presente".

A sua imaginação funcionava como a máquina do tempo, de H.G. Wells, projetando-o no desconhecido. Reais ou sonhados mundos. Depois, veio a reprojetá-lo no passado, no conhecido e vasto sertão, amado e inesquecido: Cordisburgo, Maquiné, Urucuia. Mugidos de bois. Vozes de vaqueiros. E as cores e os cheiros da terra, sensações em fragmentos nos seus relembramentos, compondo o mosaico de uma obra mágica. Como no verso de T.S. Eliot:

"E o fim e o princípio sempre existiram,
Antes do começo e depois do fim.
E tudo é sempre, — agora."

Papai, depois de sentir o mundo dos outros, consegue — em plenitude — a perspectiva do seu próprio mundo. É uma longa e enternecida viagem de reencontro. Tomando por empréstimo ao Professor Fábio Freixieiro o título de excelente trabalho seu, *Da Razão à Emoção*, poderia parafraseá-lo: "é o roteiro de um regresso".

"O que um dia vou saber,
Não sabendo eu já sabia."

***

Estilo é caráter, é personalidade artística. É o modo e forma de interpretação da realidade essencial. Ele a modifica, portanto, segundo a visão particular de cada um. O escritor refaz o mundo que vê ou as coisas que sente no mundo.

Ainda em *Tutaméia*, livro-guia, leia-se uma esclarecedora citação de Tolstói:

"Se descreves o mundo tal qual é, não haverá em tuas palavras senão muitas mentiras e nenhuma verdade."

O que me relembra Voltaire:

"Sachez que le secret des arts
Est de corriger la nature."

Do escritor, o que se espera e exige é uma impressão estética, fiel à sua colocação ideal diante da vida.

Segundo Álvaro Lins:

"O escritor é, a um só tempo, o criador e o historiador da existência de um ser vivo, e aí está a sua grandeza."

O mundo penetra no homem através dos sentidos. Detendo-se nos mais íntimos remansos do espírito, são reelaboradas as percepções, e traduzidas. As coisas sedimentam-se, primeiro. Depois, há de se dar a elas o calor e o tempo de cozimento, como ao pão. O tempo de amadurecimento, como aos frutos e ao vinho.

Na obra de arte desvenda-se o intérprete da vida, como artista e operário. Há uma desejada maneira de dizer as coisas desejadas. As idéias estão dentro de nós, e tanto pode ser difícil contê-las quanto contá-las. O problema é artístico; a solução é artesanal. Os temas são os materiais de construir; a forma é a conveniente e funcional arquitetura, adaptada às necessidades temáticas. E o operário, coexistente, dará forma segundo os planos da construção, recortando as madeiras, definindo as pedras, para erguer a obra.

Meu pai, artista e artífice, mestre de sua corporação, desde os primeiros contos impressos até a edição do primeiro livro, esperaria dezessete anos. O tempo de amadurecer.

Em 1936, coletando alguns poemas inéditos, apresentou-se à Academia Brasileira de Letras, para concorrer ao Prêmio de Poesia.

Magma obteve o primeiro lugar.

Guilherme de Almeida, relator, julgando o livro do desconhecido moço mineiro, assim se pronuncia:

> *"Vinte e quatro foram os originais, a mim apresentados, que êste ano se inscreveram no Concurso de Poesia da Academia.*
>
> ...
>
> *A todos êsses trabalhos dediquei, na leitura, uma firme, livre e igual atenção.*
>
> *Fiz-me assistir, no cuidadoso exame, por um único, bem simples critério: buscar e premiar poesia, poesia autêntica e completa, que é beleza no sentir, no pensar e no dizer.*
>
> *Ora, a meu ver, um único, dentre os trabalhos apresentados, tem isso, e no mais puro, elevado gráu.*
>
> *Poesia que está sózinha — parece-me — no atual momento literário brasileiro. Neste, como em quaisquer outros torneios, tal obra mereceria sempre um primeiro prêmio. E tão altamente distanciada paira ela sôbre as demais, que não me parece possível a concessão, a qualquer outra, de um aproximador segundo prêmio. É o livro "Mágma", de João Guimarães Rosa, inscrito sob o número 8. Pura, esplêndida poesia. Descobre-se aí um poeta, um verdadeiro poeta: o poeta, talvez, de que o nosso instante precisava.*
>
> *Nativa, espontânea, legítima, saída da terra com uma naturalidade livre de vegetal em ascensão, "Mágma" é poesia centrífuga, universalizadora, capaz de dar ao resto do mundo uma síntese perfeita do que temos e somos. Ha aí, vivo de beleza, todo o Brasil: a sua terra, a sua gente, a sua alma, o seu bem e o seu mal.*

...

Concluindo: É, pois, meu parecer, que seja o 1º prêmio do Concurso de Poesia de 1936 concedido ao livro "Mágma", de João Guimarães Rosa; e que não seja a ninguém, neste torneio, conferido o 2º prêmio, tão distanciados estão do primeiro premiado os demais concorrentes."

Era a primeira grande afirmação consagradora. Insistindo, porém, na sua "petição de mais certeza", papai manteve inédito o louvado livro.

Morando no Rio de Janeiro, distanciado fisicamente do seu Grande Sertão, mais o amava na lembrança. Aprofundava-se nas recordações da paisagem, ouvia o ressoar do vento nas palmas do buritizal e o aboio dos vaqueiros. O rosto largo do sertanejo, riso franco, mão áspera e linguagem livre. Os animais e as plantas da terra, as cores do amanhecer no campo e o grande sol vermelho que se deitava na direção do jenipapeiro.

Recriava-se o mundo perdido de sua infância. Já não enxergava charnecas nem estepes, nem os nevados penhascos alpinos onde grimpavam camurças e florescia o *edelweiss*. O que agora volteava dentro dele e diante dele era o Geral, o Grande Sertão, como cenário épico. Cedera o curioso ao emotivo, ao enamorado de sua própria terra. O que outrora procurara, "não sabendo já sabia": o seu mundo de beleza, o centro de sua vida. Voluntário prisioneiro da saudade, começou a redescoberta. Cálido e amplo, o meio físico moldara-lhe o coração. Nos silêncios sertanejos aprendera a imaginar. Recolecionava e organizava passado e presente, que nas suas novelas ressurgiriam. Acontecências antigas se apresentam no contexto das estórias de *Sagarana*, em autenticidade comovedora. Passado e presente, entreligados, explicavam-se um ao outro. Personagens reais de sua meninice, como o Juca Bananeira, filho de Chico Bananeira, chegam às páginas do "Burrinho Pedrês".

De *Sagarana* em diante, estreitam-se as intimidades entre o autor e a obra, de tal modo que se chega, sem muito esforço, a encontrar em cada um dos seus livros um reflexo exato de personalidade, modos, tendências, temores, desejos, crenças e dúvidas.

O espírito do autor se transmite à obra e nela se desesconde: meu pai, em seu natural, página por página, por trás das palavras ou adiante delas, no sentido das coisas que disse. Pesquisável e encontrável. Por vezes surgindo espontâneo, sem precisão de pesquisa, e por vezes sussurrando a sua verdade interior, para que se chegue mais perto e mais atenção se ponha na conversa.

A fantasia do menino que escutava as falas dos bois e das formigas, reaparece em

> "recontar diferente, enfeitado e acrescentado ponto e pouco..."
>
> "que assim até fica mais merecido, que não seja."

A partida de xadrez do "Chronos Kai Anagke" transfere-se do balneário alemão para a fazenda do Tio Emílio. Em lugar de Zviazline e Ephrozine — é o Santana, a Maria Irma, o José Malvino, o Bento, a Helena, vivendo estória entre os verdes, os bois, os pássaros e a vida solta, desatada no campo, bem perto de Maquiné, "onde a beleza reside".

Sob o pseudônimo de Viator, papai apresentara uma coletânea de contos concorrendo ao prêmio Humberto de Campos, instituído pela Livraria José Olympio Editora, em 1938.

O título ele criou posteriormente: *Sagarana*. Palavra construída pela travessa e expressiva sufixação do nórdico vocábulo *saga*, com a desinência indicadora dos coletivos, em tupi-guarani.

Alguma coisa muito simbolicamente brasileira na palavra inédita, conjungindo a loura saga e o exótico tupi. Duas línguas distantes que se unem, gerando a beleza nova jamais vista nem ouvida, saborosa e forte. Tal como as raças distantes que no Brasil se encontram e se misturam. Talvez pela inconsciente certeza disso, a palavra seduziu. Ficou. É hoje nome de cidade, escolas, ruas, música popular, barcos e cavalos puros-sangues. *Sagarana*, é como agora se chama a pracinha de Cordisburgo, onde meu pai, menino, via subirem os bois para os vagões da Central do Brasil. Onde tantas vezes brincava e foi aprendendo a viver. Ele encontrara, por fim, os seus temas, pelo universalismo do homem, situado no regionalismo geográfico.

Elaborados os contos, submetidos à Comissão Julgadora (Graciliano Ramos, Marques Rebêlo, Dias da Costa, Prudente de Moraes Neto e Peregrino Júnior), verificou-se empate entre o inidentificável Viator, pseudônimo de João Guimarães Rosa, e outro livro excelente: *Maria Perigosa*, de Luís Jardim. Graciliano Ramos conta como aconteceu:

— ...*"Abri um cartapácio de quinhentas páginas grandes: uma dúzia de contos enormes, assinados por certo Viator, que ninguém presumia quem fôsse. Em tais casos rogamos a Deus que o original não preste e nos poupe o dever de ir ao fim. Não se deu isso: aquêle era trabalho sério em demasia.*

... Houve discussão e briga. No dia do julgamento (...) ficamos horas no gabinete de Prudente de Moraes, hesitando entre êsse volume desigual, e outro: Maria Perigosa, *que não se elevava nem caía muito. Optei pelo segundo — e, em conseqüência, Marques Rebêlo quis matar-me, gritou, espumou, fêz um número excessivo de piruêtas ferozes. Defendi-me (...). Dias da Costa apoiou-me. Prudente de Moraes sustentou Marques. E Peregrino Júnior, transformado em fiel de balança, exigiu quarenta e oito horas para manifestar-se. Escolheu* Maria Perigosa.

Viator desapareceu sem deixar vestígio. ... Às vêzes assaltava-me vago remorso e perguntava a mim mesmo onde se teria escondido Viator"...

Durante sete anos mais papai reviu e reorganizou o

livro inteiro. Em 1946, eliminados alguns contos, cinzelada a obra minuciosamente, nascido o título sugestivo para os seus contos, iria o manuscrito ao editor.

Foi o imediato sucesso. O escritor João Guimarães Rosa instalava-se na história literária do Brasil com o seu primeiro livro.

Álvaro Lins consagrava *Sagarana*, em admirável artigo.

Encontraram-se, estilo e homem.

Papai atingira o desejado ponto de maturação artística, embora retocasse a obra incessantemente, em cada edição nova, cada uma delas demonstrando a sua inquieta meticulosidade.

Sentiria talvez como Fernando Pessoa quanto aos seus escritos:

"Todos eles ficaram por acabar; sempre se interpunham novos pensamentos — extraordinárias, inexpulsáveis associações de idéias, cujo termo era o infinito."

Papai não repousava diante da obra que os outros supunham terminada. Sempre existe, ainda, alguma coisa por fazer. E o que existe se descobre, no rever as coisas feitas. Quase nada é definitivo. O que há são diferenças de duração. Mas a palavra escrita permanece muito além de todas as construções do homem.

"As vezes, quase sempre, um livro é maior do que a gente."

Embora escrevendo sem cessar, meu pai manteve-se ausente das editoras durante dez anos mais:

"As coisas que estão para a aurora, são antes à noite confiadas."

Em 1956 nascem o *Grande Sertão: Veredas* e as estórias do *Corpo de Baile*, o límpido e fascinante retábulo enamoradamente desenhado. A paisagem humana do sertão mineiro, a força espontânea da natureza e o encantamento da vida.

Somente *"lo que se sabe sentir se sabe decir"*, declara Cervantes.

E papai, sabendo sentir, soube dizer. Era um captador de estórias. A verdade da ficção é só "aparentemente inventada". O escritor traduz os casos e acasos, como intérprete das acontecências miúdas que os tempos fazem.

Nos contos iniciais — "O Mystério de Highmore Hall", "Chronos Kai Anagke" e "Os Caçadores de Camurças" — transparece um cenário ensinado nos livros. Coisas vistas pelos olhos dos outros. E a vida apenas deduzida.

Começara pela tradução de traduções, reflexo de reflexos, em observação indireta. Na obra posterior, o que há é a tradução reta, imediata, de um original vivido e provado.

A partir de *Sagarana*, são as estórias apanhadas por ele no meio do mundo. Até o movimento "das coisas impalpáveis". Vai colhendo, resumindo ou dilatando, no entretecer das cenas, para que o todo se desvele por inteiro em obra pronta.

As novelas de *Sagarana* e de *Corpo de Baile*, as *Primeiras Estórias*, o *Grande Sertão: Veredas*, ou a densidade branca de *Tutaméia*, tudo são capítulos de uma obra só, em desiguais extensões, por onde perpassam todas as coisas.

Lançado na Alemanha o *Grande Sertão: Veredas,* proclamaram os críticos diante da monumental versão de Curt Meyer-Clason:

"Eis a epopéia brasileira!"

Logo no ano de lançamento duas edições se esgotavam, surpreendendo os editores e livreiros alemães. Era o reaparecer de um diverso Fausto, emperplexado pelos mesmos conflitos entre Deus e o Diabo. No desconhecido interior brasileiro, um homem simples repassava experiências e perguntas que são as mesmas de todos, ao longo dos séculos.

Inicialmente concebido como curta narrativa, logo lançada no papel, devagar se desdobrou em livro. Germinavam as sementes escondidas nas idéias. Cresceu, até onde deveria crescer: o topo da montanha.

Saudando o seu aparecimento, escreveu Sérgio Milliet:

"É, sem dúvida alguma, o nosso grande acontecimento literário e lingüístico do século."

Cavalcanti Proença define:

"Não há dúvidas de que se trata de uma epopéia!"

Em 1962, são publicadas as *Primeiras Estórias*, coletânea de vinte e um pequenos contos, caracterizados pela sua poesia profunda e singela.

Em 1967, aparece *Tutaméia — Terceiras Estórias*. Onde as segundas? Segredo seu, dos que tanto gostava. Razão escondida.

Tutaméia, livro-guia, chave-mestre, foi uma espécie de coroamento dos seus tempos e processos de invenção. Tristão de Athayde proclama:

"O autor de *Sagarana* é um escritor absolutamente singular em nossas letras. Não só em nossas letras contemporâneas, mas ainda em toda a história de nossa literatura. Está sozinho... Um autor absolutamente inclassificável, a não ser nas categorias do gênio, isto é, dos grandes isolados."

No prefácio que escrevi para o livro *Estas Estórias*, conto o reencontro pela descoberta dos originais que ele vinha revendo para publicação e pelos tantos de vida cuidadosamente preservados em suas notas e esboços.

Estas Estórias, título caprichosamente manuscrito, reúne trabalhos inéditos e algumas novelas publicadas na revista *Senhor*, além da estória "Os Chapéus Transeuntes", que figurou no livro *Os Sete Pecados Capitais*. E o delicioso interlúdio "Com o Vaqueiro Mariano", antes impresso em edição limitada (110 exemplares).

Na "Simples e Exata Estória do Burrinho do Comandante", há estilo marinheiro. É a pesquisada linguagem dos homens do mar, com os seus modismos e peculiaridades, em palavras precisas na descrição de tudo.

Outra, supra-real, fantástica no mais direto sentido da palavra, desenvolve-se com o apoio de uma língua selvagem, a língua da terra do jaguar. Utiliza largamente os elementos do tupi-guarani, de maneira justa e irretocável, aglutinando-os, compondo palavras ou usando as existentes com todo o seu agreste sabor de expressão. "Bicho Mau", ao que me parece, é estória reescrita, primorosamente refeita.

Papai raramente destruía o que escrevesse. O patinho feio, mantido e cuidado, pode crescer cisne. O que escrevesse, guardava. Sob o título geral Rejecta, colecionava os seus escritos que julgasse menos perfeitos ou de aperfeiçoamento problemático. Em alguma hora, voltaria a procurar a desejada solução estética, insistindo sempre até encontrá-la.

Provavelmente aconteceu assim com "Bicho Mau", que veio a ser um dos seus melhores contos, tanto no conteúdo como no modo de narração. Revalorizou o conto, cortando a linguagem técnica de jovem médico.

Em *Tutaméia* desencerra-se uma espécie de confissão pessoal, prolongada especialmente na quadruplicidade dos prefácios. Segredos se desfazem neles, enquanto outros mistérios perguntantes se apresentam. Há mais indagações do que respostas. Como na vida. E o duvidar constante, que

"é uma petição de mais certeza".

Um *Confiteor* de quarenta estórias cuidadosamente agrupadas, sendo quatro os entremeios, quatro prefácios de revelação e encobrimento, esclarecendo muito e, paralelamente, em apenas insinuações do

"muito que nele não deveu caber".

No final do livro, a relação dos contos é sugeridoramente mencionada como "índice de releitura". Logo abaixo, antes que o elenco se inicie, adverte, com palavras de Schopenhauer:

"Já a construção, orgânica e não emendada, do conjunto terá feito necessário, por vezes, ler-se duas vezes a mesma passagem."

E o índice, desrespeitando a seriação das páginas, antepõe os quatro prefácios, em tipo itálico, para lhes acentuar a importância.

Freqüentemente, os leitores não se detêm na leitura de prefácios, e nem dos índices esperam mais que o simples rol das matérias do livro. Fecham-lhe as páginas depois do último período.

Para meu pai, contudo, um livro começa na folha de rosto e termina somente na linha final do índice. Esses são os dois limites, são as fronteiras da obra literária. Dentro deles, o escritor constrói. De extremo a extremo.

Em *Primeiras Estórias,* o índice é ilustrado, conto por conto, linha por linha, segundo esboços de sua mão, habilmente redesenhados por Luís Jardim.

As estórias de *Tutaméia* estão sutilmente entrelaçadas numa só, "orgânica e não emendada". O estar-no-mundo, que, para meu pai, é o nosso conflito essencial, e drama talvez único.

O todo é uma soma de súmulas:

"Aquilo, como um texto alvo novamente, sem trechos, livrado de enredo, ao fim de ásperos rascunhos."

"Um escrito — será que basta?"

E,

"Tem-se de redigir um abreviado de tudo."

***

A História pelas estórias se acrescenta. E a vida por tutaméias, nos pequeninos pontos do tempo. A síntese dessas tutaméias foi captada, foi contada, grão por grão, foi copiada para muitas releituras.

"As coisas não são assim tão simples, se bem que ilusórias."

3 — A Obra

Tudo começa na palavra. Desde a criação das coisas e dos seres. E nós nos distinguimos pelo uso que dela fazemos. O homem é a sua linguagem. Palavras aproximam ou separam. Por palavras, senso e sensibilidade se medem, definem e estimulam. O próprio pensamento é palavra escondida.

Está no Gênesis que, por divino comando, o primeiro homem dialogava com o Criador, e deu nome às coisas vistas. Depois,

"Na terra não havia senão uma mesma língua e um mesmo modo de falar."

Unidos pela força da palavra igual, crescendo em vaidade, espalharam-se os homens pela Terra, quando lhes foi imposta — como castigo — a separação das línguas. Babel. A unidade rompida. A incompreensão.

As palavras reúnem e também separam.

Ao homem,

"a palavra dá-lhe o seu leite — o que é o leite da palavra —, e ele tem alimento, ele se nutre amplamente."

Assim se lê nos *Upanishades* e transcrito está em uma das páginas de "Cara de Bronze".

Prestidigitador pela palavra, isso foi meu pai, ao falar e escrever. Conheceu os caminhos encantados e a sedução misteriosa da linguagem, buscando a alma dos sons e o seu tempo, e o lugar de cada um. Para ele,

"tudo tinha de ser falado na forma".

E a descoberta da forma foi o seu empenho.

~~TRANSVERSAMENTE~~

REMIMENTO

Tendo de ser que naqueles meses ia-se com êle pescar. Ia-se à grande Restinga. Faz nada ao caso ~~apontar~~ *inclui* quem e quem. De nome, do que real e ainda lembrado, dava-se como o sr. Almansôr, nem mais, impersonagem, ~~vito~~ *à alta* parte; não ~~admira~~ *surpreende* induzis-se ~~em~~ então suspeitas. Ia principalmente junto um dr. Pirquins, rechoncho, ruivo ou louro, de identidade já hoje também incerta.

Sobvindo porém que a grande Restinga se excede de baixo cordão litoral ou banco de areia : melhor dita ilha — longa quase cinqüenta quilômetros e na largura mor de cinco, mínima cento-e-cinqüenta metros — ~~esguiada~~ *esguelhada* no mapa. Dos aviões avista-se tal um peixe-trombêta, osso de braço, chave-de-bôca, um tubarão-tigre. ~~Rasa~~ ~~Tal~~ *Mal* igualada *rasa* língua de chão, praia e mato e ~~ondulações~~ *elevações* de dunas, que remata em arremêdo de monte ; de estranheza, portanto. Daqui não longe, fechando a baía de S.

Lá, às vêzes, aos poucos, as pessoas se entreviam *pequeninas* meio modo em ~~esboço~~ *ínterim,* tanto o espaço é agente ; justassem-se ao grau, de aquém nem além, da ~~vasta~~ *vasta,* horizontal arquitetura, onde ~~o~~ *um* essencial vige por si, como se o mundo não tivesse origem *; todavia* ~~acentuava-se~~ *acentuado* nelas acaso o humano ~~resumo~~ ~~diminuída~~ *esbôço, reduzida* sua superfície de disfarces simultâneos sucessivos : sôbre *renovos* inatos motivos, atos em possível germe. O que nem chega a pensar-se ; mas como os morcegos, que não para sempre abjuram a claridade. ~~Ria~~ ~~bem~~ *Doria está bem* em tôrno e volta a representação das arquivadas cartas portulanas, cujas rosa-dos-ventos, javalis-peixes e baleias mostrosas, homens sem cabeça, unicórnios, anjos, dragões de asas. ~~figuras.~~ Sejam — as sereias. Lugar igual aos remotos ou antiqüíssimos, que persistam talvez, prima terra. Visitavam-no, desde ~~tempo~~ *muito* o dr. Pirquins e o sr. Almansôr. ~~s~~ *S*eparados, no comêço, também Cesário e Imhertz, os argutos. Era ali apenas uma estreita divisão, infinitamente margem. Do outro lado, represada lodosa a urbana baía de S. — acolá *na contraposta* barcos, banhistas, casas. Dêste, suscitando ~~o reaparecer de indesejados~~ *retrôs idos* entes, o devagar do mar, enfindante. O mar é imenso como a gente não consegue recordar alguma coisa.

Suposto o sr. Almansôr próspero de bens, sócio que o ~~referiam~~ *mencionavam* numa loja de ferragens, ~~instrumental~~ *material* hidráulico e elétrico, por exemplo. Tanto quanto freqüentava, em ocasiões formais, a roda do dr. Mourraria, ainda importante. E em-de sucedendo que, nessa festa de casamento, pelo menos, praticava êle ~~de~~ correto modo *de* quase esquivar-se, em revelia àquele mundo social, a um canto de sofá numa saleta e, por ~~certa~~ ~~predisposição~~ *decerta propensão* sua peculiar, esquecido de Ab e Ad, do que vem nos jornais, de achada a pólvora. ~~Pare~~

Queria uma linguagem livre das garras do convencional, desenvolta sintaxe alforriada, transferindo emoções, transportando-as sem desvio ou descaminho.

Na apresentação que fez — um verdadeiro estudo da *Antologia do Conto Húngaro* —, coordenada pelo professor Paulo Rónai, e que denominou "Pequena Palavra", papai define a língua húngara como a ideal:

"... molgável, moldável, digerente assim — e não me refiro em espécie só à língua literária — ela mesma se ultrapassa; como a arte deve ser, como é o espírito humano: faz e refaz suas formas. Sem cessar, dia a dia, cedendo à constante pressão da vida e da cultura, vai-se desenrolando, se destorce, se enforja e forja, maleia-se, faz mó do monótono, vira dinâmica, vira agente, foge à esclerose torpe dos lugares-comuns, escapa à viscosidade, à sonolência, à indigência; não se estatela."

Mais do que um ideal, isso foi o seu objetivo, sua tendência e vontade.

Outros, antes dele, registravam o escutado e, audaciosos, faziam-lhe a incorporação literária em léxico e sintaxe. Ele foi mais adiante. Libertou-se, para conseguir a liberação emocional absoluta.

O artista é aquele que ousa ponderadamente. E há de dizer as coisas em traslação desembaraçada, desimpedida, despadronizada.

Pois ele queria uma língua

"fabulosamente em movimento, fabril, incoagulável, velozmente evolutiva, toda possibilidades, como se estivesse sempre em estado nascente, apta-avante, revoltosa". Em estado de graça, Linguagem própria, seu vocabulário e sintaxe, seu ser escrito.

Papai librou-se como um pássaro. Pensava, talvez, como Paul Valéry:

"a sintaxe é uma faculdade da alma."

E por seu modo manipulava tecnicamente o material vocabular, dútil, contrátil, extensível e remoldável. Uma revolução plena: autonomia de iniciativa, insujeição, ousadia, para que fale a vontade com a voz que sente. É uma nova estética, lembrando a velha máxima tibetana:

"A palavra deve vestir-se como uma deusa, e erguer-se como um pássaro."

Papai dizia-me que as palavras somente podem ser entendidas em todo o seu significado, quando lhes chegarmos à intimidade integral, conhecendo todas as suas formas, a sua parentela, os seus disfarces e transformações, todas as suas aparências. Elas modificam-se na forma e no sentido, pelo contato vivo com os que as pronunciam ou escrevem.

Da mitologia nórdica, contou-me uma velha lenda finlandesa: o sangue é um deus que habita o coração do homem. As palavras têm vida, substância material que se dissolve na boca, vinda do coração para banhar a língua e os dentes. E com elas se constroem maravilhas. Em cada palavra existe um pouco do sangue do homem, de sua essência e de sua força. O sangue é a seiva, frutos e flores são as palavras, filhas do deus escondido.

Repetia Ezra Pound:

"A grande literatura é simplesmente linguagem, carregada de significação até o mais elevado grau possível."

A força da emoção surpreendendo e comandando a comunicação da surpresa. E as expressões nascem de broto e jorro

"como uma borboleta sai do bolso da paisagem."

"Não se temam as difíceis palavras." Há necessidades de renomeação, devolvendo-se à linguagem o poder expressivo que o uso desgastou.

É preciso "buscar palavras-cantigas" na procura do "quem das coisas", como recomenda José Proeza nas falas de "Cara de Bronze".

"Palavras de voz."

A sedução da palavra inventada.

O abracadabra deflagrando o incompreensível, o espantoso das mágicas. E a invenção sonora, diferenciante, para expressão mais significativa. O vocábulo novo, para significação mais expressiva, identificando qualidades ou desejos, sentimentos ou sensações.

É a necessidade imposta pela emoção nova, que não quer palavras gastas pelo uso alheio. E procura vocábulo "de ileso gume", "raramente usado, melhor fora se jamais usado".

***

Meu pai iniciou-se no francês e no alemão, que mais tarde conheceria por plano e profundeza, línguas e dialetos. Relacionou-se em amizade com o espanhol, o italiano, o inglês, o sueco, o dinamarquês, o holandês, o russo, o polonês, o lituano, o húngaro, o tcheco, o romani, o árabe, o hebraico, o japonês. O grego. E com o sânscrito, mãe de tantas línguas. Com o esperanto e o tupi.

Gostava de conhecer ao menos um membro de cada linhagem lingüística, para, progressivamente, entender-se com alguns outros da família.

"Eu quero tudo: o mineiro, o brasileiro, o português, o latim, talvez até o esquimó e o tártaro. Queria a linguagem que se falava antes da Babel."

No tanto estudar, foi amealhando a riqueza que mais tarde lhe permitiria, em ouro puro,

"jogar nos ares um montão de palavras. Moedal."

Modismos, formas populares de dizer as coisas, tudo isso era cuidadosamente absorvido e reelaborado.

A sua era

"uma linguagem espontânea, que crescia como o mato e se coloria como as flores, sem pedir licença."

Foi o que dele disse Cândido Motta Filho. E Raymundo Magalhães Júnior nos afirma:

"Os seus neologismos não eram fabricados à toa. Trabalhando à maneira de Rabelais, ele os fabricava como quem fabrica uma filigrana. Mas ia buscar as raízes na língua húngara, na língua alemã, nas línguas escandinavas, por que passava a sua curiosidade intelectual."

Buscava ele, sempre, uma introvisão da linguagem. A radiografia das palavras. Brincava com os sentidos vários de cada uma delas, deixando em *Tutaméia* muitos exemplos. Experimentava. Recolhia um plural de idéias numa frase só, e, mesmo, numa só palavra. O aparente e o pesquisável, misturados entre o pensamento e as letras.

Papai era assim: dizia tudo, por maneiras diversas. E gostava do jogo verbal. Aglutinava palavras, criando expressões de entendimento fácil e imediato.

Lembrando Mallarmé, ele dizia que as palavras são de carne e osso, seres vivos. A carne macia das vogais e a ossatura das consoantes.

Meu pai sempre foi ele mesmo, sendo em sentido e em som. Por espontaneidade repolida, para inteira exatidão. Exerceu influências duradouras, ao romper caminhos novos, surgindo como descobridor das possibilidades de uma língua impressentidamente plástica.

E vão vindo, e vão vir tantos outros, tomando nas mãos o facho iluminado, seguindo as estradas abertas no sertão antigamente impenetrado. Os mais novos, companheiros na pesquisa fascinante.

Mas não foi só, nem tudo, simplesmente uma questão de técnica, de forma, de estética visual ou auditiva.

Em vista do seu "caráter transoceânico", proclamado por Tristão de Athayde, ressonorizou-se em muitas falas. Na América e na Europa, sucedem-se as traduções e edições.

Cada tradução era por ele acompanhada diretamente, em dezenas de cartas trocadas com os tradutores. Discutia vocábulos e frases, fazia sugestões e correções.

Edoardo Bizarri, Curt Meyer-Clason, Harriet de Onis, Barbara Shelby têm se referido a essas cartas e cuidados.

Traduzir é reinstrumentar um texto. É reorquestrar uma estória, transcrevê-la em outra pauta, em outra clave. Traduzir é re-vestir: mudança de roupagem das idéias, sem mais alterações que o inevitável mínimo.

Às vezes, o novo instrumento oferece algumas novas possibilidades. Sabedor disso, ele não as deixava inaproveitadas. Surpreendia os tradutores, de repente, pelas suas proposições.

O que importava era o desenvolvimento da emoção, desdobrada em palavras tão suficientes quanto indispensáveis.

Dilatar numa frase a surpresa de uma interjeição, ou condensar num só vocábulo essa frase inteira, tal — muitas vezes — o seu dilema. Daí, as interrupções e os retornos. A suspensão do trabalho, para um afastamento que lhe desse perspectiva, e a subseqüente reaproximação. Como os movimentos de um pintor diante da tela inacabada.

Repetiria Valéry:

"L'esprit n'est jamais sûr que son fruit est à point."

Meyer-Clason, numa conferência, informava:

"Traduzir João Guimarães Rosa é nada menos que um contínuo diálogo, até uma discussão com o autor."

***

Translúcidas como alabastro ou sonoras e transparentes como o cristal. Opacas e pesadas como a grande cortina de um palco. Agressivas, ferozes, impactantes, ou, ao contrário, suaves como o sorriso de um querubim barroco; intangíveis como um sonho de criança, ou concretas como as pirâmides do deserto: as palavras. Papai sabia escolhê-las, no renovar a forma de sua mensagem estética. Em palavras, destramente construiu.

"Mediu o mundo. Por tantas serras, pulando de estrela em estrela, até os seus Gerais."

Transportou-se em terras e mares, levando a outros a vigorosa imagem do seu sertão. Não perdeu as memórias de onde veio.

Sua terra foi seu tema. Segurou-lhe as raízes por mais longe que os ramos se estendessem. Riobaldo corre o mundo que o entende na perplexidade desdobrada em sofrimento e sabedoria. Conta os cantos do conflito entre as idéias. Propõe questões de angústia e oferece a esperança como resposta, mais a certeza dos valores humanos. "O Burrinho Pedrês" vai trotando pela *puszta*, que é verde generoso campo da planície húngara. Tem distâncias, sem sair de Cordisburgo. Miguilim se rearruma para despertar ternuras na França, Itália ou Alemanha, rompendo o rumo do mar. Augusto Matraga reacha a sua hora e vez em fusos remotos.

E papai, o escritor, o embaixador de Cordisburgo e do Brasil, ainda conserva muita coisa do menino de invenções lúdicas. No silêncio da noite, o menino acorda. E o ser-sério se atenua, surgindo páginas de brinquedo, para o sorriso da gente que as lê. Sorriso e reflexão.

A infância luziu sempre em seu olhar. Veja-se um retrato. Qualquer. Em seu sorriso espontâneo entrevê-se o travesso. Em seu coração frágil houve um recanto onde o tempo não tocou.

"Os meninos se alegram ao parecerem homens; e os homens choram porque deixaram de ser meninos." Assim escreveu Schiller.

O menino Joãozito manteve sempre alguma coisa de Peter-Pã. Um pouco de menino a contrastar. E fixou isso em seus livros.

Cristal de um tempo, é nos livros que a vida se sublima. Entre os mistérios das páginas escritas, revela-se a verdade do homem. Joãozito-Miguilim, Joãozito-Sagareiro, contador de sonhadas estórias captadas no ar, ou dos segredos que viu nas estradas seguidas, ei-lo inteiro, ou quase todo, em cada livro seu.

O extremo lavor de seu estilo não esconde a sinceridade. Forma e símbolo são os seus instrumentos de revelação pessoal, de afirmação quase religiosa, de testemunho do seu amor, da sua ternura pela vida. Ou de sua inquietação espiritual diante do desconhecido. Os mistérios do avesso da vida e das coisas mais simples, de menos segredo aparente. A vida é um mistério disfarçado em naturalidades. E esse é o seu lado mais sedutor: a pesquisa do segredo, mesmo quando impossível o desvendamento.

"Quando nada acontece, há um milagre que não estamos vendo."

Com flores inventadas, meu pai enfeitava o visto e o sentido. Lavrando palavras, transcreveu a vida. Assim viveu e assim transvive.

Não sou filóloga. Tocou-me apenas a sua logofilia. O amor à palavra, palavra de voz ou palavra escrita.

A obra reflete o homem. E o homem é a linguagem, é a força de sua fala. A palavra é o homem. Tudo começa na palavra. E nada, em verdade, termina.

As coisas que ele me disse não se afastam com o tempo.

Ave, Palavra!

O homem Guimarães Rosa

Resumo da entrevista ao professor
Fábio Freixieiro, publicada em seu livro
Da Razão à Emoção (II)
Rio de Janeiro, Tempo Brasileiro
Instituto Nacional do Livro
1971

J.G.R. é condecorado com a Ordem de Rio Branco, pelo ministro das Relações Exteriores, Juracy Magalhães, em nome do Governo da República.
A cerimônia foi realizada no Palácio Itamarati-Rio de Janeiro, 2 de dezembro de 1966.

Professor Fábio Freixieiro — Vilma, você pode mencionar alguns traços do caráter de seu pai, relembrar fatos ligados à sua extraordinária personalidade?

Vilma Guimarães Rosa — Desde menino, papai se parecia com aquele Príncipe de Serendip, na estória de Walpole, que seguia pelas estradas do reino a observar todas as coisas. E as felizes descobertas vinham ao seu encontro, pressurosas.

Era ele um homem que cumpria o seu dever procurando fazê-lo acima e além do que normalmente se lhe poderia exigir. Manifestou sempre o mais integral devotamento a tudo o que fazia: uma página escrita, um relatório funcional, o estudo de um problema técnico ou um desenho para os netos.

Teve amigos, e dedicados. E a eles se dedicou. Gostava de conversar, gostava de ouvir. Era de se absorver inteiramente na contemplação da vida, buscando segredos, conjecturando, ou simplesmente fruindo o lado positivo das coisas.

Certa vez, ele ia para o Ministério, muito antes do expediente normal, quando teve a atenção puxada pelos ouvidos para o chilreio dos pardais nas árvores da Rua Marechal Floriano. E ficou a imaginar que distinguia os sons dos pássaros conversadores, loquacíssimos. E quando deu pelo tempo, estava em pleno Campo de Santana, entre os fícus povoados pela passarada.

Lembro-me do estímulo que dava aos escritores novos. A mim, inclusive, sempre me transmitindo a impressão de que se entusiasmava com os meus escritos.

Possuía excentricidades que me fascinavam. Jogar xadrez de cor, *com um parceiro tão sábio quanto ele, ou sozinho mesmo. Coisas de gênio...*

Seu carinho pelas filhas e pelos netos era uma espécie fervorosa de bênção, como se ele, orgulhoso da família, se sentisse infinitamente grato a Deus pelos elos se sucederem, fortes e saudáveis.

F.F. — O menino Dito — da novela "Campo Geral" — afirma que "o mole judiado vai ficando forte, mas muito mais forte. Trastempo, o bruto, vai ficando mole, mole..."

Responde, Vilma, se existe alguma experiência biográfica por trás dessa afirmação. Pode-se dizer que ele passou de uma espécie de "mole judiado" a "forte, muito mais forte"? Pode-se dizer que ele era uma criança tímida e sonhadora? E que o homem (ou a criança) do interior, torturado por tantas limitações e dificuldades, mas triunfando depois na vida da cidade grande, não seria o exemplo, corporificado em JGR, daquele fortalecimento?

V.G.R. — Não e sim. Mole judiado papai nunca foi. Criança feliz, criativa e sonhadora, sem dúvida.

Os avós, os pais, os irmãos, amigos e empregados lhe devotavam o maior carinho. Bem-estar nunca lhe faltou.

Em sua experiência de escritor, ele apenas misturou-se aos outros meninos. Eu diria que o Dito é uma espécie de síntese infantil: é um pouco o Joãozito, é um pouco a totalização dos meninos que existiam na sua infância. Ele sempre acreditou que os ásperos da vida temperam a força de cada um de nós. E que a brutalidade cansa, desgasta e se acaba na inutilidade.

F.F. — Diga, Vilma, da vocação para o mar, do mineiro JGR, como a de um crescido Miguilim.

V.G.R. — Na sua primeira visita ao Rio, papai maravilhou-se com o mar. Porque, ele sabia, o mar e o sertão metafisicamente se conhecem, se desejam e se completam. O mar interliga as terras que separa. Ele é o mistério, a grande aventura. Miguilim, buscando a direção do mar, lançava os olhos para os ventos do futuro, tentando enxergar o amanhã.

F.F. — Vilma, o que julga do significado de seu pai, na literatura do Brasil e do mundo?

V.G.R. — Papai foi, desde cedo, incluído entre as expressões maiores de nossa literatura. A primeira edição de Sagarana, *recebida com admiração pela crítica e pelos leitores, deu-lhe um lugar especial entre os nossos contistas. O desenvolvimento de sua obra confirmou-lhe o valor, universalizando-lhe o nome. Traduzido para vários idiomas, seus contos chegaram a terras diversas, levando a mensagem brasileira. O seu nome foi indicado para o Prêmio Nobel de Literatura. Os estudos sobre a sua obra até hoje ainda nos chegam de muitas partes do mundo. O* Time *dedicou-lhe uma página inteira de apreciação e louvor. A crítica internacional o aplaude, o público internacional o admira e lê. Tristão de Athayde considerou-o tecelão de "admirável e incomparável tapeçaria", tecida com a fibra mais tipicamente nacional que podemos fornecer, e, ao mesmo tempo, com uma nota de humanismo universal tão completa que explica o mistério de sua repercussão no exterior. Meu pai é um caráter transoceânico, no juízo do grande crítico.*

Quase trezentos estudos em diversas das grandes publicações internacionais de literatura, mais de mil artigos sobre a sua obra estampados no Brasil, tudo isso destaca nitidamente a sua importância. Você compreende, é a filha falando sobre o pai escritor. Assim, prefiro citar. Nem faço apologia com palavras minhas, nem preciso desenvolver raciocínios apologéticos no sentido filosófico da palavra, no sentido de defesa do valor da obra. Eis que esse valor vem sendo reconhecido e proclamado em escala universal.

A literatura brasileira tem grandes valores que ultrapassam a barreira do som, que se ressonorizam nas línguas estrangeiras. São nomes de repercussão interna e internacional, são escritores que outros povos conhecem, amam e estudam. Entre eles, sem dúvida, e muito destacadamente, está meu pai. Consagrado em vida e depois dela, continua presente, continua despertando interesse e admiração.

Somos um povo jovem. Mas herdamos inúmeros passados na formação do Brasil. E os jovens se fazem ouvir na renovação do mundo. Papai foi mensageiro dessa renovação artística, e assim o conhecem dentro e fora do Brasil.

F.F. — Vejo JGR nômade e sedentário. Instável e estável, o homem de tantas viagens.

V.G.R. — Nômade e sedentário, instável e estável, rijo e suave, severo e doce. Ele foi assim. Nômade, na irrefreada curiosidade que sempre o caracterizou. Sedentário, no desejo de paz, no amor ao silêncio das horas de trabalho. Instável, na inquietação constante de seu espírito, em busca de perfeição. Estável, na sua esplêndida ternura, na constância de sua afetividade, na firmeza das suas convicções, na consciente fixação de seu devotamento ao trabalho. Rijo, na coragem tantas vezes demonstrada, na determinação de sua vontade enérgica, no cumprimento das suas obrigações. Suave no convívio, nas horas mansas, suave no trato, no sorriso, no coração. Severo, quando a vida impunha severidade, sem jamais abandonar aquela sua doçura tão acentuada, tão presente em seus atos. Nômade confesso, procurou a carreira diplomática, disposto a ver o mundo distante. Era-lhe, porém, indispensável intervalar o nomadismo, viver longas pausas de tranqüilidade produtiva. Mas não poderia jamais renunciar ao seu impulso de observação direta das coisas e das pessoas, movimentando-se pela vida. Amou a natureza inteira. Enternecia-se com as crianças e sentia respeito e curiosidade pelos animais. Andou pensando sempre nos que precisam de proteção e de compreensão. Tentou sempre entender e proteger. Papai foi assim, na complexidade de sua figura humana. E foi um homem simples. Em viagens, viu os muitos rostos da humanidade, conheceu expressões de cultura, de comportamento moral, enriquecendo a sua experiência.

F.F. — Sem preocupações de Fausto e Mefistófeles, seu pai era um puro e um bom. Como a preocupação metafísica o acompanhou pela vida?

V.G.R. — Ele preocupava-se com o sentido místico das coisas. A educação religiosa que recebeu fixou-se definitivamente em sua essência. Lembro-me de sua entusiástica narrativa de uma peregrinação a Lourdes, na França. Como livro de cabeceira guardava a Imitação de Cristo. *Em sua gaveta, na sala de trabalho, o terço de metal. Tinha medo da morte, por isso transformou-a em* encantamento. *E, no entanto, acreditava em Deus, na força do amor e da proteção de Deus.*

Era ecumênico no seu respeito às outras religiões. Dizia mesmo que todas as religiões têm alguma coisa de verdadeiro, na sinceridade com que a praticarem. Investigou sobre todas elas. Era um estudioso do sobrenatural. Interessava-se pela parapsicologia. E possuía um controle poderoso da mente.

"O homem é sobretudo a sua obra", diria eu, parafraseando o Padre Vieira. Em sua obra, papai transmitiu a sua mensagem espiritual, a mensagem de sua vida.

"É o que digo, se for...
Existe é homem humano. Travessia."

O lugar do coração

Jornal do Brasil, 23 de março de 1974

Deus é menino em mil sertões.

Sentia medo, mas fui.

O medo é uma pressa que vem de todos os lados, uma pressa sem caminho.

Queria roubar com os olhos a sua meninice, vestígios. Queria regredir no tempo, surpreender o menino meu pai, brincar com ele, folhear suas revistas e seus livros. Queria-o de volta.

Dias antes, ele havia se *encantado*. A morte é irreversível. Não devolve. O *encantamento* é belo, feito de uma só esperança: o reencontro.

Peter levou-nos, vovó Chiquitinha e eu. Sua missão era nos conduzir a Cordisburgo e ajudar-nos a procurá-lo.

Entre verdes que subiam e desciam ondulantes, surgiu *tão de repente bonito, quase lugar*, mesmo, *trás montanhas*, cidadezinha-coração.

Amor à primeira vista, Cordisburgo e eu.

Desfez-se a angústia. Esqueci o medo. E vovó, olhos enverdecidos pelo contágio dos *gentis morros* que apreciava, segredou-me, como se o mundo ainda não tivesse notícia:

— Seu João-Papai nasceu aqui, Vilminha. Era um bebê bonito. Naquele tempo, muito meu...

A ruazinha, casas de um lado, a outra margem livre. Pedrinhas de fascinante brilho sem descanso. Caminhamos. Papai também ali havia caminhado os primeiros passos.

Oh coisa boa a gente andar solto, sem obrigação nenhuma e bem com Deus.

O trenzinho riscou na paisagem uma fumaça depressa. Trens são apressados. Sempre em fuga, na esperança de chegar.

Vovó não queria largar a saudade.

A saudade é braço-e-mão do coração e que, certas horas, quer segurar demais em alguma pessoa ou coisa. Mas, não se deve de...

— Foi com os trenzinhos que Joãozito aprendeu números. Eu ia falando, e ele, ainda no colo, repetia...

Entramos na casa. Vovó acariciou-a com os olhos, e o sorriso tímido de quem é visita do que fora seu. Quartos, portas, paredes, o chão indeciso, o teto querendo proteger. Ali, mil vozes escondidas. O pigarro do vovô Florduardo, preparando as espingardas. Era doido pela caça. As falas miúdas de meus tios. Vovó contando estórias. E o "louro", falante, conjeturando observâncias, e gritando, empoleirado na gaiola de folha-de-flandres:

— Joãozito, ô xente!

O mato, rebelde, liberto, apropriara-se do quintal, onde papai fabricara boizinhos de chuchu e sabugo de milho. Domesticando os bichos que vovô Florduardo trazia. Desenhando mapas no chão, os dedos sujos de terra, absorvido, criando uma geografia-miniatura. Riozinhos com pequeninas pontes, ilhas. Até um mar. O mar que ainda não conhecia. Pássaros. Passarinhos. Depois, livros, livros, livros. Lidos às escondidas, vista fraca, miopia, proibição.

E o primeiro par de óculos.

Miguilim. Miguilim e Joãozito se entreolhando, espantados. Gêmeos de alma. Olhando além, aqui, mais lá. Um mundo repentinamente ampliado.

Onde estaria Miguilim escondido? Procurei-o dentro de casa, no quintal.

Miguilim, Joãozito, onde estão vocês? Vim brincar também, quero vê-los! Estou com saudade, saudade, saudade...

Saímos, e eu de novo triste, sentindo aquela impressão leve e rápida de já conhecer tudo aquilo de muitos outroras. Teria sido a companheirinha de meninice de Joãozito, muito antes de me tornar sua filha?

Não eu, mas mim.

O céu parecia pintado de novo, todo ele um azul azulíssimo.

E o burrinho pedrês veio vindo em nossa direção, observando-me com os olhos cor de bismuto, sob as pálpebras rosadas. Idoso, pêlo de algodão bruto. E a cauda em pêndulo.

— O que faz você aqui, Sete-de-Ouros? Volta pra *Sagarana*!

Mas nada disso vale fala, porque a estória de um burrinho como a estória de um homem grande, é bem dada no resumo de um só dia de sua vida.

Papai gostava de selar seu cavalinho, sair desbravando. Redescobrir as mil maravilhas de Maquiné.

Foi lindo entrar dentro da rocha, num mundo de estalactites e estalagmites, fazendo deslumbrâncias. Gruta de Maquiné, gruta mágica.

Talvez Joãozito estivesse escondido num dos mil lugares-mistério, ali dentro. Procurei-o, chamei-o. Vislumbrei-o.

Lá fora, o ar perfumoso e fresco. Carneirinhos de nuvens no céu.

— Seu pai tinha um carneirinho, sabe? Tia Clarinda, de Caeté, deu-lhe de presente. Até mesmo enquanto ele estava lendo, o animalzinho ficava perto, à espera de carinhos.

Juca Bananeira aproximou-se, confuso dentro de sua emoção. O apelido lhe veio da Fazenda do Bananal, onde morava com mais 12 irmãos.

Dr. José Saturnino Filho, médico e fazendeiro, amigo de J.G.R. desde criança, foi seu irmão de leite. "Questões de amizade as mães trocavam os bebês, na hora de amamentá-los." É proprietário da Fazenda do Saco dos Cochos, que também se tornou personagem rosiana.

— Já conheço você, Juca. Mesmo antes de você ir ao Rio só para colocar flores no túmulo de papai. Já o conhecia. Lembra-se? A condução da boiada de Seu Major Saulo, na estória do "Burrinho Pedrês"...

Sorriu, satisfeito, personagem do amigo de infância.

É assim Cordisburgo. Muito rosiana. Você está sempre esbarrando em personagens de Guimarães Rosa. *A hora e vez...*

Batizado com as águas do Urucuia, a pia batismal feita de uma estalactite tirada da Gruta de Maquiné, Joãozito fora abençoado pelos buritis, senhores do horizonte.

Cordisburgo, primeiro Vista Alegre. Uma alegria constante para os olhares viajantes e também para os olhos de seu povo. Quando a Igreja do Sagrado Coração de Jesus cresceu, tentando tocar o céu, o nome do lugar também se alongou: Coração de Jesus da Vista Alegre.

E depois, sugerido pelo próprio Padre João do Santo Antônio:

Cordis-coração. *Burgo*-lugar.

Joãozito tinha, mesmo, de nascer em terra de bonitos nomes.

Doutor José Saturnino Filho, médico e fazendeiro, alma pura de homem do campo. Nasceu e cresceu tão perto de papai que suas mães, questão de carinho e confiança, trocavam às vezes os filhos, na hora de amamentar. Hábito da terra.

O amigo Saturnino quase nos entrega Cordisburgo, de presente. Generoso, leal às amizades, já nos levou à casa, à gruta, e agora nos dá de almoçar. Avisa que o almoço será igualzinho ao último que papai ali comeu. Mas antes sai para buscar surpresa. Volta com um grupo de encantadoras velhinhas-de-sorrisos-jovens. Uma delas, a santa senhora mãe dele, sentada na varanda, lúcida nas recordações.

Todas comovidas, porque olham agora a filha do menino que viram nascer.

Somei a idade delas.

A vida é certa, no futuro e nos passados.

Nhá Tina, Dona Arminda, Nenega, Belita... Ao redor da mesa formávamos um só abraço.

Estávamos na Fazenda-do-Saco-dos-Cochos, também Fazenda-Personagem. Cheiro bom de gado forte, mugidos... Árvores apinhadas de flores, despetaladas no chão, fazendo tapete cor-de-rosa.

Alta, sobre a cordilheira de cacundas sinuosas, oscilava a mastreação de chifres. Como correntes de oceano, movem-se cordões constantes, rodando redemoinhos: sempre um vaivém, os focinhos babosos apontados, e as caudas, que não cessam de espanejar com as vassourinhas. Somam-se. Buscam-se.

Daqui a dias, voltaremos a Cordisburgo, sem vovó Chiquitinha. Vovó, vovô, papai, já *encantados*. Sei que vou encontrá-los entre as belezas misteriosas da Gruta de Maquiné. Ou esperando-me na casa toda novinha, promovida a museu. As velhinhas queridas, Juca Bananeira, a Fazenda-do-Saco-dos-Cochos, me esperam. A terra me espera.

Daquela vez, até hoje, seis anos. O tempo de salvar uma casa, reconstruí-la e organizar dentro dela uma permanente exposição de lembranças.

Ao governador Rondon Pacheco, a minha profunda gratidão. Ele salvou a nossa casa.

O professor Luciano Amedée Peret lembra-me a figura do médico dedicado: restaura as obras de arte arruinadas e as ressuscita. Consegue milagres. A ele também agradeço, de coração.

Graças! A casa reviverá. Conhecerá visitantes, contando-lhes as estórias de meu pai.

Ah, se o mundo um dia se acabar, fica tanta coisa por fazer...

Nem tudo se acabou. O Passado agora é Presente.

... "Eu vou e vou e vou e vou e volto!
Porque se eu for
Porque se eu for
Porque se eu for
Hei de voltar!..."

Vilma e o governador de Minas Gerais, Sr. Rondon Pacheco.

Saudação de Vilma Guimarães Rosa

ao inaugurar o museu na casa de seu pai
Cordisburgo, Minas Gerais,
30 de março de 1974

Vilma é cumprimentada pelo Juca Bananeira, personagem de *Sagarana*. Na foto, também, o primo da escritora, Verli Avila de Paulo Guimarães e o prefeito de Cordisburgo, Geraldo Martins.

O governador Rondon Pacheco é recebido na Fazenda Bento Velho, pelo seu proprietário, o banqueiro e industrial Alberto Carlos de Freitas Ramos — amigo da família G.R. —, que ofereceu um banquete após a inauguração do Museu e a visita à Gruta de Maquiné. O fazendeiro ofereceu também ao povo de Cordisburgo churrasco e chopada, para celebrar o evento.

Vilma discursa na solenidade de inauguração do museu, vendo-se ao seu lado o tio Vicente Guimarães, também escritor, Dona Jujuca de Athayde, Austregésilo de Athayde, presidente da Academia Brasileira de Letras, e o governador de Minas, Rondon Pacheco.

Exmo. Sr. Governador Rondon Pacheco,
Senhor Prefeito Geraldo Martins,
Ilustres autoridades,
Amigos e Família de meu pai,

É sempre difícil, para mim, colocar a gratidão em palavras. Porém, gostaria de agradecer, em nome da minha família, ao governador Rondon Pacheco tudo o que fez pela casa de meu pai. Quando a adquiriu, entregando-a ao Patrimônio Histórico, ela estava agonizando. Graças ao governador, foi salva a tempo.

Parabéns ao professor Luciano Amedée Peret, pelo magnífico trabalho de restauração da casa, há pouco tempo quase em ruínas. Usando persistência e entusiasmo, conseguiu um milagre. As paredes, o chão, o teto, o jardim, recuando mais de 60 anos, tornaram-se jovens.

Hoje é festa em Cordisburgo. Mas também é uma grande saudade. Aqui, Joãozito brincava, lia, sonhava e ia guardando na alma o cenário do sertão, para mais tarde transportá-lo às páginas de seus livros.

A influência telúrica em sua obra começou na infância, quando o contato com a natureza era direto, maior.

Anos mais tarde, as atividades diplomáticas exigindo uma separação física, papai, contudo, jamais se afastou daqui, em espírito. Notável bagagem de lembranças levou consigo para seus postos no exterior.

Hoje, Cordisburgo não só existe em Minas Gerais. Está em Portugal, na Espanha, Itália, França, Alemanha, Suécia, Tcheco-Eslováquia, Polônia, Estados Unidos. E até no Japão. Cada obra traduzida para outras línguas é a terra mineira se revelando aos olhos e à curiosidade de outros povos. É o sertão brasileiro se impondo ao resto do mundo. Verde, vibrante, invencível. Misterioso e metafísico. Eterno.

Desejo, de coração, que as gerações futuras de estudantes e amigos de João Guimarães Rosa possam desenvolver, nesta casa, um trabalho intenso e interessante de pesquisa, enriquecendo a sua curiosidade sobre o grande escritor e o grande homem que ele foi e cuja memória é reverenciada com tanta admiração e respeito.

Neste Museu, onde as recordações contam a estória de um Joãozito Menino, sinto mais viva a sua presença adulta e amadurecida, transbordando uma vivência de leituras, estudo e trabalho, aos quais ele se dedicou com devoção e sensibilidade.

Aqui, meus avós começaram uma vida a dois cheia de amor, para formarem, com o decorrer dos anos e o nascer dos filhos, uma família bonita e feliz.

Neste momento de profunda saudade, consola-me a idéia de que meu pai e meus avós devem nos estar sorrindo. E certamente nos abençoando, lá do Infinito, cujo símbolo ele já escolhera para assinalar o término das suas estórias, que, na realidade, jamais terão fim...

Cordisburgo, Cidade-Coração, levarei a Terra e seu povo amigo na minha lembrança. Com grande carinho, simpatia e gratidão!

Resumo do artigo
"A permanência eterna"

Jornal do Brasil, 19 de novembro de 1974

A cada volta, regride o tempo encurtado. Concentra-se. Hoje é quase ontem, na memória do coração. É a presença do sempre. Revejo, relembro vozes, refaço o anterior no recontar do tempo, instante por instante. Fixou-se em carinho e magia tudo aquilo que hoje evoco. Vida em retrospecto, desejada reconstrução nas dimensões guardadas, nos detalhes nítidos, pelo bem das coisas que um dia foram, pelo amor das horas que retivemos.

O todo inesquecível da relembrança prolongando até o presente a doçura do ontem. E papai volta, como se não tivesse jamais se afastado.

Hoje, ele ainda é uma presença nítida no mundo a que serviu, transvivendo em seus livros, que nos levam ao mais fundo das emoções.

Incansável observador, procurava o encanto nas pessoas e nas coisas, despercebidamente existindo.

Revelação, dever de artista.

O mármore, antes da estátua: informe, áspera pedra. Mas as mãos mágicas do escultor vão revelando a brandura das curvas na brancura sedosa, polida, macia, que aos poucos se entremostra. A beleza desperta, desoculta-se, esplende. Miguel Ângelo adivinhou a forma vigorosa de Davi, no bloco das pedras de Carrara. E a fez surgir.

Outras vezes, o trabalho da descoberta é nenhum, quase. As mãos de Deus deixaram a obra pronta, linda como um cristal perdido entre a ganga dos garimpeiros, à espera de que o encontrem, o vejam e o mostrem.

Criação, invenção e descoberta.

Papai garimpava palavras, batendo as águas ricas da linguagem pura. Fazedor de jóias, paciente aurífice, arrumava os seus achados para a grande comunicação da arte, expressando idéias, narrando estórias. As suas estórias. Repetia vidas e tempos ao dizer a mágica do mundo:

"sem desnudar o que não deve ser desnudado."

Em suas páginas ressurgem palavras, ou nascem lavradas por gosto e saber, numa precisão sentida. Sentida e comunicada.

Minerador, garimpeiro perseverante como os das Minas Gerais, às vezes foi.

E, vezes tantas, apurado amoroso artífice, desbastando, aglutinando, repolindo, trabalhando como quem cinzela.

Criou, na medida em que pode o homem criar. Mestre-inventor, plantou forma nova de manifestação artística na expressão de sua mensagem espiritual.

Um outro *dolce stil nuovo*, significativo, contagiante, revalorizando a linguagem, enriquecendo-a e, sobretudo, demonstrando a sua extraordinária plasticidade, semidesconhecida, tantas vezes negada — e outras tantas consagrada.

Conhecia e amava os instrumentos de seu ofício: as palavras. Chegou à sua intimidade em afetuoso tratamento e atentíssimo estudo. Passou por muitas filologias em sua logofilia.

Mais um depoimento sobre o vigor de sua criação literária são as palavras de Rodríguez Monegal, prefaciador da tradução espanhola de *Estas Estórias*:

"Guimarães Rosa: é fácil não conhecê-lo, mas é difícil não se converter em adicto, se se começa a vislumbrar o mundo mágico dos seus livros. Como Kafka ou Borges, basta uma frase entrar em nosso sistema circulatório, e estamos perdidos."

A engenhosidade das suas idéias, do conteúdo psicológico das estórias, transcende o campo meramente formal, possibilitando a generalização do seu sucesso, notadamente na Europa e na América, onde se multiplicam as traduções e edições.

Meu pai realizou-se, ao atingir o plano desejado. Tinha e defendia uma convicção muito íntima de que o verdadeiro gozo de criar não está no aplauso recebido, mas no próprio ato de criação artística. Por isso mesmo era infatigável no trabalho, na busca da perfeição, no lavor cuidadosíssimo. Contava sobre o seu desejo de plenitude em idéias e forma:

era a "vontade de tomar um conto, um conto só, um qualquer, e seguir reescrevendo, revendo linha por linha, até o findar dos dias."

Tinha por sistema deixar que os seus escritos repousassem, para depois revê-los. Talvez se possa comparar o seu espírito de autocrítica ao de Flaubert, na insistência do trabalho de apurar-se.

A marca presente nos seus escritos é o reflexo de amor, de acariciantes cuidados. Ao mesmo tempo, desvelava em um dos prefácios de *Tutaméia*:

"Só sei que há mistérios demais, em torno dos livros e de quem os lê, e de quem os escreve; mas convindo principalmente a uns e outros a humildade."

Por isso revia, revisitando os textos, sem pressa.

"Tenho de revê-los. O tempo não é um relógio — é uma escolopendra."

Papai escreveu por fidelidade à sua vocação, pela obediência ao impulso criador que o inquietava, por uma necessidade interior: pacientar, pacificar-se escrevendo, como tantas vezes me aconselhava. Escrever. Escrever sempre. Renovar-se. Como quem volta ao ponto de partida para o recomeço da marcha, guardando a memória de todos os passos. Como quem volta.

E a cada volta, regride o tempo encurtado. Condensando-se.

A reprojeção da saudade é a permanência da beleza vista, da beleza sentida, presente no presente.

O ontem que o hoje enriquece.

Palavras de agradecimento de Vilma

na sessão da Academia Brasileira de Letras,
comemorativa dos 10 anos da posse do
acadêmico João Guimarães Rosa

Exmo. Sr. Presidente da Academia
Brasileira de Letras,
Exmos. Srs. Acadêmicos,
Senhores e senhoras,

Emocionada, agradeço esta bela homenagem que expressa uma profunda fidelidade à memória de meu pai.

É assim que se manifesta a *imortalidade*, nesta Casa.

Todos os que aqui se encontram foram e continuam sendo seus amigos. Admiraram a audácia de sua novidade lingüística. Reconheceram como eram íntegros o homem e o escritor. De modo que não se poderia pensar nele, sem a fixação desta dualidade de forças. Tão íntima, que seria impraticável separar o Homem e o Mestre da Palavra. O criador infuso em sua criatura, tal a ordem de união que os prende um ao outro.

Há dez anos, o seu discurso traduzia um longo amadurecimento de emoções.

Conservo muito nítida, diante de mim, a sua figura brilhante, e ainda consigo escutar-lhe a voz, cheia de vibrações, transmitindo a sua mensagem:

"A gente morre é para provar que viveu..."

Entrevista a Jorge de Aquino Filho

Alguns trechos foram publicados
em *Manchete*, 27 de fevereiro de 1982

Vilma Guimarães Rosa — Vilminha, como a chamava o escritor Guimarães Rosa — assume com coragem o papel de herdeira literária do pai famoso. Escritora, com vários livros publicados, casada com o industrial Peter Quiney Reeves e mãe de Laura Beatriz e João Emílio — "minhas verdadeiras obras-primas" —, de seu primeiro casamento, ela revela os principais momentos vividos ao lado do autor de Sagarana, Primeiras Estórias, *e* Grande Sertão: Veredas.

Ela conta como o autor de Grande Sertão: Veredas *era essencialmente um tipo mineiro, tímido, corajoso, curioso e idealista.*

Contista e extremamente ligada ao pai, nínguem melhor do que Vilma Guimarães Rosa é capaz de analisar a personalidade fascinante do escritor.

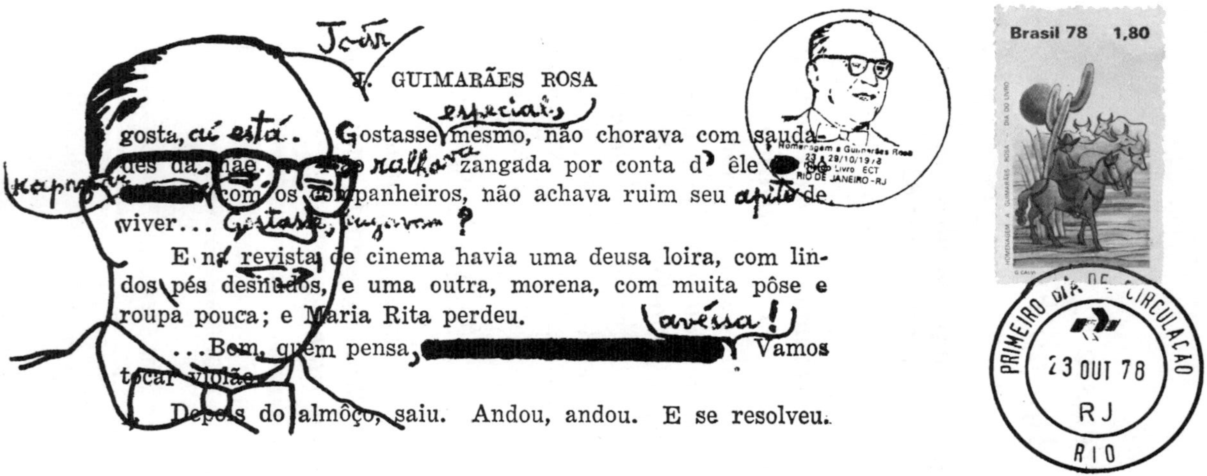

Empresa Brasileira de Correios e Telégrafos
1.º dia de circulação
Homenagem a Guimarães Rosa – Dia do Livro

Selo em Homenagem a João Guimarães Rosa.
Empresa Brasileira de Correios e Telégrafos.
Desenho: Gian Calvi.
Emissão: Dia do Livro — 23 de outubro de 1978.
Locais de obliteração: Brasília-DF, Cordisburgo-MG, Rio de Janeiro-RJ.
Edital Filatélico, pela escritora Vilma Guimarães Rosa, que carimbou o primeiro selo, numa cerimônia especial na Academia Brasileira de Letras.

Jorge de Aquino Filho — Como se sente ao relembrar o pai Guimarães Rosa?

Vilma Guimarães Rosa — Viajando no feliz. É assim que me sinto relembrando papai, o João-Papai-Beleza dos meus tempos de criança. Ele reclamando muito quando, crescida, parei de chamá-lo assim.

J.A.F. — E o Guimarães Rosa médico? Como era?

V.G.R. — Era o doutorzinho recém-formado que recusou clinicar com médicos renomados, em Belo Horizonte, para abrir sua própria clínica em Itaguara, cidadezinha no interior de Minas. Praticava a interiorização da medicina, no tempo em que nem se falava essa palavra.

Mamãe gostava de ajudá-lo, inventou a fórmula do remédio infalível para os "doentes imaginários", um xarope de groselha diluído em água com açúcar. As consultas eram pagas de forma pitoresca, na base de cestas de ovos, bolos, aves e doces. Recebia, às vezes, apenas lágrimas ou sorrisos agradecidos.

J.A.F. — O que ele lhe contava da profissão de médico?

V.G.R. — Duas coisas o impressionavam, emocionando-o tremendamente: o parto e a incapacidade de salvar as vítimas da lepra. Tão opostas em qualidade, porém cheias de significado para ele. Costumava ficar horas estudando. Queria aprender rapidamente a estancar o fluxo do sofrimento humano. Mas logo constatou que aquilo seria difícil, quase impossível. A falta de recursos médicos e o transbordamento de sua emotividade o impediram de prosseguir.

J.A.F. — Desabrochou então o grande escritor?

V.G.R. — O escritor esteve sempre latente, em seu espírito. Inconscientemente, ele já convivia com seus personagens, vivendo no cenário de suas estórias.

J.A.F. — E em casa? Como era a intimidade de Guimarães Rosa?

V.G.R. — Papai era um diplomata nato. Intuitivo. Sabia lidar com diferentes tipos de pessoas e contornar qualquer conversa, se não quisesse entrar direto no assunto. Tinha uma lábia incomum. A elegância interior emergia em todas as suas atitudes. Até o cigarro, ele segurava com classe. Andava aprumado, confiante, embora fosse um homem tímido, preocupado com a opinião alheia. Mineirão, educado em colégio de severos padres alemães, preferia o convívio dos livros ao convívio social. Isto lhe dava um certo charme. O charme do mistério.

J.A.F. — E como pai-escritor? Como era Guimarães Rosa?

V.G.R. — Ele recusava convites para poder escrever e, quando era absolutamente necessário, me pedia para representá-lo nessas ocasiões. Permanecia noites adentro escrevendo, numa concentração extraordinária.

Costumava mostrar-me seus escritos. E também escutar minhas descrições sempre entusiásticas das festas e das pessoas:

— Muitos dos meus futuros personagens estavam lá, papai. Estou arquivando-os para a próxima estória.

E à medida que eu as escrevia, lia para ele.

— Pronto, acabei.

E ele, sorrindo: — Então inventa outra.

Se eu estivesse inspirada, inventava na hora.

Sem pretender fabricar uma filha escritora, porém sabendo como eu gostava de escrever, mantinha comigo um relacionamento muito especial. Conversávamos longamente a respeito do processo da criação.

J.A.F. — Brigava quando você o interrompia nos momentos de criação?

V.G.R. — Nunca. Sempre que eu estava por perto, dava-me a página recém-escrita para ler. Não se contentava com os elogios. Queria sempre uma crítica mais severa, até mesmo um debate, uma pequena discussão a respeito de uma frase, ou de muitas palavras que ele inventava. Era fascinante vê-lo criar. Apertava os olhos, apertava os lábios, debruçado sobre a máquina e o papel, e depois relendo, mudando aqui e ali, com a sua letra pequenina e redonda.

Às vezes eu tinha a impressão de que ele, na realidade, preferia que eu fosse crítica mais exigente. Uma das vezes em que o vi radiante foi quando pediu à minha filha Laurinha para ler um trecho de Sagarana *em voz alta. Quando terminou a leitura, ela perguntou, com sua inocência infantil: — Vovô, por que você escreve tão complicado, se pode dizer tudo isso de um jeito mais simples? Ele riu muito. E achou graça na resposta do meu filho João Emílio: — Vou deixar pra entender quando crescer...*

J.A.F. — Onde ele buscava a fonte de sua inspiração?

V.G.R. — Dizia-me que a inspiração, para ele, era um estado de transe. Quando saía um livro seu, combinávamos um encontro, e só se falava naquele livro. Ele me pedia para ler trechos em voz alta. Fazíamos comentários. E quando eu queria saber de onde saíra a idéia, explicava: — Só escrevo atuado, *em estado de transe...*

Confessou-me que às vezes visualizava, mesmo dormindo, uma estória completa. Acordava e ia escrevê-la.

J.A.F. — Ele lhe deixou a receita do sucesso literário?

V.G.R. — Sim, muita leitura e um constante exercício de escrevências. Ele me dava de presente livros lindos, em português, francês, inglês e alemão. Ainda me lembro de nossa grande conversa sobre O Pequeno Príncipe, *de Saint-Exupéry. Seus conselhos e ensinamentos eram leves, divertidos, sem imposições. Amava a originalidade. Ensinou-me a gostar de mitologia e mistério. Mas depois que me apaixonei por Júpiter, ele se apavorou e não tocou mais no assunto. Aconselhava-me a escrever livros policiais. Eu reagia, dizendo que não queria me rotular. Ele aceitava, mas deixando a advertência: — Você tem tendência para finais imprevistos e sabe criar enigmas. Explore isto.*

Papai gostava muitíssimo de livros policiais. Dizia que era uma injustiça alguns críticos os considerarem subliteratura:

"Decifrar mistérios é ótimo. Diverte e exercita o cérebro."

Até escreveu o Capítulo VII, do livro O Mistério dos MMM, *coordenado pelo João Condé. Cada capítulo era de um autor diferente.*

J.A.F. — Você falou em mitologia. Ele era místico?

V.G.R. — Profundamente. Falávamos horas sobre religião. Como ele, sou também mística. Papai ensinava-me coisas lindas. Suas idéias personalíssimas continham muito da filosofia oriental. Conversávamos tanto sobre Deus, que Este se tornava quase tangível à nossa frente.

J.A.F. — O que vocês conversavam?

V.G.R. — Nossos papos eram variados, interessantes, permanentemente instrutivos. Falávamos a sério, brincávamos, fazíamos batalha *de sinônimos. Assim ele procurava enriquecer o meu vocabulário. Nunca me esquecerei do seu espanto e da graça que achou quando nos deparamos, pela primeira vez, com a palavra* lanchonete, *estampada na porta de um restaurante. Ficou intrigado e comentou, rindo:*

— Eles não sabem mais o que inventar!

Entramos na lanchonete, então, para ver se o lugar era tão pitoresco quanto o nome.

Adorávamos inventar palavras. Era nossa diversão desde os meus tempos de menina. Nas visitas ao Jardim Zoológico, eu misturava os nomes dos bichos, criando um outro, e o desafiava a descobri-lo. Alguns, ele desenhava.

Quando minha irmã e eu éramos crianças, e mesmo adolescentes, íamos muito ao cinema com ele. Eu costumava redigir convites formais, para sessões de cinema e lanches na Colombo, Americana ou Brasileira, sorveterias elegantes da moda. Ele aceitava, animado, e como nos divertíamos! Ficávamos depois comentando os filmes. Cantarolávamos os fundos musicais.

Amávamos o Spellbound, *um filme com a Ingrid Bergman e o Gregory Peck. Que música! Tempos após termos visto o filme, papai me surpreendia nos momentos mais imprevistos, pedindo para eu cantá-la.*

Casalanca, *achamos um filme inesquecível. Quando ele soube que ia passar alguns dias no Marrocos, ficou todo animado porque afinal conheceria Casablanca...*

Debatemos entusiasticamente sobre o filme A ponte do rio Kwaii. *Papai queria saber a nossa opinião: se a ponte deveria ou não ter sido destruída. Agnes achava que "guerra é guerra". Eu estava desolada com o final, argumentei todos os motivos pelos quais a ponte nunca deveria ter sido destruída. A partir de então papai me*

"Papai gostava de passear no Jardim Zoológico, observar os animais, desenhá-los. Quando eu viajava, e perguntava-lhe se queria alguma encomenda, ele me pedia o livreto do Zoo, obrigando-me, assim, a uma visita."

saudava, sempre, mesmo ao telefone, assoviando a música do filme, que aliás é linda.

No teatro nos cutucávamos, numa espécie de transmissão de opiniões e exclamações silenciosas. Também assistimos juntos a várias óperas. De Pelléas et Mélisande *guardo especial lembrança, porque falamos muito de Debussy e Maeterlinck.*

Na Comédie Française, assistimos a peças excelentes. Ele costumava dar-me o texto para ler, antes. Depois, a comentávamos. Lembro-me das vibrações de Britannicus, *de Racine. Um espetáculo!*

J.A.F. — Falando em cinema, o que achava ele dos filmes que foram feitos baseados em seus livros?

V.G.R. — Grande Sertão: Veredas *não foi uma experiência cinematográfica feliz. Porém,* A Hora e Vez de Augusto Matraga, *realizada pelo Roberto Santos, em 1966, ele achou excelente.*

J.A.F. — Ele era um pai careta?

V.G.R. — Era um pai colorido. Costumava me perguntar se o considerava um bom pai, e parecia muito preocupado com a minha opinião. Respondia-lhe que não o considerava um pai burguês, convencional, apegado a sistemas e esquemas. Mas sim o pai especial dos grandes momentos, que sempre me apoiou, sempre esteve junto de mim, mesmo quando separados pelas distâncias. Isto o alegrava imensamente. Parecia muito grato. Porém o que o divertia, mesmo, era quando eu lhe dizia, a fim de provocá-lo: — Mamãe é grau dez. O senhor é nove e meio...

J.A.F. — Foi fácil conviver com um gênio?

V.G.R. — Quando se ama o gênio, a convivência torna-se muito fácil. Papai não tinha poses. Era simples, natural, sua genialidade tão divinamente autêntica não nos incomodava. Apesar de sua cultura gigantesca, não a impunha a nós. Gostava de transmiti-la às filhas e aos netos, em pequenas doses, de modo interessante, que nos despertasse a vontade de saber. Quando viajávamos ou passeávamos juntos, era divertido escutá-lo. A gente aprendia muito. Lembro-me ainda das aulas que me deu sobre a Suíça, na véspera de irmos a Genebra, quando estávamos em Chamonix, para a temporada de esqui. Ele ficava da altura dos Alpes, quando discorria sobre eles. Quando fizemos uma excursão ao Mont Saint Michel, visitando a Bretanha e a Normandia, na França, foi interessantíssimo. Aprendi muito História com ele. O que não o impedia de continuar fazendo suas brincadeiras. Na praia de Houlgate, diante do hotel, fomos dar uma volta. Fazia frio, mas era gostoso sentir a presença do mar e a praia coalhada de conchas. Então ele me confidenciou que algumas daquelas conchas diziam o futuro, nelas escrito. Aconselhou-me a procurar, e eu, entusiasmada, procurei. De repente, apareceu uma concha maior, com palavras escritas a tinta. Levei um susto, e li: "Irmã Vilma do Sagrado Juízo". Ficamos rindo ainda muito tempo depois daquela sua idéia, maluca mas divertida, de escrever na concha. Como ele não gostava que eu namorasse, brincávamos com a possibilidade da minha entrada para um convento.

J.A.F. — Então implicava com seus namorados?

V.G.R. — Não propriamente implicava, mas ficava sentido e magoado, como se eu tivesse cometido ingratidão ou traição. Acredito que fosse um zelo exagerado pela minha felicidade. Não adiantava eu enumerar as qualidades do rapaz, ou este usar um anel de brasão no dedo mindinho e possuir um título. Eu já passava dos dezessete anos e não podia namorar. Ele me aconselhava a só casar-me depois dos trinta, e que o mais inteligente seria se me casasse depois dos quarenta. Ficava horrorizada, e nunca me ocorreu esperar tanto...

Papai temia certamente um impulso da minha parte, uma decisão precipitada que me prendesse cedo, impedindo-me de aproveitar a mocidade, os estudos, as viagens. Namorei, então, escondido mesmo. Mais no medo de preocupá-lo do que de zangá-lo. E, para meu desencargo de consciência, mantinha um diário e deixava-o aberto muito convidativamente, esperando que o lesse e ficasse sabendo que namorar um jovem conde, em Paris, era elegante e divertido, sem maiores perigos. Nunca me rebelei contra a educação rígida que meus pais me deram. A intenção deles era protetora, e eu sabia disto.

Quando me casei com Caio Antonio Bernardo, filho de seu colega e amigo embaixador João Emílio Ribeiro, e dona Alice, aliás até hoje meus queridos, papai aprovou. Elogiou o Caio, chamando-o sólido e estável.

Quando as crianças nasceram, ficou radiante, enternecido. Largou a literatura e foi à noite para o hospital, juntando-se à mamãe, meus sogros e à família ansiosa. Nos dias seguintes interrompia o trabalho e ia visitar-me, admirando com requintes de delicadeza e exclamações os dedinhos, os pezinhos, as mãozinhas do bebê. Fascinado, como se estivesse diante de um milagre. Considerava o ato de amamentar o momento supremo, o mais lindo do relacionamento mãe-filho, como se não apenas o leite, mas também toda a seiva de um precioso sentimento fosse naquele ato transmitida.

Ao nos desquitarmos anos depois, Caio e eu, embora amigavelmente, papai, perplexo, reteve durante dias a minuta do desquite, lendo, relendo e consultando advogados amigos, inclusive juristas do Ministério. Aconselhou-me serenidade e comentou que enquanto ele conservasse os documentos "vocês até podem desistir". Muito aflito e preocupado, confidenciou a uma amiga não compreender como é que um homem podia se separar de mim. A conselho dessa pessoa, vesti-me toda caprichada, pintei-me e fui vê-lo sorridente, para mos-

J.G.R. apreciava um bom charuto. Principalmente para celebrar o nascimento dos netos.

trar que mantinha o equilíbrio emocional. Ele ficou aliviado. Mas temia um novo casamento meu.

Dois anos mais tarde, quando soube que eu ia casar-me com o Peter — meu atual marido —, pelas leis da Bolívia, papai tentou persuadir-me a adiar, pediu-me para pensar mais. Usou toda a sua carinhosa força de persuasão. Expliquei-lhe meus pontos de vista, com muita paciência, e ao apresentá-lo ao Peter, gostou logo dele.

"O inglês sempre ganha a última batalha..."

Foi seu risonho comentário. Ambos se tornaram amigos e se admiravam muito. Costumava dizer que Peter e eu nos merecíamos.

J.A.F. — Ele temia a posse na Academia?

V.G.R. — Profundamente emotivo, papai acabou seu discurso em lágrimas. Nunca o havia visto chorar em público. Ele me havia pedido para defendê-lo contra os fotógrafos e as pessoas que o envolvessem com exageros. Na véspera, me havia dito:

— Que pena a posse na Academia não ser como um jogo de futebol... Quando acaba, os jogadores estão a salvo, entram no buraco e somem...

Mas portou-se maravilhosamente, mesmo com o pressentimento de que, se tomasse posse, morreria. Por isso, após eleito, havia adiado quatro anos o ingresso oficial na Academia. Uma ironia da "Imortalidade".

J.A.F. — Qual o grande desejo que ele não conseguiu realizar?

V.G.R. — Nos últimos anos de vida, sonhava viver tranqüilamente numa fazenda confortável, rodeada de árvores, possuindo pomar e horta. Ouvir o gado mugir e o galo cantar. Desejava ler e escrever muito, e se deliciar com a comidinha mineira. Nos dias quentes, tomar sorvetes de laranja e abacaxi. Sempre metido num pijama limpo e sem receber visitas cacetes. Este sonho ele não teve tempo de transformar em realidade. Mas sempre me confidenciava, e eu acredito que esta "fazenda" imaginada simbolizasse a sua paz interior.

J.A.F. — E a grande lição que lhe deixou?

V.G.R. — Uma profunda lição de amor e fé. Comparo suas lições de vida à oração de São Francisco de Assis. A mesma nobreza e humildade. Papai ensinou-me a conceder o perdão, e distribuir alegria e esperança, para tornar os semelhantes mais felizes. Iluminar com um sorriso, com uma palavra de bondade, as pessoas em dificuldades. Generosa e naturalmente, nada esperando em troca. Foi um difícil aprendizado.

J.A.F. — Você se considera herdeira literária à altura do pai Guimarães Rosa?

V.G.R. — Por que não? Se eu não me considerar assim, quem iria ocupar o meu lugar? Os imitadores de meu pai, que tentam tenebrosa e desastrosamente pastichá-lo? Os que pretendem ser "donos" de Guimarães Rosa?... Sou herdeira de seu sangue, algumas de suas qualidades e alguns de seus defeitos. Aceito com orgulho essa herança. Papai chamava-me "jovem colega" e até deixou isso escrito numa carta, quando publiquei meu primeiro livro. Gostava dos meus escritos, e declarou isto na mesma carta. Desde pequena, sem forçar, estimulava-me a escrever. Tinha fé em mim.

J.A.F. — Foi difícil ser a filha de uma celebridade?

V.G.R. — Nunca foi difícil, para mim, ser filha de um pai famoso. Uma de suas frases me preparou para assumir o papel de filha de celebridade, defendendo-me dos invejosos: "A traça não pode com a alfazema." Cada dia fica mais fácil carregar o seu nome. Afinal, a rosa *não pesa.*

J.A.F. — O que diria se fosse definir o homem Guimarães Rosa?

V.G.R. — Um homem essencialmente bom. Uma personalidade carismática. Retraído, obrigado a encenar o ato sensacional de sua existência para uma platéia exigente, tornava-se entretanto loquaz e entusiasmado quando as pessoas o interessavam, ou percebia que precisavam escutá-lo. Magnetizando-as com a sua arte de conversar, tornava qualquer assunto palpitante, temperando-o com um especial senso de humor.

Reconhecia e valorizava nas pessoas a bondade, a beleza, a inteligência e a elegância.

Gostava de comer bem, pratos exóticos de outras terras, embora fielmente devotado ao tutu e às delícias mineiras. Não era de muito beber, mas apreciava uma boa sidra e era entendido em vinhos e suas safras.

Amigo dos animais, teve muitos gatos aos quais dedicava grande ternura, e amava seu cãozinho Sung, um pequinês que só faltava falar, uma graça. O gado o enternecia e os pássaros o alegravam. Sua grande travessura, contou-me vovó, foi abrir o viveiro e soltar todos, feliz em restituir-lhes a liberdade.

Havia sempre papagaios em casa dos meus avós, divertindo-o e atiçando a sua curiosidade. Mais tarde, aqui no Rio, veio a ter um, muito engraçado, cujas façanhas visitando as áreas de serviço dos apartamentos vizinhos ele me contava, com detalhes.

Enfim, meu pai era um gênio maravilhosamente humano...

"João Guimarães Rosa, Meu Pai"

Conferência proferida no *Festival of Minas*,
Londres, 1996

LITERATURE **An insight into the literature of Minas Gerais**

João Guimarães Rosa, My Father by Writer Vilma Guimarães Rosa, one of two daughters of the great Mineiro writer, has published several books and been awarded amongst others, the order of *Chevalier de L'ordre des Arts et des Lettres de France* by the French Government.

De 12 de junho a 17 de julho de 1996,

Aconteceu em Londres o Festival de Minas Gerais, *Organizado pela* Brazilian Contemporary Arts, *e com a presença do Embaixador do Brasil em Londres, Sr. Rubens Antônio Barbosa, do Governador de Minas Gerais, Sr. Eduardo Azeredo, convidado de honra; e inúmeras personalidades ilustres brasileiras e inglesas, do mundo cultural, diplomático e político.*

A escritora Vilma Guimarães Rosa, do Departamento Cultural de nossa Embaixada em Londres, foi convidada para falar sobre o seu famoso pai, mineiro ilustre: uma síntese da vida de João Guimarães Rosa, médico, escritor e diplomata. Mas, sobretudo, o pai.

Aqui está a tradução da conferência, que foi proferida pela sua autora, em inglês.

***

Excelentíssimo Governador de Minas Gerais Senhor Eduardo Azeredo,

Excelentíssimo Embaixador Rubens Antonio Barbosa,

Senhoras e Senhores,

Estou muito feliz em participar do *Festival de Minas Gerais*, porque descendo de famílias mineiras tradicionais, materna e paterna. Minhas raízes estão bem profundas nesse belo, histórico e pitoresco estado do Brasil.

Especialmente feliz eu estou, por ter sido convidada pela *Brazilian Contemporary Arts*, organizadora do Festival, para falar sobre João Guimarães Rosa, meu pai. Ele é considerado um famoso filho de Minas, um grande homem, de personalidade carismática.

Tendo começado a sua vida profissional como médico, no interior de Minas, e mais tarde ingressado na carreira diplomática, ele sempre se dedicou à literatura, com devoção.

Meu pai revolucionou a literatura brasileira com o seu estilo muito pessoal e o seu dom especial de criar neologismos.

Quando começou a escrever, o enredo de suas estórias se passava em países que o fascinavam, mas que ele ainda não conhecia, como a Escócia, Alemanha e outros. Alguns desses contos foram premiados e publicados em várias revistas conhecidas da época.

Mais tarde preferiu o cenário brasileiro como fonte de inspiração de suas obras. Tornou-se um regionalista, criando personagens típicos brasileiros.

Seus livros logo tiveram e continuam tendo, até hoje, grande sucesso.

Sagarana, o primeiro, este ano celebra cinqüenta anos de publicação. *Corpo de Baile*, posteriormente dividido em três volumes: *Noites do Sertão*, *Manuelzão e Miguilim* e *No Urubuquaquá, no Pinhém*. Seguiram-se *Primeiras Estórias* e *Tutaméia, Terceiras Estórias*.

Deixou dois livros inéditos, cujos originais entreguei, após a sua morte, ao seu editor, naquela época, José Olympio: *Ave, Palavra* e *Estas Estórias*. Todos eles de contos. Seu único romance é *Grande Sertão: Veredas*. Os oito livros são editados, atualmente, pela Editora Nova Fronteira.

Isto prova que a qualidade superior de uma obra pode ser mais importante do que a quantidade.

A fama literária de meu pai tornou-se tão grande, que ultrapassou as fronteiras do Brasil. Seus livros foram traduzidos em vários idiomas, conquistando enorme sucesso.

Suas obras, estudadas e analisadas pelos professores e estudantes de literatura, no Brasil e em outros países, contêm uma filosofia toda própria, transmitindo aos leitores a força de sua criatividade.

Muitos comparam João Guimarães Rosa a James Joyce. Mas, para os seus devotados admiradores, João Guimarães Rosa é incomparável.

Seu nome foi sugerido para o Prêmio Nobel de Literatura, nos vários países em que seus livros foram traduzidos. Não só no Brasil, mas também na Europa, seu valor literário foi aclamado. Infelizmente, ele morreu naquele mesmo ano.

Apresentei João Guimarães Rosa a vocês. Agora, procurarei falar um pouco mais sobre ele.

Será difícil resumir, quando tenho tanto a falar sobre meu pai. Mas tentarei.

***

A própria estória de Joãozito, como ele era chamado pelos familiares e amigos íntimos, começou em Cordisburgo, onde ele nasceu, no dia 27 de junho de 1908.

Cordisburgo, pitoresca cidadezinha no estado de Minas Gerais, naquela época com poucas casas, fazendas e uma igrejinha, estendia seus campos verdejantes além da vista.

O avô materno de Joãozito, o patriarca e renomado escritor Luiz Guimarães, era proprietário de terras em Cordisburgo, onde fica a famosa Gruta de Maquiné. Joãozito e seus irmãos se divertiam brincando no interior da enorme gruta.

Luiz Guimarães e sua mulher, Dona Mariazinha, tiveram seis filhos e uma filha, Maria Francisca, apelidada Chiquitinha. A família, morando em Belo Horizonte, capital do estado, costumava passar as férias na sua fazenda, em Cordisburgo. Foi ali que Chiquitinha conheceu Florduardo

Pinto Rosa, mineiro descendente de um ramo dinamarquês (daí seus olhinhos bem azuis e seu tipo alourado), personalidade local. Caçador (possuía interessante coleção de espingardas), e juiz de paz, dirigia o seu armazém de mantimentos, que supria a região e as tropas que ali passavam, a caminho do interior do estado.

Quando Chiquitinha e Florduardo noivaram, o pai dela, Luiz Guimarães, mandou abrir a primeira rua. E construiu nessa rua casas para cada filho e para a filha noiva.

Joãozito, o primeiro filho de Chiquitinha e Florduardo, nasceu ali. Ele sempre foi muito apegado a seus pais, que souberam criar uma bonita família, com amor e dedicação. Muitos anos depois, mesmo de longe, servindo em outros países, Joãozito sempre lhes escrevia com carinho. E uma de suas maiores alegrias foi participar dos festejos das Bodas de Ouro de seus pais, sempre unidos pelo amor e companheirismo.

No dia 30 de março de 1974, foi inaugurado em Cordisburgo o Museu João Guimarães Rosa. Graças à feliz decisão do então Governador de Minas, Senhor Rondon Pacheco, adquirindo a casa de meus avós e entregando-a ao Patrimônio Histórico, o Museu pôde ali ser organizado. O Professor Luciano Amedée Peret dirigiu a restauração da casa, procurando usar o máximo de fidelidade ao estilo anterior. A inauguração, presidida pelo Governador Rondon Pacheco, foi muito bonita e animada, levando a Cordisburgo inúmeras personalidades ilustres. E algumas delas especiais, pois tendo sido amigos de infância de Joãozito, haviam se tornado personagens de suas estórias.

Antes de escrever o meu livro *Relembramentos: João Guimarães Rosa, Meu Pai*, conversei longamente sobre ele, com meus avós. Eles se deliciaram recordando o menino e o rapazinho Joãozito e me contando casos sobre ele. Foi um retorno ao passado, e, apesar das lágrimas que não puderam conter, estavam felizes com recordações tão lindas.

Falaram da genialidade e talento do filho, do seu amor pelas pessoas, seu carinho pelos animais e o interesse que tinha pela botânica. Ele era um amante e admirador da natureza. Gostava de explorar os campos, quase sempre acompanhado dos irmãos: Maria Luiza, Maria José, Maria Auxiliadora, José Luiz e Oswaldo, dos quais foi sempre muito amigo. Costumava dizer que aprendia lições sobre a natureza, quando entrava em maior contato com ela.

Meu pai aprendeu a ler e a escrever muito criança ainda, com Mestre Candinho, o excelente professor que ia nas casas ensinar.

De repente, descobriu-se que Joãozito era míope. No momento em que usou o primeiro par de óculos, ele ficou fascinado pelo mundo novo que se revelou diante de seus olhos.

Muitos anos depois, ele criou o personagem Miguilim, menino míope que ficou maravilhado ao descobrir as belezas do lugar onde vivia, quando usou as primeiras lentes.

Após as suas primeiras aulas com Mestre Candinho, Joãozito foi estudar no tradicional Colégio Arnaldo, em Belo Horizonte.

Ele foi, então, morar com os avós maternos. Recebeu deles uma influência artística muito forte. Especialmente literária, da parte do avô e padrinho, Luiz Guimarães.

Quando menino, Joãozito ganhou um violino e aprendeu a tocá-lo. Ele gostava de fazer serenatas no jardim, junto à janela do quarto de sua prima e namorada, Benzinho. Meu pai revelaria, durante toda a sua vida, um espírito profundamente romântico.

Versátil, apesar da sua devoção e das horas dedicadas aos livros, sempre conseguia tempo para jogar futebol, durante o recreio, no colégio. E se tornou um dos melhores do seu time.

Nas férias e nos fins de semana, ficava horas na Biblioteca Pública de Belo Horizonte, devorando livros e empadinhas. Levava de casa um farnel de comidinhas gostosas, limonada e suco de outras frutas, e só saía de lá na hora que fechavam a Biblioteca.

Um dos casos que deliciavam a família, e que se espalhou pela cidade, certamente contado pelo próprio bibliotecário, foi quando um visitante se queixou daquele menino que ficava comendo enquanto lia. O bibliotecário retrucou:

— Você já viu o que o garoto está lendo?... Dê uma olhada, por favor.

O visitante ficou impressionado, quando viu e constatou que o menino estava lendo um clássico francês. E Joãozito tinha apenas sete anos.

Seus avós assinavam revistas francesas, e quando estas chegavam da França, Joãozito as lia com atenção, perguntando à avó o significado das palavras. Assim, foi aprendendo o idioma francês, chegando a falar e escrever fluentemente.

Ainda menino e rapazinho, aprendeu vários outros idiomas, alguns mais difíceis, como o russo e o japonês. E até o esperanto, idioma internacional de Zamenhof.

Ao perguntar-lhe se era fácil aprender o esperanto, ele me respondeu:

— Sim, se você conhecer grego e latim, inglês, francês, espanhol, italiano, russo e um pouco da gramática de outras línguas.

Já ingressado na carreira diplomática, muitos anos mais tarde ele surpreenderia os seus colegas, saudando a delegação oficial japonesa com um impecável discurso em japonês.

Ele também tornou-se um dos primeiros intérpretes do idioma russo, no Ministério das Relações Exteriores.

Com um de seus professores, o padre holandês Frei Canisio Zoetmulder, Joãozito aprendeu holandês.

No recreio, eles passavam horas examinando mapas e planejando táticas de guerra, comentando os movimentos das tropas aliadas e alemãs durante a Primeira Grande Guerra. Acompanhavam, assim, as batalhas que se travavam além-mar, e da qual tomavam conhecimento pelo noticiário.

Joãozito, um dia, sugeriu a Frei Canisio um golpe que os aliados deveriam fazer, para a vitória de uma das batalhas. Dias depois, noticiou-se que os aliados haviam usado aquela mesma tática, com sucesso. O fato impressionou tanto Frei Canisio, que ele comentou com outros seus colegas professores. Alguns, curiosos, quiseram conhecer o menino Joãozito, tendo com este uma longa e interessante conversa.

Já tendo completado o ginásio, Joãozito escolheu estudar Medicina. Seu ideal era salvar a vida das pessoas que dele precisassem.

Graduado em Medicina, primeiro da turma, recebeu convites de vários professores catedráticos para trabalhar como assistente. Entretanto, preferiu abrir uma clínica em Itaguára, cidadezinha singela, no campo, onde nasci. Hoje, com a nova estrada, fica mais próxima da capital.

Recém-casado com Lygia Cabral Penna, minha mãe e sua grande companheira, eles se mudaram para um lugar que, naquele tempo, era quase um povoado, nem possuindo luz elétrica. Minha mãe era muito jovem, mas sua personalidade já era forte e bem definida. Pelo amor ao marido, deixou sua família e a vida agradável e cheia de conforto e amizades da capital, acompanhando-o com coragem. E ajudou-o a vencer as inevitáveis dificuldades surgidas. Durante as consultas, se fazia de enfermeira e secretária. Papai contou-me que, às vezes, ela curava melhor do que ele, especialmente os "doentes imaginários", para os quais sugeria ao Dr. Rosa receitas com xarope de groselha.

Apesar de terem se separado — amigavelmente — muitos anos mais tarde, meu pai gostava de conversar comigo sobre mamãe, relembrando fatos realmente interessantes. E eu sempre gostei de ouvi-lo falar sobre a inteligência, o brilho e o enorme charme da Lili, como a chamava. Até morrerem, meus pais foram amigos e se admiravam. Por isto eu os amo mais e com orgulho. Hoje devem estar juntos novamente, na luz e na paz de Deus.

Dr. Rosa, como era chamado em Itaguára, muitas vezes atendia os doentes em suas fazendas ou seus casebres, muito distantes. Na garupa de um cavalo, ia ele ansioso para curá-los e, às vezes, lá pernoitava, só voltando no dia seguinte, animado com as boas perspectivas, ou arrasado pela incapacidade de curá-los.

Soube da coragem e destemor de meu pai, e também da sua profunda sensibilidade, pelos relatos que mamãe nunca me deixava de contar. Cada ano, no meu aniversário, ela repetia como fora o meu nascimento, assistido pelo papai. E eu escutava, de cada vez, com a mesma emoção.

— Quando seu pai segurou você, Vilminha, tive medo dele deixá-la cair. Eu lhe recomendava "cuidado, cuidado". Mas ele nem parecia escutar, só chorava. O seu primeiro banho, minha filha, foi com as lágrimas de felicidade do seu pai.

Nasci muito rosada, e sua observação criou o meu próprio nome: "Vi uma rosa!" No momento de ser batizada, com o nome de Vilma, ele tornou a dizer: "Vi uma rosa."

Seus clientes confiavam nele e o estimavam enormemente, e também à mamãe. Os pagamentos, na maioria das vezes, não incluíam dinheiro. Mas eram generosos em galinhas, ovos, frutas, verduras, bolos, doces e outros presentes.

Meus pais eram invariavelmente convidados para serem padrinhos dos recém-nascidos. O Dr. Rosa, sempre muito dedicado em assistir os partos, e a tratar das crianças.

A saída deles, de Itaguára, foi um acontecimento de muitas lágrimas e já saudade.

Dois anos e meio mais tarde, papai já estava dirigindo um hospital em Barbacena, onde nasceu minha irmã Agnes. Naquela aprazível cidade mineira, vivemos poucos e muito felizes anos.

De minha mãe eu soube o motivo que levou papai a abandonar a Medicina: sua frustração de não conseguir salvar os seus pacientes, em alguns casos.

Foi então que ele decidiu-se pela carreira diplomática. Estava curioso e interessado em conhecer de perto a civilização e a cultura de outros países, e viver algum tempo no exterior, a fim de melhor assimilá-las.

Viajou para o Rio, estudando noite e dia, com afinco.

Teve excelente classificação nos exames, ficou algum tempo no Ministério, e foi então designado para o Consulado em Hamburgo, seu primeiro posto. Já falava fluentemente o alemão, e a Alemanha o seduzia.

Durante a guerra, sua casa em Hamburgo foi bombardeada, enquanto ele se refugiava num abrigo antiaéreo.

Quando o Consulado foi também quase todo destruído pelas bombas, ele teve a coragem de entrar lá dentro, apesar do perigo de algum desabamento, e salvar documentos valiosos. Quando saiu, protegendo-os com os braços, o que sobrara da casa do Consulado desabou por completo.

Emocionado, ele contou-me estes trágicos acontecimentos, que tanto o impressionaram. Mas o que impressionou-o mais profundamente foi a sua vida ter sido salva duas vezes.

Talvez isso tenha contribuído para emergir do seu espírito um sentimento místico, que o influenciou para sempre, sobretudo na literatura.

Meu pai foi um diplomata dedicado e talentoso. Sua carreira não interferiu, todavia, na sua devoção à literatura. E ele conseguiu conciliar, com sucesso, o título de Embaixador brilhante e genial escritor, considerado um dos maiores expoentes do século.

Serviu ainda na Embaixada do Brasil em Bogotá e na Embaixada do Brasil em Paris.

Mas, promovido a Embaixador, não quis mais deixar o Brasil, recusando postos demais cobiçados que lhe foram oferecidos.

Participou, contudo, e com brilhantismo, de algumas Conferências da Paz.

Muito aprendera com o seu amigo, o Embaixador Neves da Fontoura, tendo sido chefe de seu gabinete quando João Neves fora Ministro do Exterior.

Nos últimos anos de sua vida, meu pai dirigiu a Divisão de Fronteiras, no Ministério do Exterior, no Rio. E, convidado para o Departamento Político, ali ficou pouco tempo, por vontade própria.

Esteve tão perto da verdade, bem possível pressentir que só teria alguns anos a mais de vida. E se dedicava de modo especial ao *Tutaméia, Terceiras Estórias*, que conseguiu publicar poucos meses antes de morrer.

Já era, então, consagrado *Mestre da Literatura Brasileira*, e seus livros aclamados por leitores e críticos brasileiros e de outros países.

Foi então que declarou, com humildade:

— Mestre é aquele que também aprende.

***

Descreveu a inspiração como um dom divino, e até comparou-a a um especial estado de transe. Realmente, foi extraordinário ter escrito *Grande Sertão: Veredas* em Paris, sem jamais ter morado no sertão. Criando um sertão metafísico, galopou na imaginação pelas suas terras, e colocou, ali, a sua estória.

Portanto, a única vez em que meu pai visitou o sertão foi a convite do seu amigo, o jornalista e proprietário de jornais Assis Chateaubriand. Em Caldas do Cipó, na Bahia, formaram na "guarda vaqueira" que foi ao aeroporto receber outro amigo, o Presidente do Brasil, Getúlio Vargas. Ao papai coube comandar os vaqueiros de Soure e de Cipó. Houve, depois, um desfile grandioso nos anais sertanejos. Todos vestidos a caráter, com roupas de couro.

— Eu me senti um personagem de faroeste — contou-me ele, entusiasmado com o que chamou de grande aventura.

Florduardo, meu avô, escrevia ao meu pai longas cartas, descrevendo acontecimentos, caçadas e casos interessantes e pitorescos acontecidos no interior de Minas, onde vivera. E papai os romanceava a seu modo, usando a sua fértil imaginação e o poder de sua criatividade.

Muitos de seus contos eram "sonhados" antes de escritos, e segundo as suas próprias palavras, eles o perseguiam, na insistência de ansiarem para serem escritos.

***

Num de seus prefácios de *Tutaméia*, meu pai revelou a variedade das centelhas inspiradoras que estimulavam a sua criatividade, e falou sobre os mistérios da vida que o desafiavam.

Ele escreveu:

"Tudo o que eu sei é que há demais mistérios rodeando os livros, aqueles que os escrevem, e os que os lêem. Quase sempre o livro é maior do que o escritor."

Magma, seu único livro de poemas, é um desses mistérios. Apesar de ter recebido o 1º prêmio do concurso literário promovido pela Academia Brasileira de Letras, em 1936, papai nunca o publicou. *Magma* foi considerado, no concurso, tão superior, que nem houve um segundo prêmio.

Minha irmã e eu sempre respeitamos o seu desejo e nunca publicamos *Magma*. Entretanto, nossa família e nossos amigos nos convenceram, e mudamos de idéia.

Finalmente concluí que as obras de João Guimarães Rosa não pertencem somente às suas herdeiras, mas à humanidade.

Meu pai sempre dizia que tudo tem sua hora e a sua vez.

Chegou, agora, a vez de *Magma*, que será publicado brevemente.

***

Tive a felicidade de conviver com um pai amigo. Em Paris, onde moramos quando ele serviu na Embaixada como Conselheiro, eu gostava de espiá-lo sentado à sua mesa de trabalho, diante da máquina de escrever. Observava a sua expressão, transportado para o mundo que estava criando. Quando terminava a página, pedia que eu a lesse em voz alta. Ficou muito feliz quando comentei que os seus escritos soavam como poesia.

Quando seus livros eram publicados, pedia-me para ler, também em voz alta, algumas das páginas. E queria sempre saber se ainda soava como poesia.

Meu pai era um grande conversador. Nossas conversas sobre diferentes assuntos eram muito profundas, interessantes e sempre me ensinavam algo especial, como a teologia e a literatura.

Ele tinha uma enorme fé. Acreditava em Deus e na força da prece. Falávamos de Deus tão profundamente, que Deus quase se tornava tangível, diante de nós.

Minha irmã e eu recebemos de nossos pais uma educação cristã. Eles eram exigentes com a nossa educação, principalmente cultural, e nos davam os melhores livros, desde a nossa infância.

Eu gostava de escrever estórias, desde pequena. Antes mesmo de papai publicar o seu primeiro livro, eu já "publicara" os meus em cadernos.

Quando menina, ao terminar o meu romance *Nas Cordas do Violino, as Mãos do Fantasma*, tomei coragem e mostrei-lhe. Fiquei envaidecida, porque ele leu o manuscrito com a maior atenção, fazendo comentários sobre o meu estilo e o enredo que escolhera.

Contei-lhe que eu só conseguia escrever aquele romance misterioso de dia. À noite escondia o caderno, porque tinha medo. Ele achou a maior graça, mas percebi que disfarçou, para não me ofender. Era um pai cheio de delicadezas.

Desde então, ele me estimulava a escrever e pedia para ler as minhas estórias, encorajando-me. E também ensinou-me a dominar os meus bizarros medos dos personagens mais aterradores...

Foi enorme a nossa alegria, quando publiquei meu primeiro livro, *Acontecências*. Escreveu-me uma carta linda, que incluía um versinho, e chamou-me "jovem colega". Vibrei. Mas antes implicou com o título, pois temia que pensassem ter sido criado por ele.

— É Guimarães Rosa demais, disse-me. Sugeriu-me escolher outro título, menos rosiano.

Fiquei um pouco irritada e respondi, mas com respeito:

— Se todas as vezes que eu inventar uma palavra, tiver medo de pensarem que ela é sua e por isso desistir dela, então, papai, não sentirei o sucesso.

Olhou-me com carinho, e depois riu. Abraçando-me, recomendou:

— Seja sempre assim, autêntica, Vilminha. Ensinei-a a vencer o medo dos personagens e parece que você aprendeu, também, a não temer as palavras.

***

Meu pai tinha um grande interesse nas realidades de um mundo imaterial e no significado da criação.

Sempre procurou a conexão entre o visível e o invisível. E sua filosofia pessoal está sempre presente em suas obras. Durante toda a sua vida, meditou profundamente sobre a eternidade.

Numa bela carta escrita ao Dr. Joaquim Montezuma de Carvalho, famoso escritor português que morava na África, e que fez um profundo estudo dos livros de papai, levando-o a figurar em *Les Écrivains Célèbres*, publicado em Paris, há um trecho especial:

"Quanto mais leio e vivo e medito, mais perplexo a vida, a literatura e a meditação me põem. Tudo é mistério. A vida é só mistério."

E mais adiante:

"... À parte o que Cristo nos ensinou, só há meias-verdades...

Rezo, escrevo, amo, cumpro, suporto, vivo — mas só me interessando pela eternidade...

... Quando faço arte, é para que se transforme algo em mim, para que o espírito cresça."

Dr. Montezuma de Carvalho gentilmente enviou-me esta carta, há alguns anos. Gosto de relê-la e de meditar sobre a sua essência filosófica.

***

Num dos prefácios de *Tutaméia*, papai confessou que a sua vida, desde os primeiros anos, foi dirigida por fatos misteriosos. Premonições reveladas em sonhos, telepatia, intuição, série de acontecimentos fortuitos interligados, toda sorte de avisos e pressentimentos.

Certas premonições o preocupavam. Uma delas, a última em sua vida, foi a sensação de que, se tomasse posse na Academia Brasileira de Letras, morreria. Por isto adiava a solenidade, já tendo sido eleito quatro anos antes.

E foi o que aconteceu, três dias após a posse: morreu fulminado por um ataque do coração.

Morreu? Como pode morrer um gênio, se a força e a beleza de suas obras mantêm viva a sua mensagem?

Prefiro acreditar que ele esteja encantado. Numa das frases do seu discurso de posse, na Academia, ele afirma:

"As pessoas não morrem,
Ficam encantadas."

Esta foi a sua última mensagem, proclamando a imortalidade da alma.

Meu pai estará vivo para sempre, nas suas obras.

Estará sempre vivo no amor e na admiração de sua família, dos seus amigos e admiradores.

Sempre me lembrarei das belas e importantes lições de vida que ele me ensinou e que tanto têm me ajudado.

Ainda posso escutar a sua voz afetuosa, me aconselhando:

"Seja alegre, para atrair alegria.
Seja entusiasta e otimista, para atrair o sucesso.
Ame a vida, para atingir a felicidade.
E sobretudo tenha fé."

Parafraseando Ben Johnson, fico feliz em dizer:

Pelo amor ao meu pai,
Honrarei sua memória.
Ele não foi de uma época,
Mas para todo o sempre!..

Parte II
Cartas e Evocações

Flordurado Pinto Rosa, pai de Joãozito. Juiz de paz e comerciante em Cordisburgo, era famoso pelas suas caçadas na região.

Papai escrevia suas cartas à mão, ou a máquina. Dependendo do estado de espírito, do tempo disponível, e aproveitando alguma pausa da máquina de escrever em serviço. Porém, neste caso, nunca deixava de acrescentar um último parágrafo ou post-scriptum *manuscrito, junto à assinatura.*

Ele manteve com seus pais uma ativa e carinhosa correspondência. Pedia continuamente ao vovô detalhes, informações e narrativas sobre estórias e lendas do interior mineiro, o linguajar e as expressões dos capiaus. Vovô escrevia-lhe cartas-novelas, relatos vívidos de suas caçadas na Serra do Cabral e fatos sertanejos que se transformavam, temperados pela imaginação e o estilo de meu pai, em maravilhosas páginas rosianas. Assim compreende-se como ele conseguiu, vivendo a maior parte de sua vida afastado do sertão mineiro, retratar tão realisticamente os Gerais e o seu povo. A literatura singela porém forte do vovô foi certamente fundamental para o sucesso da literatura regionalista, universalmente aplaudida, de seu filho escritor.

Titia Dora (Maria Auxiliadora), com seu estilo faceiro e anticonvencional, também contribuiu para mantê-lo ligado à sua terra.

Nas cartas que escolhi para serem publicadas, é comovente constatar o seu imenso respeito e carinho pelos pais, sempre preocupado em mantê-los informados das suas atividades literárias e diplomáticas, a sua saúde — era muito sensível ao frio e às mudanças bruscas de tem-

Barbacena, 1 de Novembro de 1933

Papae

Peço-lhe a benção, e á Mamãe

Vamos indo bem, sem nenhuma novidade. A Vilminha cada vez mais esperta, faz progressos cada dia maiores, e sempre se lembra do "Vovô". Infelizmente a Iza foi transferida sem que pudesse levar a Vilma para conhecel-a, pois, desde que chegamos aqui, entramos num regimen de meia-promptidão permanente, que está durando até hoje.

O clima agora está adoravel – nem frio nem calor. A politica é que cada vez se torna mais exaltada e violenta. Quanto a mim, estou em optimas relações de amizade com o Dr. Bias Fortes, que é muito falado para Secretario do Interior.

Como vão os meninos nos estudos? Si ficar decidida a minha estadia aqui, pretendo convidar um delles para estudar no Gymnasio d'aqui, por minha conta, si Deus quizer.

Abraços a todos. Beijinhos da Vilma, que tambem pede a benção ao Vovô e á Vovó.

Joãozito

peratura —, as viagens interessantes que fazia dentro e fora do país.

Não deixava de enviar-lhes presentes em dinheiro, sabendo que o vovô, antes comerciante próspero, já não estava mais em boas condições financeiras, devido à sua imensa boa-fé e prodigalidade — vivendo da generosidade dos filhos.

Além dos santinhos e orações, papai enviava-lhes a mensagem de sua filosofia, especialmente desenvolvida após o grande susto de um primeiro ataque cardíaco.

Preocupava-se com os irmãos mais novos, acompanhando-lhes os estudos e chegou mesmo a convidar Vavá (Oswaldo), o caçula, para morar conosco em Barbacena e custear-lhe os estudos.

Nas cartas, pede receitas de comidas à vovó, e quando ela lhe envia a sua geléia caseira, ele deixa transparecer uma alegria genuína, feliz em saborear as delícias de sua infância, de que jamais se esquecera.

Barbacena, 1 de novembro de 1933.

Papae

Peço-lhe a benção, e á Mamãe.

Vamos indo bem, sem nenhuma novidade. A Vilminha cada vez mais esperta, faz progressos cada dia maiores, e sempre se lembra do *'Vovô.'* Infelizmente a Iza foi transferida sem que pudesse levar a Vilma para conhecel-a, pois, desde que chegamos aqui, entramos num regimen de meia-promptidão permanente, que está durando até hoje.

O clima agora está adoravel — nem frio nem calor. A politica é que cada vez se torna mais exaltada e violenta. Quanto a mim, estou em optimas relações de amizade com o Dr. Bias Fortes, que é muito falado para Secretario do Interior.

Como vão os meninos nos estudos?

Si ficar decidida a minha estadia aqui, pretendo convidar um delles para estudar no Gymnasio d'aqui, por minha conta, si Deus quizer.

Abraços a todos. Beijinhos da Vilma, que tambem pede a benção ao Vovô e á Vovó.

Joãozito.

Barbacena, 18 de janeiro de 1934

Meu caro Vavá

Um apertado abraço.

Recebi a tua cartinha, ha já bastantes dias; não a respondi por estar preoccupado e occupado com varias cousas e assumptos ao mesmo tempo. Hoje, tendo muito que dizer, mando-te esta.

Primeiramente, peço-te communicar aos Paes e á familia toda, que temos aqui mais uma meninazinha, cujo nome ainda não foi escolhido.

Depois, recebe os meus parabens pela brilhante conclusão do curso primario, e pelas boas disposições para a continuação dos teus estudos.

Quanto ao principal, que é a tua vinda para aqui, acho mais prudente esperar-mos mais, pois a minha situação continua muitissimo incerta. Estou na dependencia de um contracto sem garantia nenhuma, podendo a qualquer momento ser dispensado, ou transferido para outro logar qualquer. E, os boatos insistem em propalar uma provavel diminuição de batalhões, medidas de economia para o Estado, e mais outras cousas bastante desagradaveis para mim.

Entretanto, estou firme na disposição de auxiliar-te. Acho preferivel fazeres exame de admissão para o Gymnasio Mineiro, o que facilita melhórmente a transferencia, que faremos logo que a minha situação aqui se tiver firmado.

Deves estudar bastante, pois um anno perdido é muita cousa, nesta épocha de velocidade.

Escreve-me na occasião da matricula, pois desejo mandar-te algum dinheiro.

Agora, transmitte ao Papae e á Mamãe o meu pedido de benção, e as minhas festas, atrazadas, de Anno Novo, a toda a familia.

Peço-te avisar também á Zezé, do nascimento da nova sobrinha.

Abraços na Dora e Zé Luiz.

A Vilminha manda muitos beijos a todos.

Do irmão
Joãozito

P.S. — Si quizeres arriscar, pódes vir para cá mesmo agora. Nesse caso, tomarei as informações necessarias.

O mesmo

Rio, 21-VIII-934

Papae

Peço-lhe a benção, bem como á Mamãe, abraçando todos os manos e recommendando-me aos que se interessarem por mim.

Estou aqui desde o dia 14 deste, e ainda não tinha escripto por causa da falta de tempo calmo, tantas são as preocupações da adaptação á vida do Rio e aos trabalhos do Ministerio. Fui nomeado, tomei posse, e, graças a Deus, já sou mesmo Consul para todos effeitos. A principio a carreira é difficil: estou trabalhando em uma secção de muita responsabilidade, e os vencimentos são pequenos. Devo fazer um estágio de 1 a 2 annos no Rio (estagio obrigatorio), ganhando só 900$000 por mez. No fim de um a dois annos, passa-se a ganhar 4:800$000 por mez, e mandam-nos para o estrangeiro com parte dos vencimentos em ouro(£ibras sterlinas). Ha 64 consulados de carreira e 30 e tantas legações e embaixadas. Sahe-se como consul ou *Secretario de Embaixada*, escolha á vontade da pessôa. Pode-se ir para America,

Vilminha e Agnucha (como o João-Papai-Beleza as chamava, e era chamado pelas filhas), e a mãe, Dona Lygia Guimarães Rosa (Lili) — Rio, 1936.

Africa, Asia, Europa ou Oceania, tendo de ficar 4 annos fóra do Brasil e 2 annos no Rio, isso continuadamente. Tenho esperança de fazer carreira breve, e para isso empregarei todos os meus esforços, pois penso que descobri a minha verdadeira vocação.

Vamos indo todos bem. A Vilminha falla muito em todos dahi, principalmente na Vovó Chiquitinha e no Vovô. Um dia destes ella encontrou um retrato da Mamãe e não queria deixar de beijal-o.

Qualquer dia desses iremos todos visitar a Iza, e então escreverei.

Estamos morando, por enquanto, á rua Eduardo Raboeira, mas toda correspondência minha deve ser mandada para:

"Consul Dr. Guimarães Rosa
Ministerio das Relações Exteriores
Palacio Itamaraty
Rio".

Assim será mais garantido e duradouro o endereço.
Sem mais assumpto, abraça-o o filho

Joãozito

Antes da tia Iza (Maria Luiza) deixar o convento, nós já morávamos no Rio, éramos os seus parentes mais próximos. Papai acabara de ingressar no Itamarati, fora designado para servir no cerimonial. Teve com a tia Iza uma conversa compreensiva e sincera, e depois escreveu ao vovô, explicando com muito tato a inadaptação da irmã à vida do convento. Sendo meus avós profundamente religiosos, papai preocupava-se em não decepcioná-los. Hospedamos tia Iza durante algum tempo, antes dela voltar a Belo Horizonte. Mamãe ajudou-a a se readaptar ao mundo que voluntariamente havia abandonado, anos antes. Pessoa muito meiga e tímida, foi "psicanalisada" pelo irmão, e papai era também um gênio nessas coisas. Tempos depois ela se casou com o tio Antônio Geraldo de Oliveira, jovem médico, que viria a ser o Prefeito de Itaguara, e tiveram três filhos.

Atraído pelo mistério das vocações e o caminho tortuoso que muitas vezes é preciso trilhar antes do acesso à estrada definitiva, papai conversava comigo sobre isto, muitos anos mais tarde, numa animada ampliação analítica do assunto. Divertia-o relembrar a maneira como a antiga freirinha ficara conhecendo o futuro marido: estava tomando conta do sobrinho e, de repente, nenhum relógio da casa coincidia. Escrupulosa, precisava da exatidão para dar-lhe a mamadeira. Esperta, procurou no catálogo algum número que pudesse discar e pedir as horas. Encontrou a "Arca de Noé". Julgando tratar-se de alguma associação religiosa, ligou. Atendeu a voz do meu futuro tio, pois se tratava de uma pensão para rapazes estudantes. Foi o início do romance que duraria o todo de suas vidas.

Papai reconstituía a estória e nós ficávamos conjecturando. Se, *a palavrinha mágica. Se não fosse isso, se fosse aquilo. Deus e seu Computador Cósmico, bem programado. Se...*

Rio, 15 de Setembro de 1936

Papae,

Peço-lhe a benção e á Mamãe. Cheguei bem, e encontrei todos bem. A Vilminha ficou satisfeitissima com os doces, e manda muitos beijos para a "Vovó", em quem está sempre fallando.

Hontem, telefonou-me uma Irmã do Convento da Iza, pedindo-me para ir lá, a recado da Provincial. Fui hoje, e a Provincial me expoz o assumpto, conforme irá escrever ao Senhor. Disse-me a Irmã que a Iza não se adapta á vida religiosa de convento, por motivo da sua saúde. Anda sempre triste, sempre doente, de medico para medico, sem melhorar. Sua doença é principalmente de origem nervosa, opinando ultimamente os medicos pelo seu afastamento do convento. Como os seus votos temporarios terminam agora em Outubro, a Provincial julgou mais acertado que ella não profira os votos perpetuos, o que equivale ao seu afastamento da regra franciscana e a sua consequente volta á casa. Conversei longamente com a Iza, e sahi convencido de que ella soffreria si continuasse sob o habito. A sua apparencia é bôa, e toda a sua doença, ou pelo menos o principal della são as saudades da familia, a nostalgia de casa, a inadaptação á regra rigorosa e á oppressão da vida clausurada. Creio que si continuasse aqui seria realmente infeliz, e que a sahida será mesmo para o seu bem.

Entretanto, timida como ella é, sente-se constrangida, receando censuras. Tratei de confortal-a e animal-a, e notei que, ao despedir-me, ella estava alegre com o facto de poder estar em breve junto da Mamãe.

Como já escrevi atraz, a Provincial irá escrever ao Senhor, e aguardará a sua resposta. O Senhor poderá responder-lhe apenas em linhas geraes, e a mim poderá mandar dizer, por carta, qualquer cousa referente aos detalhes.

Domingo a Lygia irá visital-a. Logo que o Senhor me responda, voltarei lá e ficará tudo combinado.

Gostariamos que a Iza ficasse ainda comnosco, até a ida da Lygia. Tambem para ella seria melhor, para ir perdendo um pouco do seu acanhamento natural, aggravado por tantos annos de convento. Afóra o que disse, as Irmãs estimam a Iza e não teem della nenhum motivo de queixa, pelo contrario, elogiaram-na muito.

Espero que o Senhor me responda, e arranjarei as cousas. A Iza deverá sahir sómente a 4 do mez que vem.

Abraços e lembranças a todos dahi e da casa da Zezé.

Joãozito

Hamburg, 16 de Maio de 1938.

Papae,

Peço-lhe a benção e á Mamãe, mandando abraços para todos os de casa.

Conforme previa quando lhe escrevi a carta annunciando a minha partida, foi-me absolutamente impossivel ir a Bello-Horizonte, para despedir-me: a minha designação fôra decidida com muito pouco prazo, e assim foram muitos os preparativos que tive de fazer, em poucos e agitados dias, cheio de preoccupações, atarefadissimo.

Gostaria de saber que todos dahi continuam bem. Assim vou eu, felizmente. Fiz bem a minha primeira viagem maritima, sem enjôos nem outras bobagens, que ás vezes acontecem até a capitães de navio e Almirantes. Tambem, tive a sorte de encontrar sempre mar calmo, que o "General Artigas" cortava mansamente.

Mesmo no golfo de Biscaya, onde reinam constantes tempestades, tivemos aguas tranquillas como as de uma lagôa.

Tocamos na Bahia (S. Salvador), que é uma bonita cidade. Percorri-a quasi toda, visitando principalmente as igrejas, ricas, cheias de obras de arte colonial, mas não mais bellas do que as de Ouro-Preto.

Em seguida, passamos perto da ilha de Fernando de Noronha. Depois, 9 dias de mar alto, vendo somente céo e mar, alguns peixes-voadores, as medusas côr-de-rosa, um tubarão, um golphinho. Calôr intenso. A passagem do Equador, onde os que a transpunham pela primeira vez — eu inclusive — fomos baptizados na piscina de bordo, por Neptuno e sua côrte (marinheiros phantasiados a rigor). Afinal, já abafados de jamais avistar terra, contemplamos, numa manhã bonita, vôos de gaivotas. Terra perto: as ilhas vulcanicas do Cabo-Verde. Depois, as Canarias. Mais dois dias, e chegavamos á Ilha da Madeira, que é uma legítima maravilha; pelo clima e pelas bellezas, um paraiso, onde se bebe o melhor vinho do mundo. Um dia mais, e Lisbôa, onde estivemos 4 horas. Em seguida, costeado o littoral portuguez, o navio teve de se afastar das terras de Espanha, cerca de 70 milhas, devido ao perigo de minas, de engenhos de guerra e de submarinos russos ou governistas (o "General Artigas" é um vapor allemão, diga-se, e portanto correria ainda maior perigo). Afinal, resumindo, porque não poderia transmittir o mundo de impressões e sensações que a viagem me proporcionou, termino desembarcando no dia 4, em Bremerhaven, já Allemanha. Poderia ter saltado em Hamburgo, ponto terminal da linha de vapores; mas tinha pressa de chegar e quiz ganhar um dia, atalhando pela estrada de ferro (esplendidas, as estradas allemãs!).

Cheguei bem, como já disse. Mas ahi começaram os trabalhos do Consulado. Tive de tomar posse no mesmo dia, arcando com grandes responsabilidades. Tive as visitas officiaes, as retribuições das visitas. O Consul Geral, que é, aliás, um grande e sincero amigo, adoeceu com uma colica de rins, obrigando-me a lembrar que, nas horas vagas, ainda sou medico. Tudo isso veiu impedir-me de escrever ha mais tempo.

Quanto a Hamburgo, suas bellezas e sua alegria de vida são indiziveis! Mesmo eu, que já tinha lido dezenas de livros sobre a Allemanha, que já convivi com allemães, que já tinha conversado, principalmente nas vesperas da viagem, com funccionarios do Ministerio vindos da terra germanica, mesmo eu, repito, não tinha uma idéia verdadeira do que era isto! E a minha imaginação, que não é das mais fracas, foi batida e humilhada: a Allemanha é qualquer coisa de formidavel! Bellezas naturaes, ordem, limpeza, trabalho, vida, alegria. Principalmente, todos aqui se divertem. Ninguem se incommoda com os actos e as vestimentas dos demais. Ninguem receia o ridiculo. Em cada quarteirão ha 3, 4, 5 cabarets, casinos, salões de dansa, restaurantes com musica, etc. De varios preços, desde os frequentados por criadas de servir até os ultra-chics. Todos cantam, dansam (até em cima das mesas, em determinadas cervejarias bavaras), dirigem a palavra, amigavelmente, aos desconhecidos, estabelecendo a cordialidade e communicabilidade instantaneas.

Si fôsse eu relatar tudo o que até agora já provocou a minha admiração, só n'um grosso volume ser-me-ia possível isso.

Mais tarde, em outras cartas, irei contando mais coisas.

Enfim, Hamburgo seria um paraiso, si não fôsse o

clima: frio; humido, aspero, desigual, inconstante, terrivel; e o custo da vida, que é carissima, obrigando o estrangeiro a restringir muito o orçamento.

Aqui usa-se capote e luvas constantemente. Ha capotes de inverno, de pelles; de primavera; de outomno; e até de verão. Estamos em Maio, que é considerado o mez mais bonito. Pois bem, até antes-de-hontem, estava eu de capote e dormindo com o aquecedor aberto, apezar dos enormes édredons.

Praticamente, temos aqui um inverno de 7 mezes e, fóra disso, ainda chove quasi sempre. Já me esfrio todo, só de pensar que terei ainda de aguentar -18° (menos dezoito gráus)!

Também os preços das cousas são tão altos que, quando a gente faz o calculo em mil réis, até se assusta.

Afinal, nem tudo póde ser totalmente bom, e já me dou por feliz de conhecer a lingua, que, para outros collegas, constitue difficuldade invencivel e causa de dissabores sem conta.

Agora, voltando ao Brasil, quero dizer que gostei muito da ultima carta que o Senhor me escreveu. Principalmente no ponto referente aos successos *quasi milagrosos* que obtem quem apella para a protecção de Deus.

Nesse ponto, estamos absolutamente de accordo. Creio mesmo que só obteem exito na vida as pessôas que contam com um auxilio sobrenatural e que a elle recorrem, *com fé*. Creio ainda mais, que esse é um *recurso illimitado*. Os resultados dependem tão sómente da dose de fé e confiança *calma*. O excesso de esforço proprio e a agitação demasiada, em geral, são inuteis e, quando não acompanhados de *Fé*, até chegam a tornar-se prejudiciaes. A oração é coisa muito mais transcendente do que parece. Apenas, ha mais de uma maneira da gente orar.

Bem, mais tarde, si o Senhor quizer, continuaremos o assumpto.

O cônsul J.G.R., com seu primeiro carro, em Hamburgo — 1939.

Agora, tendo de terminar, renovo as lembranças e os abraços para toda a familia, pedindo a benção ao Senhor e á Mamãe, assim como ao Padrinho, a quem breve escreverei.

Joãozito.

P.S. — O meu endereço é o do envellope.

Hamburgo, 26-V-939.

Caro irmão,

Hoje arranjei tempo para responder, ainda que com algum atraso, a sua amavel carta. Amavel... mas muito pequena; você podia ter dado mais noticias, e mais minuciosas.

Assim, por exemplo, você me conta que o José Luiz vai para o Rio Grande do Sul; a Lygia me diz que o José Luiz vai para Matto-Grosso; e eu continúo sem saber o que elle está fazendo, e onde, de facto, se encontra. Parto, agorinha mesmo, para Berlim, onde vou passar o "week-end". São 5 horas de auto, eu na direção, bem entendido, porque já não estou mais muito "barbeiro" no volante.

Estamos em plena primavéra, aliás maravilhosa. Ha luz do dia até ás 10 horas da noite, e, ás 2 da madrugada, já o sol si as cortinas não estiverem fechadas, começa a incomodar a gente. As cegonhas, que tinham passado o inverno nos paízes do Mediterraneo — no Egypto, na Syria, na Libya —, já regressaram aos seus velhos ninhos, installados junto ás chaminés dos chalets. O rouxinol canta, a noite inteira, nos galhos dos castanheiros-bravos, onde esplendem, em candelabros minúsculos, os cachos das flôres alvissimas. E o povo se alegra e enche as ruas, os parques, os cafés ao ar livre, todos os lugares, enfim. É um não-acabar de belezas.

As noites ainda são frias, e, principalmente, húmidas. E a unica coisa desagradavel, é a gente saber que a bôa estação é curta demais.

Na Páscoa, fui á Tchecoslovaquia, atravessando a Allemanha de norte a sul, para isso.

Infelizmente, não tenho passado bem ultimamente, com uma inflamação no ouvido. Estou em tratamento com um especialista. No mais, tudo bem.

Depois que se abriu aqui um restaurante italiano, libertei-me da detestavel comida da terra, e devóro *spaghetti* e *macarroni*, diariamente, em dóses tremendas. Tanto, que já estou engordando demais, apesar de trabalhar demasiado no Consulado.

Escreva-me, contando como vão os seus estudos, os seus progressos; e quais são os seus projetos para o futuro?

Lembranças a todos os nossos. Peço a bênção a Mamãe e Papae. Abraço a familia toda.

E, para você, um saudoso e forte abraço do irmão que muito o estima

Joãozito.

Rio, 6 de novembro de 1945.

Papai,

aproveitando uma folga, escrevo esta, dirigida tanto ao Senhor como á Mamãe, aos quais começo pedindo a bênção, ao mesmo tempo que envio abraços á Zezé, Dora, Gil, aos sobrinhos e todos os parentes.

Recebi a sua carta, há dias; por ela, e pelo que me contou o Siô Gui, fiquei sabendo que o Sr. não estava bem de saúde. Mas, como desejo e espero, a esta hora o Sr. já estará passando melhor.

Eu vou bem, isto é, regularmente. Trabalho, muito, isto sim. Aliás, desde que cheguei, não tenho podido descansar um só dia. O Ministério tem, atualmente, muito poucos funccionários, do que resulta estarem todos sempre sobrecarregados de serviço. Em todo o caso, consegui — a custa de horas de sono, do descanso dos domingos e de muito esfôrço — preparar, ou, melhor, reestruturar um livro de contos, para o qual achei imediatamente editor. Tenho muita esperança nêsse livro, pois já provocou o mais exaltado entusiasmo (e sincero) da parte de 4 dos maiores escritores e intelectuais brasileiros, que lhe garantem tremendo sucesso. Vamos ver o que dá. O Sr. irá gostar, e muito, estou seguro, pois nêle verá muita coisa do interior, muitas cantigas, como epígrafes (ex.: "Ao meu macho rosado, carregado de algodão, etc.", "Negra danada, siô, é Maria, etc.", "Tira a barca da barreira, etc.", "Eu quero ver a moreninha tabarôa, etc."), muita coisa, enfim, que lhe dará bôas recordações. Estou á espera de que o editor me mande as primeiras provas, para corrigí-las, e penso que o livro poderá sair ainda antes do Natal. É grande — quase 400 páginas, e terá uma bela capa colorida.

Agora, o mais importante: penso poder ir aí, em comêço de dezembro próximo. Passarei 5 dias aí em Belo Horizonte, seguindo para Vila Paraopeba (de ônibus) — Três Barras — Cordisburgo (a cavalo), e regressando, de trem, mas sem demorar em Belo Horizonte. A viagem é em companhia do Pedro (Dr. Pedro Barbosa), e a convite do mesmo. Em Cordisburgo passaremos 2 dias, indo á gruta do Maquiné. Se o Senhor gostar de ir, convido-o, para, viajando de trem, ir encontrar-se conosco em Cordisburgo, regressando juntos, três dias depois. Além do prazer de passar 5 dias em B. Hte. e revê-los, a todos, preciso de aproveitar a oportunidade para penetrar de novo naquele interior nosso conhecido, retomando contacto com a terra e a gente, reavivando lembranças, reabastecendo-me de elementos, enfim, para outros livros, que tenho em preparo. Creio que será uma excursão interessante e proveitosa, que irei fazer de cadernos abertos e lápis em punho, para anotar tudo o que possa valer, como fornecimento de côr local, pitoresco e exatidão documental, que são coisas muito importantes na literatura moderna. Pena é que não me seja possível realizar o que vinha há muito premeditando: levar comigo os primeiros volumes do livro, para causar-lhes uma surpresa, a todos.

Há dois dias, remeti para o Sr. um pequeno presente: Cr$ 2.000,00, pelo Banco Hipotecário. Espero que o Senhor já os tenha recebido.

Bem, já vou parar, porque o trabalho já está se amontoando na minha mesa.

Com um grande abraço para a Mamãe, outro para o Senhor. E mais abraços, a tôdas e todos,

do

Joãozito

Rio, 30 de novembro, 1945.

Mamãe e Papai,

si tudo correr bem, espero partir daqui na segunda-feira, dia 3, à noite, chegando aí, portanto, no dia 4 pela manhã. Ficarei dois dias em Belo-Horizonte, seguindo de ônibus, na manhã de 6, para a Vila-Paraopeba, com o Pedro. A chegada em Cordisburgo (via Três Barras) deverá ser no dia 9, ou 10, conforme o tempo que faça, as chuvas que caiam, etc. Fiquei muito contente com a ida do Papai, que já deve ir recordando e alinhando lembranças interessantes de coisas vistas e ouvidas na roça — caçadas, etc. — que possam servir de elementos para outro livro, que vou preparar. Na volta, ainda passarei por aí, um dia, ou, pelo menos, algumas horas.

Bem, agora vou parar, porque estou cheio de trabalho, para poder pôr em ordem vários assuntos, antes da partida... e fazer ainda um pouco de propaganda pela candidatura do General Dutra...

Com grandes abraços e lembranças, para todos, até a próxima terça-feira!

Joãozito

P.S. — Só encontrei envelopes com o timbre do *Hotel Gloria*, perto do qual eu moro. Em vista da pressa, vai assim mesmo.

J.

Rio de Janeiro, 14/III/946.

Papai,

Pedindo-lhe a bênção e à Mamãe, começo a responder à sua carta de 25 de fevereiro, que me deu muito prazer.

Vou bem, mas num regímen duríssimo de trabalho: nunca o "batente" foi tão forte, em horas de duração e na intensidade do serviço. Da manhã à noite, recebo dezenas de pessôas, trato de dezenas de casos, resolvo dezenas de assuntos, distribúo tarefas, tomo providências, informo papéis, dito cartas e ofícios, atendo ao Ministro, atendo a políticos, diplomatas, pessoal da casa, redijo memoranduns, e... aguento três telefones. Já sou capaz de falar em três telefones, a um só tempo. É coisa para botar qualquer pessôa maluca, ao fim de certo tempo. Mas, com coragem e filosofia, tudo vai bem. Mas, só lá pelas 9 horas da noite é que paro e venho para casa. E então é que consigo, com certo esfôrço, lembrar-me de que me chamo João e moro no Rio de Janeiro...

Assim, o Senhor compreenderá que mal posso alinhar aqui umas poucas frases, pois a fôrça foi-se, e agora só mesmo cama, pois amanhã a lida recomeça.

Vilminha e Agnes estão bem, sempre alegrinhas. Trouxeram muitas saudades, e só falam na Vovó Chiquitinha, no Vovô Flordiardo, em todos e em tudo.

O "SAGARANA" deve sair lá para o fim do mês, pois já entrou em máquinas. Houve um atraso de quase um mês, porque o correio extraviou as últimas provas; uma maçada!

Muitas lembranças, para todos os parentes e amigos.

Um abraço para Mamãe. Outro para o Senhor.

Do filho
Joãozito

P.S. (só para a Dora): VIVA DUTRA! Abraços.

J.

26/III/47.

Papai,

Pedindo a bênção à Mamãe e ao Senhor, abraço-os, e vou abraçando também, um a um, o nosso pessoal todo. Recebi sua carta, da qual gostei muito; tive de atrasar a resposta, porque passei uma temporada dura de trabalho, com a realização dos exames vestibulares para o Instituto Rio Branco, que acabam de encerrar-se. Durante a semana passada, por exemplo, trabalhei, cada dia, das oito da manhã até 1 e 2 horas da madrugada, com pequena interrupção para almôço e jantar. Além da parte administrativa, funcionei como examinador, nas bancas para Português, Francês e Geografia com tarefas penosas, inclusive a revisão de cento e tantas provas escritas, para cada matéria. Foi forte, mas passou. E era interessantíssimo.

Pelo Banco Hipotecário, remeti, hoje, Cr$ 1.000.00 — espero que aí cheguem junto com esta.

Como vão todos aí? O Gilberto já escreveu? Gostaria de saber como está êle achando o colégio interno.

Recebi uma carta, muito simpática, do Oliveira, e outra da Dora, que também me alegrou, e à qual vou responder. Da sua, da outra, anterior, rí-me à vontade, com a história do homem que levou os cachorros para a fazenda, e ao fim de um ano voltou... latindo! Por falar nisso, pediria que o senhor me mandasse por escrito, quando tiver tempo, as palavras pronunciadas pelos homens que carregavam o defunto, aquêles que acabaram se sumindo com êle, na estrada, e que eram (Deus nos livre!) dois demônios. Lembra-se da história, que o senhor contou? Também as palavras daquela outra história: do homem que apostou que iria buscar um ôsso no cemitério (— Êsse não, que é do meu irmão! — etc.) Não me recordo das palavras que o homem disse, ao entregar o ôsso aos companheiros. Creio que êle disse: — "Está aqui, e corram, que o dono dêle vem aí atrás!" Está certo?

Mas, o que mais me interessa é a história do Juca Ferreira, aquêle que vinha fazendo festas, com a viola, pelo Rio das Velhas, até Pirapama. Lembro-me de que era fazendeiro e tinha tenda de ferreiro, mas mais não sei. Imaginei uma história, tendo-o como personagem, e para isso precisava de saber mais detalhes. Se o senhor se lembrar de alguma coisa a respeito dêle e das suas excursões festivas, mande-me, por favor. Também, sempre que se lembrar de cantigas ou expressões sertanejas legítimas, ouvidas de caipiras nossos, de Cordisburgo ou Gustavo da Silveira. E tudo o que se refira a vacas e bezerros. Estou escrevendo outros livros. Lembro-me de muitas coisas interessantes, tenho muitas notas tomadas, e muitas outras coisas eu crio ou invento, por imaginação. Mas uma expressão, cantiga ou frase, legítima, original, com a fôrça de verdade e autenticidade, que vém da origem, é como uma pedrinha de ouro, com valor enorme. Desde já, muito agradeço o que o senhor conseguir. Mas, não conte a outras pessôas, para que eu possa usá-las em primeira mão. Mas, não se dê muito trabalho, para isso. Quando se lembrar de alguma coisa, tome nota, em qualquer papel, e, quando tiver ajuntado algumas, mande.

As meninas vão bem, e mandam lembranças. Estão duas mocinhas. Falam sempre na Vovó Chiquitinha, no Vovô Florduardo, no povo todo.

Aqui vão abraços e lembranças para todos. Agora, especialmente, para a Dora. Eu disse que ia escrever a ela, mas, como estou cheio de cartas por responder, livros para ler, trabalhos por fazer, e muita literatura para pôr no papel, aproveito e respondo-lhe aqui mesmo à bôa cartinha, enviando saudades e um apertado abraço. (Você não se zangará comigo, hein, Dora. Você, aliás, podia fazer o papel de secretária, para tomar nota das coisas que encomendei, acima, ao Papai. Quer? E vá descobrindo coisas interessantes, que assim a família tôda colaborará no meu próximo livro...)

Outro abraço, também especial, para a Mamãe, que, segundo o Senhor me escreveu, deverá estar agora em Itaguara, não é?

E, agora, termino mesmo. Até outra

do

Joãozito

Rio, 25/XI/47.

Papai,

Fiquei muito contente em receber a carta de 12 dêste mês. Gostaria de responder longamente, contando coisas de Mato Grosso, e especialmente do Pantanal (Nhecolândia) — que é um verdadeiro Paraíso Terrestre, um Eden, cheio de belezas, como nunca supús ali fôsse encontrar. A vida animal, a fauna, é lá algo de espantoso. Jacarés, tamanduás (bandeira e mirim), onças pardas, pretas e pintadas, emas, jaburús, porcos-do-mato, capivaras, veados, uma infinidade de pássaros, enfim. O Pantanal é um mundo imenso, de terras baixas, que ficam submersas, no tempo das cheias, como um mar, só ficando de fora certos lugares, onde o gado se abriga. Nas enchentes maiores, as casas das fazendas, construidas nos "firmes", se transformam em ilhas. E aquela imensidão não tem fim. Na época da vazante, tudo é pastos — invernadas e campos-de-cria. A paisagem é maravilhosa: a planície verde, as matas pequenas (capões compridos, que lá chamam de "cordilheiras", e onde se abrigam as onças, e os bosques de palmeira carandá). No meio das campinas, há uns canais — os "corixos" — e lagôas, muitas lagôas, de dois tipos: as azúis, de água dôce, que são as "baías", e as verdes, de água fortemente salitrada, que são as "salinas". Garças, socós, biguás, socós-bois, baguarís, biguàtingas, jaburús, tabúiaiás — são aos milhares, pousando, voando, gritando e mergulhando, por tôda a parte. As enormes emas, aos bandos, quase esbarram na gente. Vai-se pelo campo, de automóvel, e erguem-se do capim bandos de porcos bravos, que correm, tontos, e o automóvel quase atropela. Varas de 8, 9, 10, 15, caitetús. O tamanduá-bandeira, quase a gente póde encostar-lhe a mão. Os papagaios e araras veem pousar na cêrca do curral, na hora de se tirar leite. Patos bravos, marrecos, maitacas, etc., não teem conta. A qualquer momento, pode-se avistar uma onça. Se a gente quer caçar uma onça e dispõe de três dias, o sucesso é garantido. Conversei com diversos "zagaieiros" — caçadores bambas de onças, que manejam espetacularmente a longa azagaia. Um dêsses zagaieiros, o preto Marcão, já esteve até nos Estados Unidos. Ele era o auxiliar do grande caçador de onças Sascha Siemel, e uns americanos, que vieram ao Pantanal, ficaram gostando dêle. Convidaram-no a acompanhá-los aos Estados Unidos. Ele aceitou o convite, mas, na hora, quando viu que a viagem era por avião, amedrontou-se, e não queria mais ir. Mas os americanos fizeram-no beber *whisky*, e, a certa altura, êle mesmo, já meio esquentado, gritou que "queria ver como era mesmo êsse tal de avião!" Passou mêses lá, gostou muito. Mas só sabe contar que fazia muito frio e que havia muita casa grande. E não aprendeu uma única palavra de inglês... Enfim, muitíssimas coisas eu teria que contar. Não disponho, porém, de um minuto de tempo. Estão-se realizando as provas, isto é, os exames finais do Instituto Rio-Branco, e eu tenho de presidir as bancas, o que me ocupa o dia inteiro. Vai ser uma trabalheira que durará mais de mês e meio.

Também, não me será possível ir aí, pelo casamento do Oswaldo. Além dos exames, de que acima falei, faço parte da Comissão de estudos para a Conferência de Bogotá, que vai ser em janeiro próximo. Aliás, provavelmente, irei à Conferência, onde a Delegação do Brasil será chefiada pelo Ministro João Neves da Fontoura.

A Vilma ficou encantada com a sua escôlha para madrinha, e se entristece de não poder ir em pessôa, por causa dos exames.

No dia, o Sr. abrace por mim os noivos.

E, com um abraço para cada um de casa, e pedindo a benção, ao Sr. e à Mamãe, saudades do

Joãozito.

Papai servia na Embaixada, em Paris, e já morávamos lá há algum tempo, quando veio a triste notícia de que o vovô estava com câncer na laringe. Ficou impressionadíssimo, conversou longamente comigo, controlava-se para me transmitir serenidade. Lembro-me que fumou compulsivamente. Fiquei em pânico, temendo que aquela doença insidiosa também o atacasse. Quase disse. Mas não ousei. Deixei-o fumar em paz, pois sabia que naquele momento ele precisava do cigarro. Relembramos o vovô, suas estórias e façanhas no interior como juiz-de-paz, caçador destemido e o movimento alegre do seu armazém, que provia as tropas viajantes.

Falamos da vida e da morte. Então, desconfiei que, apesar da sua fé e do espírito religioso, papai tinha medo de morrer. E mais medo ainda de perder os entes queridos. Inventou a fórmula do encantamento *para se convencer de que a separação seria apenas provisória e um reencontro final quase obrigatório. Isto lhe dava um consolo feito de esperança.*

Curiosa é a fatalidade. Vovô, com o pequeno buraco na garganta, cavado pelo bisturi do cirurgião, e discretamente oculto pelos variados cachecóis, ainda conseguiria sobreviver-lhe. Morreu de tristeza, três meses depois do papai. A grande motivação de ajudar o filho, fornecendo-lhe material para os seus livros, fora interrompida bruscamente. A última vez que o vi, seus olhinhos azuis estavam avermelhados de tanto chorar. Emu-

AMBASSADE DU BRÉSIL
45, AVENUE MONTAIGNE
PARIS (8e)

Paris, 23 de fevereiro de 1949.

Mamãe, Papai,

Estou recebendo a carta de Dora, que me pôs bem triste e preocupado, com a notícia da operação que Papai teve de sofrer. Estou respondendo agora mesmo, e só daqui a pouco irei para casa, e contarei á Vilma, transmitindo a recomendação de rezar e comungar, pedindo a Deus que alivie as dôres do Vovô Florduardo e lhe restabeleça logo a saúde. Pela carta de Dora, entendo que ela deve ter escrito antes duas outras, que ainda não recebi ; se foram expedidas por via commum, ainda chegarão, entretanto.

Vilminha vai ficar também muito triste, pois gosta muito de Vovó Chiquitinha e Vovô Florduardo, e fala sempre nos dois. E vai rezar muito, com fé e desejo firme de ser atendida. Aliás, mesmo aqui, ela nunca deixou de ir à missa, todo domingo. Onde ela chega, procura sempre a igreja mais próxima. Comparece à missa, mesmo que tenha ido dormir muito tarde, no sábado. Além disso, ela está aproveitando muito, e fico satisfeito de poder proporcionar-lhe esta estada na Europa. As vantagens que a ela sempre hão de advir, desta viagem, compensam o sacrifício pecuniário, pois a vida aqui está tão cara e difícil, que até os diplomatas que têem fortuna pessoal se queixam. Mas a Vilma aproveita : estuda, passeia, tem amigas, não se cansa. Pelas cartas (ela escreve sem preguiça e sem cansaço, mantem a correspondência em dia, com os parentes e as amigas, e nisso em nada se parece com o Pai...) pelas cartas dela devem ter acompanhado suas aventuras e descobertas na Cidade-Luz.

Eu, como sempre, trabalho muito, e, apesar de estar nesta cidade, tão ambicionada e disputada, sonho com o dia em que voltarei ao Brasil, daqui a 4 anos, para então tirar o meu ano de licença-prêmio, e consagrá-lo a viajar pelo interior de Minas : descer o rio das Velhas em canôa, ir a Paracatú, e outras excursões. Agora, por exemplo, acha-se aqui em Paris o Dr. Mello Viana, que vai todos os anos caçar onças e outros bichos, naquela região paracatuana, e já me convidou para ir com o grupo, quando estiver no Brasil. Ele é extremamente inteligente, agradável e simpático, e conta-me passagens interessantes, que me fazem lembrar as que Papai narrava, da Serra do Cabral, e que me deixavam com inveja.

Espero que Papai esteja bem melhor, e estou certo de que receberá de Deus a fôrça de ânimo necessária para suportar essa provação. E que Mamãe esteja com saúde, e animada. Peço à Dora que continúe mandando notícias. Hoje, estou enviando também um telegrama, pois esta carta, que daqui a pouco vou pôr no correio, só parte daqui no domingo, não havendo avião que parta antes. Vou escrever ao Pedro Barbosa, pedindo-lhe para fazer chegar aí em casa uma quantia em dinheiro, para ajuda. Por falar nisso, antes de embarcar para aqui, enviei um conto, ao Papai, pelo B.Hipotecário, e não sei se recebeu.

Não quero alongar-me mais. Gostaria de escrever uma carta confortadora, mas também fiquei deprimido, pelo inesperado da notícia. Abraço-os, a todos, Mamãe, Papai, manos, sobrinhos, Padrinho. Pedimos a benção, e ficamos desejando que a doença do Papai não seja dura e dolorosa, mas que logo fique bom. Joãozito.

decido pela operação que lhe cortara a doença mas também a voz, vovô escreveu com a letra desenhada:

> *"Vilminha, se seu João-Papai disse que as pessoas não morrem, apenas ficam* 'encantadas', *então elas se encantam mesmo. Desde menino ele chegava à verdade mais depressa do que muitos adultos..."*

Paris, 23 de fevereiro de 1949.

Mamãe, Papai,

Estou recebendo a carta de Dora, que me pôs bem triste e preocupado, com a notícia da operação que Papai teve de sofrer. Estou respondendo agora mesmo, e só daqui a pouco irei para casa, e contarei à Vilma, transmitindo a recomendação de rezar e comungar, pedindo a Deus que alivie as dôres do Vovô Florduardo e lhe restabeleça logo a saúde. Pela carta de Dora, entendo que ela deve ter escrito antes duas outras, que ainda não recebi; se foram expedidas por via comum, ainda chegarão, entretanto.

Vilminha vai ficar também muito triste, pois gosta muito de Vovó Chiquitinha e Vovô Florduardo, e fala sempre nos dois. E vai rezar muito, com fé e desejo firme de ser atendida. Aliás, mesmo aqui, ela nunca deixou de ir à missa, todo domingo. Onde ela chega, procura sempre a igreja mais próxima. Comparece à missa, mesmo que tenha ido dormir muito tarde, no sábado. Além disso, ela está aproveitando muito, e fico satisfeito de poder proporcionar-lhe esta estada na Europa. As vantagens que a ela sempre hão de advir, desta viagem, compensam o sacrifício pecuniário, pois a vida aqui está tão cara e difícil, que até os diplomatas que têem fortuna pessoal se queixam. Mas a Vilma aproveita: estuda, passeia, tem amigas, não se cansa. Pelas cartas (ela escreve sem preguiça e sem cansaço, mantem a correspondência em dia, com os parentes e as amigas, e nisso em nada se parece com o Pai...) pelas cartas dela devem ter acompanhado suas aventuras e descobertas na Cidade-Luz.

Eu, como sempre, trabalho muito, e, apesar de estar nesta cidade, tão ambicionada e disputada, sonho com o dia em que voltarei ao Brasil, daqui a 4 anos, para então tirar o meu ano de licença-prêmio, e consagrá-lo a viajar pelo interior de Minas: descer o rio das Velhas em canôa, ir a Paracatú, e outras excursões. Agora, por exemplo, acha-se aqui em Paris o Dr. Mello Viana, que vai todos os anos caçar onças e outros bichos, naquela região paracatuana, e já me convidou para ir com o grupo, quando estiver no Brasil. Ele é extremamente inteligente, agradável e simpático, e conta-me passagens interessantes, que me fazem lembrar as que Papai narrava, da Serra do Cabral, e que me deixavam com inveja.

Espero que Papai esteja bem melhor, e estou certo de que receberá de Deus a fôrça de ânimo necessária para suportar essa provação. E que Mamãe esteja com saúde, e animada. Peço à Dora que continúe mandando notícias. Hoje, estou enviando também um telegrama, pois esta carta, que daqui a pouco vou pôr no correio, só parte daqui no domingo, não havendo avião que parta antes. Vou escrever ao Pedro Barbosa, pedindo-lhe para fazer chegar aí em casa uma quantia em dinheiro, para ajuda. Por falar nisso, antes de embarcar para aqui, enviei um conto, ao Papai, pelo B. Hipotecário, *e não sei se recebeu.*

Não quero alongar-me mais. Gostaria de escrever uma carta confortadora, mas também fiquei deprimido, pelo inesperado da notícia. Abraço-os, a todos, Mamãe, Papai, manos, sobrinhos, Padrinho. Pedimos a benção,

Paris, 3 de setembro de 1950.

Mamãe, Papai,

Pedindo-lhes a bênção, começo, enfim, a escrever a carta que vinha prometendo há tanto tempo. E respondo também às duas últimas que recebi do Papai, uma delas trazida pelo José Marcio, filho do Rubens. (Inteligente, bem-educado, simpático, o primo deixou-me ótima impressão, se bem só me tenha com êle avistado uma vez, quando veio à Embaixada, porque êle estava com seus passeios bem organizados, e em grupo, e nem quis convidá-lo para coisa alguma, a fim de não atrapalhar seu programa ; mas pude ver que êle estava aproveitando da melhor maneira possível a vinda à Europa.) A outra carta do Papai, longa e noticiosa, me deu também muita satisfação. Logo que a recebi, quis responder, mas os mêses de julho e agôsto sobrecarregaram-me tanto, que não pude. Agora, numa relativa folga, venho conversar com todos.

Há uns 15 dias, uma senhora de Belo-Horizonte, que passou por aqui, deu-me a notícia do nascimento da nova Sobrinha, que era esperada. Assim, o primeiro abraço — depois dos para Mamãe e Papai — tem de ser para Zezé e Gil, com parabéns afetuosos. Lá, aproveito para abraçar logo o Gilberto, a Marise, os outros sobrinhos Abreu. Volto aí em casa, para o Padrinho, Dora, Alcides e Marcus Roberto. Depois passo pelo Vavá e Senhora. E Isa, Oliveira, e filhos. Enfim, termino enviando lembranças e abraços para todos os outros parentes e amigos.

Recebi, com grande prazer, e muito agradeço, as receitas que a Mamãe me mandou pelo Dr. Guilherme Meirelles, que, por sinal, já está outra vez por aqui, para mostrar como o tempo passa depressa e tudo se repete. Assim, também, de hoje a dois dias, parto de novo para a Itália, em férias. Ando na febre dos preparativos, pois um passeio dêstes é mais uma verdadeira expedição científica, ou, melhor, artística. A fim de aproveitar bem tudo o que nos oferece "il bel Paese", e não esperdiçar nenhuma migalha de tempo, é preciso um corajoso estudo prévio, ler e anotar muitos livros, localizar os quadros, as estátuas, os recantos de paisagem, tudo, enfim, a ser mais detidamente contemplado.

Mas, o que prometi contar foi a viagem do ano passado. Contar, "com que roupa" ? A Itália é indescriptível. Não é apenas o país mais belo do mundo ; é qualquer coisa fora e acima dêste mundo, assim mais ou menos pendurada a meio caminho entre o Céu e a Terra. E isso não decorre sòmente das riquezas artísticas, de tôdas as épocas — que os etruscos, os grêgos, os romanos, a Idade-Média e a Renascença ali acumularam. Nem só da natureza, estupenda : céu que a gente olha, espia, vê, e não acredita estar vendo ; crepúsculos fabulosos, que parecem também de mentira ; e um mar lindamente impossível, que desprende poesia como se desprendem energias de um átomo desintegrado. Nem das reminiscências, das relíquias de santos, dos vestígios majestosos da História e da Legenda. Nem apenas da luz, que, nas outras terras, significa sòmente claridade, ao passo que, na Itália, a luz é uma coisa em si, com palpitação e coloração próprias, quase palpável, misteriosa, e que, ainda por cima, varia, de região para região, de cidade para cidade.(Vejam, por exemplo, o que diz, a êsse respeito, um escritor francês : " A Luz Italiana ! E' tão difícil e intimidante falar dela, quanto o é falar do olhar da mulher amada !... A Luz dos lagos lombardos, tão ligeira, tão diáfana, mas sempre docemente empoeirada de vapores d'água ; a Luz veneziana, igualmente vaporizada, mas ao mesmo tempo tão dourada, que, nêsse ouro, a vaporização se sensualiza e dá ao céu a suculência de uma fruta ; a virginal Luz toscana, que parece sempre ter vindo ao mundo naquêle instante mesmo, com a mocidade eterna dos deuses ; a Luz de Roma, elixir licoroso, que adquiriu a espessura, a densidade do óleo e do sangue... Depois, à medida que se vem para o sul, o fôgo do céu depura e decanta a Luz : por cima dos dois vulcões, em Nápoles e na Sicília, ela ocupa, numa serenidade despótica, um azul às vêzes cruelmente desepidermizado..." Parece exagêro de poesia ? Pois o poder e a realidade daquela luz ainda ficam além de tanto entusiasmo. Talvez, por isso é que a gente italiana é, entre tôdas, a mais bonita e a mais simpática, a mais humana de tôdas, a mais alegre.) Mas, reuna-se tudo o que ficou dito, e não se descobre ainda a explicação do "charme" italiano, que é um segrêdo, um flúido.

Mas, é melhor eu contar, isto é, tentar dar um resumo, rapidíssimo, pois, por cada coisa que eu mencione, terei de calar 50 outras, ou mais, para cuja referência não haveria aqui tempo, nem espaço.

No dia 5 de outubro, à noite, tomei aqui, na Gare de Lyon, o "Simplon— Orient — Exprès", trem que atravessa a Suíça, penetra na Itália pelo túnel imenso do Simplon, sob os Alpes, e desce para Milão contornando o Lago Maior. Mal transposta a fronteira, há uma cidadezinha de nome musical : Domodóssola . E começa o encantamento.

Em MILÃO, corri logo para a catedral — o Duomo — imensa e frondosa igreja gótica, no meio de uma praça ; grandiosa montanha de mármore patinado, tôda rendilhada, denteada, com 135 flechas e 2.245 estátuas, fachada portentosa ; uma igreja que parece súbita cordilheira ou altíssima floresta côr de cinza. Lá fiquei, por mais de 3 horas, andando em volta dela, olhando, de longe, de perto, de todos os ângulos. Entrei, percorri as 5 naves, ~~xxxxx~~ cheias de riquezas. Desci ao subterrâneo, à cripta, onde, num grande escrínio de cristal e ouro, vê-se o esqueleto de São Carlos Borromeu, revestido das roupas vermelhas de Arcebispo — o Santo que tinha por divisa a palavra "Humilitas" (Humildade), e que socorreu o povo durante a terrível peste que dizimou os habitantes de Milão. Subi, no elevador, e fiquei a passear, lá em cima, num labirinto de galerias, passagens, escadas, sempre descortinando a vista completa da cidade. Cheguei ao campanile, onde estão, enjaulados, os enormes sinos. E, mais tarde, depois do jantar, à noite, ainda tive de voltar, para rever a colossal e estranha mole do Duomo, espectral, à luz da lua. — Antes, porém, fui ver o Teatro alla Scala. E, à igrejinha de Santa Maria delle Grazie, onde se encontra o célebre afrêsco da CEIA de Leonardo da Vinci, que, infelizmente, muito danificado, achava-se em reparações. Depois, ainda visitei o Castelo dos Sforza,e ... uma porção de coisas dignas de serem admiradas. Agora, fazendo uma pausa, direi, para dar uma idéia do que é êsse país, que Milão é uma das cidades italianas com menos coisas importantes para se verem, turística ou artìsticamente, tanto assim que, desta vez, nem passarei por lá, mas irei diretamente a Veneza...

Mas, continuando : fiz uma excursão pelos lagos lombardos (de Como e Maggiore): Pallanza, Stresa, Ilhas Borroméias, Cernóbio, Villa d'Este, Como. A excursão se faz num dia, dia que vale por um ano !

No dia seguinte, parti, cêdo, de auto-car, por uma estrada que corre entre plantações intermináveis de amoreiras,vinhedos e olivais, passando por Bérgamo, por Bréscia (que pena tive, de não poder visitá-las...) costeando o belíssimo lago de Garda, com várias cidades idílicas à beira, inclusive Saló, que foi a sede do último govêrno de Mussolini. Em VERONA, almôço. Visita à Arena antiga ; ao túmulo de Julieta — aonde sempre chegam cartas, endereçadas por môças românticas à amante de Romeu, e vindas de tôdas as partes do mundo. A seguir, PADUA. Era domingo, à tarde. Entrei na Basílica de Santo Antônio, onde se realizava uma reza. Parecia qualquer coisa fantástica, feérica. Um côro de frades cantava poderosamente uma ladainha, e suas vozes eram sèriamente de impressionar, seus "ora pro nobis" seguiram-me, longo tempo, ao partir, ao som dos sinos. (A basílica está construida sôbre o túmulo do Santo).

VENEZA, onde chegamos à noite, é verdadeiramente uma cidade de contos de fadas. Vai-se para o hotel já de gôndola, pelo Gran Canale, pois lá não há e nem poderia haver bondes, nem automóveis, nem bicicletas, nem carroças, nem cavalos, nem veículo algum, a não ser os aquáticos. O Corpo de Bombeiros tem suas lanchas, e em gôndola, com acompanhamento de gôndolas, os entêrros se fazem. Sulcam a cidade mais de 150 canais, de todos os tamanhos, entrecruzados ; são as verdadeiras ruas de Veneza. O Gran Canale, o maior, é a artéria central, onde os outros desembocam. Imaginem uma espécie de Avenida Afonso Pena, mais larga, e sinuosa, tendo, de cada lado, palácios, apenas palácios, cêrca de 200 palácios, brancos ou côr-de-rosa, principalmente; uns, a maioria, góticos, outros bizantinos, ou Renascença, ou ... etc. As escadas de mármore dos palácios têm seus últimos degraus beijados pela água verde do canal. Nas estacas, balançam as gôndolas atracadas, como pavões pretos. ~~xxxxxxxxxxxxxxx~~ A Piazza di San Marco é chamada a "última sala de festas da Europa". O Palácio dos Doges, como descrever as maravilhas que êle contém ? E a Basílica de São Marcos ?

Em Veneza, visitei cêrca de 30 igrejas, das quais as principais fôram : Catedral de São Marcos, Cármine, San Ruoco, dei Frari, San Stéfano, San Salvatore, Santi Apóstoli, dei Gesuiti, S. Giovanni Crisóstomo, Zanipolo (São João e São Paulo), Santa Maria dei Mirácoli, San Marziale, Madonna del'Orto. (Na Itália, cada igreja tem seus quadros célebres, suas esculturas admiráveis, seus túmulos, seus mosáicos, seus especiais e portentosos detalhes arquitetônicos. E' uma Ceia do Tintoreto na sacristia, uma Santa do Ticiano, uma Anunciação ou uma Descida da Cruz num retábulo, e, ainda, muitas vêzes, as sublimes pinturas no teto, que exigem o manejo de um espêlho, para se apreciar melhor. Quase que cada igreja é um museu. Depois, é preciso explicar que, na Itália, a gente não tem, culturalmente, um país só, mas sim um ajuntamento de pequenas nações, cada uma com seu aspecto próprio, suas peculiaridades. Até a gente tem aspecto diverso, se bem que sempre bonita e bôa. Veneza, por exemplo, é bizantina, cheia de dourados, de mosaicos, de ornamentos solares. Suas mulheres, belíssimas em geral, são claras, de cabelo ruivo. Seus pintores são o Ticiano, Tintoreto, o Veronese, os Bellini, Mantegna, Carpaccio, os Tiépolo, Antonello di Messina, etc. Já em Florença reina a Renascença, na velha cidade de torres denteadas, campanários e cúpolas. Lá, esplendem as pinturas de Botticelli, do Ghirlandaio, de Pollaiuolo, Paolo Ucello, Verrochio, Masaccio, Filippo Lippi... Bom, se contindo, nêste entusiasmo, não acabarei nem daqui a três dias...)

Prossigamos. De Veneza a Florença, passando o Rio Pó e a cidade de Ferrara, passando por Bolonha, e transpondo os Apeninos do Norte, numa região de paisagens ásperas, onde combateu a nossa FEB (cujo cemitério de "pracinhas" visitei, em Pistóia); e também de vales clássicos, com o regato virgiliano e os rebanhos de ovelhas com seu pastor e seu cão de guarda.

FLORENÇA, onde estive 7 dias, é um tal mundo de maravilhas, que sua lembrança dá para encher uma vida. Seria preciso uma carta especial, só para indicar, por alto, o que lá visitei. Escolho, apenas, um detalhe : o "Museu do Angélico", um velho convento, onde, em cada uma das pequenas celas, há um afrêsco de Fra Angélico, o frade e santo e artista inspirado, que pintava olhando para o céu, através da abertura da janelinha, e, diz-se, tinha por modêlos os próprios anjos.

Depois, ROMA, 9 dias. Outro mundo, ou conjunto de mundos, com coisas irresumíveis, indescriptíveis. Não vi o Papa (cujo anel já beijei, aliás, no tempo em que ainda era o Cardeal Paccelli), porque S.Santidade estava fora, passando as férias em Castel Gandolfo. Mas visitei as 4 Basílicas : Santa Maria Maggiore ; San Giovanni in Laterano San Paolo fuori le Mura ; e São Pedro (no Vaticano). Desci às Catacumbas de São Calixto às de São Sebastião e às de Santa Inês (acompanhado de um padre que falava várias línguas e recitava versos que êle mesmo compusera em honra da Santa, e que me dizia não ter mêdo da morte, pois que a morte é "una visione soavíssima, soavíssima"...) Desci ao fundo da Prisão Mamertina, onde São Pedro esteve prêso (num lugar há a marca, onde sua cabeça bateu nantra a pedra , e há também a fonte que êle fez surgir, para batizar seus carcereiros, convertidos, Processo e Martiniano. No Museu do Vaticano, andei 3 dias. Depois, ainda havia e houve mil coisas a ver, e procurei aproveitar o mais possível. As igrejas de Santa Croce in Gerusalemme e San Pietro in Víncolis (onde está o célebre "Moysés" de Miguel Angêlo) A Capela Sixtina. A "Escada Santa", que os peregrinos sobem de joelhos (era do Palácio de Pilatos, e foi trazida de Jerusalém). Na Via Appia, a capelinha do Quo Vádis, Dómine ? — no lugar onde, segundo a tradição, São Pedro, que fugia de Roma, durante a perseguição aos cristãos, teria encontrado, de repente, a pessôa de Jesus Cristo ; São Pedro, atônito, perguntou : "Quo vadis, Domine" ? (Aonde vais, Senhor ?), e Cristo, mansamente, respondeu : — "Visto astares abandonando o meu povo, vou a Roma, para que me crucifiquem outra vez..." Ao que São Pedro voltou imediatamente para a cidade, onde foi prêso e crucificado(de cabeça para baixo, a seu pedido, por não se sentir digno do suplício de Jesus). As "Tre Fontane", onde há três pequenas fontes, nos pontos onde, segundo se diz, a cabeça de São Paulo, decapitado, teve contacto com o solo. Mesmo da Roma cristã, o que fica dito é apenas uma ínfima parte do visto. Havia ainda a Roma pagã, a Roma arqueológica, a Roma dos Césares; suas belezas, suas ruinas, seus monumentos. Como contar tanta coisa ?

De Roma desci a NAPOLES. Igreja do São Januário, onde vi as ampôlas de vidro com o sangue do santo (degolado pelos perseguidores), que torna a liquefarer-se, duas vêzes cada ano, no 1º sábado de maio e no 19 de setembro. Hospedei-me num hotel no célebre bairro, a beira mar, de Santa Lucía, que vale bem as canções que inspirou. Jantar num restaurante ao ar livre, a mêsa a meio metro da água, onde os barqueiros passam, cantando. Spaghetti com mariscos (spaghetti alle vóngoli). O Museu de Nápoles, com as maravilhas da arte grêga. O Vesúvio. A Solfatara (vulcão semi-extincto), a cuja beira se chega (há lugares onde se vêem fendas no chão, e há taboletas proibindo pisar, dado o perigo de algum turista sumir solo a dentro e cair no fôgo...), vendo a lava ferver e rugir, em seu buraco, com o rumor de uma locomotiva, e cuspir para cima, alto, as pedras que a gente joga ali dentro. O célebre aquário de Nápoles, riquíssimo em espécies marinhas do Gôlfo. Uma série de lugares que nem nos sonhos poderiam ser mais belos, entre êles Posílipo — antiga colônia dos grêgos, que, ante tamanha maravilha, deram-lhe êsse nome, que queria dizer : "cessação da tristeza"...

Bem, vejo que, mesmo para um resumo apressado, uma carta só não dá. Terei de continuar, depois das férias. Então, falarei dos demais lugares onde estive. POMPÉIA, a cidade morta, soterrada sob uma chuva de cinzas do Vesúvio ; seus habitantes, dos quais se vêem restos, carbonizados, inclusive de um pobre cão, que morreu acorrentado, e guarda a postura terrível e a expressão da surpresa. O Santuario de Nossa Senhora de Pompéia, onde, quando por lá passei, estavam-se realizando uns 20 casamentos... PAESTUM — conjunto de ruinas grêgas, e entre elas, intacto, o templo de Netuno, num recanto do Gôlfo de Salerno, entre o mar e o céu mais belos que nêste mundo existem ; e foi o lugar que mais me emocionou. A encantadora AMALFI, sôbre o mar, trepando a montanha. SORRENTO — bonita de "doer", ao perfume de infindas plantações de limoeiros, e contemplando um mar que vive como olhos azúis de uma pessôa. ASSIS — onde percorri, passo por passo, os lugares da vida de São Francisco e de Santa Clara, e pude ver muitas relíquias, entre elas a túnica do santo. (Em Assis, visitei a Basílica, o túmulo do Santo, a igrejinha de São Damiano, a Basílica de Santa Clara, a Igreja de Santa Maria dos Anjos, dentro da qual está a igrejinha da Porciúncula, onde morreu São Francisco. E a igreja de Santa Maria sôpra Minerva, que outrora foi um templo pagão, da deusa Minerva, e que tive a felicidade de poder ver, belíssima, com suas colunas antigas, seu pórtico, no cimo de uma colina, batida pelo luar). PERÚGIA — tão importante, que ali volto, desta vez, para visita mais demorada. SIENA — medieval e admirável —, onde desci e subi ruelas e ladeiras, a fim de visitar a casa de Santa Catarina. SAN GIMIGNANO — cidadezinha completamente medieval, cheia de torres, onde viveu Santa Fina — uma menina que um dia se deitou no chão e não quis mais se levantar, ali ficando, assim, a rezar e fazer milagres, durante anos, até morrer, para a maior glória de Deus. PISA — onde subi até ao alto da "torre pendente", e, lá em cima, conversando com o sacristão, que vinha tocar os sinos, descobri que o mesmo falava português e estivera no Brasil, como sacristão da Matriz de Bebedouro, no Estado de São Paulo. (Muitas igrejas na Itália teem o campanário e o batistério em edifícios independentes ; a torre de Pisa nada mais é que o campanário (campanile) da Catedral.) POSITANO, entre Amálfi e Sorrento, lugar de tal beleza, que é chamado o paraíso e o inferno dos artistas, que ali vêm, às centenas...

4) Enfim, a ITÁLIA.

5) Daqui a dois dias, estarei rumando para lá, onde, mesmo nos anos comuns, giram milhares de turistas, vindos do mundo inteiro. (Em Roma, vi padres e seminaristas des mais remotos países, vi tôdas as possíveis e impossíveis côres de batinas...) Unirei a excursão arqueológica e artística a uma peregrinação do Ano-Santo, e para os daí, para os de casa, procurarei obter tôdas as indulgências possíveis.

Mas tenho de parar. Abraçando, de novo, a todos.

Abraçando Mamãe e Papai, com afeto e saudade.

Joãozito.

PARIS (8.)

e ficamos desejando que a doença do Papai não seja dura e dolorosa, mas que logo fique bom.

Joãozito

Paris, 3 de setembro de 1950.

Mamãe, Papai,

Pedindo-lhes a bênção, começo, enfim, a escrever a carta que vinha prometendo há tanto tempo. E respondo também às duas últimas que recebi do Papai, uma delas trazida pelo José Marcio, filho do Rubens. (Inteligente, bem-educado, simpático, o primo deixou-me ótima impressão, se bem só me tenha com êle avistado uma vez, quando veio à Embaixada, porque êle estava com seus passeios bem organizados, e em grupo, e nem quis convidá-lo para coisa alguma, a fim de não atrapalhar seu programa; mas pude ver que êle estava aproveitando da melhor maneira possível a vinda à Europa.) A outra carta do Papai, longa e noticiosa, me deu também muita satisfação. Logo que a recebi, quis responder, mas os mêses de julho e agôsto sobrecarregaram-me tanto, que não pude. Agora, numa relativa folga, venho conversar com todos.

Há uns 15 dias, uma senhora de Belo-Horizonte, que passou por aqui, deu-me a notícia do nascimento da nova Sobrinha, que era esperada. Assim, o primeiro abraço — depois dos da Mamãe e Papai — tem de ser para Zezé e Gil, com parabéns afetuosos. Lá, aproveito para abraçar logo o Gilberto, a Marise, os outros sobrinhos Abreu. Volto aí em casa, para o Padrinho, Dora, Alcides e Marcus Roberto. Depois passo pelo Vavá e Senhora. E Isa, Oliveira, e filhos. Enfim, termino enviando lembranças e abraços para todos os outros parentes e amigos.

Recebi, com grande prazer, e muito agradeço, as receitas que a Mamãe me mandou pelo Dr. Guilherme Meirelles, que, por sinal, já está outra vez por aqui, para mostrar como o tempo passa depressa e tudo se repete. Assim, também, de hoje a dois dias, parto de novo para a Itália, em férias. Ando na febre dos preparativos, pois um passeio dêstes é mais uma verdadeira expedição científica, ou, melhor, artística. A fim de aproveitar bem tudo o que nos oferece "il bel Paese", e não esperdiçar nenhuma migalha de tempo, é preciso um corajoso estudo prévio, ler e anotar muitos livros, localizar os quadros, as estátuas, os recantos de paisagem, tudo, enfim, a ser mais detidamente contemplado.

Mas, o que prometi contar foi a viagem do ano passado. Contar, "com que roupa"? A Itália é indescriptível. Não é apenas o país mais belo do mundo; é qualquer coisa fora e acima dêste mundo, assim mais ou menos pendurada a meio caminho entre o Céu e a Terra. E isso não decorre sòmente das riquezas artísticas, de tôdas as épocas — que os etruscos, os grêgos, os romanos, a Idade-Média e a Renascença ali acumularam. Nem só da natureza, estupenda: céu que a gente olha, espia, vê, e não acredita estar vendo; crepúsculos fabulosos, que parecem também de mentira; e um mar lindamente impossível, que desprende poesia como se desprendem energias de um átomo desintegrado. Nem das reminiscências, das relíquias de santos, dos vestígios majestosos da História e da Legenda. Nem apenas da luz, que, nas outras terras, significa sòmente claridade, ao passo que, na Itália, a luz é uma coisa em si, com palpitação e coloração próprias, quase palpável, misteriosa, e que, ainda por cima, varia, de região para região, de cidade para cidade. (Vejam, por exemplo, o que diz, a êsse respeito, um escritor francês: "A Luz Italiana! É tão difícil e intimidante falar dela, quanto o é falar do olhar da mulher amada!... A Luz dos lagos lombardos, tão ligeira, tão diáfana, mas sempre docemente empoeirada de vapores d'água; a Luz veneziana, igualmente vaporizada, mas ao mesmo tempo tão dourada, que, nêsse ouro, a vaporização se sensualiza e dá ao céu a suculência de uma fruta; a virginal Luz toscana, que parece sempre ter vindo ao mundo naquêle instante mesmo, com a mocidade eterna dos deuses; a Luz de Roma, elixir licoroso, que adquiriu a espessura, a densidade do óleo e do sangue... Depois, à medida que se vem para o sul, o fôgo do céu depura e decanta a Luz: por cima dos dois vulcões, em Nápoles e na Sicília, ela ocupa, numa serenidade despótica, um azul às vêzes cruelmente desepidermizado..." Parece exagêro de poesia? Pois o poder e a realidade daquela luz ainda ficam além de tanto entusiasmo. Talvez, por isso é que a gente italiana é, entre tôdas, a mais bonita e a mais simpática, a mais humana de tôdas, a mais alegre.) Mas, reuna-se tudo o que ficou dito, e não se descobre ainda a explicação do "charme" italiano, que é um segrêdo, um flúido.

Mas, é melhor eu contar, isto é, tentar dar um resumo, rapidíssimo, pois, por cada coisa que eu mencione, terei de calar 50 outras, ou mais, para cuja referência não haveria aqui tempo, nem espaço.

No dia 5 de outubro, à noite, tomei aqui, na Gare de Lyon, o "Simplon–Orient–Exprès", trem que atravessa a Suíça, penetra na Itália pelo túnel imenso do Simplon, sob os Alpes, e desce para Milão contornando o Lago Maior. Mal transposta a fronteira, há uma cidadezinha de nome musical: Domodóssola. E começa o encantamento.

Em MILÃO, corri logo para a catedral — o Duomo — imensa e frondosa igreja gótica, no meio de uma praça; grandiosa montanha de mármore patinado, tôda rendilhada, denteada, com 135 flechas e 2.245 estátuas, fachada portentosa; uma igreja que parece súbita cordilheira ou altíssima floresta côr de cinza. Lá fiquei, por mais de 3 horas, andando em volta dela, olhando, de longe, de perto, de todos os ângulos. Entrei, percorri as 5 naves, cheias de riquezas. Desci ao subterrâneo, à cripta, onde, num grande escrínio de cristal e ouro, vê-se o esqueleto de São

Carlos Borromeu, revestido das roupas vermelhas de Arcebispo — o Santo que tinha por divisa a palavra "Humilitas" (Humildade), e que socorreu o povo durante a terrível peste que dizimou os habitantes de Milão. Subi, no elevador, e fiquei a passear, lá em cima num labirinto de galerias, passagens, escadas, sempre descortinando a vista completa da cidade. Cheguei ao campanile, onde estão, enjaulados, os enormes sinos. E, mais tarde, depois do jantar, à noite, ainda tive de voltar, para rever a colossal e estranha mole do Duomo, espectral, à luz da lua. — Antes, porém, fui ver o Teatro alla Scala. E, à igrejinha de Santa Maria delle Grazie, onde se encontra o célebre afrêsco da CEIA de Leonardo da Vinci, que, infelizmente, muito danificado, achava-se em reparações. Depois, ainda visitei o Castelo dos Sforza, e... uma porção de coisas dignas de serem admiradas. Agora, fazendo uma pausa, direi, para dar uma idéia do que é êsse país, que Milão é uma das cidades italianas com menos coisas importantes para se verem, turística ou artísticamente, tanto assim que, desta vez, nem passarei por lá, mas irei diretamente a Veneza...

Mas, continuando: fiz uma excursão pelos lagos lombardos (de Como e Maggiore): Pallansa, Stresa, Ilhas Borroméias, Cernóbio, Villa d'Este, Como. A excursão se faz num dia, dia que vale por um ano!

No dia seguinte, parti, cêdo, de auto-car, por uma estrada que corre entre plantações intermináveis de amoreiras, vinhedos e olivais, passando por Bérgamo, por Bréscia (que pena tive, de não poder visitá-las...) costeando o belíssimo lago de Garda, com várias cidades idílicas à beira, inclusive Saló, que foi a sede do último govêrno de Mussolini. Em VERONA, almôço. Visita à Arena antiga; ao túmulo de Julieta — aonde sempre chegam cartas, endereçadas por môças românticas à amante de Romeu, e vindas de tôdas as partes do mundo. A seguir, PÁDUA. Era domingo, à tarde. Entrei na Basílica de Santo Antônio, onde se realizava uma reza. Parecia qualquer coisa fantástica, feérica. Um côro de frades cantava poderosamente uma ladainha, e suas vozes eram sèriamente de impressionar, seus "ora pro nobis" seguiram-me, longo tempo, ao partir, ao som dos sinos. (A basílica está construída sôbre o túmulo do Santo.)

VENEZA, onde chegamos à noite, é verdadeiramente uma cidade de contos de fadas. Vai-se para o hotel já de gôndola, pelo Gran Canale, pois lá não há e nem poderia haver bondes, nem automóveis, nem bicicletas, nem carroças, nem cavalos, nem veículo algum, a não ser os aquáticos. O Corpo de Bombeiros tem suas lanchas, e em gôndola, com acompanhamento de gôndolas, os entêrros se fazem. Sulcam a cidade mais de 150 canais, de todos os tamanhos, entrecruzados; são as verdadeiras ruas de Veneza. O Gran Canale, o maior, é a artéria central, onde os outros desembocam. Imaginem uma espécia de Avenida Afonso Pena, mais larga, e sinuosa, tendo, de cada lado, palácios, apenas palácios, cêrca de 200 palácios, brancos ou côr-de-rosa, principalmente; uns, a maioria, góticos, outros bizantinos, ou Renascença, ou... etc. As escadas de mármore dos palácios têm seus últimos degraus beijados pela água verde do canal. Nas estacas, balançam as gôndolas atracadas, como pavões pretos. A Piazza di San Marco é chamada a "última sala de festas da Europa". O Palácio dos Doges, como descrever as maravilhas que êle contém? E a Basílica de São Marcos?

Em Veneza, visitei cêrca de 30 igrejas, das quais as principais foram: Catedral de São Marcos, Cármine, San Ruoco, dei Frari, San Stéfano, San Salvatore, Santi Apóstoli, dei Gesuiti, S. Giovanni Crisóstomo, Zanipolo (São João e São Paulo), Santa Maria dei Mirácoli, San Marziale, Madonna del 'Orto. (Na Itália, cada igreja tem seus quadros célebres, suas esculturas admiráveis, seus túmulos, seus mosáicos, seus especiais e portentosos detalhes arquitetônicos. É uma Ceia do Tintoreto na sacristia, uma Santa do Ticiano, uma Anunciação ou uma Descida da Cruz num retábulo, e, ainda, muitas vêzes, as sublimes pinturas no teto, que exigem o manejo de um espêlho, para se apreciar melhor. Quase que cada igreja é um museu. Depois, é preciso explicar que, na Itália, a gente não tem, culturalmente, um país só, mas sim um ajuntamento de pequenas nações, cada uma com seu aspecto próprio, suas peculiaridades. Até a gente tem aspecto diverso, se bem que sempre bonita e bôa. Veneza, por exemplo, é bizantina, cheia de dourados, de mosaicos, de ornamentos solares. Suas mulheres, belíssimas em geral, são claras, de cabelo ruivo. Seus pintores são o Ticiano, Tintoreto, o Veronese, os Bellini, Mantegna, Carpaccio, os Tiépolo, Antonello di Messina, etc. Já em Florença reina a Renascença, na velha cidade de torres denteadas, campanários e cúpolas. Lá, esplendem as pinturas de Botticelli, do Ghirlandaio, de Pollaiuolo, Paolo Ucello, Verrochio, Masaccio, Filippo Lippi... Bom, se con-tinúo, nêste entusiasmo, não acabarei nem daqui a três dias...)

Prossigamos. De Veneza a Florença, passando o Rio Pó e a cidade de Ferrara, passando por Bolonha, e transpondo os Apeninos do Norte, numa região de paisagens ásperas, onde combateu a nossa FEB (cujo cemitério de "pracinhas" visitei, em Pistóia); e também de vales clássicos, com o regato virgiliano e os rebanhos de ovelhas com seu pastor e seu cão de guarda.

FLORENÇA, onde estive 7 dias, é um tal mundo de maravilhas, que sua lembrança dá para encher uma vida. Seria preciso uma carta especial, só para indicar, por alto, o que lá visitei. Escolho, apenas, um detalhe: o "Museu do Angélico", um velho convento, onde, em cada uma das pequenas celas, há um afrêsco de Fra Angélico, o frade e santo e artista inspirado, que pintava olhando para o céu, através da abertura da janelinha, e, diz-se, tinha por modêlos os próprios anjos.

Depois, ROMA, 9 dias. Outro mundo, ou conjunto de mundos, com coisas irresumíveis, indescriptíveis. Não vi o Papa (cujo anel já beijei, aliás, no tempo em que ainda era o Cardeal Paccelli), porque S. Santidade estava fora, passando as férias em Castel Gandolfo. Mas visitei as 4 Basílicas: Santa Maria Maggiore; San Giovanni in Laterano, San Paolo fuori le Mura; e São Pedro (no Vaticano). Desci às Catacumbas de São Calixto, às de São Sebastião e às de Santa Inês (acompanhado de um padre que falava várias línguas e recitava versos que êle mesmo compusera em honra da Santa, e que me dizia não ter mêdo da morte, pois que a morte é "una visione soavíssima, soavíssima"...) Desci ao fundo da Prisão Mamertina, onde São Pedro esteve prêso (num lugar há a marca, onde sua cabeça bateu contra a pedra, e há também a fonte que êle fez surgir, para batizar seus carcereiros, convertidos, Processo e Martiniano. No Museu do Vaticano, andei 3 dias. Depois, ainda havia e houve mil coisas a ver, e procurei aproveitar o mais possível. As igrejas de Santa Croce in Gerusalemme e San Pietro in Vínculis (onde está o célebre "Moysés" de Miguel Ângelo). A Capela Sixtina. A "Escada Santa", que os peregrinos sobem de joelhos (era do Palácio de Pilatos, e foi trazida de Jerusalém). Na Via Áppia, a capelinha do Quo Vádis, Dómine? — no lugar onde, segundo a tradição, São Pedro, que fugia de Roma, durante a perseguição aos cristãos, teria encontrado, de repente, a pessôa de Jesus Cristo; São Pedro, atônito, perguntou: "Quo vadis, Domine"? (Aonde váis, Senhor?), e Cristo, mansamente, respondeu: — "Visto estares abandonando o meu povo, vou a Roma, para que me crucifiquem outra vez..." Ao que São Pedro voltou imediatamente para a cidade, onde foi prêso e crucificado (de cabeça para baixo, a seu pedido, por não se sentir digno do suplício de Jesus). As "Tre Fontane", onde há três pequenas fontes, nos pontos onde, segundo se diz, a cabeça de São Paulo, decapitado, teve contacto com o solo. Mesmo da Roma cristã, o que fica dito é apenas uma ínfima parte do visto. Havia ainda a Roma pagã, a Roma arqueológica, a Roma dos Césares; suas belezas, suas ruínas, seus monumentos. Como contar tanta coisa?

De Roma, desci a NÁPOLES. Igreja de São Januário, onde vi as ampôlas de vidro com o sangue do santo (degolado pelos perseguidores), que torna a liquefazer-se, duas vêzes cada ano, no 1º sábado de maio e no 19 de setembro. Hospedei-me num hotel no célebre bairro, a beira mar, de Santa Lucía, que vale bem as canções que inspirou. Jantar num restaurante ao ar livre, a mêsa a meio metro da água, onde os barqueiros passam, cantando. Spaghetti com mariscos (spaghetti alle vóngoli). O Museu de Nápoles, com as maravilhas da arte grêga. O Vesúvio. A Solfatara (vulcão semi-extincto), a cuja beira se chega (há lugares onde se vêem as fendas no chão, e há taboletas proibindo pisar, dado o perigo de algum turista sumir solo a dentro e cair no fôgo...), vendo a lava ferver e rugir, em seu buraco, com o rumor de uma locomotiva, e cuspir para cima, alto, as pedras que a gente joga ali dentro. O célebre aquário de Nápoles, riquíssimo em espécies marinhas do Gôlfo. Uma série de lugares que nem nos sonhos poderiam ser mais belos, entre êles Posílipo — antiga colônia dos grêgos, que, ante tamanha maravilha, deram-lhe êsse nome, que queria dizer: "cessação da tristeza"...

Bem, vejo que, mesmo para um resumo apressado, uma carta só não dá. Terei de continuar, depois das férias. Então, falarei dos demais lugares onde estive. POMPÉIA, a cidade morta, soterrada sob uma chuva de cinzas do Vesúvio; seus habitantes, dos quais se vêem restos, carbonizados, inclusive de um pobre cão, que morreu acorrentado, e guarda a postura terrível e a expressão da surpresa. O Santuário de Nossa Senhora de Pompéia, onde, quando por lá passei, estavam-se realizando uns 20 casamentos...

PAESTUM — conjunto de ruinas grêgas, e entre elas, intacto, o templo de Netuno, num recanto do Gôlfo de Salerno, entre o mar e o céu mais belos que nêste mundo existem; e foi o lugar que mais me emocionou. A encantadora AMÁLFI, sôbre o mar, trepando a montanha. SORRENTO — bonita de "doer", ao perfume de infindas plantações de limoeiros, e contemplando um mar que vive como olhos azúis de uma pessôa. ASSIS — onde percorri, passo por passo, os lugares da vida de São Francisco e de Santa Clara, e pude ver muitas relíquias, entre elas a túnica do santo. (Em Assis, visitei a Basílica, o túmulo do Santo, a igrejinha de San Damiano, a Basílica de Santa Clara, a Igreja de Santa Maria dos Anjos, dentro da qual está a igrejinha da Porciúncula, onde morreu São Francisco. E a igreja de Santa Maria sôpra Minerva, que outrora foi um templo pagão, da deusa Minerva, e que tive a felicidade de poder ver, belíssima, com suas colunas antigas, seu pórtico, no cimo de uma colina, batida pelo luar). PERÚGIA — tão importante, que ali volto, desta vez, para visita mais demorada. SIENA — medieval e admirável —, onde desci e subi ruelas e ladeiras, a fim de visitar a casa de Santa Catarina. SAN GIMIGNANO — cidadezinha completamente medieval, cheia de torres, onde viveu Santa Fina — uma menina que um dia se deitou no chão e não quis mais se levantar, ali ficando, assim, a rezar e fazer milagres, durante anos, até morrer, para a maior glória de Deus. PISA — onde subi até o alto da "torre pendente", e, lá em cima, conversando com o sacristão, que vinha tocar os sinos, descobri que o mesmo falava português e estivera no Brasil, como sacristão da Matriz de Bebedouro, no Estado de São Paulo. (Muitas igrejas na Itália teem o campanário e o batistério em edifícios independentes; a torre de Pisa nada mais é que o campanário (campanile) da Catedral.) POSITANO, entre Amálfi e Sorrento, lugar de tal beleza, que é chamado o paraíso e o inferno dos artistas, que ali vêm, às centenas...

Enfim, a ITÁLIA. Daqui a dois dias, estarei rumando para lá, onde, mesmo nos anos comuns, giram milhares de turistas, vindos do mundo inteiro. (Em Roma, vi padres e seminaristas dos mais remotos países, vi tôdas as possíveis e impossíveis côres de batinas...) Unirei a excursão arqueológica e artística a uma peregrinação do Ano-Santo, e para os daí, para os de casa, procurarei obter tôdas as indulgências possíveis.

Mas tenho de parar. Abraçando, de novo, a todos. Abraçando Mamãe e Papai, com afeto e saudade.

Joãozito

Rio, 15 de julho de 1952.

Papai,

Pedindo a bênção, à Mamãe e ao Senhor, abraço-os, afetuosamente, e à Dora, Zezé, Sobrinhos, Tios, Primos, a todo o pessoal nosso, enfim, de todos com grandes saudades.

Muito me alegrou a bela carta de parabéns, que agradeço, uma porção de vêzes. Só não pude responder imediatamente, porque estou saindo de uma gripe terrível — por aqui ela andou e ainda anda, em forma de epidemia — que me maltratou "por demais"; estive vários dias de cama e duas semanas *imprestável*, só de ôntem para cá começando a recuperar aprumo e eficiência; como, com tudo aquilo, o serviço não pára, a temporada não foi nada fácil.

O passeio à Bahia, sim, êsse foi notável. Em Caldas-do-Cipó, pude ver reunidos — espetáculo inédito, nos anais sertanejos e creio mesmo que em qualquer parte — cerca de 600 vaqueiros autênticos dos "encourados": chapéu, guarda-peito, jaleco, gibão, calças, polâinas, tudo de couro, couro de veado mateiro, côr de suçuarana. Como o Senhor deve ter lido, lá compareceram vaqueiros de vários Estados, e de quase todos os municípios baianos onde há criação de gado, do curraleiro (*pé-duro*) bravo das caatingas. Fui com Assis Chateaubriand, que é o rei do entusiastas, e tive de vestir tam-

"...Fui com Assis Chateaubriand, que é o rei dos entusiastas, e tive de vestir também o uniforme de couro e montar a cavalo (num esplêndido cavalo paraibano), formando na 'guarda-vaqueira' que foi ao campo de aviação receber o Presidente Getúlio Vargas. A mim coube 'comandar' os vaqueiros de Soure e de Cipó (!). Depois, o desfile, brilhante."

bém o uniforme de couro e montar a cavalo (num esplêndido cavalo paraibano), formando na "guarda vaqueira" que foi ao campo de aviação receber o Presidente Getúlio Vargas. A mim coube "comandar" os vaqueiros de Soure e de Cipó (!). Depois, o desfile, brilhante. A vaquejada propriamente dita é que perdeu um pouco, porque o gado que estava apartado *estourou* durante a noite, e poucas rêses puderam ser recuperadas; a maior parte delas escapou para muito longe, caíram no mundo, e, apesar de rastreadas por duas léguas, não puderam ser apanhadas. Mas, mesmo assim, foi bem interessante. Aprendi muita coisa.

Quem vai muito bem é o "Cravo", que agora se chama "Louro". Ganhou uma gaiola grande e moderna, não das de pendurar, mas daquelas que têm um pé, e já se acostumou a ela. Tem aprendido alguma coisa nova para melhorar o repertório, e é alegre e divertidíssimo. De manhã, principalmente, é uma festa: grita, tosse, canta, assovia, chora imitando criança, "abôia", chama as vacas, gruguleja como perú, e fala quantidade de bobagens, tudo isso de enfiada, durante horas. No prédio de apartamentos em que moro, êle já se tornou popularíssimo. Tôda a gente gosta dêle, e, quando foge — o que também acontece — de todos os lados há gente gritando notícias: — "Êle está no 4º andar! Está ali!..." Quando a empregada vai buscá-lo, sempre pedem deixar que fique mais um pouco, pois já êle teve tempo de agradar os novos hospedeiros. É um pândego.

Bem, agora tenho de terminar; mas breve escreverei outra.

Abraçando-os, e com lembranças a todos, faço votos para que aí em casa reine tranqüilidade e saúde.

Joãozito

P.S. — Estou arranjando jeito de encomendar, por um contínuo daqui, que mora num subúrbio, suã de porco e tripinha para torrar. Mas, saudade mesmo, é da notável comida que a Mamãe sabe fazer!

Rio, 27 de Outubro de 1953

Papai,

Há uma semana, escreví ao Sr. uma carta, e hoje tive a alegria de receber a sua, acompanhada das "notas", que muito agradeço. Tôdas são ótimas, principalmente a sôbre os "CIGANOS" e a do "ENTRUDO" em Caeté. Vão ser muito bem aproveitadas! Sempre que o Sr. tiver disposição, pode mandar. Na carta, falei no interêsse que tenho pelo assunto das caçadas na Serra do Cabral — principalmente quanto aos detalhes pitorescos. O detalhe é muitas vêzes de grande proveito, pois metido num texto dá impressão de realidade.

Há outros assuntos que gostaria de esmiuçar. Por exemplo:

1) A briga do Túlio com o Nicão — com os possiveis detalhes sôbre a questão de terreno;
2) Descrição de pessôas da roça, as mais interessantes, que vinham à venda, em Cordisburgo;
3) Descrição de pescarias, a rêde;
4) Jogos de baralho: o truque; a "pavuna", no restaurante em Cordisburgo; a intervenção do Vigário; a briga daquele Sr. Gastão, com o padre;
5) Chico Sanfona, sua família, coisas interessantes que lhe digam respeito;
6) o Renério, idem;
7) as donas daquele sobradinho, na Várzea, em Cordisburgo, idem;

8) aquelas grandes quantidades de peixes, de Pirapora (?): como o Sr. os comprava, como vinham, etc.
9) caixeiros-viajantes interessantes ou curiosos, alguns bons traços.
10) coisas interessantes, biográficas ou outras, sôbre pessôas como: tio Adonias; o Siô Tico e Nhá Chica; o pai do Juca Saturnino; Siô Lé; Luiz Canabrava; aquêle Sr. Nalesherbes, meio exquisito, que passou por Cordisburgo; etc.
11) Esta é com ajuda de Mamãe: — A história daquêle corpo de homem, mumificado, que se desenterrou, em Jequitibá, e foi levado para a igreja.
12) Histórias de crimes, grandes brigas, raptos de moças, etc.

A lista é grande, mas o Sr. não se assuste com ela. É apenas um punhado de sugestões. Mas não deixe de ir mandando alguma coisa, aos poucos. (Como disse, os detalhes — sôbre objetos, usos, expressões curiosas na conversa, etc. — são sempre importantes. Tipos encontrados em viagens, também, por exemplo.) Nomes curiosos, de lugares e de pessoas.

Agora, pedindo a bênção, e à Mamãe, o grande abraço

do

Joãozito

Rio, 23 de junho de 1954

Papai,

Pedindo a bênção, aqui estou, com um abraço forte e saudoso. Já era tempo de aparecer, depois de tanto silêncio;

Rio, 23 de junho de 1954

Persi.

Pedindo a bênção, aqui estou, com um abraço forte e saudoso. Já era tempo de aparecer, depois de tanto silêncio ; mas estou sempre querendo escrever, e adiando sempre. Minhas gavetas estão cheias de cartas por responder, e, quando dou uma olhada naquele monte de papéis, fico até com mêdo. E' que estou escrevendo dois (!) livros, fora das horas de serviço, e já combinei com o editor a entrega dos originais... que vai ter de ser adiada, pois não consigo terminar dentro do prazo fixado.

Fora isso, vou bem, saúde firme. Pretendo ficar todo êste ano no Brasil, se Deus quiser. Quando tiver aprontado os livros, irei até aí, até Itaguara, mesmo. Será uma boa oportunidade para rever essa boa terra, e os amigos que aí deixei. Acho que muita coisa do meu tempo deve estar mudada, com o progresso avançando por êsse nosso interior todo : mas o essencial contínúa , e é do essencial que a gente tem saudades.

O José Luiz me dá sempre notícias, e sei que Mamãe e o senhor, e todos, vão passando bem. Mas fico querendo receber daquelas cartas, com as notas e informações, tão interessantes, que há tanto tempo o sr. não me tem enviado.

Que continuem sem novidades, com saúde e tranquilidade, estou sempre desejando. Peço ao senhor dar minhas afetuosas lembranças e abraços — à Isa, Oliveira e meninos — e lembranças aos que de mim se lembrarem, dos velhos amigos.

Outra vez, abraça-o o Joãozito.

mas estou sempre querendo escrever, e adiando sempre. Minhas gavetas estão cheias de cartas por responder, e, quando dou uma olhada naquele monte de papéis, fico até com mêdo. É que estou escrevendo dois (!) livros, fora das horas de serviço, e já combinei com o editor a entrega dos originais... que vai ter de ser adiada, pois não consigo terminar dentro do prazo fixado.

Fora isso, vou bem, saúde firme. Pretendo ficar todo êste ano no Brasil, se Deus quiser. Quando tiver aprontado os livros, irei até aí, até Itaguara, mesmo. Será uma boa oportunidade para rever essa boa terra, e os amigos que aí deixei. Acho que muita coisa do meu tempo deve estar mudada, com o progresso avançando por êsse nosso interior todo: mas o essencial continua, e é do essencial que a gente tem saudades.

O José Luiz me dá sempre notícias, e sei que Mamãe e o senhor, e todos, vão passando bem. Mas fico querendo receber daquelas cartas, com as notas e informações, tão interessantes, que há tanto tempo o sr. não me tem enviado.

Que continuem sem novidades, com saúde e tranqüilidade, estou sempre desejando. Peço ao senhor dar minhas afetuosas lembranças e abraços — à Iza, Oliveira e meninos — e lembranças aos que de mim se lembrarem, dos velhos amigos.

Outra vez, abraça-o o

Joãozito

Rio, 12-VII-54.

Papai,

Pedindo-lhe a bênção, e à Mamãe, abraço-os, com saudades.

Rio, 12.VII.54.

Papai,

Pedindo-lhe a bênção, e à Mamãe, abraço-os, com saudades.

Recebi os dois telegramas, que muito me alegraram, no dia 27. E as cartas, sendo que a última chegou hoje, estou acabando de ler.

Já fico contente com a prometida remessa daquelas notas, que para muito me hão de servir. E, a respeito delas, o senhor não deve se preocupar com os assuntos, nem se está ruim ou bom, pode ir mandando tudo. Não precisa que sejam casos ou fatos curiosos, pois as informações comuns, sôbre a vida trivial, costumes, etc., do interior têm muita importância. Coisas que os moradores no campo contavam de sua labuta, vida, etc., quando vinham fazer compras em Cordisburgo, por exemplo. E detalhes de caçadas — principalmente da vida e costumes dos bichos, seus rastros, e tudo o mais. Desde já fico agradecendo ao senhor os próximos envios.

Eu estou trabalhando "burramente", dia e noite, para terminar os livros que estou escrevendo — pois, em vez de um, como comecei, a coisa logo virou dois...

Junto, vai uma oração, que foi a da Páscoa dos Funcionários do Itamaraty.

E outra vez abraço o senhor e Mamãe, forte.

Joãozito.

Recebi os dois telegramas, que muito me alegraram, no dia 27. E as cartas, sendo que a última chegou hoje, estou acabando de ler.

Já fico contente com a prometida remessa daquelas notas, que para muito me hão de servir. E, a respeito delas, o senhor não deve se preocupar com os assuntos, nem se está ruim ou bom, pode ir mandando tudo. Não precisa que sejam casos ou fatos curiosos, pois as informações comuns, sôbre a vida trivial, costumes, etc., do interior têm muita importância. Coisas que os moradores no campo contavam de sua labuta, vida, etc., quando vinham fazer compras em Cordisburgo, por exemplo. E detalhes de caçadas — principalmente da vida e costumes dos bichos, seus rastros, e tudo o mais. Desde já fico agradecendo ao senhor os próximos envios. Eu estou trabalhando "burramente", dia e noite, para terminar os livros que estou escrevendo — pois, em vez de um, como comecei, a coisa logo virou dois...

Junto, vai uma oração, que foi a da Páscoa dos Funcionários do Itamaraty.

E outra vez abraço o Senhor e Mamãe, forte.

Joãozito.

Rio, 9.XII.55

Papai,

Pedindo ao senhor a bênção e à Mamãe, e abraçando-os, e à Iza, Oliveira, à Família tôda, começo esta, que já há muito tempo queria escrever, mas fui tendo de adiar, repetidamente, e só agora, vendo aproximar-se o Natal, resolvo não retardar mais, e faço. Várias coisas contribuiram para tamanho atraso, inclusive a movimentada quadra de acontecimentos políticos, as mudanças ocorridas aqui no Itamaraty, etc. Mas, principalmente, a luta para terminar e entregar ao Editor os originais dos meus livros, que ficaram enormes: um, em dois volumes, com 820 páginas; o outro com 467 páginas datilografadas, que deverão dar, impressas, umas 600! Completar, retocar, rever as provas de tudo isso, ainda está sendo um esfôrço imenso. O importante é ver se a coisa "péga", depois, se valeu a pena. No mais, vai tudo bem.

Que o senhor e mamãe estejam com saúde razoável, é o meu sincero desejo, e que possam passar alegremente as festas de Fim-de-Ano. Digo "saúde razoável", porque cheguei à conclusão de que saúde perfeita é coisa rara, que a gente só consegue gozar de vez em quando: logo vem o fígado, ou nevralgia, ou pressão baixa, ou outra coisa — e é o frio, o calor, a humidade — e o equilíbrio se desfaz, a gente então perrengueia. O importante é a coragem, e o espírito. Ùltimamente, por exemplo, andei com nefrite e lumbago, estive uma semana com febre, de cama. Agora, porém, estou bom, firme, graças a Deus.

Apreciei, muitíssimo, as notas que o senhor me mandou, sôbre os entêrros na roça. Aliás, o senhor não imagina como têm valor para mim essas informações. Pena é que o senhor não mande delas freqüentemente. Estão tôdas colecionadas, com apontamentos e sublinhados dos pontos mais importantes, e, aos poucos, serão, tôdas elas, aproveitadas nos meus livros.

Principalmente, acho um intêresse extraordinário nas que se referem aos COSTUMES e aos TIPOS e Individuos pitorescos ou bem marcados. Agora, depois dos "Entêrros", por que é que o senhor não manda, por exemplo, os "Casamentos", os "Batizados" ou "Casos de crimes" ou de "Demandas, Questões, etc.", do tempo em que o senhor foi Juiz-de-Paz? Seria ótimo. Também, descrições de caçadas — incluindo as paisagens, etc. Outra coisa, que muito gostaria de ter, são as lembranças da Venda, em Cordisburgo: *qual a época do ano em que se vendia mais? quando era que os lavradores dispunham de mais dinheiro, etc.?* E a respeito dos caixeiros-viajantes, ou COMETAS... Fico esperando que o senhor me mande mais. Não precisa de mandar coisa alinhavada e seguida. Bastam pequenos tópicos. Tudo é útil. Preciso de explorar mais o senhor, que a mina é ótima. Desde já vou agradecendo, e muitíssimo.

Bem, Mamãe, Papai: Feliz Natal e Boas-Festas, um Ano-Novo melhor!

Com saudades e afeto, abraça-os

o filho

Joãozito

P.S. — Nêste mesmo instante, telefonou-me o José Luiz que vai passar aqui. Disse a êle que estava escrevendo ao Senhor e êle aproveita para enviar abraços. Êle e a Aidinha estão bem.

Rio, 5 de julho de 1956.

Papai,

Pedindo a bênção e abraçando-o muito afetuosamente, agradeço a boa carta de parabéns, que me alegrou, como sempre, por matar saudades e trazer notícias. Também fiquei contente por o senhor ter recebido os livros e estar gostando do *"Corpo de Baile"*. Como o senhor não deixará de ter notado, ele está cheio de coisas que o senhor me forneceu naquelas cartas e notas, extremamente valiosas para mim. Falando nisto, agora eu estou justamente relendo as mesmas, e passando para um caderno, classificadas e em ordem, tôdas as informações, para serem aproveitadas em futuros livros. É uma bela pilha de papel, sortida de vitaminas. Pena é que o senhor não tenha mandado mais — principalmente não mandou aquelas da lista que preparei e enviei, encomendando matéria. E ainda há tanta coisa, que eu gostaria tanto de saber! Por exemplo:

Descrição de uma pescaria à rêde.

Como era aquilo, da extraordinária abundância de mandís, em determinadas épocas, e como e porque acontecia.

Coisas a respeito da fundação de Cordisburgo, e dos primeiros tempos do arraial, etc.

Sôbre o Padre João de Santo Antonio.

Sôbre o Padre Pedro.

Caçadas na Serra do Cabral.

Onde e como era a Canôa-Quebrada?

Caçada na Canôa-Quebrada (descrição).

E mais uma porção de coisas, que, se fôsse arrolar aqui, nem havia papel, nem tempo. É melhor ir pedindo aos punhadinhos, a varêjo, para ver se o senhor se anima a restabelecer o fornecimento... Como já expliquei, não se trata de pequenas histórias ou casos, que dariam mais trabalho ao senhor, para selecionar, recordar e fixar. O que utilizo são as indicações sôbre tipos, costumes, descrições de lugares, cenas; vestimentas, métodos de trabalho, palavras, têrmos e expressões curiosas ou originais, etc. etc. O senhor manda? Obrigado.

Não mandei para o senhor, dos livros, exemplares dos especiais, que em número de 20 o Editor mandou tirar, por sua conta, porque ficaram grossos demais, achei-os feios, e a capa, tão bonita, não coube neles; enfim, não me entusiasmaram, e deixei que o editor os oferecesse, a políticos e amigos dêle.

Agora, daqui a poucos dias, sairá o romance: *"GRANDE SERTÃO: VEREDAS"*, que logo enviarei. Já vi um exemplar, já está pronto; mas o livro é impresso em São Paulo, só recebeu até agora o editor um exemplar um *indêz*. Ficou uma beleza, com capa muito vistosa, em belas côres. Vamos ver se tem sorte e obtem o mesmo sucesso dos outros, que, graças a Deus, estão retumbando e brilhando, provocando uma barulhada tremenda, aqui no Rio, em São Paulo, em Pernambuco, quase que por tôda a parte. Inclusive, irritando os ressentidos e invejosos — o que constitui o melhor sinal e a melhor garantia de uma obra. O novo livro, o romance, é grosso, 594 páginas. É uma história de jagunços, do Norte de Minas, narrada pelo ex-jagunço Riobaldo, grande sujeito e brabo. Agora, já estou precisando de meter o peito noutras tarefas, pois: "A vida é breve e a arte é longa..."

Quando o senhor estiver com a Mamãe, dê-lhe o meu saudoso e carinhoso abraço. Lembranças à Iza e ao Oliveira, bôas. Que o frio aí já tenha passado. Também sofri muito, com o tempo terrível que aqui tem feito ùltimamente: maio e junho foram só de chuvas e ondas geladas, padeci, agora ainda estou me recompondo de uma gripe penosa. Felizmente, esquentou, nestes últimos três dias, voltou o sol e a alegria de viver. "De hora a hora, Deus melhora"; é o que serve.

Com outro abraço, saudoso, pedindo dar lembranças a todos,

Joãozito.

Rio, 17 de dezembro de 1957

Mamãe, Papai,

Pedindo-lhes a bênção, e abraçando-os e a todos — Isa, Oliveira, Luis Augusto, Maria Elisabete, Marco

Antonio, e o Maurício, — trago também os votos de Boas Festas, com festiva alegria no NATAL e um Ano Novo sempre melhor e mais simpático.

Desde comêço de outubro, quando voltei de São Paulo, que estava para escrever; e, como muitas vêzes acontece, fui adiando, por causa de tantas coisas que fazer e a vida agitada daqui. Também, estive doente, com a velha alegria. Por isso, resolvi, deixei de fumar, tive logo uma melhora notável, mas aumentou foi a preguiça, no escrever cartas.

Por falar nisso, gostei bastante da última, do Papai, contando coisas interessantes. Pena é não mandar mais daquelas notas, tão valiosas. Com narrações e lembranças do tempo do Caeté de sua meninice, para mostrar como era que a vida era lá, naquele tempo. O snr. se lembra de alguma coisa especial, a respeito do João Pinheiro? Talvez eu ainda venha a escrever um ensaio biográfico do mesmo; nesse caso, se tiver de escrever (o que ainda não tenho certeza se farei ou não), então iria primeiro dar uma espiada em Caeté, e outra no Sêrro. E a respeito do Padre João de Santo Antonio, e da fundação de Cordisburgo, que é o que o snr. informa, de pitoresco ou de notável?

Também para a Mamãe, tenho um pedido. É a legítima receita para fazer a GELÉIA DE MOCOTÓ. Imaginem, aqui a gente pode comprar mocotós, fàcilmente. Então, com a receita fornecida por uma senhora de São Paulo, resolvemos experimentar. Mas deu uma coisa clara, fina, transparente... e sem gôsto nenhum de mocotó nem da geléia verdadeira. Depois, experimentamos outra vez, receita de uma cozinheira mineira, de Belo Horizonte. Saíu um pouquinho melhor, mas ainda muitíssimo longe da geléia que conhecemos, que é escura, grossa, dura, de gôsto forte e autêntico. Ficaria muito contente, se a Mamãe pudesse mandar. Deus lhe pague, muito.

Não mandei ainda o prometido exemplar da revista DIÁLOGO, o número especial, todo a meu respeito, porque só agora é que saiu. Por enquanto, só recebi, por via aérea, um exemplar, de amostra. Fiquei contente, o número saíu magnífico, com artigos da maior importância. Logo que receba outros números, enviarei.

No mais, sem novidades. Não sei ainda quando vou poder ir até aí, em 1958; mas conto ir, certo.

Mais uma vez, muito Boas-Festas, para todos!

E lembranças e abraços do

Joãozito

Rio, 25 de maio de 1958.

Papai,

peço a bênção, ao Sr. e à Mamãe. Será que ela ainda se encontra em Belo Horizonte, com o Vavá?

Estou hoje respondendo, junto, às duas, senão três últimas cartas que o Sr. me escreveu. Bem que, de há muito, queria enfrentar o papel, e dar notícias; mas sempre aparecem coisas, e muitas, de uma vez, tiram-me todo vagar, não me deixam momentos. Ou é trabalho do Ministério, ou são revisões das provas tipográficas para as novas edições dos livros, e uma porção de outros assuntos, minuciosos, aborrecidos, de exigente execução. Agora mesmo, com a promoção, chegam-me, às dezenas, cartas, cartões, telegramas, tenho de dar resposta simpática a cada um, tenho andado tonto nestes quinze dias. Mas vou seguindo tudo, com saudades, acompanhando o movimento de todos daí. Suas cartas é que são muito boas, fico contente quando chega uma.

Soube, pelo Zé Luiz, da doença do Vavá; primeiro, que êle estivera doente; depois, através da Carlota, foi que tivemos notícia da gravidade da doença, mas que, felizmente, já foi superada. A gente vive de susto em susto! Nesses casos, é importante tomar cuidado, para evitar recaídas; aqui, um colega, sub-chefe da minha Divisão, teve tifo, no ano passado, não se cuidou bem, deu-se depressa demais por curado, logo recaíu — perdeu mais de três meses com a doença. Enfim, que o Vavá fique logo são de todo e firme, são os votos fervorosos nossos daqui.

Não sei quando me será possível ir aí, e em Belo Horizonte, só então poderei apreciar a casa, que, segundo me disse o Zé Luiz, é mesmo coisa vistosa.

Pior foi a perda do dinheiro, no ônibus. Mas, são contratempos que acontecem, em suas ocasiões, por mais cautela que a gente tenha. Gostei do provérbio: "Mais tem Deus para me dar, que o diabo para tomar..." Como o Sr. já terá recebido, mandei-lhe, no fim do mês, além do costumeiro, 2 contos, a fim de compensar a perda, em parte; agora, êste mês, completarei, "arredondando".

A promoção me alegrou, não só por ser o coroamento da carreira, como pela maneira simpática como ela se deu, de modo até hoje inédito no Itamaraty — por pura iniciativa do Presidente, sem cavação, nem mexida, nem pedido de espécie alguma; e o Juscelino fêz, ainda por cima, questão de telefonar-me pessoalmente dando em primeira mão a notícia, e o primeiro abraço. Além do mais, foi muito bem recebida, graças a Deus, repercutindo bem, dentro e fora da Casa.

O que tenho pena é que o Sr. não me mande mais daquelas notas, tão boas e tão úteis para mim. Por que não vai enchendo papel, sem precisar de escolher nem de reler, e vai mandando, mandando? Enquanto o Sr. assim se distrai, fornece-me ao mesmo tempo material e sugestões de grandíssimo proveito.

Agora, por exemplo, gostaria muito, e preciso, mesmo, de receber uma informaçãozinha, inteirando o que o Sr. me mandou, a respeito do "JOGO DA BOLA", antigamente, em Caeté. Aquilo é interessantíssimo, me serve muito. Mas queria saber:

1) — NO LUGAR ONDE SE JOGAVA, era debaixo de coberta, em lugar fechado, ou no campo, a descoberto, como nos campinhos de futebol dos lugares do interior, atualmente?

2) — Em que bairro, ou parte da cidade, era que se jogava?

Fico esperando que o Sr. me mande a resposta a isto, que desde já agradeço. E, quando puder, mais coisas, conforme disse.

Saiu agora a 5ª edição do "Sagarana", muito bonita, a mais bonita de tôdas, muito bem ilustrada. Vou mandar um exemplar para Mamãe e o Sr.

No mais, nenhuma novidade, saúde às vêzes melhor, às vêzes fracativa, por causa, principalmente, das mudanças de tempo, tão bruscas, o tempo anda totalmente maluco, há quem responsabilize por isso as experiências com bombas atômicas.

Bem, por hoje já consegui espichar-me um pouco, agora tenho de parar. Mas abraçando a todos, e com muitas lembranças, Iza e Oliveira e os Meninos, Mamãe, o Senhor, Maurício, todos, os amigos, com grande abraço, saudoso, afetuoso,

do filho

Joãozito.

Rio, 5 de julho de 1958

Mamãe, Papai,

Não é que estamos outra vez nas datas do aniversário e das Bôdas? Lembrei-me, de repente, e venho abraçá-los e pedir a bênção, recordando a minha ida aí, já faz um ano — o tempo vôa, mesmo! Pretendia aí voltar, e não pude, nem sei ainda quando isso será possível. As coisas por começar e completar são sempre muito numerosas, nada dá folga à gente. Agora, por exemplo, estou tendo de representar o Itamaraty na Assembléia do Conselho Nacional de Geografia, com sessões todos os dias, tendo de levantar muito cedo, e trabalhar triplicado. Por isto mesmo escrevo à pressa, só para não deixar passar silenciada a grande ocasião.

E para acusar recebimento e agradecer também as boas cartas do Papai, que sempre me alegram. São três, a que respondo. Na última, por sinal, gostei muito de que trouxesse também a assinatura da Mamãe. E as "notas" — excelentes. Tanto a que perfez as explicações sôbre o "jôgo da bola", quanto às outras, variadas, que achei igualmente magníficas. E, por falar nisso, quando é que o senhor me mandará algumas, bem minuciosas, sôbre as caçadas na SERRA DO CABRAL? Apreciaria muito.

Só o que sinto é que o frio de Itaguara esteja-os mortificando tanto. O frio é um castigo terrível, acho que o Purgatório deve ser mais de gêlo do que de fôgo. Também, aqui, o que mais me maltrata são as mudanças bruscas e constantes de temperatura e grande umidade. O tempo piora e se desregula, de ano para ano. No comêço de junho, estive em BRASÍLIA, pela segunda vez, lá passei uns dias. O clima, na Nova Capital, é simplesmente delicioso, tanto no inverno quanto no verão. E os trabalhos de construção se adiantam, num ritmo e entusiasmo inacreditáveis: parece coisa de russos ou de norte-americanos. Desta vez, não vi mais tantos bichos e aves, como da outra, em janeiro do ano passado — quando as perdizes saíam assustadas, quase de debaixo dos pés da gente, e iam retas no ar, em vôo baixo, como bolas peludas, bulhentas, frementes, e viam-se os jacús fugindo no meio do mato, com estardalhaço; e também veados, seriemas, e tudo. Mas eu acordava cada manhã para assistir ao nascer do sol, e ver um enorme tucano, colorido, belíssimo, que vinha, pelo relógio, às 6 hs. 15', comer frutinhas, durante dez minutos, na copa alta de uma árvore pegada à casa, uma "tucaneira", como por lá dizem. As chegadas e saídas dêsse tucano foram uma das cenas mais bonitas e inesquecíveis de minha vida.

José Luiz deu-me notícia do falecimento da Tia Clarinda. Coitada, já merecia seu descanso. Foi bom que eu tivesse podido ir vê-la, há um ano, ela ficou muito contente com a minha visita.

Bem, outro dia escrevo mais, agora vou dormir, o dia de amanhã vai ser cheio.

Muitas saudades. Muitas lembranças, a todos.

E abraça-os, afetuosamente,

o filho

Joãozito

P.S. — O retrato, junto, está muito apagado. Mas dá para se ver, à esquerda, de pé, isto é, sentadinho, *"fazendo bonito"*, o SUNG, meu pequinês (êle é marrom, com a cara preta. Nos braços, o gatinho (Boyzinho) e a gata (Xizinha).

Rio, 8 de outubro de 1958

Papai, Mamãe,

A bênção. A geléia foi uma festa; muito gostosa, farta, e em boa hora chegada. Foi na têrça-feira, da outra semana, dia 30 de setembro: da "Viação Cometa", telefonaram para o Itamaraty avisando-me estar lá o volume. Fui, logo, buscar, e nessa mesma tarde provei, comi e repeti. Ainda está mais ou menos pela metade, pois vou ora avançando, ora poupando, já com pena de que algum dia ela se acabe. Ia escrever, para acusar o recebimento e agradecer muito a remessa, quando, ontem, recebi a carta do Papai. Por isso, vi que já estava ficando em falta, e apresso-me agora a mandar esta, para não parecer ingrato-de-barriga-cheia. A lata, enviarei, via Zé Luiz, logo que estiver bem limpa. E a receita, quando Mamãe mandar, será também motivo de alegria. Há tempos, tivemos aqui uma geléia preta destas, isto é, uma cozinheira, mineira, disse que sabia fazer, e experimentou, por duas vêzes. Mas não saiu nada boa: achei-a rala, e sem o gôsto legítimo de mocotó. Vamos ver se, com a receita famosa e verdadeira, as futuras tentativas terão melhor resultado. Por tudo, desde já, gratíssimo!

O motivo de demorar para escrever foi que, durante a ausência do Ministro de Estado, passei 18 dias de trabalho tremendo na Chefia do Departamento Político — comparecendo de 9 da manhã às 9 da noite, sem pausas, e ainda trazendo serviço para casa. Isso, sem contar a responsabilidade aumentada enormemente, e a porção de coisas e assuntos em que tinha de me desdobrar, sempre sob tensão e urgência. Variedade danada. Inclusive, tive de presidir reuniões e almoços, fazer discursos; até condecorei (e beijei!) a Clara Cova — a italianinha especialista em assuntos do Brasil, e que aqui veio a convite, como devem ter lido nos jornais... Mas foi mesmo um tempo duro. Tive de adiar a viagem a Belém do Pará, à fronteira com a Venezuela, que provavelmente farei ainda êste ano. Agora, as coisas melhoraram um pouco, e estou tomando fôlego.

Para variar, as eleições, com tantas surprêsas no recheio das urnas: a derrota do Ademar em São Paulo, a derrota do Arturzinho Bernardes aí, a do Luthero Vargas aqui no Rio. Por êstes dias, cá, só se fala política, com uma ou outra interrupção, para se comentar o estado de saúde do Papa. Ainda há pouco estive pensando: Pio X morreu em 1914, ano do comêço da Primeira Grande Guerra, e Pio XI em 1939, ano da Segunda. Que Deus não deixe constituir isso regra nenhuma de agouro!

No mais, os dias vão correndo iguais. Sempre que o senhor tiver alguma coisa escrita, mande, sem reler e sem susto. Descrições de caçadas, lembranças da velha Caeté — roupas, usos, costumes, festas, tipos de pessoas. Tudo é importante.

Não sei quando, ainda, poderei ir até aí, mas as saudades qualquer dia me farão aparecer.

Muitos, muitos abraços, lembranças a todos, para os nossos e os amigos.

Afetuosamente,

o

Joãozito.

Rio, 20 de dezembro de 1958.

Queridos Pais,

A bênção.

Estou escrevendo, com muitas saudades, para desejar-lhes Boas-Festas — um Natal alegre e melhores entradas no Ano Novo — aos dois, Mamãe e Papai, e também para todos os nossos daí: Isa, Oliveira, os Meninos, o Maurício e os Amigos e conhecidos a quem queremos bem. Principalmente, que haja tranqüilidade e saúde. O que eu gostaria, agora, era de poder assistir à

Rio, 20 de dezembro de 1958

Queridos Pais,

A bênção.

Estou escrevendo, com muitas saudades, para desejar-lhes Boas-Festas — um Natal alegre e melhores entradas no Ano Novo — aos dois, Mamãe e Papai, e também para todos os nossos daí : Isa, Oliveira, os Meninos, o Maurício e os Amigos e conhecidos a quem queremos bem. Principalmente, que haja tranquilidade e saúde. O que eu gostaria, agora, era de poder assistir à visita de uma Folia-de-Reis, e ouvir cantar "A Lapinha era pequena..." E que Deus não deixe de proteger-nos, sempre.

Pelo Banco Hipotecário, ordem de pagamento, enviei, em data de 3 de dezembro, ao Papai, um dinheirinho "extra", para a ocasião, Cr$ 3.000,oo. Junto aqui o recibo, para o Papai controlar aí a chegada da "erva".

Ultimamente, não tenho andado bem. Passei mesmo por um susto, há 15 dias. Fui ao médico, fiz todos os exames, e, felizmente, achou-se que não era tão grave. Estou é com a pressão muito alta, eu que sempre tive pressão baixa. Com os remédios, e o regime, já melhorou, bastante. Também tenho descansado mais, vou levando a vida com mais sossêgo, me defendendo, pois o pior é que tenho de evitar qualquer esfôrço físico, e as emoções, surprêsas, contrariedades, sustos, etc. Fazendo assim — dizem os médicos — poderei chegar aos 90 anos.

O calor aqui anda terrível, agora vou passar uma semana em São Paulo, que é perto, e ver como é que me dou por lá. Conforme fôr, marcarei breve uma data para ir até aí, enfim ; há de ser antes de junho do ano que entra.

Não me alongarei mais, pois ainda tenho de ir fazendo tudo picadinho, miudinho, a fim de evitar o cansaço.

Mas abraço a todos, muito, afetuosamente, com saudades, e repetindo as notas de Boas-Festas : "Gloria in excelsis..."

E peço que abençoem, mais,

o filho

Joãozito,

visita de uma Folia-de-Reis, e ouvir cantar "A Lapinha era pequena..." E que Deus não deixe de proteger-nos, sempre.

Pelo Banco Hipotecário, ordem de pagamento, enviei, em data de 3 de dezembro, ao Papai, um dinheirinho "extra", para a ocasião, Cr$ 3.000,00. Junto aqui o recibo, para o Papai controlar aí a chegada da "erva".

Ultimamente, não tenho andado bem. Passei mesmo por um susto, há 15 dias. Fui ao médico, fiz todos os exames, e, felizmente, achou-se que não era tão grave. Estou é com a pressão muito alta, eu que sempre tive pressão baixa. Com os remédios, e o regime, já melhorou, bastante. Também tenho descansado mais, vou levando a vida com mais sossêgo, me defendendo, pois o pior é que tenho de evitar qualquer esforço físico, e as emoções, surprêsas, contrariedades, sustos, etc. Fazendo assim — dizem os médicos — poderei chegar aos 90 anos.

O calor aqui anda terrível, agora vou passar uma semana em São Paulo, que é perto, e ver como é que me dou por lá. Conforme fôr, marcarei breve uma data para ir até aí, enfim; há de ser antes de junho do ano que entra.

Não me alongarei mais, pois ainda tenho de ir fazendo tudo picadinho, miudinho, a fim de evitar o cansaço.

Mas abraço a todos, muito, afetuosamente, com saudades, e repetindo os votos de Boas-Festas: *"Gloria in excelsis..."*

E peço que abençôem, mais,
o filho

Joãozito

Rio, 11.VI.59.

Papai,

Peço a bênção, e à Mamãe também, com saudades e desejando saúde e alegrias a todos os nossos daí. Estou recebendo sua carta do dia 4, boa e longa, fiquei contente de ter notícias. E eu também estava para escrever, há muito tempo, desde que recebera a outra carta, de 17 de fevereiro. Tive, porém, muita coisa, sempre, por fazer, e agora demoro mais com as coisas, por causa da pressão alta — o médico me recomenda maior número de horas de sono, dormir antes da meia-noite, viver com moderação e calma, não me preocupar e nem me afobar; enfim, tudo tem de ir num ritmo sossegado, picadinho, devagarinho. Ultimamente, peguei a gripe, de uma forte e epidêmica que andou dando por aqui, a "tibetana"; tive-a bem dura, e ainda por cima com uma recaída. Agora, sim, já estou restabelecido completamente, e bem disposto.

Mas, como ia dizendo, eu pretendia escrever. Ainda no dia 2 dêste, cheguei a preparar o envelope e começar carta, mas alguns assuntos urgentes sobrevieram, e tive de adiar, outra vez. No mesmo dia dois, aliás, remeti ao Sr., pelo Banco Hipotecário, CR$ 3.000,00, espero que, a esta hora, já tenham chegado aí. Esta é uma remessa "extra", de festejo. Junto, vai a notinha, respectiva. E vai também um recorte do jornal "O Globo", de 18 de maio, com notícia das traduções dos livros no estrangeiro, de que o Sr. me falou na carta. É coisa bonita e muito honrosa. Resta saber se as traduções ficam boas, e se agradam ao público daqueles países. Tudo é questão de destino ou de sorte. Se agradarem, a coisa poderá dar certo lucro. De qualquer modo, entretanto, isto a gente só poderá ver é daqui a uns dois ou três anos. Deus queira e ajude bem à gente.

Uma coisa aproveitei, com a doença. Passei a não dar muita importância às pequenas contrariedades da vida, que nunca faltam. Vejo que o importante é uma boa dose de filosofia, isto é, só ligar para o que seja verdadeiramente sério e significativo: a serenidade, a paz de espírito, a despreocupação. Afinal de contas, o que vale, real, é a graça de Deus e a salvação da alma. O resto, é bobagem. O que caceteia, por aqui, será descontado no Purgatório. Esta vida é uma espécie de infância, brincadeira de crianças. Rezar é o que importa. Como o Sr. está vendo, coloco o centro da vida na religião. Com isso, consigo despreocupar-me, e evito que a pressão arterial suba demais. Até os livros de medicina aconselham assim. Ora, os pequenos aborrecimentos de ontem e de anteontem, a gente já os esqueceu hoje e terá esquecido amanhã. Daí, deduzi que o melhor será tratar de esquecê-los na horinha mesmo. Estou-me dando bem com esta regra.

Quero ver se lá pelo fim do ano eu apareço. Então, primeiro, em Belo Horizonte, conhecerei a casa bonita de Gil e Zezé. Ainda hoje, o Siô Gui veio aqui, contou-me que lá esteve, gostou muito. Não sei a data em que poderei ir, porque tenho muita correspondência com as firmas estrangeiras, por causa das traduções dos livros.

Não vê que o papel foi terminando e eu não reparei. Agora, encerro. Breve, escreverei outra vez. Por hoje, só mais lembranças, a todos, e bons votos, e muito saudosos e afetuosos abraços

do

Joãozito

Rio, 13 de setembro de 1962.

Mamãe, Papai,

Rio, 13 de setembro de 1962

Mamãe, Papai,

Abraçando-os, muito, peço a bênção. Tenho sempre saudades, sempre fazendo véspera de escrever, mas adiando, adiando, porque as coisas são muitas, uma puxando por outra, e a gente é um só ; o que vale é ir tocando, aos pouquinhos, devagar e depressa, e pegando com Deus. Hoje, tiro êstes momentos, para um bilhete, rápida conversinha. Amanhã, em avião da Lufthansa, vôo para a Alemanha. Vou a Berlim, convidado para tomar parte no "Primeiro Colóquio de Escritôres Latino-Americanos e Alemães", a realizar-se lá, de 16 a 23 dêste mês. Demorarei, ao todo, 15 dias. É coisa muito simpática, por ser a primeira vez que faço uma viagem destas, convidado ùnicamente por ser escritor. Que tudo nos corra bem.

Assim que voltar, nos primeiros dias de outubro, vou enviar-lhes o novo livro meu, de contos, "PRIMEIRAS ESTÓRIAS". Êle já está nas livrarias, mas ainda não recebi os meus exemplares, por isto é que não envio já. Ficou um livrinho lindo, é o "amarelinho". Espero que gostem daquelas 21 estórias.

Sempre com a maior alegria é que recebo os simpáticos cartões do Papai, ou as cartas. Gosto muito do jeito dêle escrever, de dar notícias de todos. Fico pensando que a minha "bossa" de escritor eu herdei dêle, que maneja a pena com tanta facilidade, personalidade, vivacidade e graça. Escreva-me, sempre, que recebo com amor, e me faz bem.

Agora, tenho de parar, há muita coisa ainda para preparar, estou "pulando num pé só". Mas, com saudades, lembranças muitas, a todos, para todos os nossos, e os amigos.
E recebam o abraço, afetuoso, forte, do filho Joãozito.

Abraçando-os, muito, peço a bênção. Tenho sempre saudades, sempre fazendo véspera de escrever, mas adiando, adiando, porque as coisas são muitas, uma puxando por outra, e a gente é um só; o que vale é ir tocando, aos pouquinhos, devagar e depressa, e pegando com Deus. Hoje, tiro êstes momentos, para um bilhete, rápida conversinha. Amanhã, em avião da Lufthansa, vôo para a Alemanha. Vou a Berlim, convidado para tomar parte no "Primeiro Colóquio de Escritôres Latino-Americanos e Alemães", a realizar-se lá, de 16 a 23 dêste mês. Demorarei, ao tôdo, 15 dias. É coisa muito simpática, por ser a primeira vez que faço uma viagem destas, convidado ùnicamente por ser escritor. Que tudo nos corra bem.

Assim que voltar, nos primeiros dias de outubro, vou enviar-lhes o novo livro meu, de contos, "PRIMEIRAS ESTÓRIAS". Êle já está nas livrarias, mas ainda não recebi os meus exemplares, por isto é que não envio já. Ficou um livrinho lindo, é o "amarelinho". Espero que gostem daquelas 21 estórias.

Sempre com a maior alegria é que recebo os simpáticos cartões do Papai, ou as cartas. Gosto muito do jeito dêle escrever, de dar notícias de todos. Fico pensando que a minha "bossa" de escritor eu herdei dêle, que maneja a pena com tanta facilidade, personalidade, vivacidade e graça. Escreva-me, sempre, que recebo com amor, e me faz bem.

Agora, tenho de parar, há muita coisa ainda para preparar, estou "pulando num pé só". Mas, com saudades, lembranças muitas, a todos, para todos os nossos, e os amigos.

E recebam o abraço, afetuoso, forte,

do filho

Joãozito.

Rio, 9 de julho de 1964

Mamãe,

A bênção. Desta vez, tive vontade de escrever aos dois, juntos. Reparei que, faz muito tempo, nunca escrevia diretamente à Senhora. Mas sempre é tempo para emendar a mão. O coração, êste estava direitinho.

Muito obrigado, pelos parabéns, vindos no bonito cartão, com a Santa. Vou colocá-lo entre páginas de um dos livros que folheio sempre, no meu Dicionàriozinho de consulta. Assim estarei sempre recordando os Três, mesmo enquanto trabalho à pressa. Ótimo.

Já expliquei, na carta ao Papai, como é que vou indo, e porque é que não consigo cumprir o dever de escrever-lhes com regular freqüência. A vida, aqui, consome a gente. Há sempre assuntos exigindo urgência, coisas que não podem esperar, e que não dão folga à gente. Fica tudo no pensamento, afetuoso e saudoso. Mas, quando recebo cartinha daí, sincera é a minha alegria. De saúde, estou agora atravessando uma boa fase, apesar do frio, chuvas e muita humidade. Mas, quando a gente reza, com fervor, tudo melhora, a gente suporta bem, e tira das próprias desvantagens uma certa satisfação. Ganha-se coragem. Isto é que é mesmo o que vale e tem importância.

Peço à Senhora para transmitir minhas carinhosas lembranças a todos os nossos. Que para todos e tôdas haja muita saúde, sossêgo, entusiasmo e alegrias.

Obrigado, pelas constantes orações, também.

E, com saudade, com afeto, beija-a e abraça-a

o

Joãozito

Rio, 9 de julho de 1964

Papai,

A bênção. Muito obrigado. Gostei muito de receber o cartão de parabéns, pelo dia 27, e vou guardar o santinho, com o dito.

Estava também com duas cartas suas, na gaveta, esperando hora para responder. Mas a minha vida aqui é cheia demais de coisas, trabalhos, deveres, sempre prementes, sempre inadiáveis; e as cartas e papéis se empilham, enquanto o tempo corre rápido. Depois, desde uns anos para cá, só posso trabalhar mais devagarinho, o que complica o expediente. Sinto mais o frio, o calor, as mudanças bruscas de tempo, etc. E tenho o serviço no Itamaraty, o trabalho literário, a correspondência com os editôres e tradutôres estrangeiros, uma porção de obrigações. Muita gente aparece, também, para me ver, querem conversar, não posso enxotá-los embora, devoram o pouco tempo da gente. Enfim, a vida é mesmo coçar-se nas costas e pular num pé só. A gente vai vivendo, vai empurrando, vai rezando e agüentando.

Mas tenho sempre saudades dos daí, todos, e desejando que estejam em paz, esperança e tranqüilidade. Agrada-me receber notícias, saber que vão bem. Quando a gente vai menos mal, já vai bem. Haja fôlego. Deus é que garante. E o importante é o que, no fim, a gente vai ver.

Mais uma vez, obrigado.

E, com vivas lembranças, para Todos e Tôdas daí, o afetuoso abraço

do

Joãozito

Na carta ao seu tio Oswaldo, papai cria a palavra mensiversário (*eu fazia então treze meses de idade*). *As "Y3", filhinhas do tio Oswaldo, cujos nomes começam com a letra Y. Papai sempre foi assim com a família: amável e espirituoso. Nesta carta ele mostra o seu entusiasmo pelos meus primeiros neologismos. Eu não gostava de falar tatibitate e também não queria que me falassem assim, então criava uma linguagem pessoal, às vezes indecifrável, porém alegremente aprovada e estimulada pelos meus pais.*

Itaguara, 5-VII-932

Oswaldo

Recebi hoje a sua carta, justamente no dia do décimo terceiro *mensiversário* da Vilma, que trocou também hoje os seus primeiros tres passinhos sem apoio alheio. Vamos todos bem, em todos os pontos de vista. A Vilma já falla um pouco. Vae uma amostra do seu vocabulario, para você vêr si corresponde ao das suas Y^3:

rrr-rrr... = porco
fô... (com uma careta feia) = flôr
xô... = galinha
maá... = boi

dádá = cadeira de balanço
xxxx... = cachorro
apa = pato
kaká = xadrez
dááá... = gato
aix = me dá (por que a Lygia pergunta: mais?)
xaxá = sapatinho (de calçar)
papá, mamã, vovó, teté, nenê, etc. etc.

Si conferir, mandal-a-ei passar uns tempos com as priminhas. E, por fallar nisso, só temos retrato da Gecy; etc...

Vocês ainda não teem nome escolhido para a ultima lettra do acrostico? Ha um punhado delles em estado latente. Por ex.: "Yacy", que em tupy quer dizer *lua*; "Yvri", nome de uma batalha célebre; "Yvy", que nada significa mas que seria um nomezinho lindo, e outros mais que não foram lembrados.

Encerrando esta carta, que mais parece um estudo de linguas, promettemos ir ahi tomar garápa nas moagens... do anno que vem.

Muitos abraços, um em retribuição aos parabens, outros para a Alayde, outros em você, de graça, outros para os velhos e Ignacio, outros, acompanhados de beijinhos, para as *tres graças.*

E até a vista

Joãozito, e Lygia (do meio para o fim)

Itaguára, 5-[illegible]-932

Oswaldo

Recebi hoje a sua carta, justamente no dia do decimo terceiro mensiversario da Vilma, que trocou tambem hoje os seus primeiros tres passinhos sem apoio alheio. Vamos todos bem, em todos os pontos de vista. A Vilma já falla um pouco. Vae uma amostra do seu vocabulario, para você vêr si corresponde ao das suas Y's:

apa = pato
xaxá = xadrez

rrr-rrr... = porco
fô... (com uma careta feia) = flôr
xô... = gallinha
maá... = boi
dádá = cadeira de balanço
xxxx...= cachorro

dáá... = gato
aix = me dá (por que a Lygia pergunta: Mais?)
xaxá = sapatinho (de calçar)
papá, mamã, vovó, tetê, nenê, etc. etc.

Si conferir, mandal-a-ei passar um tempo com as priminhas. E, por fallar nisso, só temos retrato da Gecy; etc...

Vocês ainda não teem nome escolhido para a ultima lettra do acrostico? Ha um punhado delles em estado latente. Por ex.: "Yacy", que em tupy quer dizer Lua; "Yvry", nome de uma batalha celebre; "Yoy", que nada significa mas que seria um nomezinho lindo, e outros mais que não foram lembrados.

Encerrando esta carta, que mais parece

um estudo de linguas, promettemos ir ahi tomar garápa nas moagens ... do anno que vem.

Muitos abraços, uns em retribuição aos parabens, outros para a Alayde, outros em você, de graça, outros para os velhos e Ignacio, outros, acompanhados de beijinhos, para as tres graças

E até a vista

Joãozito, e Lygia (do meio para o fim)

Carta ao tio Vicente, companheiro de infância, pois havia entre eles apenas a diferença de dois anos.

Tio Vicente tornou-se um dos expoentes da literatura infantil, com o pseudônimo de Vovô Felício. Foi o criador da revista Era Uma Vez.

Papai muito o estimava, chamando-o e à tia Miretta "Tios-Muito-Tios". Gostava de visitá-los, conversar com os primos, e uma das última visitas que fez foi à casa deles, onde ensaiou o discurso de posse, para a família.

Há dois anos, durante uma cirurgia no coração, tio Vicente faleceu. Mas teve a felicidade de celebrar, com a Tia Miretta e a família inteira reunida, as suas Bodas de Ouro.

Dezembro, 8-1935.

Meu caro Vicente,

Já ando em atrazo para responder a sua carta, mas você deve saber como a vida aqui é dispersiva e atordoante, dispensando assim mais amplas excusas.

Estou em dia com a leitura da "Caretinha". Como sempre foi o meu palpite, penso que você tem nas mãos a extremidade de um fio que irá fatalmente dar longe.

Com o "Imperio Juvenilista", você poderá consolidar-se, depois de se *"reajustar"*. É um emprehendimento que promette tudo: proventos, nome, gratidão do Estado, título de benemerencia patriotica, segurança (é um Imperio que nenhum usurpador poderá pretender ao menos conquistar) e, depois de velho, o titulo de Vovô Vicente, na boca da garotada de Minas...

Todas as vantagens, emfim, directas e indirectas, inclusive Você se integrar num *sentido*, ou melhor, na *fórma* mais adequada ao seu *sentido*. Todas as suas atividades e esforços poderão ser concentradas, serão affluentes que desaguarão no "Império Juvenilista". Por exemplo: desde já você deve dedicar-se á leitura dos livros especializados de pedagogia e puericultura.

Alliás, tive bôa impressão da revista, e penso que o filão está sendo bem trabalhado. Não se esqueça de que o que poderá atrapalhar você é uma falha qualquer na *permanencia* ou na perseverança, e disponha-se a *não desistir! Não desistir! NÃO DESISTIR!...*

É evidente que um emprehendimento desse genero exige tempo, recompensa em funcção do tempo.

Mas, em compensação, é da espécie dos que *sempre* adiantam com o tempo, dos *imprejudicaveis.*

Em tudo e por tudo, você está de parabens! E eu também, porque sempre muito esperei do seu *élan.*

Quanto á collaboração que você me pede, vou vêr sí faço alguma cousa. A Lygia e as garotas devem ir para ahi este mez ainda, e assim eu terei mais facilidade.

Alliás, esse Wilson é um auxiliar admiravel, um verdadeiro artista em começo. Conserve-o.

Está bem. Vamos acabar junto com o papel. Distribúa os abraços rituaes entre a Miretta e os garotos, guardando um, apertado, para você.

Joãozito.

Hamburgo, 19 de Novembro de 1938.

Meu caro Vicente,

com um forte e saudoso abraço, começo esta resposta á carta, noticiosa e magnifica, que você me mandou.

Antes, tinha recebido os dois numeros da revista de turismo, e ia até escrever a você a respeito, mandando algumas apreciações e chamando a sua attenção para algumas pequenas falhas — erros e truncamentos, nos trechos em linguas estrangeiras, principalmente —; agora, extincta a publicação, passou a opportunidade para falarmos sobre o assumpto. Em compensação, fico esperando, com muito interesse, os promettidos exemplares do "Suplemento Infantil" do "Diario", bem como o "Pequeno Pedestre".

Muito me alegrou saber que o seu primeiro anno de luctas lucrou um exito esplendido, e mais satisfeito ainda fico com o programma que você se impôz e que está levando adiante; organizando methodicamente as suas actividades de estudo, trabalho, producção literaria e expansão social, você está preparando novos e maiores successos para o futuro, proximo e remoto. Cada vez estou mais crente de que toda parada, todo commodismo, toda indolencia e descrença — tanto para as nações como para os individuos — representam fatal retrocesso e decadencia que leva á catastrophe ultima. Ambição illimitada e enthusiasmo incessante na acção, isto é o que mais importa. Por isso é que me sinto ligado, por sympathia especial, a você e ao Gil, que preferem nadar com elegancia, em vez de boiar com honestidade apenas. Gostaria de ver cada geração de Guimarães trepada num degrau mais alto do que o da anterior. O meu afilhado, por exemplo, vamos fazer força para transformal-o num Embaixador, num *Leader* político, no

"Rei da Mamona" ou num magnata da industria. Assim, você, que está francamente digno de vivos parabêns, continúe firme no seu "plano quinquennal ou quadriennal", e dê-me noticias, sempre que puder, de cada esforço e de cada triumpho.

Já tinha sabido, por uma carta da Lygia, da morte do Nestor. Foi uma grande tristeza e um enorme abalo para mim. Consola-me, entretanto, a convicção profunda de que nenhum trabalho e nenhum soffrimento é inutil. Interpreto de maneira differente o que você qualifica de ironia do destino: o Nestor esteve aqui em-baixo como um garoto está numa classe de escola, para apprender uma materia difficil, ás vezes até repetindo o anno. Repare: logo que elle melhorou de sorte, "*justamente agora* que estava bem, com um bom emprego garantido"... não precisava de continuar nesta classe, onde apprendia a luctar contra os obstaculos e as difficuldades da vida pratica, e teve de passar adeante, porque ha sempre muita pressa nos caminhos da evolução. E nós, por exemplo, o que estaremos ainda aqui a decorar e estudar? Você não está obrigado, é claro, a compartilhar da minha philosophia. Mas, como animadora, dá bons resultados; e, como dizem os pragmatistas norte-americanos, "o que prova o valor da idéia é o seu resultado pratico". Em todo o caso, foi triste. Já é uma pessôa cara que não tornarei a ver, no meu regresso ao Brasil. E esse regresso, quando será? Talvez 5, talvez 6 annos! Enquanto isso, vou vivendo... E a vida aqui, si bem que nem sempre agradavel, é interessante.

Estamos perto do inverno, em pleno outomno, frio, humido, nebuloso, tristonho. Ás 4 horas da tarde, já é noite densa. O capotão pesado é obrigatorissimo — privarmo-nos delle, por cinco minutos, póde equivaler a uma pneumonia; e as pneumonias daqui são dez vezes mais perigosas do que as do Brasil. Até os animaes usam capas, sendo commum a gente avistar, nos prados de relva minguante, dezenas de vaccas, enfarpelladas comicamente, pastando. Mas, daqui a pouco, acabará esse espectaculo, porque a bicharia será recolhida a estabulos artificialmente aquecidos. E, por falar em aquecimento, cada quarto, cada sala, tudo tem de virar estufa. Na minha casa, alem da calefacção central, em cada commodo, funccionando dia e noite, tenho um optimo aquecedor electrico e ainda um immenso fogareiro, na sala, daquellas lareiras antigas, muito nobre e decorativa. Quando penso em sahir á rua, tirito. E tremo de medo e frio prévio, ao pensar que estaremos muito breve a 18 abaixo de zéro. Mas o outomno nórdico tem também seus aspectos bonitos: as folhas amarellas, que as brisas geladas do Baltico veem arrancar das tilias e dos castanheiros; depois, as arvores completamente despidas, destacando-se do nevoeiro como espectros estranhos; e a paizagem azulada, embaçada, com todas as formas diluidas, como um desenho de porcelana de Copenhague.

A minha ultima façanha foi a iniciação automobilistica. Tirei a carteira, comprei um Mercedes-Benz, e tenho rodado valentemente por estas estradas maravilhosas — as melhores do mundo. Já fiz algum progresso, já vim de Berlim até aqui, na direcção, e, pelo Natal, pretendo ir até á Baviera, para passar uns dias apreciando as bellezas da neve nas montanhas. Depois-de-amanhã, começarei a patinar de "Schlittschuh", em-cima do gelo artificial. É concorridissimo e parece-me que vou gostar, não obstante as difficuldades iniciaes desse sport, que me obrigam a tomar professor nos primeiros dias. Alem dessas coisas, apprendi tambem, nos dias em que a situação internacional andou tensa, a servir-me da mascara-contra-gases; aliás, não é nada facil a gente lidar com as taes "focinho-de-porco". Vou mandar uns retratos, gosadissimos.

A coisa mais detestavel aqui é a comida, tanto mais que Hamburgo não possue um unico restaurante estrangeiro. E a *boia* allemã é simplesmente intragavel, o que me obriga a comer, pelo menos uma vez por dia, em casa, defendendo-me com conservas de lata. Uma feijoada, a bordo de um navio do Lloyd, é uma festa indescriptivel. E si insisto neste assumpto é para que vocês fiquem sabendo que são muito felizes, com a cozinha melhor do mundo!...

Outra coisa: antes que você me escrevesse, eu ja tinha pensado em catar alguma novidade em materia de propaganda ou qualquer coisa original, capaz de ser transformada por você em contos de réis; mas, até hoje, nada encontrei que valesse a pena — este povo é pobre, conservador e quasi que só se interessa por carros blindados e aviões de bombardeio. Em todo o caso, continuarei de olhos abertos, vigilante.

Para outra vez, espero ter coisas mais interessantes para contar. Agora vou pôr o fecho, mandando abraços para Mirêta e Ruth e para toda a série de garotos, com um beijo para o meu Afilhado.

Para você um forte abraço do

Joãozito

As cartas que papai escrevia a mim e à Agnes, minha irmã, eram gostosas de se ler, nós as sentíamos intensamente, como se o escutássemos. Enquanto estivemos separados — guerra, colégio, carreira — vivíamos numa amorosa troca de correspondência, e nós o amávamos mais, pelo que nos escrevia. As palavras nos aproximavam. Mamãe, dedicadíssima e nada ciumenta, encarregava-se de endeusá-lo, para que não o relegássemos a um segundo plano, já que ela, nessas ocasiões, tinha de ser a mãe e o pai. Então, mesmo de longe, nós o conservávamos presente, atuante.

Agnes e eu nos regalávamos com suas brincadeiras, os desenhos, a delicadeza de mandar lembranças e carinhos às nossas amiguinhas, mencionadas cuidadosamente pelos nomes, e aos nossos bichinhos. Não se esquecia da fiel Vitalina, a nossa muito amada babá mineira "cor de chocolate", com alma de "claras-batidas-em-neve". Ele se deliciava com as comparações que fazíamos das pessoas, transformando-as em coisas doces, "melanciosas"...

Nas cartas, aproveitava para ensinar-nos doses suaves de cultura do país onde estivesse morando — Alemanha, Colômbia —, familiarizando-nos com o idioma local, traduzindo palavras e seus sentidos. Desenhava, também, ilustrações engraçadas, e já que a sua Agnucha gostava de gatos, às vezes assinava as cartinhas endereçadas a ela com a figura de um gatinho enroscado em seu nome. Muito pitoresca a descrição que lhe enviou de minhas peripécias em Paris.

Apesar de sua natural antipatia pelos meus namorados, achava graça no Ghislain (Conde Ghislain Thiéry de Bercegol du Moulin), um rapaz bom, gentil e sério, que ele chamava "O Bercegol". Ghislain, meu grande amigo até hoje, gosta de relembrar a figura do papai. Sempre que o visitamos em Paris, uma boa parte do tempo é dedicada a "Monsieur votre Père", e às recordações daquele tempo.

Quando me deu o mouton-doré, *ao qual se refere numa das cartas, papai ficou tão entusiasmado pela minha alegria quanto eu com o primeiro casaco de peles. Até hoje ele ainda existe, querido* mouton, *abrigando sob o pêlo escuro invernos brancos de lembranças coloridas.*

Uma delas, a anedota romântica do "Wladimir Peut-Éter Gipnotisme", apelido que ele dera ao nosso motorista russo, em Paris, inspirado pelo seu sotaque bizarro.

"Mademoiselle la rêveuse", como papai me chamava, eu lera o romance John, o chofer russo, *de Max Du Veuzit, e ficara impressionada com a estória de amor do príncipe russo foragido da pátria, que, instalando-se em Paris como chofer, se apaixona pela filha dos patrões e casa-se com ela. Contei-lhe o romance, e ele não perdeu a oportunidade de fazer mais uma de suas brincadeiras. Ao colocar anúncio procurando um motorista, entrevistou vários e afinal escolheu o Wladimir, que era russo-branco e vivia com uma prima bailarina da Ópera. Naturalmente papai deu-lhe um título de príncipe quando falou-me sobre ele, glamourizando-o de tal modo que fiquei curiosa. Pedi o Wladimir emprestado para levar-me no dia seguinte à Alliance Française. Vesti meu* mouton-doré *e o chapéu de feltro "Chiquinho" (mais um dos apelidos que inventava para minhas coisas), inundei-me de perfume para criar uma atmosfera, pronta para conhecer o príncipe-motorista. Que susto, quando deparei com o oposto do que imaginara!*

De aspecto correto, formal, muito fino de maneiras, Wladimir era um respeitável senhor de meia-idade, ansioso em agradar, porém tão diferente do personagem romântico.

Quando fomos buscá-lo na chancelaria, à tarde, papai me olhou com risinho disfarçado. Acabamos na risada e o meu desapontamento virou graça.

Wladimir, o bom Wladimir, ficou sendo um ótimo amigo, transformando-se no meu anjo guarda-costa. Analisava as pessoas a quem eu desse carona, prevenindo-me quando não simpatizava com elas. Escoltava-me nas inúmeras peregrinações ao Marché-aux-Puces, ensinando-me a conhecer antiguidades.

Para ele, a certeza era sempre um duvidoso peut-être *e dedicava um interesse estudioso à ciência do* gipnotisme, *embora nunca tivesse tentado hipnotizar-me...*

Papai gostava desse tipo de brincadeira, talvez para observar as minhas reações.

Quando a Ruth e o Antonio Houaiss, que serviam na Suíça, foram a Paris, combinou-se um jantar num restaurante árabe. Papai avisou-me, então, que jantaríamos com um sheik *poderosíssimo e lindo, e eu fiquei animadíssima. Era a primeira vez que jantaria num restaurante árabe e logo com um* sheik! *Quando chegamos e fui apresentada ao casal de brasileiros, naturalmente fiquei desapontada. Porém, a noite esteve tão divertida e a conversa tão animada, que logo esqueci o desapontamento.*

— *Mas o Houaiss tem sangue árabe, é bem capaz de descender mesmo de algum* sheik! *...*

Foi a sua justificativa quando voltamos para casa. E ria, deliciado, me fazendo rir também.

Hamburgo, 13 de Março
de 1940.

Querida Vilminha,-

todos, todos os dias, desde que vim cá para este outro lado do mar, tenho sentido saudade de você. Mas, hoje a saudade foi mais forte; a primavéra já está chegando, mas eu pensei : a primavera só começará de-verdade quando eu receber uma cartinha da Vilma. Por isso, peço que você mande a resposta depressa, para que ela chegue aqui junto com as primeiras flôres e com os primeiros dias de sol bonito. E deverá ser uma carta grande, falando de muitas cousas. Uma carta que você leve tres dias escrevendo, para que o papai leve tres mezes lendo, e tendo ainda mais saudades de você...

Sei que você continua fazendo bela figura no Colégio, e muito estimada das Irmãs, das Professoras e das suas colegas ; sei que você gosta muito de lêr e tem lido muitos livros; sei que você já sabe entender bem os filmes, no cinema; sei que você está ficando uma mocinha bonita e elegante; e sei, principalmente, que você gosta muito do seu papai, e dêle não se esquece. Mas, ha muitas outras coisas que eu não sei, e que gostaria bastante de saber : o que você está estudando agora ; de que matérias você gosta mais ; quais os livros que tem lido, e revistas; quais as fitas de cinema você prefére ; e uma porção de outras notícias suas. Fale tambem um pouco da Aguache, que é tão bôazinha e tambem muito amada, mas que é ainda pequena demais para poder escrever pela sua própria mãozinha. Ela ainda gosta muito de gatos ? E ainda descasca bananas, para enrolá-las num pano e guardar no meio dos brinquedos ? Fala no papai, ou já se esqueceu dêle ? Acho que não se esqueceu, não, porque quando ela pensa em mim, transmite-me, mesmo a tão grande distância, uma daquelas gripes fortes, que só ela mesmo é quem sabe guardar, no seu narizinho bonito.

Mas, não fique com ciúme, porque o papai gosta muito tambem dos olhos claros da Vilma, côr de lagôa e de fôlha de bétula, côr de lembrança.

Você já leu os livros francêses, que eu mandei de Paris ? Já catalogou a sua biblioteca ? Recebeu o carimbo ? Já tem ensinado muita coisa à Agnes ?...

Si não fôsse a guerra, eu iria mandar mais presentes. Mas, agora, é impossivel. Por isso mesmo

quando você já estiver falando bem francês - ou será que você já fala ? - você virá passear à Europa, e voltará com muita coisa bonita. Então, você irá aprender a patinar no gêlo, e a andar de <u>ski</u> ; subirá à Torre Eiffel; e iremos juntos a Lourdes e Lisieux, onde a gente "sente" as rosas de Santa Terezinha. Depois, ainda mais tarde, você voltará, com a Agnucha. Na travessia do equador (penso que você já sabe muita geografia), a Agnucha será <u>batizada</u> na piscina de bordo, recebendo um diploma do Rei Neptuno e um nome brilhante : "Carroupinha-do-Ouro" ou "Flôr-da-Agua-azul". E você, que já terá sido batizada, na primeira viagem, com o nome de "Rosa-do-Mar" ou "Perola-do-Atlântico", ajudará a dar o banho de praxe na Patarroca da Agnucha, que gosta das tangerinas e dos gatos da Vitalina (ela ainda está aí ? si estiver, dê lembranças), e de pegar gripes na gente...

Amanhã, pretendo ir tomar chá, perto daqui, num lugar que você gostaria de conhecer. É um restaurante, chamado... um nome que nem você e nem a Agnes saberiam pronunciar : "Wittemberger-Fachrhaus". Em-frente da casa ha um jardim e uma piscina enorme, onde moram duas fôcas mansas. Elas batem palmas, pedindo comida. A gente compra um prato cheio de harenques, e vai jogando os peixinhos, que elas aparam no ar, um a um. E tornam a bater palmas, e a mexer com os bigodes, latindo como cachorrinhos e saracoteando o corpo, gordo e oleoso. E nunca estão sem fome, porque é insaciavel o seu apetite. Tambem, são inteligentissimas : aprendem facilmente toda a sorte de equilibrismos, e já vi mesmo uma delas tocar orgão, perfeitamente.

Bem, Vilminha, o papai vai terminar esta cartinha, dizendo que êle vai bem, e com muitas saudades de Você e da Agnes, e [illegible], [illegible], muitos beijos e abraços, muitos, muitos, e [illegible].

Papai

Hamburgo, 13 de Março de 1940.

Querida Vilminha,

todos, todos os dias, desde que vim cá para este outro lado do mar, tenho sentido saudade de você. Mas, hoje a saudade foi mais forte; a primavéra já está chegando, mas eu pensei: a primavera só começará de-verdade quando eu receber uma cartinha da Vilma. Por isso, peço que você mande a resposta depressa, para que ela chegue aquí junto com as primeiras flôres e com os primeiros dias de sol bonito. E deverá ser uma carta grande, falando de muitas cousas. Uma carta que você leve tres dias escrevendo, para que o papai leve tres meses lendo, e tendo ainda mais saudades de você...

Sei que você continúa fazendo bela figura no Colégio, é muito estimada das Irmãs, das Professoras e das suas colegas; sei que você gosta múito de lêr e tem lido múitos livros; sei que você já sabe entender bem os *films*, no cinema; sei que você está ficando uma mocinha bonita e elegante; e sei, principalmente, que você gosta múito do seu papai, e dêle não se esquece. Mas, há múitas outras coisas que eu não sei, e que gostaria bastante de saber: o que você está estudando agora; de que matérias você gosta mais; quais os livros que tem lido, e revistas; quais as fitas de cinema você prefére; e uma porção de outras noticias suas. Fale tambem um pouco da Agnucha, que é tão bôazinha e tambem múito amada, mas que é ainda pequena demais para poder escrever pela sua própria mãozinha. Ela ainda gosta muito de gatos? E ainda descasca bananas, para enrolálas num pano e guardar no meio dos brinquedos? Fala no papái, ou já se esqueceu dêle? Acho que não se esqueceu, não, porque quando ela pensa em mim, transmite-me, mesmo a tão grande distância, uma daquelas

"Agnes e eu tínhamos um lindo quarto de móveis laqueados cor-de-rosa, e sobre as estantes da biblioteca — os volumes encapados de papel rosa e dourado — mamãe colocou este retrato, que trazia papai para junto de nós, nos anos em que esteve ausente."

gripes fortes, que só ela mesmo é quem sabe guardar, no seu narizinho bonito.

Mas, não fique com ciúme, porque o papái gosta muito também dos olhos claros da Vilma, côr de lagôa e de fôlha de bétula, côr de lembrança.

Você já leu os livros francêses, que eu mandei de Paris? Já catalogou a sua biblioteca? Recebeu o carimbo? Já tem ensinado muita coisa à Agnes?...

Si não fôsse a guerra, eu iria mandar mais presentes. Mas, agora, é impossível. Por isso mesmo estou aflito que venha a paz. Depois, mais tarde, quando você já estiver falando bem francês — ou será que você já fala? — você virá passear à Europa, e voltará com muita coisa bonita. Então, você irá aprender a patinar no gêlo, e a andar de *ski*; subirá à Torre Eiffel; e iremos juntos a Lourdes e Lisieux, onde a gente "sente" as rosas de Santa Terezinha. Depois, ainda mais tarde, você voltará, com a Agnucha. Na travessia do equador (penso que você já sabe muita geografia), a Agnucha será *batizada* na piscina de bordo, recebendo um diploma do Rei Neptuno e um nome brilhante: "Garoupinha-de-Ouro", ou "Flôr-da-Água-azul". E você, que já terá sido batizada, na primeira viagem, com o nome de "Rosa-do-Mar" ou "Perola-do-Atlântico", ajudará a dar o banho de praxe na Patarréca da Agnucha, que gosta das tangerinas e dos gatos, da Vitalina (ela ainda está aí? si estivér, dê lembranças), e de pegar gripes na gente...

Amanhã, pretendo ir tomar chá, perto daqui, num lugar que você gostaria de conhecer. É um restaurante, chamado... um nome que nem você e nem a Agnes saberiam pronunciar: "Wittemberger-Faehrhaus". Em-frente da casa há um jardim e uma piscina enorme, onde moram duas fócas mansas. Elas batem palmas, pedindo comida. A gente compra um prato cheio de harenques, e vai jogando os peixinhos, que elas aparam no ar, um a um. E tornam a bater palmas, e a mexer com os bigodes, latindo como cachorrinhos e saracoteando o corpo,

PAR AVION

PARIS ET SES MERVEILLES

317 Basilique du Sacré-Cœur de Montmartre

Às minhas duas namoradas do "Edifício Maximus", uma porção de beijos e abraços, com muita saudade, mas já com a alegria de poder estar aí no dia 25. Muitos beijos do Papai.

Editions d'Art GUY, 38, r. Ste-Cx-de-la-Bretonnerie
Fabrication française — Reproduction interdite

Mlles.

Vilma e Agnes Guimarães Rosa

122, Práia do Flamengo, 122

(Edifício Maximus)

Apartamento n. 203

RIO DE JANEIRO

Brésil.

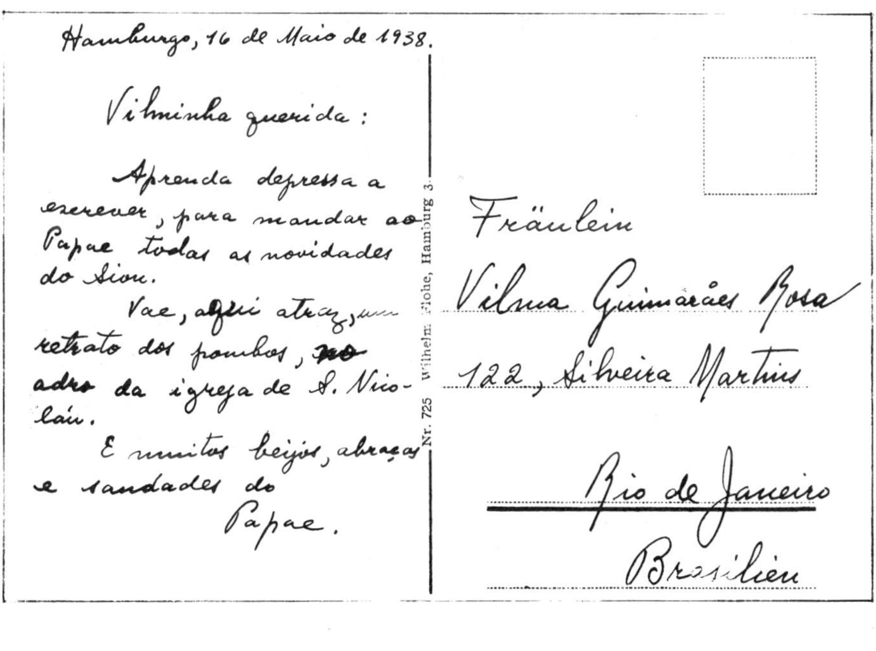

Hamburgo, 16 de Maio de 1938.

Vilminha querida:

Aprenda depressa a escrever, para mandar ao Papae todas as novidades do Sion.

Vae, aqui atraz, um retrato dos pombos, ~~no~~ adro da igreja de S. Nicoláu.

E muitos beijos, abraços e saudades do

Papae.

Nr. 725 Wilhelm Flohe, Hamburg 3.

Fräulein

Vilma Guimarães Rosa

122, Silveira Martins

Rio de Janeiro

Brasilien

gordo e oleoso. E nunca estão sem fome, porque é insaciavel o seu apetite. Tambem, são inteligentissimas: aprendem facilmente toda a sorte de equilibrismos, e já vi mesmo uma delas tocar orgão, perfeitamente.

Bem, Vilminha, o Papái vái terminar esta carta, dizendo que êle vai bem, e com muitas saudades de Você e da Agnes, e mandando, para vocês duas, muitos beijos e abraços, muitos, muitos, e mais ainda.

Papai

Hamburgo, 19 de fevereiro de 1941.

Agnucha, Danuchinha do Papai,—

penso que, um pouco antes ou uns dias depois do teu aniversário, Você recebeu a minha carta, com os parabêns e os versos que escreví para festejar data tão importante. Agora eu só escrevo porque estou com saudades da Patarréca, e, ao escrever, me parece estar chegando um pouquinho mais para perto dela. Você tambem tem saudades do Papai?

Muito obrigado pela cartinha — "*...totó tutú titío titía vovó vovô uva ovo fita...*" — que veio junto com a carta da Vilminha, e que trazia desenhos coloridos, tão interessantes. Gostei muito do desenho da casa, com chaminé e fumaça marron, e do navio de cinco andares, enfiado dentro de um pedaço de mar, mais azul do que um lápis azul... Escreva sempre, bichinha minha.

Sei que Você já cresceu muito, já ficou mocinha, já faz progressos no Colégio, etc. Mas, para mim, na minha lembrança, Você continúa sempre aquela garotinha gorducha, a mais bonita de todas as meninas do seu

Hamburgo,19 de Fevereiro de 1941.

Agnucha,Danuchinha do Papai,-

pense que,um pouco antes ou uns dias depois do teu aniversário,Você recebeu a minha carta,com os parabêns e os versos que escreví para festejar data tão importante. Agora eu só escrevo porque estou com saudades da Patarréca,e,ao escrever,me parece estar chegando um pouquinho mais para perto dela. Você tambem tem saudades do Papai ?

Muito obrigado pela cartinha - " ...totó tutú titío titía vovó vovô uva ovo fita..." - que veio junto com a carta da Vilminha,e que trazia desenhos coloridos,tão interessantes. Gostei muito do desenho da casa,com chaminé e fumaça marron,e do navio de cinco andares,enfiado dentro de um pedaço de mar,mais azul do que um lápis azul... Escreva sempre,bichinha minha.

Sei que Você já cresceu muito,já ficou mocinha,já faz progressos no Colégio,etc. Mas,para mim,na minha lembrança,Você continúa sempre aquela garotinha gorducha,a mais bonita de todas as meninas do seu tamanho,e a mais bôazinha. Aquela Agnucha corajosa,que aguentou ir,a pé,com o Papai,do Flamengo à cidade,só perdendo a calma um instante,para querer pegar um gato preto,à porta de uma casa,na rua Gonçalves Dias...Aquela Agnucha que embrulhava num lenço uma banana descascada,para guardá-la no meio dos brinquedos.. E que tinha tranças de alemãzinha...E que sabia lidar com o radio,muito direitinha...E que gostava de ficar perto do Papai,sempre meiga e gentil... Mas,que tambem,si a gente se descuidava e beijava o narizinho,em certas épocas,acabava apanhando uma grippe tremenda...

Si,quando eu voltar ao Rio,Você não estiver gostando muito de mim,e não quizer ser mais a namorada do Papai,nós teremos uma briga muito feia!

Eu agora estou contente,porque tenho o retrato de Vocês duas, bem perto de mim,à minha mesa de cabeceira. Vocês sorriem para mim,à noite e pela manhã. E às vezes ha até uma sessão de beijos. Agora tambem.Mas só beijo a Agnuchinha na testa,bem longe do narizinho,porque agora,nêste fim de inverno,ha muita grippe por aqui,e,por via das dúvidas,é melhor ter cuidado...

Agora,Danuchinha,Ag-nês,Patarréca,menina de ouro,queridinha, pule para mim e me dê um abraço,tão forte e comprido como ninguem nunca deu.

Não se esqueça nunca do

Papai.

tamanho, e a mais bôazinha. Aquela Agnucha corajosa, que aguentou ir, a pé, com o Papai, do Flamengo à cidade, só perdendo a calma um instante, para querer pegar um gato preto, à porta de uma casa, na rua Gonçalves Dias... Aquela Agnucha que embrulhava num lenço uma banana descascada, para guardá-la no meio dos brinquedos... E que tinha tranças de alemãzinha... E que sabia lidar com o radio, muito direitinho... E que gostava de ficar perto do Papai, sempre meiga e gentil... Mas, que tambem, si a gente se descuidava e beijava o narizinho, em certas épocas, acabava apanhando uma grippe tremenda...

Si, quando eu voltar ao Rio, Você não estiver gostando muito de mim, e não quizer ser mais a namorada do Papai, nós teremos uma briga muito feia!

Eu agora estou contente, porque tenho o retrato de Vocês duas, bem perto de mim, à minha mesa de cabeceira. Vocês sorriem para mim, à noite e pela manhã. E às vezes há até uma sessão de beijos. Agora tambem. Mas só beijo a Agnuchinha na testa, bem longe do narizinho, porque agora, nêste fim de inverno, ha muita grippe por aqui, e, por via das dúvidas, é melhor ter cuidado...

Agora, Danuchinha, Ag-nês, Patarréca, menina de ouro, queridinha, pule para mim e me dê um abraço, tão forte e comprido como ninguem nunca deu.

Não se esqueça nunca do

Papai.

Lisbôa, Junho de 1941.

Vilminha querida do Papai,

Lisbôa, Junho de 1941.

Vilminha querida do Papai,

uma porção de beijos, de abraços, de lembranças, de saudades, de amor, de carinhos, e de parabêns!...

Que Você esteja bem, muito bem. E muito bôa, muito aplicada, muito estimada, muito bonita e elegante, muito amiga da Mamãe, da nossa querida Agnuchа, e das tuas professoras. E que muitas felicidades, agora e no futuro, venham para Você. Isto e mais muitas cousas, é o que o Papai deseja para a sua filhinha.

Faz muito tempo que Você não me escreve. Mande, de vez em quando, uma cartinha. E diga à Agnes para escrever tambem.

Eu vim aqui como correio diplomático da Embaixada nossa em Berlim, e volto, no dia 7, de avião. Voarei até Madrid, onde passarei uma tarde e uma noite, e depois pégo outro avião, para Berlim. Na vinda, voei directamente de Berlim a Lisbôa, pousando, só por poucos minutos, em Stuttgart, Lyon, Marselha, Barcelona e Madrid.

Como Vocês já devem ter lido nos jornais, caiu uma bomba no nosso Consulado, que ficou bem estragadinho. Mas nada sofremos, graças a Deus.

Tudo irá bem, espero, e Você não precisa de se assustar por causa do Papai.

Minha querida, vou abraçar Você outra vez, com uma quantidade de beijos e beijocas, que Você deverá repartir com a Agnucha Patarreca. Assim, Vocês duas ficarão gostando sempre do

João
Papai.

uma porção de beijos, de abraços, de lembranças, de saudades, de amor, de carinhos, e de parabêns!...

Que Você esteja bem, muito bem. E muito bôa, muito aplicada, muito estimada, muito bonita e elegante, muito amiga da Mamãe, da nossa querida Agnucha, e das tuas professoras. E que muitas felicidades, agora e no futuro, venham para Você. Isto, e mais muitas coisas, é o que o Papai deseja para a sua filhinha.

Faz muito tempo que Você não me escreve. Mande, de vez em quando, uma cartinha. E diga à Agnes para escrever tambem.

Eu vim aquí como correio diplomático da Embaixada nossa em Berlim, e volto, no dia 7, de avião. Voarei até Madrid, onde passarei uma tarde e uma noite, e depois pégo outro avião, para Berlim. Na vinda, voei directamente de Berlim a Lisbôa, pousando, só por poucos minutos, em Stuttgart, Lyon, Marselha, Barcelona e Madrid.

Como Vocês já devem ter lido nos jornais, caíu uma bomba no nosso Consulado, que ficou bem estragadinho. Mas nada sofremos, graças a Deus.

Tudo irá bem, espero, e Você não precisa de se assustar por causa do Papai.

Minha querida, vou abraçar Você outra vez, com uma quantidade de beijos e beijocas, que Você deverá repartir com a Agnucha Patarreca. Assim, Vocês duas ficarão gostando sempre do

João
Papai.

Bogotá, 16-IX-942.

Vilma e Agnucha, queridas!

Bogotá, 16-IX-942.

Vilma e Agnucha, queridas!

Estou com uma saudade enorme dos desenhos, dos cacoêtes, do Dumbo, da tartaruguinha, do elevador, dos almoços no terraço do Pax Hotel, do jôgo do loto, das canções, dos abraços, dos beijos, de tudo — de Vocês duas, enfim.

Quero que Vocês me escrevam, contando muitas coisas, porque assim aguentarei melhor as saudades todas.

Aquí faz sempre frio, um frio bravo, que começa no dia 1º de Janeiro e acaba no dia 31 de Dezembro. Os homens pobres andam na rua com uma espécie de cobertores, furados para passar as cabeças — chamam-se "ruanas".

O café-pequeno chama-se "tinto"; o café-com-leite "perico"; uma coisa muito bôa = "chúsco" (txúsco!). Para perguntar a alguém se quer tomar um cafezinho, a gente diz: "Le provoca un tinto?"...

Na Bolivia, vi rebanhos de lhamas, pastando. Em Arica, no Chile, avistei-me com o Oceano Pacifico, e molhei as mãos na agua do mesmo; por sinal que veiu uma onda larga, e molhou-me tambem a roupa e os sapatos. E há lá tambem uns urubús de cabeça vermelha, chamados "jotes", ou "gallinazos". Vocês não acham engraçado?

Os nomes de cidades aquí tambem são bonitos. Por exemplo, algumas: Fusagasugá, Facatativá, Zipaquirá, Cucutá, etc.

A comida não é má, e os dôces e as frutas são ótimos.

Só as saudades é que são muitas.

*
* *

Mandem cartas, e desenhos bonitos. E a Vilminha deve communicar-me cada cacoête novo, pois gosto muito de aprender cacoêtes. Talvez, mais tarde, eu escreva um dicionário de cacoêtes, em colaboração com a Vilma. Há de sair um livro muito melancioso.

Bem, minhas queridas, ponho aquí uma quantidade muito grande de abraços, beijos, beijinhos e beijócas. E todo o amor e o carinho

do Papae.

P.S. — Sinônimo de saudade? = Tristeza.
Sinônimo de receber carta das filhinhas = Alegria!

Estou com uma saudade enorme dos desenhos, dos cacoêtes, do Dumbo, da tartaruguinha, do elevador, dos almoços no terraço do Pax Hotel, do jôgo do loto, das canções, dos abraços, dos beijos, de tudo — de Vocês duas, enfim.

Quero que Vocês me escrevam, contando muitas coisas, porque assim aguentarei melhor as saudades todas.

Aquí faz sempre frio, um frio bravo, que começa no dia 1º de Janeiro e acaba no dia 31 de Dezembro. Os homens pobres andam na rua com uma espécie de cobertores, furados para passar as cabeças — chamam-se "ruanas".

O café-pequeno chama-se *"tinto"*; o café-com-leite *"perico"*; uma coisa muito bôa = *"chúsco"* (txúsco!). Para perguntar a alguém si quer tomar um cafezinho, a gente diz: "Le provoca un tinto?..."

Na Bolivia, vi rebanhos de lhamas, pastando. Em Arica, no Chile, avistei-me com o Oceano Pacifico, e molhei as mãos na agua do mesmo; por sinal que veiu uma onda larga, e molhou-me tambem a roupa e os sapatos. E há lá tambem uns urubús de cabeça vermelha, chamados "jotes", ou "gallinazos". Vocês não acham engraçado?

Os nomes de cidades aquí tambem são bonitos. Por exemplo, algumas: Fusagasugá, Facatativá, Zipaquirá, Cucutá, etc.

A comida não é má, e os dôces e as frutas são ótimos.

Só as saudades é que são muitas.

Mandem cartas, e desenhos bonitos. E a Vilminha deve comunicar-me cada cacoête novo, pois gosto muito de aprender cacoêtes. Talvez, mais tarde, eu escreva um dicionário de cacoêtes, em colaboração com a Vilma. Há de sair um livro muito melancioso.

Querida Vilma, querida Agnes -

sonhei que a Vilminha estava escrevendo um livro, e a Agnucha fazendo as figuras para êle. O título era: "CONVERSAS COM A TARTARUGA". Muitos capítulos interessantes: 1) Como foi que a Agnes Patarréca ficou sòzinha no Colégio, depois de perder o ômnibus; 2) como é ruim pagar-se taxi, quando se atrasa na hora de ir para a aula; 3) porque é que a Vitalina acha que o DUMBO não é mocinho de-verdade, apesar de ser herói de film; 4) almoço no terraço do Pax-Hotel; 5) tanto Vocês mandavam o Papai para as alturas, no elevador do Maximus, que êle acabou vindo parar aquí, mais alto ainda; 6) porque será que Vocês não escrevem uma cartinha ao Papai?; 7) porque é que o Papai gosta tanto de Vocês?... (Estes são os capítulos que já estão prontos. Mas o livro é maior.)

Agora, uns sinônimos, para não me esquecer e não perder o treino:

1) Sinônimo de Vilma - Querida do Papai;
2) sinônimo de Agnes - Querida do Papai;
3) " " Tartaruga- bichinho que mora dentro de uma saboneteira;
4) " do 203 - club do víspora; pombal dos dois passarinhos do Sion; palácio dos dois aparelhos de rádio; casa do elevador perigoso;
5) sinônimo de Papai - pessôa que tem muitas saudades da Vilmagnes.

Aquí é lugar onde não há nada para se contar às mocinhas. Nada de "melancioso", tudo "aboboroso" ou "mandiocoso". Mandioca aquí se chama "Yuca" (yuca). Minha filha: "mi hija", mi hijita (minha filhinha), familiarmente: "mijita"...

Feliz e alegre Natal e Ano-Bom, para Vocês!
Muitos beijos, muitos abraços, muitas canções, em várias línguas.
"...Mironton, mironton, mirontaine!..."

De quem as saudades?
De Vilma e Agnes...
Quem está aquí sozinho?
... o Joãozinho.

Bem, minhas queridas, ponho aquí uma quantidade muito grande de abraços, beijos, beijinhos e beijócas. E todo o amor e o carinho do

Papae.

P.S. — Sinônimo de saudade? = Tristeza
Sinônimo de receber carta das filhinhas = Alegria!

Querida Vilma, querida Agnes —

sonhei que a Vilminha estava escrevendo um livro, e a Agnucha fazendo as figuras para êle. O título era: *"CONVERSAS COM A TARTARUGA"*. Muitos capítulos interessantes: 1) Como foi que a Agnes Patarréca ficou sòzinha no Colégio, depois de perder o ômnibus; 2) como é ruim pagar-se taxi, quando se atrasa na hora de ir para a aula; 3) porque é que a Vitalina acha que o DUMBO não é mocinho de-verdade, apesar de ser herói de *film*; 4) almoço no terraço do Pax-Hotel; 5) tanto Vocês mandavam o Papai para as alturas, no elevador do Maximus, que êle acabou vindo parar aquí, mais alto ainda; 6) porque será que Vocês não escrevem uma cartinha ao Papai?; 7) porque é que o Papai gosta tanto de Vocês?... (Estes são os capítulos que já estão prontos. Mas o livro é maior.)

Agora, uns sinônimos, para não me esquecer e não perder o treino:

1) Sinônimo de Vilma — Querida do Papai;
2) sinônimo de Agnes — Querida do Papai;
3) sinônimo de Tartaruga — bichinho que mora dentro de uma saboneteira;

Bogotá,Janeiro de 1943.

Querida Agnucha,-

um abraço,apertado,de parabêns,com uma porção de carinhosas beijocas. Que Você cresça,sadia,bonita,inteligente e bôa,e gostando sempre do Papae! (Não há presentes,agora,mas ficam apenas adiados).

```
+-------+
|       |
| & Q ç |
|       |
+-------+
```

Não parecem três gatos,numa gaiola ?...

Viva a aniversariante!...

Outros beijos,

do Papai

Vilminha e Agnucha,queridas !

Muito obrigado,pelas cartinhas,que me alegraram muitíssimo.

Vilminha,

o pequeno dicionário chinês estava formidavel ! Agora,espero que continúes me mandando,de vez em quando,uma cartinha,contando muita coisa engraçada.

Mironton,mironton,mirontaine!...

Muitos beijos e abraços e mais carinhos!

Agnucha,

gostei muito do desenh da palmeira corcunda (não,desculpe,era uma flôr !).Na próxima carta,mande-me um desenho do ônibus do Colégio,com Você e a Vilma espiando na janela.

Abraçocas e beijocas,sortidas.

Fiquei muito triste,por não ter havido bicicletas de Papai-Noel. Também,bicicleta é um brinquedo perigoso,para meninas bonitas.

Lembranças para Elô e Vitalina.

Como vai a Dona Tartaruga ?

Joãozito.

4) sinônimo do 203 — clube do víspora; pombal dos dois passarinhos do Sion; palácio dos dois aparelhos de rádio; casa do elevador perigoso;

5) sinônimo de Papai — pessôa que tem muitas saudades da *Vilmagnes*.

Aquí é lugar onde não há nada para se contar às mocinhas. Nada de "melancioso", tudo "aboboroso" ou "mandiocoso". Mandioca aquí se chama "Y uca" (yuca). Minha filha: "Mi hija", mi hijita (minha filhinha), familiarmente: "mijita"...

Feliz e alegre Natal e Ano-Bom, para Vocês!

Muitos beijos, muitos abraços, muitas canções, em várias línguas.

"...Mironton, mironton, mirontaine!..."

De quem as saudades?
De Vilma e Agnes...
Quem está aqui sozinho?

...o

Joãozinho.

Bogotá, Janeiro de 1943.

Querida Agnucha, —

um abraço, apertado, de parabêns, com uma porção de carinhosas beijocas. Que Você cresça, sadia, bonita, inteligente e bôa, e gostando sempre do Papae! (Não há presentes, agora, mas ficam apenas adiados).

& Q q̃

Não parecem três gatos, numa gaiola?...
Viva a aniversariante!...

Outros beijos,
do
Papai

Vilminha e Agnucha, queridas!

Muito obrigado, pelas cartinhas, que me alegraram muitíssimo.

Vilminha,

o pequeno dicionário chinês estava formidável! Agora, espero que continúes me mandando, de vez em quando, uma cartinha, contando muita coisa engraçada.

Mironton, mironton, mirontaine!...

Muitos beijos
e abraços
e mais carinhos!

Agnucha,

gostei muito do desenho da palmeira corcunda (não, desculpe, era uma flôr!). Na próxima carta, mande-me um desenho do ônibus do Colégio, com Você e a Vilma espiando na janela.

Abraçocas e beijocas, sortidas.

Fiquei muito triste, por não ter havido bicicletas de Papai-Noel. Também, bicicleta é um brinquedo perigoso, para meninas bonitas.

Lembranças para Elô e Vitalina.

Como vai a Dona Tartaruga?

Joãozito

Bogotá; Aniversário da Vilma

Vilminha querida!

Esta carta deverá chegar aí mais ou menos no dia do teu aniversário — um pouco antes, ou um pouco depois. Leva parabêns, abraços, beijos e muita saudade. Pensarei muito em ti, desejando que continúes sempre bôa e estudiosa e gostando muito do Papae.

Com 12 anos, estás quase da minha idade: mais da têrça parte da minha:

$$\begin{array}{r} 1943 \\ -\ 1908 \\ \hline 35 \end{array} \quad \begin{array}{r} 1943 \\ -\ 1931 \\ \hline 12 \end{array} \quad 12 \times 3 = 36!$$

Isto agora. Em 1953, daqui a 10 anos, portanto, terás um pouquinho só a menos da metade! Em 1963, terás mais, muito mais da metade. Em 1973, mais de 2/3! Assim, nesta corrida, breve serás mais velha do que eu. Não é engraçado? Zup! zup! hum! (isto é um cacoête, que eu aprendí, aí no Edifício "Maximus"; não repares). Mas, em compensação, também a Agnucha passará a ser mais velhota do que a Vilma. E nós todos mais "melanciosos"!... Viva a aniversariante!

Quando começas a escrever o livro, aquêle bonito livro de histórias? E quando deixarás outra vez e Agnucha perder o ônibus do Colégio?

Estou com saudade de irmos juntos ao cinema, para vêr o *"Dumbo"*. E de brincar de subir no elevador.

Ainda vive a Dona Tartaruguinha?

Bem, querida, dá-me outro abraço, muito apertado. E chama a Agnucha, para eu abraçá-la também.

Muita alegria e felicidade, para vocês duas!...

Lembranças a Hellô e Vitalina. Beijocas na Joãozita tartaruga (debaixo da geladeira, ou em qualquer outro lugarzinho escuro).

E uma pòrção de beijos

do papae

Joãozito.

Paris, 3 de setembro de 1946.

Vilminha e Agnucha,
queridas!

Estou com uma saudade enorme de vocês. Estou quase amarelo de saudades, amarelo da côr dos belos plátanos da beira do Sena, quando começam a se descascar. Até hoje, também, não faltavam as saudades; apenas, como a Conferência da Paz dá tanto trabalho como se fôsse uma guerra, eu nunca tinha um momento para escrever. Agora, com o adiantamento dos trabalhos, temos tido mais sossêgo e alguma folga, e eu posso mandar a vocês tôdas as minhas saudades juntas, com beijos e abraços para as minhas duas namoradas do Máximus.

Logo que pude, fui ao Convento, levar os U.S.$ 50,00, para a Reverenda M.M. Teresila de Sion, e o livro para Notre Mère Rev. Marie Gaétan de Sion. O convento é grande, com um jardim bonito, e fica bem perto do Palais du Luxembourg, onde se reúne a Conferência. Quando lá cheguei, a Irmã Porteira decepcionou-me, com a notícia de que ambas as Madres estavam em retiro espiritual e não poderiam receber visitas; mas, quando eu disse que acabava de chegar do Brasil, ela foi muito gentil e prontificou-se a chamá-las. Só conseguiu trazer-me, entretanto, a Rev. M.M. Teresila de Sion, que achei muito simpática. Perguntou-me ela, imediatamente ao ouvir o meu nome, se eu era parente de VILMA. Conversamos. Ela estava bem. E contou-me que, do jardim do convento, as irmãs escutavam a barulheira dos discursos dos Delegados, pelos alto-falantes da Conferência.

Tenho trabalhado muito, e viajado um pouco. No dia 16, fui com o Ministro à Alemanha: Berlim, Nuremberg e Munich. Vimos muita miséria e ruinas em quantidade, e voltamos a Paris no dia 19. Em Nuremberg, estive na sala do julgamento dos criminosos de guerra nazistas. Depois contarei a vocês as coisas interessantes que pude ver.

Agora, estou de retôrno de outra viagem. Cheguei, ôntem à noite, da Holanda e da Bélgica, aonde fôramos tratar pessoalmente assuntos de imigração. Aproveitamos um fim-de-semana mais dilatado (a viagem durou 5 dias), e vimos muita coisa, pois os dois países são pequeninos, e podem ser percorridos com meia dúzia de pinotes. Bruxelas, Louvain, Malines, Antuérpia, Gand, Bruges, Ostende — na Bélgica. E Breda, Rotterdam, Haia, Delft, Amsterdam, Utrecht, Dordrecht — na Holanda. Casualmente, atravessei a Holanda, de automóvel, no dia 31, aniversário da Rainha Guilhermina, e foi magnífico. Em Rotterdam, a população inteira estava na rua, formando alas, para assistir ao desfile de um cortejo de automóveis, ornados de flores e transportando uma exposição de produtos do país, com carros alegóricos patrióticos e paródias debochando dos nazistas. E, à noite, em Amsterdam, que é uma cidade bonita, cheia de canais, havia um verdadeiro carnaval, com as moças dansando nas ruas, aos pares, ao som de enormes realejos, postados nas calçadas. Como no film "As Sete Noivas"; vocês viram essa fita? Na segunda-feira (2 de setembro), voltamos para a Bélgica, com dois automóveis. Nenhum dos dois *chauffeurs* conhecia o país, e quase não falavam a língua. Erraram o caminho, e viemos parar em lugar estranho, no coração da Holanda, seguindo uma estrada bonita, com um grande canal de água clara, de cada lado, e os campos planos, muito verdes, com vacas, salgueiros, patos voando e os belos moinhos de vento. De vez em quando, uma aldeiazinha, com as casas muito limpas, alinhadas à borda do canal, com jardins floridos que vinham até à beira d'água. Nunca vi gente para amar tanto as flores! Até as barcaças mais velhas e sujas, que navegavam nos canais, vinham cheias de flores, com jarras e vasos floridos, em quantidade. E eram embarcações comerciais, transportando carvão de pedra, madeiras, ferragens e outras coisas sem poesia! Mas, como ia contando, chegou um momento em que vimos que os *chauffeurs* se tinham desviado da bôa rota. De repente, para peorar a situação, chegamos diante de enorme rio, com a enorme ponte quebrada, desmantelada, vestígio ainda da guerra. Então, tive de passar para o lado do chauffeur que conduzia o automóvel da frente, e, de mapa em punho, guiei a viagem até retomarmos Rotterdam e penetrarmos na Bélgica. Em Bruxelas dormimos, tomando o trem para Paris na terça-feira. Mas, na ida, havíamos visitado várias cidades belgas, na belíssima região flamenga, com suas igrejas góticas, seus preciosos "béffrois" de carrilhões poéticos, e muita coisa que, espero, vocês um dia irão ver.

Agora, sinto-me cansado de viagem. Tanto assim, que resolvi não ir a Londres, aonde o Ministro irá no dia 16 dêste, regressando a Paris no dia 20. Creio que vamos regressar ao Brasil no fim do mês, sem irmos aos Estados Unidos, e eu me alegro com isso, pois estou aflito para regressar ao Brasil. Se tiver tempo, irei apenas fazer um "week-end" na Suíça, em Genebra e Lausanne.

Paris, 4 de outubro de 1949.

Querida Vilminha,

Hoje é dia de responder às cartas : respostas em penca, todo o atraso anulado. Gostei muito das que recebi até agora. Pode mandar mais. Tenho a impressão de estar lendo as "Seleções" do Reader's Digest, mas falta um pouco de "farol"... Na última, apreciei especialmente a parte das reminiscências, musicais e outras. O sucesso do <u>mouton</u> <u>doré</u> me animou. Aliás, sempre confiei nele, mas não alinhado. E, finalmente, o mais transcendente, o mais importante, é o anunciado Curso Intensivo de Datilografia, Estenografia e Português ; já começou ? que notícias há, a respeito ?

Paris mudou bastante : já não escuto menção de condes ou barões, tenho a impressão de que se acabaram os nobres, com seus respectivos brasões. O telefone quase não toca. E, para completar, agora estou eu aqui a escrever cartas, em vez de estar assistindo à escrituração das ditas, quando não do infatigável <u>diário</u> ... como vai êle ? continúa ?

O filho do Professor Austregésilo esteve comigo. O pai dêle, o Professor, que é pessôa agradabilíssima, além de ser um dos grandes homens do Brasil, foi um honroso representante da nossa cultura, no Congresso de Neurologia. Ele gosta de Você, conversamos a seu respeito. E' muito interessante, tem uma palestra magnífica, e fiquei gostando muito dêle.

A Mary e o Taunay, com os garôtos, já foram para Copenhague. Lice e o Frazão estão aqui, a passeio. Luiza fez férias lá por Holanda, Suécia e Noruega. Lucy foi ao Brasil, deve estar agora em São Paulo, em férias. Do conde de Bercégol não tenho notícia, a não ser que se casou com uma moça loura, de 1 metro e 80 de altura. (Esta última novidade não está confirmada ; acho mesmo que pode ser desmentida). A Ana-Maria do Embaixador voltou muito engraçadinha, bonita, gostando muito do Rio. A Vera, mulher do Assumpção, tem agora uma gatinha branca. Os russos já sabem fazer bomba atômica. Xixinha caiu da janela, do quarto onde Você dormia, Machucou uma perninha, andou doente, mas já está bem. Você esqueceu de levar aquele quadro do burrinho, comprado no "Marché-aux-Puces". O "Petit-Rond-Point" manda lembranças. O Wladimir <u>chauffeur</u> de vez em quando aparece na Embaixada, fala "peut-êter", e, quando se refere ao roubo do automóvel, diz sempre "le malheur"... Você escreveu à Sandra ? (Se não escreveu, não deixe de fazê-lo.) Outra coisa, importante : é preciso que Você me mande de volta aquêle cartão do Quai d'Orsay, que tem de ser restituído, antes do fim do ano. Tome muito cuidado, também, com os passaportes diplomáticos. Devem ficar muito bem guardado, e, em caso de perda ou desaparecimento, é preciso avisar, logo, logo. Recebi uma carta do Senhor Nelson, do Itamaraty, se desculpando de não ter podido ajudar Você, na chegada. Aconteceu, não sei como, que a minha carta a êle só chegou aí depois do navio ter chegado, e muitos dias. Como escrevi com grande prazo, o mal foi apenas ter mandado pela mala aérea da Embaixada, pois o Itamaraty retarda demais a entrega das cartas. Os Wallischos telefonaram a Você ? Ele me escreveu, dizendo que ia telefonar. E Você foi à casa do Alvaro Lins ? Eles são muito meus amigos — Alvaro e Heloisa — e Você deve ir lá, para combinar seus artigos para o "Correio da Manhã", hein ?...

Bem, Vilminha, por hoje chega. Antes do Natal, escreverei outra, contando como vão os cantores do "Lapin Agile" (principalmente Blanche-Marie et Marie-Blanche) e os bichos do Jardim Zoológico. E, como vai Jussara ? Muitas colegas de Você já estão casando ? Que gente...

E agora, Mademoiselle, uma porção de beijos e abraços, com gratidão, do

Papai.

Paris é sempre interessante e bela, e um dia ainda pretendo, se Deus quiser, convidar vocês para um passeio por aqui.

Ainda não tive tempo para procurar os "beijos" que Vocês encomendaram. (*Mironton, mironton, mirontaine...*) Não se encontram tantas coisas bonitas, como antes da guerra; mas alguma coisa a gente há de achar.

Bem, queridas, hoje o Papai não escreve mais, senão esta carta fica maior do que o "Sagarana" ou do que aquêle terrível e caudaloso romance que a Vilminha está escrevendo, e que se chama, se não me engano, "Os dedos do Diabo nas cordas do violino"... Não é assim, Agnucha?

Até breve, pois. Com muitos abraços, carinhosos e e uma porção de beijos do

João ("Papai, beleza")

Paris, 4 de outubro de 1949.

Querida Vilminha,

Hoje é dia de responder às cartas: respostas em penca, todo o atraso anulado. Gostei muito das que recebi até agora. Pode mandar mais. Tenho a impressão de estar lendo as "Seleções" do Reader's Digest, mas falta um pouco de "farol"... Na última, apreciei especialmente a parte das reminiscências, musicais e outras. O sucesso do *mouton doré* me animou. Aliás, sempre confiei nele, mutãozão alinhado. E, finalmente, o mais transcendente, o mais importante, é o anunciado Curso Intensivo de Datilografia, Estenografia e Português; já começou? que notícias há, a respeito?

Paris mudou bastante: já não escuto menção de condes ou barões, tenho a impressão de que se acabaram os nobres, com seus respectivos brazões. O telefone quase não toca. E, para completar, agora estou eu aqui a escrever cartas, em vez de estar assistindo à escrituração das ditas, quando não do infatigável *diário*... como vai êle? continúa?

O filho do Professor Austregésilo esteve comigo. O pai dêle, o Professor, que é pessôa agradabilíssima, além de ser um dos grandes homens do Brasil, foi um honroso representante da nossa cultura, no Congresso de Neurologia. Ele gosta de Você, conversamos a seu respeito. É muito interessante, tem uma palestra magnífica, e fiquei gostando muito dêle.

A Mary e o Taunay, com os garôtos, já foram para Copenhague. Lice e o Frazão estão aqui, a passeio. Luiza fez férias lá por Holanda, Suécia e Noruega. Lucy foi ao Brasil, deve estar agora em São Paulo, em férias. Do conde de Bercegol não tenho notícia, a não ser que se casou com uma moça loura, de 1 metro e 80 de altura. (Esta última novidade não está confirmada; acho mesmo que pode ser desmentida). A Ana-Maria do Embaixador voltou muito engraçadinha, bonita, gostando muito do Rio. A Vera, mulher do Assumpção, tem agora uma gatinha branca. Os russos já sabem fazer bomba atômica. Xizinha caíu da janela, do quarto onde Você dormia. Machucou uma perninha, andou doente, mas já está bem. Você esqueceu de levar aquele quadro do burrinho, comprado no "Marché-aux-Puces". O "Petit-Rond-Point" manda lembranças. O Wladímir *chauffeur* de vez em quando aparece na Embaixada, fala "peut-éter", e, quando se refere ao roubo do automóvel, diz sempre "le malheur"... Você escreveu à Sandra? (Se não escreveu, não deixe de fazê-lo.) Outra coisa, importante: é preciso que Você me mande de volta aquêle cartão do Quai d'Orsay, que tem de ser restituido, antes do fim do ano. Tome muito cuidado, também, com os passaportes diplomáticos. Devem ficar muito bem guardados, e, em caso de perda ou desaparecimento, é preciso avisar, logo, logo. Recebi uma carta do Senhor Nelson, do Itamaraty, se desculpando de não ter podido ajudar Você, na chegada. Aconteceu, não sei como, que a minha carta a êle só chegou aí depois do navio ter chegado, e muitos dias. Como escrevi com grande prazo, o mal foi apenas ter mandado pela mala aérea da Embaixada, pois o Itamarary retarda demais a entrega das cartas. Os Wellisches telefonaram a Você? Ele me escreveu, dizendo que ia telefonar. E Você foi à casa do Alvaro Lins? Eles são muito meus amigos — Alvaro e Heloisa — e Você deve ir lá, para combinar seus artigos para o "Correio da Manhã", hein?...

Bem, Vilminha,. por hoje chega. Antes do Natal, escreverei outra, contando como vão os cantores do "Lapin Agile" (principalmente Blanche-Marie et Marie-Blanche) e os bichos do Jardim Zoológico. E, como vai Jussara? Muitas colegas de Você já estão casando? Que gente...

E agora, Mademoiselle, uma porção de beijos e abraços, em quantidade, do

Papai

Paris, 4 de outubro de 1949.

Querida Agnucha,

Como no mês de setembro não escrevi a Você, hoje pego na pena, quero dizer, hoje não posso passar sem fazer esta cartinha, pontualmente como sempre. Parabéns pelos sucessos no Colégio! A Xizinha é que, apesar de muito bonita e inteligente, ainda não se iniciou nas primeiras lêtras, não obstante só ganhar comida com o pires em cima de um jornal, para tomar gôsto pelas coisas do espírito. Ela está muito *chic*, e só bebe água no copo, depois experimenta morder o copo. Aliás, sempre que vai beber, não vê direito o nível da água, molha o narizinho, e dá um espirro, pulando para trás. É notável.

A caçada na Africa foi adiada, porque, à última hora, tive notícia de que por lá haviam começado as chuvas, e são chuvas bravas, de durar quinze dias, sem parar. Quero ver se vou em fevereiro, e, a esta hora, os leões e leopardos já devem andar amedrontados, se souberam da minha ida.

A respeito de Paris, a Vilma já deve ter contado tudo a Você. Só faço aqui um pálido resumo. Uma cidade assim, com um rio dando voltas, dentro dela. Dezenas, centenas de viscondes, barões, duques, marqueses, cavalheiros, fidalgotes, sub-nobres, condestáveis, condes, morgados, príncipes, e outros, percorrem a dita cidade, procurando Vilma, para homenageá-la. Às vêzes, no meio dêles surge um argelino ou marroquino, ou outra qualquer espécie de árabe, que grita "Scheherazade", ou Xarazada, mas leva logo uns empurrões, e desaparece, nos porões da "Alliance Française". Discos de vitrola — acho que são aquêles antigos "discos voadores" — voam para as mãos de Vilma, se empilham, à espera de uma vitrola. O Rolan telefona quando a Sandra não está no aparelho. O chôfér russo para o carro no cruzamento, para perguntar qualquer coisa a "Monsieur l'Agent", e Monsieur l'Agent fá-lo circular, bradando: — "Espèce de crétin!..." A omelete da "Mère Poularde" do Mont Saint-Michel não vale nada, é ovo ralo. Não vale um bom postal, bem escolhido. O "mouton doré" você já viu: grande classe. Nos primeiros tempos, havia o chapéu "à la Chiquinho" que combinava muito com o nariz vermelho, de vinho. (Por falar nisso, pergunte à

Vilma se ela não está com saudades dos vinhos daqui?) A única novidade é o "Bâteau Mouche", no qual a gente passeia, no Sena. Mas é lento, demorado, cacetíssimo; não se vê nada de interessante, e nêle cochilei muito, o dia em que fui experimentar o trajeto. Para maiores detalhes, Você consulte o "Diário" — grande repositório de informações. Aviso aos navegantes: todos os faróis acêsos... Mas Paris é muito bonito, isso é verdade.

Soube que Você está colecionando retratos e figuras de gatos. Daqui a pouco, poderemos inaugurar um serviço de permuta de duplicatas. A Mica, em São Paulo, teve dois bebês, no comêço do ano: um cinzento, com patinhas pretas e outro cinzento com patinhas brancas. Pai plebeu e anônimo.

Ah, em cima, esqueci de mencionar a lenda da "Minhoca" (já mandei traduzir: "Le ver de terre") e suas variantes.

Bem, Agnucha, a próxima carta será mais interessante, talvez ilustrada a côres. Hoje, estou com muita preguiça, e só escrevi, mesmo, porque estava na crise anual de saudades. Também, Você escreve cartinhas muito pequenas, que não animam a longas respostas.

Gosto de saber que Você está estudando muito, tirando boas notas, não dando "bola" para namôros e detestando a idéia de casamento. Eh, Salus!

Como vai (pergunte à Vilma) o LUIS? Ela instalou o retrato dêle em lugar de honra, para servir como tema para meditação e filosofia?

Agnucha — beijos, beijinhos, beijocas, abraços, saudades, do

Papai.

AMBASSADE DU BRÉSIL
45, AVENUE MONTAIGNE
PARIS (8e)

Em 11. I. 950.

Querida, cara[1] Vilminha,

Sua carta deve ter cruzado com a minha, que responde a várias perguntas d'aquela. Agora, aqui, a grande novidade: o cheque (é em seu nome, para Você ir-se acostumando com a deliciosa e solene atmosfera dos bancos, guichês, etc.) — para a estação de águas. Penso que dá para 15 dias, com os extraordinários, passeios, e tudo, e ainda sobra.[2] Desejo que Vocês aproveitem muito, descansem bem; e que, mais tarde, saiam no "Traço de União" vários escritos ("Postal Caxambuense", "Águas, para que vos quero", "Duas môças em Minas", "Longe dos olhos, longe do calor", e outros).

Parabéns! pelos resultados dos últimos exames, a Você e Agnesinha.

Aqui não há novidades. O Wladimir Peut-être Gipnotisme apareceu mesmo na Embaixada, para desejar-me Boas-Festas. O Manoel está com gripe. Caiu muita neve, êste ano. Há dias, mandei para Vocês duas, pelo correio comum, 4 livros (Racine, Corneille, Molière, La Fontaine). O que Você queria (La Fontaine, "Classiques Verts") não havia à venda. Aliás, não gosto daquela coleção; não porque seja cara, mas porque, apesar da [illegible] apresentação e das notas interessantes, a letra é muito miúda e as linhas muito juntas, não faz bem à vista.

Beijos e abraços, para Você e Agnes. Com as saudades do

Papai
("Dr. João Rosa").

Oh minhas mágoas,
e eu jururu;
afogam-me as águas
de Caxambu...

1 - Ver a 3ª linha.
2 - O que sobra é para completar o que o cheque de Natal rendeu a menos.
NOTA GERAL — "[illegible] erada[illegible] da"! — é quase um parricídio!

Em 11.I.950.

Querida, cara (1) Vilminha,

Sua carta deve ter cruzado com a minha, que responde a várias perguntas daquela. Agora, aqui, a grande novidade: o cheque (e em seu nome, para Você ir-se acostumando com a deliciosa e solene atmosfera dos bancos, guichês, etc.) — para a estação de águas. Penso que dá para 15 dias, com os extraordinários, passeios, e tudo, e ainda sobra. (2). Desejo que Vocês aproveitem muito, descansem bem; e que, mais tarde, saiam no "Traço de União" vários escritos ("Postal Caxambuense", "Águas, para que vos quero", "Duas môças em Minas", "Longe dos olhos, longe do calor", e outros).

Parabéns! pelos resultados dos últimos exames, a Você e Agnucha.

Aqui não há novidades. O Wladimir Peut-éter Gipnotisme apareceu mesmo na Embaixada, para desejar-me Boas-Festas. O Manuel está com gripe. Caiu muita neve, êste ano. Há dias, mandei para Vocês duas, pelo correio comum, 4 livros (Racine, Corneille, Molière, La Fontaine). O que Você queria (La Fontaine, "Classiques Verts") não havia à venda. Aliás, não gosto daquela coleção; não porque seja cara, mas porque, apesar da boa apresentação e das notas interessantes, a letra é muito miúda e as linhas muito juntas, não faz bem à vista.

Beijos e abraços, para Você e Agnes. Com as saudades do

Papai
("Dr. João Rosa").

1 — Ver a 3.ª linha.

Paris, 29.V.950.

Querida Agnucha,

No ano que vem, sem falta, a distribuição de parabéns será no mês de janeiro, ou bem perto dêle, em fevereiro, por exemplo, no mais tardar. Hoje, porém, os abraços chovem. *Happy birthday, dear Agnes* ! Beijos, muitos, mais abraços, que a data (17 de janeiro) se reproduza sempre, sempre alegre, Vitalina com três *corbeilles* enormes de flôres, bôlo grande com as velinhas, tudo de bom! Saúde triunfante e triunfo nos estudos, nada de noivados. Vilma monopoliza o telefone, nem deixa que Você fale com suas amigas. Afinal, Agnucha, só sei que Você está estudando muito, formidável. Há pouco tempo, passou por aqui uma colega sua, uma menina lourinha, bonitinha, que ia estudar na Suiça. Depois, passaram outras, em bando, peregrinas do Ano-Santo, que vieram via-Roma. No mais, com quem eu falo de Você é com a Xizinha. Você gostaria de conhecê-la. Parece um cachorrinho, de tão afetuosa. Não gosta de ficar sòzinha, acompanha a gente pela casa, e mia, chamando a todos para brincar com ela. Tem seis bolas de ping-pong, um ursinho de pano, uma velha chupeta, e uma pata de coelho, esta sempre renovada, no açougueiro. Pois ela gosta que se jogue longe a patinha de coelho, principalmente de modo que cáia atrás do sofá, e ela corre e vai buscá-la, trazendo-a na bôca. Um cachorrinho ! Mas, Vilma me disse, em carta, que agora Você e ela são colegas, "e rivais, na disputa do 1º lugar". Como vai essa luta ? E Você não colabora no "Traço-de-União"? Gostaria de receber um número dêle, principalmente um em que Você e Vilma colaborassem. Li ontem, num número do "Cruzeiro", que aí houve uma chuvada com inundação, o horrível desastre com um ônibus, coisa tremenda, que me assustou. Que fizeram Vocês, no dia da chuva ? Estavam no Colégio ? Escreva uma carta, com muitas notícias, gostaria de ver como Você está, em matéria de sinônimos.

Se Você escrever, prometo pronta resposta.
Agora, com outros abraços e beijos,
a saudade do Papai

2 — O que sobra é para completar o que o cheque de Natal rendeu a menos.
NOTA GERAL — Que tremenda e inesperada "facada"! — é quase um parricídio!

Oh minhas máguas,
e eu jururú:
afogam-me as águas
de Caxambu...

Paris, 29.V.950.

Querida Agnucha,

No ano que vem, sem falta, a distribuição de parabéns será no mês de janeiro, ou bem perto dêle, em fevereiro, por exemplo, no mais tardar. Hoje, porém, os abraços chovem. *Happy birthday, dear Agnes!* Beijos, muitos, mais abraços, que a data (17 de janeiro) se reproduza sempre, sempre alegre, Vitalina com três *corbeilles* enormes de flôres, bôlo grande com as velinhas, tudo de bom! Saúde triunfante e triunfo nos estudos, nada de noivados. Vilma monopoliza o telefone, nem deixa que Você fale com suas amigas. Afinal, Agnucha, só sei que Você está estudando muito, formidável. Há pouco tempo, passou por aqui uma colega sua, uma menina lourinha, bonitinha, que ia estudar na Suíça. Depois, passaram outras, em bando, peregrinas do Ano-Santo, que vieram via-Roma. No mais, com quem eu falo de Você é com a Xizinha. Você gostaria de conhecê-la. Parece um cachorrinho, de tão afetuosa. Não gosta de ficar sòzinha, acompanha a gente pela casa, e mia chamando a todos para brincar com ela. Tem seis bolas

Paris, 29.V.950.

Querida Vilminha,

Ora, não sei como foi, deixei passar o dia solene e festivo, o dia-média dos dois aniversários, que pretendia fixar, equidistante do 17 de janeiro e do 5 de junho, para nele concentrar, dupla, a parabenzação geral da filharada. Assim, e para que a Agnucha não se queixe, adoto, provisòriamente, a data de hoje, para o nobre fim. Lá vai abraço : happy birthday to you ! Muitos beijos, novos abraços, bons votos, palavras simpáticas, discursinho, muita alegria ! Saúde constante, notável êxito nos estudos, nenhum sucesso com namorados... Flores em quantidade, e trezentos telefonemas de amigas. Com o Papai citado : modêlo do pai "profissional", novo estilo. Bem, Vilminha, estou com saudade de Você, muita, desde ontem, quando tive na mão um livro de Agatha Christie que alguém estava lendo, e era aquêle mesmo que Você me contou, da môça que se finge de ameaçada, para matar a prima. Mas, deixando de assunto tão feio, Conheci D. Laura Jacobina, que é muito simpática, como Você disse. As meninas, eu não vi, pois quando chegaram eu estava na Borgonha, e depois elas tiveram um programa muito cheio, com excursões, etc. Gostei muito da carta que Você me mandou e dos trechos da composição "Pourquoi j'aime la France", na qual, entretanto, e em tão poucas linhas de amostra, Você emprega duas vêzes a palavra "somptueuse"... Eh, eh !... Por falar nisso, Vocês receberam os dois livrinhos que mandei, um sôbre a França e outro sôbre a Itália ? Não sabendo se chegaram, não posso mandar outros. Paris continúa uma cidade grande, Xizinha está uma gata grande. Ah, uma novidade, que pode servir a Você, para farol : fui feito Conselheiro não sou mais apenas "Secretário (Primeiro)" , mas sim "Conseiller d'Ambassade". Como Você, que é Conselheira Infelizmente, é apenas título honorífico, o conselheirato, tal como o seu, não rende pecúnia, não traz aumento de vencimentos... Em todo o caso, é o caminho para a promoção a Ministro.

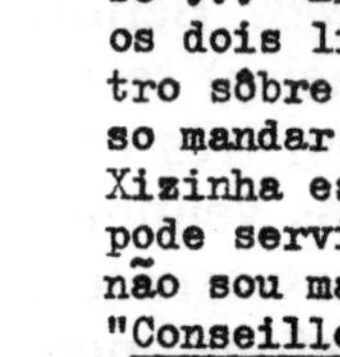

Bem, Vilminha, a carta longa fica para breve. Tenho de responder a muitas cartas e cartões e telegramas de felicitações, ando tonto. Agora só mais beijos e abraços, saudosos

do seu

Papai.

de ping-pong, um ursinho de pano, uma velha chupeta, e uma pata de coelho, esta sempre renovada, no açougueiro. Pois ela gosta que se jogue longe a patinha de coelho, principalmente de modo que cáia atrás do sofá, e ela corre e vai buscá-la, trazendo-a na bôca. Um cachorrinho! Mas, Vilma me disse, em carta, que agora Você e ela são colegas, "e rivais, na disputa do 1º lugar". Como vai essa luta? E Você não colabora no "Traço-de-União"? Gostaria de receber um número dêle, principalmente um em que Você e Vilma colaborassem. Li ontem, num número do "Cruzeiro", que aí houve uma chuvada com inundação, o horrível desastre com um ônibus, coisa tremenda, que me assustou. Que fizeram Vocês, no dia da chuva? Estavam no Colégio? Escreva uma carta, com muitas notícias, gostaria de ver como Você está, em matéria de sinônimos.

Se Você escrever, prometo pronta resposta. Agora, com outros abraços e beijos,

a saudade do

Papai

Paris, 29.V.950.

Querida Vilminha,

Ora, não sei como foi, deixei passar o dia solene e festivo, o dia-média dos dois aniversários, que pretendia fixar, equidistante do 17 de janeiro e do 5 de junho, para nele concentrar, dupla, a parabenização geral da filharada. Assim, e para que a Agnucha não se queixe, adoto, provisòriamente, a data de hoje, para o nobre fim. Lá vai abraço: *happy birthday to you*! Muitos beijos, novos abraços, bons votos, palavras simpáticas, discursinho, muita alegria! Saúde constante, notável êxito nos estudos, nenhum sucesso com namorados... Flores em quantidade, e trezentos telefonemas de amigas. Com o Papai citado: modêlo do pai "profissional", novo estilo. Bem, Vilminha, estou com saudade de Você, muita, desde ontem, quando tive na mão um livro de Agatha Christie que alguém estava lendo, e era aquêle mesmo que Você me contou, da môça que se finge de ameaçada, para matar a prima. Mas, deixando de assunto tão feio. Conheci D. Laura Jacobina, que é muito simpática, como Você disse. As meninas, eu não vi, pois quando chegaram eu estava na Borgonha, e depois elas tiveram um programa muito cheio, com excursões, etc. Gostei muito da carta que Você me mandou e dos trechos da composição "Pourquoi j'aime la France", na qual, entretanto, e em tão poucas linhas de amostra, Você emprega duas vêzes a palavra "somptueuse"... Eh, eh!... Por falar nisso, Vocês receberam os dois livrinhos que mandei, um sôbre a França e outro sôbre a Itália? Não sabendo se chegaram, não posso mandar outros. Paris continúa uma cidade grande. Xizinha está uma gata grande. Ah, uma novidade, que pode servir a Você, para farol:fui eleito *Conselheiro*, não sou mais apenas "Secretário (Primeiro)", mas sim *"Conseiller d'Ambassade"*. Como Você, que é Conselheira. Infelizmente, é apenas título honorífico, o conselheirato, tal como o seu, não rende pecúnia, não traz aumento de vencimentos... Em todo o caso, é o caminho para a promoção a Ministro.

Bem, Vilminha, a carta longa fica para breve. Tenho de responder a muitas cartas e cartões e telegramas de felicitações, ando tonto. Agora só mais beijos e abraços, saudosos

do seu

Papai.

Paris, 19 de agôsto de 1950.

Queridas Vilminha e Agnucha,

Até que enfim as saudades e os assuntos me empurram para dentro dágua: hoje é dia de carta! Carta conjunta, não há outro modo, pois aconteceram tantas coisas, que, mesmo assim, para me pôr em dia, eu precisaria de encher umas 350 páginas, pelo menos. O jeito é ir começando baixinho, sem solene, conversando e desconversando, como quem não quer dizer nada, e indo seguindo, como pato no capim, mas macio, metódico, minucioso. E melodioso.

Primeiro, as cartas de parabéns (como o tempo passa depressa!). Ótimas. Gostei muito. Uma beleza, inclusive o "meu bôlo", cujas velinhas contei, na esperança de que houvesse algumas a mais; havia uma de menos. A cópia do "boletim", famosa! Parabéns. Os perfumes e as *écharpes* ficaram bem merecidos. Fiquei pesaroso de que não tivessem ido com o Dr. Pedro Barbosa; não só por causa de uma atrapalhação de última hora, mas também porque, se bem que êle mostrasse a maior e melhor bôa-vontade, achei que não tinha o direito de sobrecarregá-lo ainda mais, tão cheio de perfumes e *écharpes* já estava êle, e tendo seguramente de pagar direitos na alfândega. Irão, porém, muito breve. E, como compensação pelo atraso, haverá pronta repetição da remessa.

Não podia escrever há mais tempo, a não ser que fôsse um bilhete apressado, e isso não ficaria bem, pois havia assunto importante a ser tratado — o conto "O Encontro" (V. linhas abaixo). O facto foi que, com a chegada do Dr. Barbosa, visita que me deu grande alegria, fiquei, entretanto, sem tempo nenhum. Tinha de organizar o turismo intenso, acompanhá-lo aos museus, às igrejas, monumentos, passeios, compras. Tive de ir com êle a Londres. Depois, chegou também o Edú, que só anteontem foi para a Alemanha, de onde descerá para a Suíça e para Gênova, onde toma vapor para o Brasil em comêço de setembro. No meio de tudo isso, adoecí, estive de cama, com uma septicemia devida a infecção em raíz de dente. Depois, o Ministro Conselheiro entrou em férias, e meu serviço aumentou, muitíssimo. A seguir, chegou o Ministro Inspector das Missões Diplomáticas e Consulados, e a inspecção foi longa, trabalhosa, meticulosa. Depois, enfim, vi-me a braços com uma porção de coisas atrasadas, para pôr em dia. Enfim, chegou hoje, conforme ficou dito no comêço desta. Vamos aproveitar a folga.

Grande sensação, estrondo no arraial, foi, como ia dizendo, a chegada do conto "O Encontro", que revelou aos leitores do "Correio da Manhã" a *arma secreta* dos Guimarães Rosa. Aleluia! Parabéns à ficcionista. AGORA, UMA GRANDE PROPOSTA, que é também um desafio: se você, Vilma Guimarães Rosa (Autógrafo: Vilguisa, Roguivil, ou Vilmarosa, sei lá) se você conseguir ser premiada no "Concurso de Contos" da revista *"A CIGARRA"*, e lá publicarem um conto seu, ganhará, dado por mim, o prêmio AUTEUIL, digo, o prêmio NEUILLY-AUTEUIL, de Cr$ 1.000,00 (um conto de réis), pago imediatamente. Que tal?!

Bem, deixemos de literatura, para que a Agnucha possa tomar plena parte na conversa. Passemos aos RETRATOS NO JORNAL. Outra sensação. Aí, fui eu quem acendeu alto "farol" próprio, aqui, exibindo a todo o mundo as fotografias das moças de casa, estampadas em competente fôlha de Guttemberg! Mas isto se deu muito antes da Vilma me mandar o recorte, pois aqui recebemos cada semana os jornais do Rio, vindos por avião. Quem fez a descoberta foi o Secretário Roberto Assumpção, que veio logo trazer-me. Reboliço. Ovações. Concurso, para ver quem gosta mais de moça de perfil ou de frente. (A frente ganhou, por unanimidade).

E a Agnucha — "boneca de olhos cismadores, que flirtava com o espaço e desdenhava dos "guris" que queriam brincar de roda. SALVE ELA!" ... Como Vilma só mandou um, não sei se Vocês conhecem as da outa página. Aqui vai o retalho. Se bem que eu ache impossível que um "cartaz" dêsses tivesse passado aí despercebido. Deve ter tocado o telefone o dia inteiro: comentários, cumprimentos, etc., hein?

Outro conselho, para a Vilma: para ficar boa escritora, precisa de ler boa literatura. Ler escritores modernos. E escritoras. Raquel de Queiroz, Dinah Silveira de Queiroz, LIA CORREA DUTRA (tia da Juçára; como vai Jussara?), e outras. Não é para copiar ou imitar, mas para tentar fazer muito melhor. (A Maria Julieta Drummond escreveu um livro, quando tinha 18 anos, ou menos, não me lembro.)

Há dias, mandei, a pedido do Conde Thiery Gontram de Bercegol du Moulin, um envelope para a Vilma. Chegou?

Estou guardando retratos e desenhos de gatos, para a Agnucha; mas só entregarei pessoalmente, daqui a uns anos, quando voltar ao Rio. A Xizinha está grande, gorda, uma beleza. Parece um cachorrinho. Não gosta de ficar sòzinha, vive atrás da gente, e vai buscar e traz na bôca uma pata de coelho, que a gente joga, longe. É a rainha das gatas.

Bem, acho que já acabei as 350 páginas. Não conto coisas de Paris, para não espevitar Mademoiselle, isto é, *Vilmá, la rêveuse*. Estou estudando a viagem à Itália, que Vocês podem acompanhar naquele livro. Espero poder partir no dia 5, à noite, de trem, direto até Veneza. De lá, de auto-car, por Ravena, Florença, Perúgia, Roma, Nápoles, Sorrento, Amálfi, até Péstum. Depois contarei como é que foi.

Vilminha — a Luiza (Bailly) se queixa de que Você não respondeu ao cartão (ou carta) dela. Ela e a Nadèje voltam para o Rio, em fins de setembro, e vou

Paris, 1951.

Queridas Vilminha e Agnucha,

Na noite de Natal, debaixo da árvore, já desejei Boas-Festas a Vocês duas. Confirmo agora os votos : um 1951 feliz, com triunfos e sem ... noivados. E abraços, beijos, passas, nozes, castanhas, castanholas, ventarolas (aqui, fogareiros). Recebi o cartão da Dupla. Achei ótimo. E estou respondendo também às cartas. Quantas fiquei devendo ? Nem sei mais. Estou aqui com a última, da Vilma. Grandiosa. "SELEÇÕES de Vilma Guimarães Rosa"— podia ser o título dela. Continuem escrevendo, que um dia a resposta vem. E eu gosto daquela conversaria, vou pulando naquele turbilhão — ..."milhões de coisas, notícias, novidades, farbesinhos..." Para responder, aí, sim, é que fico um pouco tonto.

Mas, vamos às novidades de cá desta banda. Uma : o Conde de Bercegol, dias antes do Natal, telefonou-me, pedindo que marcasse hora para recebê-lo. Ui ! — gritei (comigo) — será o pedido de casamento ?! Meu coração puxou mola, e foi cair dentro da pia da cozinha. Mas, não era. Meu susto tinha sido inútil. Veio à Embaixada, para desejar-me, polida e cordialmente, felicidades e Festas, e trazer ... dois presentes para "VilmA'" — um pacotão (perfume) e 1 embrulhinho, que êle me revelou ser uma "poudrière". Ficam comigo, aguardando portador seguro, como já acontece com o disco, de que falei noutra carta. Assim, também, ainda não telefonei para a Mlle. Agnès Richomme, a respeito dos discos da D. Laura Jacobina, porque falta o portador que pudesse levá-los. Fico à espera.

O livro que Vilminha me encomendou (de La Fontaine) ainda não tinha saido. Amanhã, voltarei à livraria, para procurá-lo.

Fico contente com as boas notas que Vocês teem obtido. E o "Traço-de-União" (chegaram ontem, os dois números) está um verdadeiro sucesso. Gostei principalmente do "Postal Holandês". Otimo. A Excursão ao Mont St. Michel também bôa. Vou escolher uns livros, variados, e mandar para Vocês. Mas, por falar nisso : será que Vocês já têm o dicionário "Petit Larousse Illustré" ? Se não, comprarei também um, para Vocês. Aqui, também eu, com certo pequeno atraso, bato palmas para a Agnes — la. em Espanhol, aplaudidíssima! E vou manar também Racine, Molière, Corneille... (A carta da Vilminha esteve perdida, atrás de outra papelada, só há pouco pude encontrá-la); e eu, na primeira leitura, deixara de anotar aquela parte das encomendas.)

RELAXAMENTO

Aqui está fazendo um frio duro, que encolhe a alegria da gente. Tem caido muita neve êste ano, os brasileiros novatos ficam encantados. Eu acendo no studio o fogareiro, além da chauffage, e me torro e súo, oh bendita Mãe de Deus. Viajou para aí, hoje, ou vai amanhã, sabem quem ? A Nora, com o Baudouin. Ela está cada dia mais bonita. Vão ficar morando aí no Rio.

Mas, tanto assunto voando, tanta coisa, e eu fazendo fôrça para empurrar para um lado a preguiça. Também, hoje, já tive de escrever duas cartas, bem grandes, e até a maquinazinha está cansada. Por isso, vou desligar, deixando o resto da conversa para a semana que vem.

Só mais abraços, páginas e páginas. E beijos, saudades, repetidas,

do Papai.

ASSINATURA EM HOMENAGEM À AGNUCHA → (Joãozito)

pedir que leve os presentes, Mas, antes, e sem falar na ida delas, Você devia mandar-lhe uma cartinha.

E, agora, acabo esta, já estou frouxo. Se me lembrar de outros assuntos, escrevo outra, daqui a dois mêses. Até lá, vou tendo saudades. Das duas. Com carinho, abraços, beijos e beijocas,

do

Papai.

Paris, 1951.

Queridas Vilminha e Agnucha,

Na noite de Natal, debaixo da Árvore, já desejei Boas-Festas a Vocês duas. Confirmo agora os votos: um 1951 feliz, com triunfos e sem... noivados. E abraços, beijos, passas, nozes, castanhas, castanholas, ventarolas (aqui, fogareiros). Recebi o cartão da Dupla. Achei ótimo. E estou respondendo também às cartas. Quantas fiquei devendo? Nem sei mais. Estou aqui com a última, da Vilma. Grandiosa. "SELEÇÕES de Vilma Guimarães Rosa" — podia ser o título dela. Continúem escrevendo, que um dia a resposta vem. E eu gosto daquela conversaria, vou pulando naquele turbilhão — ... "milhões de coisas, notícias, novidades, faròesinhos..." Para responder, aí, sim, é que fico um pouco tonto.

Mas, vamos às novidades de cá desta banda. Uma: o Conde de Bercegol, dias antes do Natal, telefonou-me, pedindo que marcasse hora para recebê-lo. Ui! — gritei (comigo) — será o pedido de casamento?! Meu coração puxou mola, e foi cair dentro da pia da cozinha. Mas, não era. Meu susto tinha sido inútil. Veio à Embaixada, para desejar-me, polida e cordialmente, felicidades e

Festas, e trazer... dois presentes para "Vilmá" — um pacotão (perfume) e 1 embrulhinho, que êle me revelou ser uma "poudrière". Ficam comigo, aguardando portador seguro, como já acontece com o disco, de que falei noutra carta. Assim, também, ainda não telefonei para a Mlle. Agnès Richomme, a respeito dos discos da D. Laura Jacobina, por que falta o portador que pudesse levá-los. Fico à espera.

O livro que Vilminha me encomendou (de La Fontaine) ainda não tinha saido. Amanhã, voltarei à livraria, para procurá-lo.

Fico contente com as boas notas que Vocês teem obtido. E o "Traço-de-União" (chegaram ontem os dois números) está um verdadeiro sucesso. Gostei principalmente do "Postal Holandês". Ótimo. A Excursão ao Mont St. Michel também bôa. Vou escolher uns livros, variados, e mandar para Vocês. Mas, por falar nisso: será que Vocês já têm o dicionário "Petit Larousse Illustré"? Se não, comprarei também um, para Vocês. Aqui, também eu, com certo pequeno atraso, bato palmas para a Agnes — 1.ª em Espanhol, aplaudidíssima! E vou mandar também Racine, Molière, Corneille... (A carta da Vilminha esteve perdida, atrás de outra papelada, só há pouco pude encontrá-la; e eu, na primeira leitura, deixara de anotar aquela parte das encomendas.)

Aqui está fazendo um frio duro, que encolhe a alegria da gente. Tem caido muita neve êste ano, os brasileiros novatos ficam encantados. Eu acendo no *studio* o fogareiro, além da *chauffage*, e me torro e súo, oh bendita Mãe de Deus. Viajou para aí, hoje, ou vai amanhã, sabem quem? A Nora, com o Baudouin. Ela está cada dia mais bonita. Vão ficar morando aí no Rio.

Mas, tanto assunto voando, tanta coisa, e eu fazendo fôrça para empurrar para um lado a preguiça. Também, hoje, já tive de escrever duas cartas, bem grandes, e até a máquinazinha está cansada. Por isso, vou desligar, deixando o resto da conversa para a semana que vem.

Só mais abraços, páginas e páginas. E beijos, saudades, repetidas,

do

Papai.

(Joãozito)

Enquanto papai servia em Hamburgo, no consulado, João Emílio Ribeiro, seu colega, servia na embaixada, em Berlim. Casado com Alice, jovem suíça natural de Davos, e pais de Caio Antonio Bernardo e Jorge Carlos.

Quando a situação política, na Alemanha, tornouse perigosa, as famílias dos funcionários brasileiros tiveram que retornar ao Brasil. Entre eles, dona Alice e os meninos. Nós nunca nos havíamos encontrado.

Tempos depois, a chegada discreta do navio — Bagé, *se não me engano — trazendo os diplomatas brasileiros, antes concentrados num hotel de luxo em Baden-Baden, só foi comunicada às suas famílias quando já se achava ancorado na baía de Guanabara. Precaução tomada pelas autoridades, a fim de ser evitada qualquer sabotagem.*

Aquela alegria nervosa, comovente, que se agigantava entre os viajantes debruçados na amurada do navio e as famílias que apinhavam o cais, representava o milagre do reencontro.

Papai me contaria, depois, toda a viagem, e mais de uma vez. O medo, as dúvidas, a angústia dos passageiros. E ao mesmo tempo os exercícios diários de fé, a esperança renovada a cada dia, que lhes garantissem paz de espírito e a sobrevivência.

Em Baden-Baden, meu pai e João Emílio Ribeiro estiveram juntos, à espera da liberação da viagem. Juntos, no mesmo navio naquela viagem dramática. E suas mulheres e filhos, juntos — sem se conhecerem — acenando e atirando beijos, do cais.

Os diferentes postos tornaram a separar os dois colegas.

Anos mais tarde, quando voltei de Paris, fui conhecer o Caio no Jockey Clube, durante as corridas de cavalos. Entre um páreo e outro descobrimos que nossos pais eram amigos. Houve o namoro, esperei-o se formar em Engenharia, ficamos noivos e nos casamos. Dona Alice e o embaixador João Emílio Ribeiro, avós de meus filhos, são, ainda hoje, meus amigos queridos. E eu os amo com a mesma ternura dos velhos tempos.

Meu sogro chefiava a nossa Embaixada em Copenhague. Morei com eles uma temporada inesquecível, em 1962. Um dia, recebi um telefonema curioso. Voz desconhecida falando inglês. Começou a recitar o discursinho decorado — ou talvez o estivesse lendo — e dizia coisas gentis por uma outra pessoa.

— Vilminha, I am missing you a lot!

Forget-me-not, I love you very much...

A voz explicou, depois, ter conhecido "Mister Rosa" em Berlim, dias antes, no Primeiro Colóquio de Escritores Latino-Americanos e Alemães. Ao saber que ela voltaria para Copenhague, papai lhe pedira o favor de telefonar-me, apenas dizendo aquela mensagem, em seu nome.

Nunca cheguei a conhecer a tal pessoa que nos servira de ponte-de-palavras. Também, não precisava. O importante fora a mensagem.

Quando nos reencontramos, no Brasil, papai estava ansioso para saber o que eu achara da surpresa. Ficou muito contente quando lhe afirmei que fora realmente um recado original.

Ele era assim. Gostava de surpreender-me. Especialmente pela originalidade...

AMBASSADE DU BRÉSIL
45, AVENUE MONTAIGNE
PARIS (8e)

Em 23.I.951.

Meu caro João Emílio,

Precisava da extensão de uma carta, ou pelo menos das linhas concentradas dêste bilhete, para responder (*) ao seu amável telegrama de Ano Novo, que foi para mim uma alegria. (Assim como outra alegria tive — e quanta, Você calcule — quando li o meu nome ao ar e ao sol, maduro, lá no terceiro galho da árvore das promoções. Tudo isto eu tinha de dizer a Você, e mais ainda.)

E retribúo, com afetuosa mente, os bons votos: que 1951 seja seu, meu caro Ribeiro, tranquilo, ameno e rico. Com tôda a simpática Família.

Pela Vilma — serelepe e jovial porta-bandeira da novíssima geração de guimarãesrosas — venho sabendo das gentilezas que Vocês para com ela têm tido. Este mundo é pequeno, e bem maior que êle o prazer do reencontro, em seu bôjo, das grandes e velhas amizades.

Merci, muito, por tudo.

Com o forte abraço, saudoso,

do seu

Guimarães Rosa

*) — O atraso, devo-o a uma gripe, e à astenia subsequente.

Em 23.I.951

Meu caro João Emílio,

Precisava da extensão de uma carta, ou pelo menos das linhas concentradas dêste bilhete, para responder(*) ao seu amável telegrama de Ano Novo, que foi para mim uma alegria. (Assim como outra alegria tive — e quanta, Você calcule — quando li o meu nome ao ar e ao sol, maduro, lá no terceiro galho da árvore das promoções. Tudo isto eu tinha de dizer a Você, e mais ainda.)

E retribúo, com afetuosa mente, os bons votos: que 1951 seja seu, meu caro Ribeiro, tranquilo, ameno e rico. Com tôda a simpática Família.

Pela Vilma — serelepe e jovial porta-bandeira da novíssima geração de guimarãesrosas — venho sabendo das gentilezas que Vocês para com ela têm tido. Este mundo é pequeno, e bem maior que ele o prazer do reencontro, em seu bôjo, das grandes e velhas amizades.

Merci, muito, por tudo.

Com o forte abraço, saudoso,

do seu

Guimarães Rosa.

---

* — O atraso, devo-o a uma gripe, e à astenia subsequente.

À Vilma,
alguns dos principais tipos
de mula-sem-cabêça.
17.X.48

Ao papai, eu confidenciava os meus medos. Ele sabia tratá-los com a sabedoria de um especialista. Divertiam-no, especialmente, os malabarismos mentais e os truques que eu inventava para dissolvê-los ou tapeá-los. Imaginosos, abstratos, alguns concretos e razoavelmente protetores, incríveis, naturais ou absurdos, eu os desfilava, confiante no diagnóstico e tratamento que papai lhes dedicaria. O primeiro de que me lembro — e bem pequenina eu era — o temor de que as nuvens despencassem. Ele me tomava no colo, apontava o céu, ensinando-me a descobrir nas nuvens as formas que eu quisesse: gente ou bicho. E garantia-me a estabilidade de todos eles nas alturas, num equilíbrio celestial perfeito.

Um dos meus medos, da mula-sem-cabeça, absorvido na infância e repentinamente surgido em Paris, disfarçado sob os constantes relembramentos históricos da guilhotina, ele os fantasiou nesses desenhos, durante uma conversa cheia de compreensão e ternura:

— A cada dia, a cada hora, Vilminha, todos nós inventamos um novo tipo de medo. E precisamos aprender a enfrentá-los, sublimando-os...

MINISTÉRIO DAS RELAÇÕES EXTERIORES

Em 12. XI. 65

Dona Vilma,

desta vez, hem?!

Mandei brasa.

Beijos, torresmos,
melancia e queijo.

João-Papai BELEZA.

Mod. R. J. 48

MINISTÉRIO DAS RELAÇÕES EXTERIORES

Mademoiselle,

Voici l'argent. Le bon argent, si joli, si faible, qui fait le bonheur et le malheur de tout le monde. Caressez-le, dépensez-le sagement.

Au révoir!

Beaucoup de tendresses.

Monsieur Votre Père.

Rio, 5/V/52.

Depart. de Imp. Nacional — MOD. R. J.-48

Papai nos presenteava de modo criativo. Tudo, para ele, era na base da criação. Levava-nos a colorir na mente o objeto, a coisa cobiçada, de forma que, uma vez recebida, fosse mais ainda apreciada. Da Alemanha nos mandava brinquedos lindos — uma boneca e seu guarda-roupa completo foi uma das paixões da minha infância — e livros infantis em várias línguas, com gravuras atraentes, e carimbos para organizá-los em nossa biblioteca.

Seus cheques vinham invariavelmente acompanhados de um bilhete espirituoso, com desenhos e versinhos, e isto, para nós, aumentava-lhes o valor. Se entregasse em mãos, ficava nos espiando com sorriso matreiro nos lábios e nos olhos. E talvez um pouco encabulado.

Costumávamos visitar livrarias e papelarias. Ele nos comprava todos os livros que escolhêssemos e uma batelada de blocos e cadernos para meus contos e romances. Ficávamos horas no feliz convívio com os livros e o material de escrever, e ele nunca achava demais o que nos comprava.

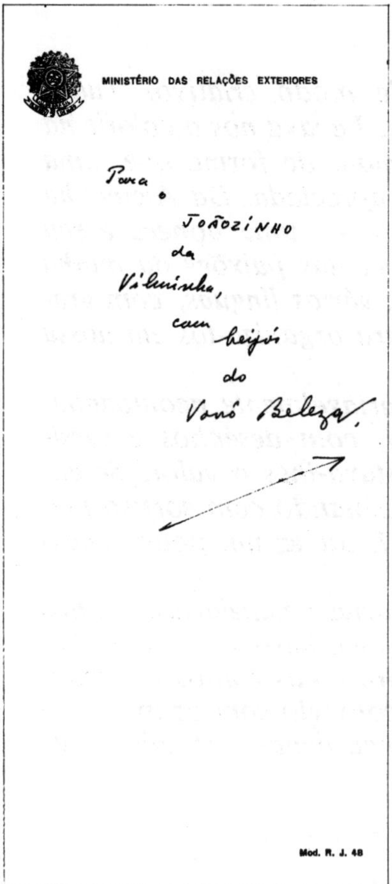

MINISTÉRIO DAS RELAÇÕES EXTERIORES

Para o JOÃOZINHO da Vilminha, com beijos do Vovô Beleza.

Mod. R. J. 48

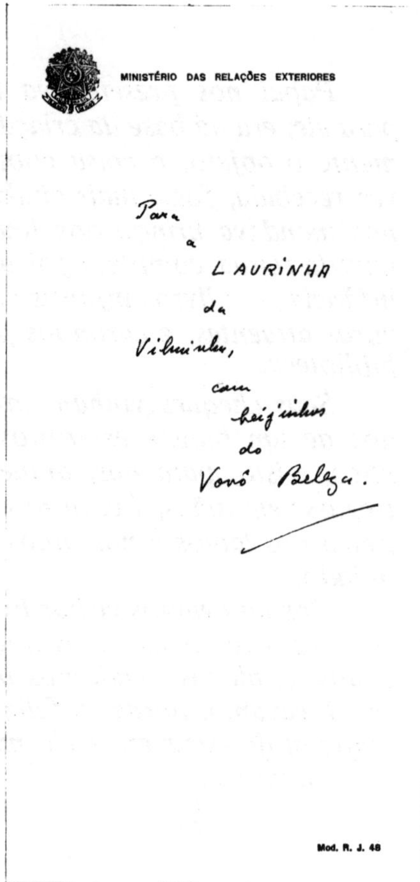

MINISTÉRIO DAS RELAÇÕES EXTERIORES

Para a LAURINHA da Vilminha, com beijinhos do Vovô Beleza.

Mod. R. J. 48

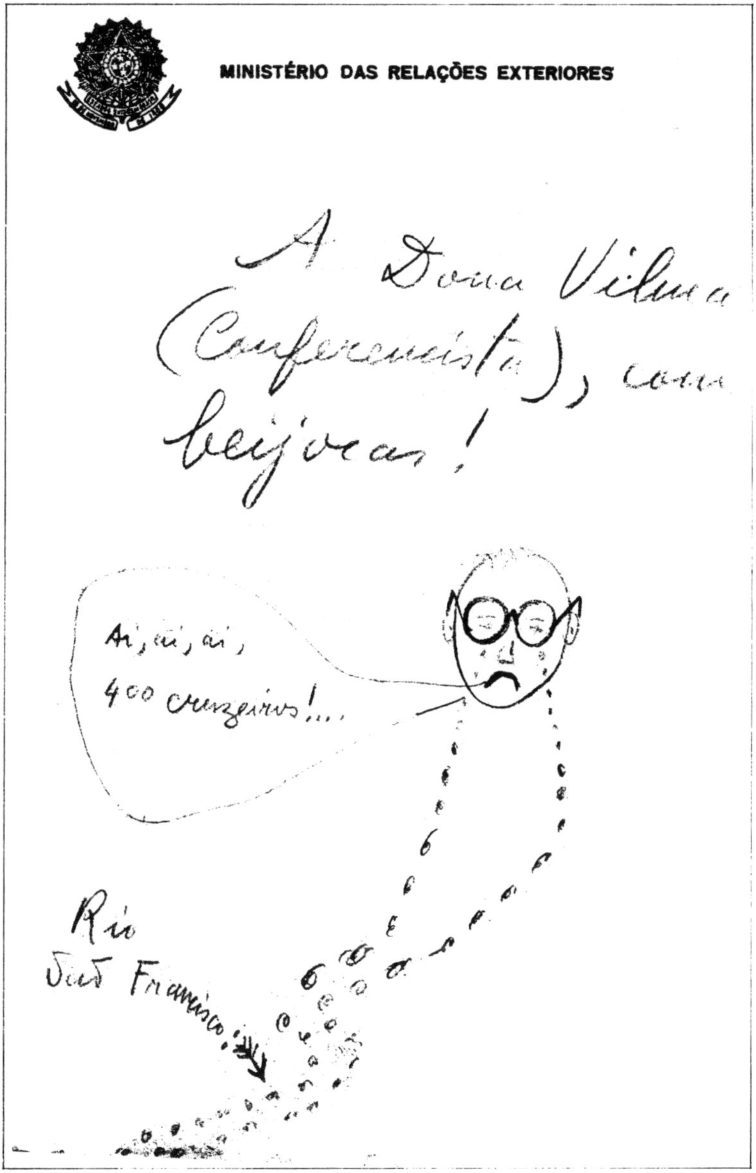
MINISTÉRIO DAS RELAÇÕES EXTERIORES

A Dona Vilma (Conferencista), com beijocas!

J. GUIMARÃES ROSA

Para Vilminha e
Agnacha,
muitos beijos
do
Papae.
Rio, 22. VIII - 942.

Possuía filigranas de delicadeza. Ao receber folhas de papel timbrado, enviou-nos a primeira com dedicatória. Guardo-a com carinho, junto à página do seu bloquinho de médico.

MINISTÉRIO DAS RELAÇÕES EXTERIORES

Vilminha querida,

Você tem de datar o formulário e assinar (na linha para "assinatura do proposto").

Depois, Você deverá procurar, no Fluminense, o Sr. Arno Frank, a quem entregará o cartão do meu amigo Dr. Caio Cezar Pinheiro.

(Cr$200,00) Junto, vai dinheiro, para a jóia, os retratos, etc. O que sobrar, Você reparte com a Agnucha, para cinema.

Mais beijos e abraços, muitos

do

João Papai Beleza.

Agnes e eu queríamos entrar para o Fluminense, clube da moda, onde tantas diversões, naquele tempo juvenil, nos atraíam. Foi falar uma vez. Ele se informou a respeito — era muito meticuloso —, e mandou-nos o formulário, o dinheiro e uma nota cheia de afetuosos cuidados.

CÓPIA

De nós oculto, em verdade
com Deus face a face,
o Menino renasce
para desfazer a impura realidade.

* * *

Natal — tão mais remoto que o passado,
mais íntimo que o presente,
maior que o pensamento da gente :
só igual ao futuro amor, recomeçado.

* * *

Como um sonho, como um sino,
no mundo, que inda há de ser divino,
nasce o Menino :
como a realidade !

* * *

Não mudamos : o Natal nem eu !
só o mundo é mudança...

* * *

(Guimarães Rosa)

(Poemículos, em cartões
de Boas-Festas.)

Entre as variadas anotações adormecidas em suas gavetas, estes bonitos versos, que tanto revelam a sua constante preocupação com os mistérios da Vida e da Morte. Os "Poemículos de Natal", escritos a alguns poucos privilegiados, nos cartões de Boas-Festas. E todo o mistério da Noite de Natal, adorando o Menino-Deus.

Místico, espiritualista, cultivando a fé como elemento de ajuda, colecionava pensamentos cuja essência considerasse importante. Misturava-os com os seus, procurando uma resposta plausível aos incessantes "porquês".

Guardava cuidadosamente as orações que lhe chegassem às mãos. Tantas, de tão diversas devoções, assinadas ou anônimas. Desconfio que a maior parte são de sua própria autoria.

Nos momentos de angústia — porque a angústia, conforme explicou-me, são as "saudades da eternidade" — encontrava nas orações a qualidade essencial dos tranqüilizantes. Com a vantagem de uma ação prolongada, quase definitiva. Dava-me cópias, todas lindas e cheias de significado. A "Oração de um Pai" é a minha favorita. Relendo-a, ainda escuto a sua voz suave e firme, quando a recitava.

Os olhos te foram dados para engano
e o que sentes não cabe na tua mente.
O que não és, e o porque, fingem-te humano.
Tua vida é vivida por outro ente.

Êste mundo que vês, não estás nêle,
nem coisa alguma nêle há que te importe.
Pois teu sentido e ser, fim e comêço,
é a vida que te aguarda além da morte.

Guimarães Rosa

(Num album. 25.IX.63)

POEMAS DE NATAL

João Guimarães Rosa

Das Pastorinhas

Não mudamos
nem o Natal
só o mundo é mudança
feita a esperança
como num sonho um sino.

O
Menino
face a face
do oculto renasce
desfaz a errada realidade.

Natal
tão mais remoto que o passado
íntimo mais que o presente
que o pensar e o sentir da gente.

Só igual ao futuro amor
recomeçado.

Quatro Poemas sôbre o Burro e o Boi no Presépio

Onde se aviva a doçura
de um pouco de
          úmido e relva;
de alma?
Mas a própria luz
que os circunfulge

recebe
das brancas frontes
intactas de afeto, tontas
algo que faltava
à sua excessivamente concreta
pureza.
Quentes limites de Deus,
rudes, ternos anteparos.
Apenas as grandes cabeças:
mas tão de joelhos
quanto os pastôres
os anjos
as estrêlas
a Virgem.

Querúbicos
Irônicas imagens.
Vibrar de fulgor floresce-lhes de esfinge os vultos
— á hora atônitos. Como
ante uma infração da ordem que aceitaram.
Acordam, meio a um momento.
Êles têm o segrêdo?

A fábula de ouro, o viso, o
Céu que se abre,
chamaram-nos
de seu sono ou senso sem maldade.
Tão ricos de nada ser, tão seus, sòmente.
Capazes de guardar
no exigido espaço
a para sempre grandeza
de um momento.
Com sua quieta ternura,
ambos, que contemplam?

Sabem.
Nada aprendem.

Serão os pajens da Virgem,
ladeiam-na
como círios de paz,
colunas
sem esfôrço.
Taciturnos
eremitas do obscuro,
se absorvem.
Sua franqueza comum equilibra frêmitos e gestos
circunstantes.
Os animais de boa-vontade.

Caminho para a Felicidade

Conserve o seu coração livre do ódio e a sua mente livre da ansiedade. Viva simplesmente, espere pouco e dê muito. Encha a sua vida com amor. Espalhe a luz. Esqueça-se e pense nos outros. Faça o que gostaria lhe fizessem. Não fale mal de ninguém. Critique os seus próprios atos, fazendo cuidadoso exame de suas ações diárias.

Experimente isso por uma semana e se surpreenderá.

Faça cada manhã antes de iniciar suas tarefas diárias

Esta Oração

Senhor!
No silêncio desta prece
Venho pedir-Te a paz, a sabedoria, a fôrça,
Quero sempre olhar o mundo
Com olhos cheios de amor.

Quero ser paciente, compreensivo, prudente
Quero ver além das aparências
Teus filhos, como Tu mesmo os vês
E assim, Senhor, ver sòmente o bem em cada
um dêles

Fecha meus ouvidos a tôdas as calúnias;
Guarda minha língua de tôdas as maldades,
Para que só de bênçãos se encha minh'alma.
Que eu seja tão bom e tão alegre,
Que todos aquêles que se aproximem de mim,
Sintam Tua Presença

Reveste-me de Tua Beleza, Senhor,
E que, no decurso dêste dia, eu Te
revele a todos.

Minha irmã e eu — e aliás toda a nossa família, materna e paterna — sempre admiramos o relacionamento simpático e amigável entre nossos pais, desquitados desde 1942. E o modo tranqüilo e elegante com que este desquite foi assinado, numa época em que era preciso muita coragem para enfrentar os parentes e a sociedade, pois desquite era considerado, para a maioria das pessoas, um ato vergonhoso.

Se tinha de acontecer, aconteceu de uma forma suave que não nos chocou.

Papai havia conhecido dona Aracy Moebius de Carvalho em Hamburgo. Ela era funcionária graduada, no consulado.

Ao voltar para o Brasil, ele foi designado para servir em Bogotá. Ali, confidenciara ao Conselheiro Caio de Lima Cavalcanti, seu amigo e colega de carreira, o novo rumo que sua vida ia tomar. Tinham longas conversas sobre os problemas existenciais.

Soube disto pela dona Lourdes e a Olga Taciana, senhora e filha do Caio, minhas amigas. Papai, um homem equilibrado, pensou muito, antes de tomar a decisão.

De volta ao Rio, ele sempre nos levava para almoçar, programa que Agnes e eu adorávamos. Mostrava-se interessado e curioso sobre as nossas atividades escolares. Nós estudávamos no Colégio Sion, semi-internas, e sempre havia tanta coisa para contar...

Mamãe preparou-nos emocionalmente com especial cuidado, antes de mais um daqueles almoços:

— Vocês hoje vão conhecer Aracy, amiga de seu pai. Gostaria que fossem boazinhas com ela, porque eles pretendem se casar.

Não fiquei tão espantada, porque papai, apesar de nos visitar diariamente, conversando com mamãe e nos tratando com muito carinho, já estava, desde a sua chegada, instalado num hotel. Quando nos visitava, Agnes e eu inventávamos várias maneiras de prolongar as despedidas. Quase sempre apertávamos o último botão do elevador — morávamos no segundo andar — e o elevador subia ao décimo segundo e descia, tornando a subir, enquanto nos atirávamos beijos pela janelinha gradeada.

Agnes era muito pequenina para ter alguma idéia a respeito, mas eu fiquei pensando naquela estória do casamento de meu pai, e aceitei, porque parecia muito lógico. Se mamãe mostrava-se tranqüila, por que me preocupar?

Papai e dona Aracy se casaram pelas leis de outro país, e também mamãe, com o advogado Arthur Auto Nery Cabral, um avô maravilhoso para meus filhos e as filhas da Agnes, que até hoje o chamam de Pucá.

Papai quis saber como era o Arthur e pareceu aliviado, ao escutar nossos elogios.

Em 1948, pediu à mamãe permissão para levar-me à Europa e morar com ele, em Paris. Mamãe nunca havia se separado das filhas. Acreditando que aquela viagem me beneficiaria, não só pelos meus estudos e vivência em Paris, mas principalmente pelo convívio com o pai que eu adorava e com quem fora agarradíssima desde pequenina, consentiu, sem condições. Ficou combinado que Agnes iria quando eu voltasse.

Até hoje sou muitíssimo agradecida à minha mãe. Ela foi admirável. Confiou-me à dona Aracy, a bordo do navio francês Désirade *— porque papai já tinha ido antes de avião, e nos esperaria em Bordeaux.*

— Minhas filhas são jóias muito preciosas, Aracy. Confio-lhe uma delas, tenho a certeza de que cuidará bem da Vilminha.

Familiares e amigos que assistiram à cena se emocionaram.

Foi um grande momento, cheio de nobreza e dignidade.

Mamãe deu-me todas as cartas que papai lhe escreveu. Mas fez com que eu lhe prometesse jamais publicá-las. Meus pais sempre abominaram sensacionalismo. A muito custo, ela permitiu que eu publicasse neste livro estas cartas. Numa delas, papai faz um relatório minucioso dos seus exames para o Itamarati. Nós estávamos em Belo Horizonte, em casa da vovó Júlia, e ele, já de volta a Barbacena, nos chamava, feliz com o resultado obtido.

Papai manteve, durante a vida inteira, um relacionamento afetivo profundo, com os pais, a família, a mulher, os netos e as filhas. Amava-nos a todos. Mas não misturava seus amores...

Barbacena, 6, VII, 934.

Querida Lili

Beijos e abraços.

Muitos beijos para Vilminha e Agnes.

Cheguei aqui quarta-feria de madrugada, tendo terminado os meus exames na terça, com as provas oraes.

Modestia a parte, foi sensacional a minha prova oral. Durou hora e meia. Sem um minuto de descanço, passava de um examinador a outro. Sala de conferencias no Palacio Itamaraty, cheia de gente: moças à bessa,

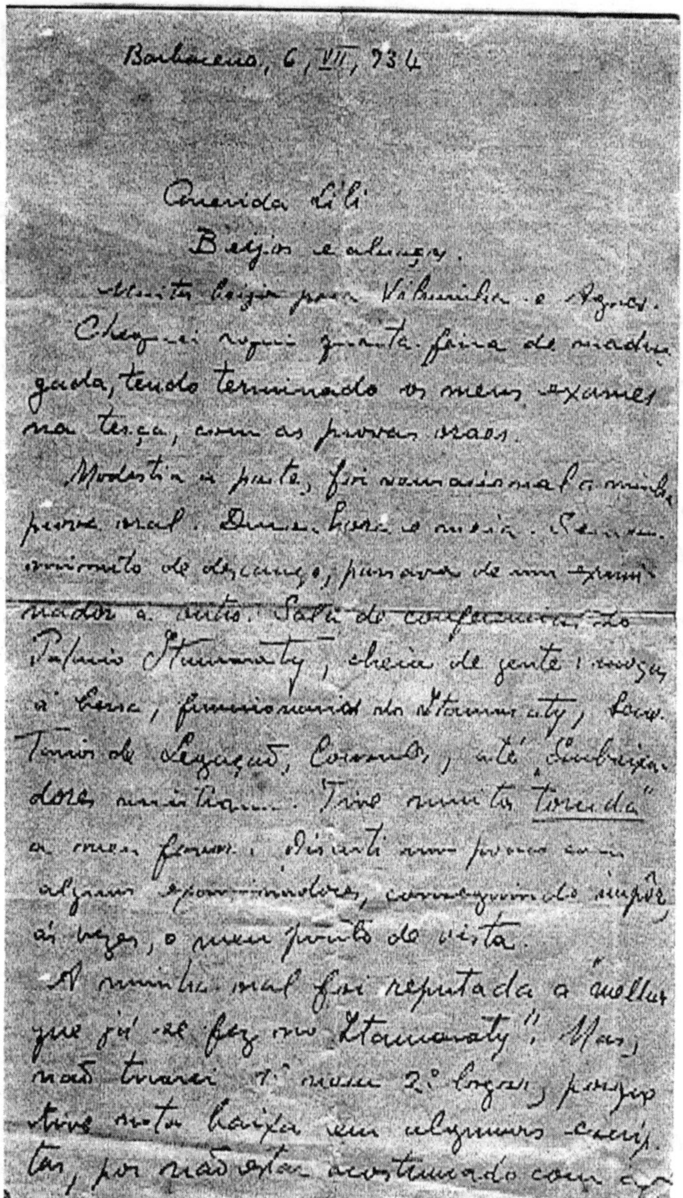
Barbacena, 6, VII, 934

Querida Lili

Beijos e abraços.

Muitos beijos para Vilminha e Agnes.

Cheguei aqui quinta-feira de madrugada, tendo terminado os meus exames na terça, com as provas orais.

Modéstia à parte, foi sensacional a minha prova oral. Durou hora e meia. Sem o mínimo de descanso, passava de um examinador a outro. Sala de conferências do Palácio Itamaraty, cheia de gente: moças à beça, funcionários do Itamaraty, Secretários de Legação, Coronéis, até Embaixadores, muitos.... Tive muita "torcida" a meu favor. Discuti um pouco com alguns examinadores, conseguindo impor, às vezes, o meu ponto de vista.

A minha oral foi reputada a "melhor que já se fez no Itamaraty"! Mas, não tirei 1º mas 2º lugar, porque tive nota baixa em algumas escritas, por não estar acostumado com a o pouco tempo.

O meu numero nas escriptas foi nas provas de Direito. Numa turma de bachareis (quasi todos), tive as melhores notas nas 5 cadeiras de Direito, em escripta e oral. Isso impressionou a banca examinadora, e o secretario da Embaixada Alvaro Chermont me procurou para dizer-me parabens com esse successo.

Depois lhe contarei com mais detalhes.

O Vicente, o Armando Araujo e Dr. Jorge Vaz assistiram meu exame oral e ficaram satisfeitissimos.

Espero 3º, 4º ou 5º logar.

Dos 57, só 10 foram habilitados, isto é, talvez menos de 10, pois ainda ficaram fazendo provas oraes, e nellas tambem se reprova.

Desses 10, talvez seja eu o unico que não esteve ainda na Europa; alem disso, posso garantir que esse Concurso é o mais difficil que se processa no Brasil. Ha alguns candidatos que estão prestando pela 2ª, e até terceira vez. Assim, estou satisfeitíssima, adquiri mais confiança em mim mesma, e apurei os braços...

* * *

Estou com imensas saudades de vocês três, portanto, peço que venham urgente, sim?

O mais certo é irmos para o Rio, portanto não vale a pena comprar agora. O melhor é explicar à D. Julia, para o caso de não precisar comprar depois.

~~Vae um cheque de 200$000, para~~ para você ~~um~~ vestido, sapatos ou o que precisar [faltar].

Não trouxe nada do Rio, a não ser um par de sandálias vermelhas, de modo que pode jogar fora todo "chinello molecamento" que tivermos por ahi. O cheque vae em nome da D. Julia, porque me distrahi na hora de o encher.

Espero que venham, sem falta, segunda-feira. Na próxima 2ª feira à noite, pois, além de muitas saudades, tenho muitas cousas que preciso do seu auxilio

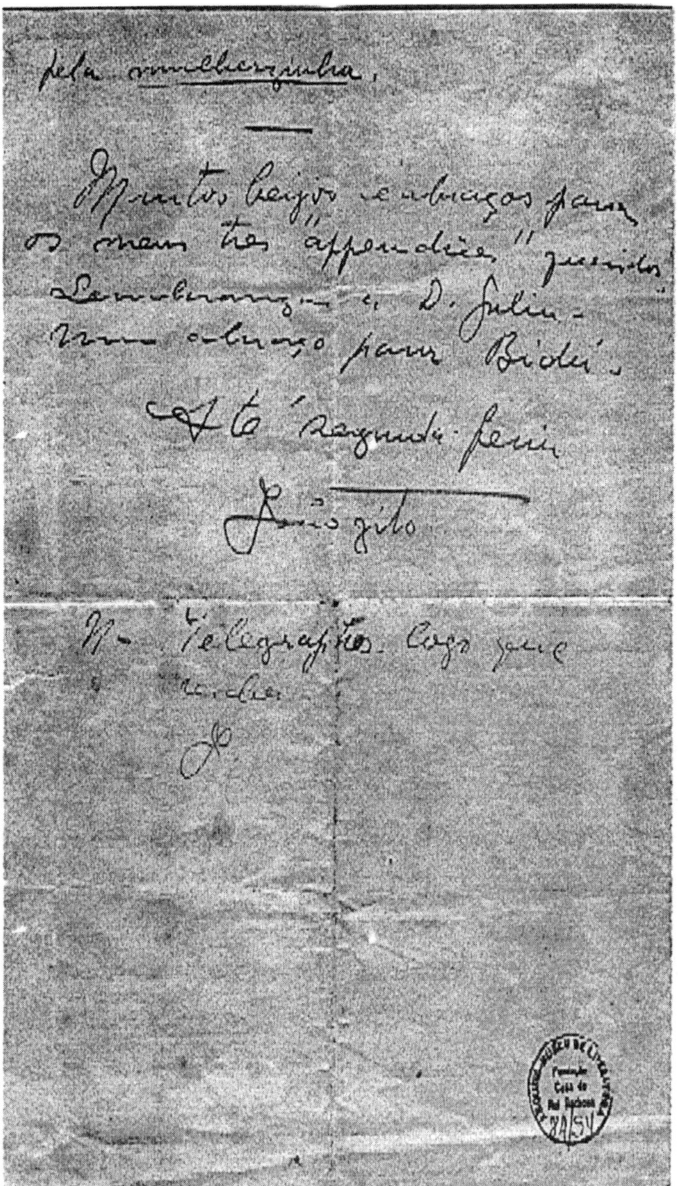

pela mulherzinha.

Muitos beijos e abraços para os meus três "appendices" queridos. Lembranças a D. Julia. Um abraço para Bicó.

Até segunda-feira

Juãozito

N. — Telegraphe logo que receber.

J.

funccionarios do Itamaraty, Secretarios de Legação, Consules, até Embaixadores assistiam. Tive muita *"torcida"* a meu favor. Discuti um pouco com alguns examinadores, conseguindo impôr, às vezes, o meu ponto de vista.

A minha oral foi reputada a "melhor que já se fez no Itamaraty". Mas, não tirarei 1º nem 2º logar, porque tive nota baixa em algumas escriptas, por não estar acostumado com o pouco tempo.

O meu successo nas escriptas foi nas provas de Direito. Numa turma de bachareis (quasi todos), tive as melhores notas nas 5 cadeiras de Direito, em escripta e oral.

Isso impressionou a banca examinadora, e o Secretario de Embaixada Alvan Chermont me procurou para dizer-se pasmo com esse *successo*.

Depois te contarei com mais detalhes.

O Vicente, o Armando Araujo e o Dr. Jorge Vaz assistiram meu exame oral e ficaram satisfeitissimos.

Espero 3º, 4º ou 5º logar.

De 57, só 10 foram habilitados, isto é, talvez menos de 10, pois ainda ficaram fazendo provas oraes, e nellas tambem se reprova.

Desses 10, talvez seja eu o único que não esteve ainda na Europa; alem disso, posso garantir que esse Concurso é o mais difficil que se processa no Brasil. Ha alguns candidatos que o estão prestando pela 2ª, e até terceira vez. Assim, estou satisfeitissimo, adquiri mais confiança em mim mesmo, e espanei os brazões...

Estou com immensas saudades de vocês tres, portanto, peço que venhas urgente, sim?

O mais certo é virmos para o Rio, portanto não vale a pena comprar cousas. O melhor é explicar á D. Julia, para o caso de ser preciso comprar depois.

Vae um cheque de 200$000, para um vestido, sapatos para você ou o que preferires.

Não trouxe nada do Rio, a não ser um par de sandalias vermelhas. O cheque vae no nome da D. Julia, porque me distrahi na hora de o encher.

Espero que venhas, *sem falta*, segunda-feira. No maximo 2.ª feira á noite, pois, alem de muitas saudades, tem muita cousa que precisa de ser olhada pela *mulherzinha.*

Muitos beijos e abraços para os meus tres "appendices" queridos.

Lembranças a D. Julia.

Um abraço para Bidú.

Até segunda-feira.

Joãozito

N — Telegrapha logo que receber.

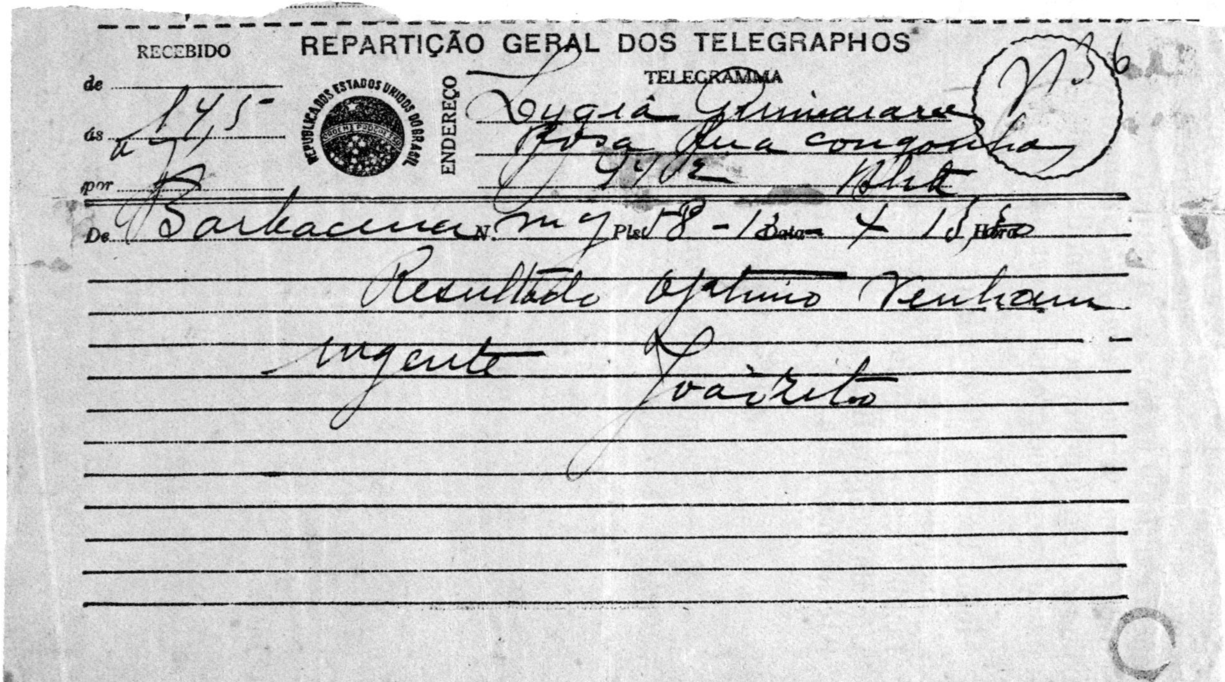

RECEBIDO

REPARTIÇÃO GERAL DOS TELEGRAPHOS

REPUBLICA DOS ESTADOS UNIDOS DO BRASIL — ORDEM E PROGRESSO

de 1 4 5 –

ás 4 3/4

por R

ENDEREÇO

TELEGRAMMA

Lygia Guimarães

Rosa Rua Congonhas

972 Bhte

Nº 36

De Barbacena N. m 7 Pls 18 - 13 Data 4 13 Hora

Resultado optimo Venham

urgente Joãozito

Telegrama e cartas enviados à mamãe, contando o sucesso dos exames para o Itamarati. Nós estávamos na casa da Vovó Júlia, em Belo Horizonte, e ele, de novo em Barbacena, nos chamava, ansioso pelo reencontro.

Barbacena, 7 de Julho de 1934.

Minha Lili querida

Beijos e um apertado abraço.

Estou tão satisfeito, que a mão me treme, e vejo-me obrigado a escrever-te á machina.

Ao saltar da cama, recebi este telegramma:

Official Dr. João Guimarães Rosa
Avenida Bias Fortes

"Você classificado em 2º logar, juntamente com Renato Mendonça. Parabens. Segue carta."

Consul Aldo de Castro Menezes
Secretario dos Concursos
Palacio ITAMARATY

Mal me refiz do susto, eis que chega o Honorio Armond, com uma carta do Dr. Jorge Vaz, que assistiu a minha prova oral. Dizia a carta:

"Meu caro Armond

Acabo de assistir a prova oral do nosso Rosas. Elle brilhou, ou melhor, scintillou, pois é estrella de primeira grandeza. Os assistentes ficaram commovidos e pasmos, e os examinadores attonitos, surpresos. Que formoso talento!..."

Hontem, o Dr. Bias chegou do Rio. Não estive com elle. Disseram-me, porem, que elle, enthusiasmado, só fallava no meu Concurso, e contava que um dos examinadores lhe dissera que "a minha prova oral puzera os examinadores de queixo cahido".

Assim, julgo ter tido bôa compensação de meus esforços. Esse Renato Mendonça, que teve segundo logar juntamente commigo, é a terceira vez que presta esse concurso, tendo sido reprovado nas outras vezes. Não sei quem tirou o primeiro logar, mas supponho deve ser um tal Carlos Eiras, que vem pela segunda vez prestar o concurso.

Estou satisfeito, si bem que pudesse tirar o primeiro logar. Mas faltou-me a calma nas primeiras provas escriptas, estonteado com o ambiente barulhento do Rio de Janeiro, e com o luxo magnificente do ITAMARATY.

Vae um pequeno resumo, para a mulherzinha avaliar melhor as circumstancias:

Banca examinadora:

PRESIDENTE — Consul Geral Faro Junior (Consul em Nova-York);

Inglez — Secretario de Legação Jimmy Sloan Chermont;

Francez — Mr. Patrick de Foencey;

Allemão — Secretario de Embaixada J.L. Guimarães

Gomes (da Legação de Berlim);
Direito Internacional
Publico — Secretario de Embaixada Heitor Lyra;
Direito Internacional Privado — o mesmo.
Portuguez e Espanhol — Prof. Dr. Basilio de Magalhães;
Direito Constitucional, Direito Commercial, Direito Administrativo e Italiano — Dr. Alberto Biolchino;
Arithmetica — não me lembro o nome;
Geographia, Historia Universal, Chorographia, Historia do Brasil — Prof. Dr. Raja Gabaglia.

....

Examinandos — 57, inclusive o Guimarães Rosa.

Provas escriptas:

1.ª Francez — Difficilima. Traducção e versão, cada uma de um trecho de duzentas e cincoenta linhas. Sem diccionario. Cinco erros inhabilitam. Tempo marcado, sem tolerancia. A falta de um accento é considerada erro. Os erros de portuguez tambem são contados. O tempo foi tão curto, que não pude reler o que escrevi, e pensei ter sido reprovado. Tomei uma barca e fiquei indo e vindo, de Niteroy ao Caes Pharoux, nervoso. Mas, alegrei-me, á noite, ao saber o resultado: de 57, passaramos a ser apenas 23.

2.ª Inglez — A de inglez foi mais ou menos igual á de francez. Mesmas condições e mesmas difficuldades. De 23, passamos a ser 19.

3.ª Portuguez — Talvez a mais difficil. Tinhamos de escrever, no espaço improrrogavel de 1 hora, sobre: "Ruy Barbosa: sua influencia nas lettras, na politica nacional, e na Conferencia de Haya". A prova não era apenas de portuguez, mas sim de erudição. Tanto que varios escriptores (2), que teem livro publicado, foram reprovados, apezar de terem bom estylo e nenhum erro de portuguez. Foi a minha peor nota, apezar de nenhum erro, mas "porque fallei algumas verdades contra Ruy Barbosa" e o examinador era ruysta enthusiastico. Todavia, depois que fiz a oral de portuguez (minhas oraes foram as melhores, em *todas* as materias), o Dr. Basilio disse-me espontaneamente estar arrependido de me ter dado nota baixa na prova escripta de portuguez!... De 19, passamos a ser apenas 15.

4.ª Arithmetica — Não inhabilitou ninguém. Continuamos a ser 15.

5.ª Direito Publico e Constitucional Brasileiro — De 15 passamos a ser apenas 12, sendo inhabilitados 3. Nesta prova é que a minha cotação começou a subir, pois, como já te escrevi, tive a melhor nota, sendo a maioria tanto dos examinadores como dos candidatos, composta de bachareis...

6.ª Direito Internacional Público e D.I. Privado — Dois pontos: "A Santa Sé em Direito Internacional; o Tratado de Latrão" e "A lei pessoal no Codigo Civil Brasileiro". Taes os pontos sorteados. Tive também a melhor nota da turma. Alliás, em todas as 5 cadeiras de Direito, eu obtive *paradoxalmente* (expressão do Secr. J. Sloan Chermont) as primeiras notas, tanto nas escriptas, como nas oraes. Nesta prova, de 12 passamos a 11.

Esses onze (*team* de foot-ball) fomos felicitados pelo Presidente da Banca, que nos disse: "aqui no Itamaraty, geralmente entramos depois de reprovados em um, dois, ás vezes tres concursos. Reconheço que o concurso é bem difficil, exigindo cultura e resistencia. Os Snrs. estão de parabens..."

Provas oraes:
Portuguez —
Francez — (Leitura, conversação de 15 minutos, em puro "parisiense", tradução.)
Inglez — (Leitura, tradução, conversação correcta).
Historia Universal —
Historia do Brasil —
Geographia —
Chorographia —
Direito Constitucional Brasileiro e Dir. Publico —
Direito Commercial —
Direito Administrativo —
Direito Internacional Publico —
Direito Internacional Privado —

Fui examinado durante hora e meia, passando da bocca do lobo para a da raposa, sem tempo para "virar o disco". Não preciso dizer mais nada sobre a oral. Modestia á parte, foi a minha consagração.

Banquei um pouco o cabotino, para impressionar.

Por exemplo: cahiu para mim, no exame de Geographia, o ponto Raças, linguas e religiões do Globo. O Prof. Raja Gabaglia interpellou-me:

— "O snr. é medico, portanto deve conhecer bem o assumpto...

— "Alem de medico, tenho estudos especializados de anthropologia e ethnographia, Dr.", respondi eu com toda a coragem necessaria.

— "Ah, tem?!...

— "E de linguistica tambem, continuei, com coragem de 250 cavallos-vapor.

E por acaso, o homem veio interrogar-me justamente sobre os indios *Ka-shi-mauás*, a respeito dos quaes fiz eu citações naquelles artigos que escrevi ha muito tempo, acerca do ESPERANTO. Naturalmente, discorri com valentia a respeito delles. O homem ficou espantado, e disse:

— "Bom, bom, passemos adiante. O assumpto é perigoso pois o Snr. está bem informado.

Mais adiante, no exame de Chorographia, elle me pergunta:

— "Que me diz o Snr. sobre a navegação do Rio Amazonas? É livre?...

— "Não senhor, respondi.

— "É livre sim senhor!...

— "Dr., desculpe-me, mas o snr. está equivocado. Não é bem livre. A tradição brasileira considera os rios, contiguos ou successivos, sob o regimen de navegação fechada, isso antes e depois das interpretações de Rio Branco. Parece ser livre, mas o que existem são concessões baseadas na reciprocidade. Tanto assim que o Dr. Epitacio Pessôa, no seu projecto de codigo, censura o Brasil por causa dessa tradição, uma vez que a Argentina consigna a liberdade de navegação dos rios, até na sua Constituição..." Eu disse isso de um folego.

O presidente da Banca disse então ao examinador: "O Dr. Rosa tem razão, você está enganado."

O Dr. Gabaglia riu, então, e disse:

— "Bem, isso é lá com o Dr. Lyra, examinador de Direito Internacional, esse assumpto não é da minha especialidade"...

O meu exame oral foi mais ou menos nesse diapasão, graças a Deus.

Consegui logo a sympathia dos examinadores e a torcida da enorme assistencia. Quando um examinador queria discordar de mim, os outros me apoiavam. E assim foi...

....

Agora, chega de contar prosa. Querias uma carta bem explicada, a que tens direito, como inspiradora e com a vantagem de seres NACIONAL (que perigo, si fosses allemã, por exemplo...). Enthusiasmei-me e esqueci-me da D. Modestia. Não vale, pois, a pena mostrares esta a outras pessôas, a não ser lá em casa. Peço-te, até, mostrares a carta ao Papae, pois estou cansado e com preguiça de escrever cartas. Gastei energia demasiada por lá.

Saudades, um horror! Estou afflictissimo por poder beijar a Lili, a Vilmuchka e a patarreca baptizada da Agnes.

Venham quanto antes.

Com muitos beijos e lembranças aos que se interessarem por mim.

Do teu
Joãozito.

Rio, 18 de Março, 1936

Lili querida

Recebi agora mesmo a sua carta. Segue o cheque. Infelizmente não pude mandar mais.

Também o "vestido de presente", não posso mandar agora, o que me entristece. Mas você pode contar com elle. Certo!

Tambem (isso é um pouco menos certo) você irá ganhar mais de um vestido e outras cousas mais, si o "Magna" arrancar os 3:000$000!

Inclusive um vestido chic de *soirée*, para vestires no dia da entrega dos premios, na sessão solemne da Academia...

O livro está sendo agora passado a limpo por uma dactilographa.

Desejo que você chegue aqui no dia 1º de Abril. Deve, portanto embarcar ahi no dia 31, sem falta! Pre-

Rio, 18 de Março.

Lili querida.

Recebi agora mesmo a sua carta. Segue o cheque. Infelizmente não pude mandar mais.

Tambem o "vestido de presente", não posso mandar agora, o que me entristece. Mas você pode contar com elle. Certo!

Tambem (isso é um pouco menos certo) você irá ganhar mais de um vestido e outras cousas mais, si o "Magna" arrancar os 3:000$000! Inclusive um vestido "chique" de soirée, para vestires no dia da entrega dos premios, na sessão solemne da Academia...

O livro está sendo agora passado a limpo por uma dactylographa.

Desejo que você chegue aqui no dia 1º de Abril. Deve, (vir) portanto embarcar ahi no dia 31, sem falta! Prepare tudo com antecedencia, e vá cêdo para a Estação. (Manda-me o numero de sapato que você calça. Sim?)

Estou com muitas saudades de você e das meninas.

Você deve ter muito cuidado com accidentes de automoveis.

Não se esqueça de trazer a phantasia de turca, completa, pois gostarei muito de a apreciar. Deve ter ficado linda, pois você tem muito bom gosto!...

Não se esqueça de vêr si é preciso salvo-conducto, com bôa antecedencia. Não aceitaria nenhuma desculpa de atrazo da viagem.

Responda-me logo, dizendo si recebeu o cheque. Sim?

Beijos para as meninas.
Lembranças para todos.

E para você um beijo longo e um abraço apertado do seu

Joãozito

pare tudo com antecedencia, e vá cêdo para a Estação. (Manda-me o numero de sapatos que você calça. Sim?).

Estou com muitas saudades de você e das meninas.

Você deve ter muito cuidado com accidentes de automóveis.

Não se esqueça de trazer a phantasia de turca, completa, pois gostarei muito de a apreciar.

Deve ter ficado linda, pois você tem muito bom gosto!...

Não se esqueça de vêr si é preciso salvo-conducto, com bôa antecedencia. Não aceitaria nenhuma desculpa de atrazo da viagem.

Responda-me logo, dizendo si recebeu o cheque. Sim?

Beijos para as meninas.

Lembranças para todos.

E para Você um beijo longo e um abraço apertado do seu

Joãozito.

MINISTÉRIO DAS RELAÇÕES EXTERIORES

"Jornal do Commercio"
(14 de maio de 1941)

"Informam-nos da Agência Nacional:

"Notícias recebidas pelo Itamaraty informam que durante um dos últimos bombardeios aéreos sôbre Hamburgo, o edifício do Consulado brasileiro ficou sèriamente danificado.

O Cônsul Geral Sr. J. A. de Souza Ribeiro, o Cônsul Adjunto, Sr. Guimarães Rosa, e demais funcionários conseguiram com grande dificuldade penetrar no local, a despeito de estarem prevenidos da existência de bombas de retardamento a cêrca de cem metros de distância, e removeram o arquivo e valores do Consulado para a residência particular do Cônsul Geral, onde ficou instalada provisòriamente a chancelaria daquela Repartição."

Mod. R. J. 48

Papai, ao voltar da Alemanha, copiou esta nota do Jornal do Commercio *(14 de maio de 1941), que menciona o bombardeio do consulado brasileiro em Hamburgo. Ele, então cônsul-adjunto, o cônsul-geral Souza Ribeiro e demais funcionários, num ato de heroísmo, mesmo prevenidos da existência de bombas de retardamento, penetraram no recinto, salvando o arquivo e valores diplomáticos.*

Os avós maternos e padrinhos de J.G.R., Dona Maria Lima Guimarães e Professor Luiz Guimarães.

"NÓS SÓ DEVEMOS TER COMO AMIGOS OS QUE NOS PODEM EDIFICAR PELAS SUAS VIRTUDES."

Esta frase é do meu bisavô Luiz Guimarães. Encontrei-a numa das páginas do seu excelente livro O Guia do Lar.

Professor, médico e filósofo, bisavô escreveu livros lindos. Era um romântico. Papai, seu neto mais velho e afilhado, chamava-o padrinho e ele tornou-se, naturalmente, o Padrinho de todas as crianças e os criados da família, apelido de que tanto se orgulhava. Homem amável, bondoso, inteligente e muito elegante. Seu afilhado Joãozito puxou-lhe a bênção.

O relógio de algibeira preso à corrente de ouro completava-lhe a imagem de aristocrata. Enviuvara cedo da bisavó Mariazinha, a Dindinha, e, inteiramente devotado à família, especialmente à mãe, minha tataravó Graciana — que eu apelidara de Vovó Velhinha — inspirava a todos nós sentimentos de amor e proteção.

Tataravó Graciana me assustava um pouco, pela sua extrema fragilidade. Parecia uma bonequinha de porcelana. Bisavô, imponente e viril, uma figura impressionante, mesmo depois de velhinho, me fascinava.

Numa acontecência especial da família, ele a reuniu no seu casarão, em Belo Horizonte. Contratou fotógrafo, mandou colocar tapete no pátio, rodeado de árvores de fruta-do-conde, que a criançada chamava de "biribá". Até os lugares foram cuidadosamente organi-

A Família de João Guimarães Rosa: Joãozito, entre as irmãs Maria Luiza e Maria José. Sentados, da esquerda para a direita: tia Carlotinha, bisavó Graciana, com a prima Eni, no colo. Avô Luiz Guimarães (Padrinho), com o primo Enes. Vovó Mariazinha (Dindinha), com a irmã Maria Auxiliadora. Bisavó Chiquinha, com o irmão José Luiz, no colo. Mamãe Chiquitinha.

De pé, os tios, irmãos de Chiquitinha: João, marido de Carlotinha, Cinéias, Vicente de Paulo, Nestor, José, Oswaldo (os cinco últimos se casariam, mais tarde, com Maria, Miretta, Nazareth, Isaura, Alaíde, respectivamente). Luiz Guimarães Júnior, atualmente o único vivo, tendo enviuvado de tia Hilda, é hoje casado com tia Rita. Florduardo, pai *zados, os que ficariam de pé ou sentados. Com doçura, comandava. E todos tinham prazer em agradá-lo.*

Foi em 1919, papai ia fazer onze anos. Muito afetuoso com os irmãos, galante com as irmãzinhas —, nesta foto ele está sentado à maneira de Buda, sua posição favorita, entre Maria Luiza (Iza) e Maria José (Zezé). A pequenina Dora (Maria Auxiliadora) no colo de sua avó Mariazinha. José Luiz, recém-nascido, no colo da sua bisavó Chiquinha (Dona Francisca Lima). Oswaldo (Vavá) ainda não existia.

Bisavó Chiquinha se orgulhava de ter feito o parto da neta, sua xará: Francisca, de apelido Chiquitinha, mãe de Joãozito. Este, pelo gosto paterno, se chamaria Ladislau. Mas prevaleceu o João, escolha em honra de São João, que nascera três dias antes...

Joãozito, muito afeiçoado aos tios — os sete irmãos de sua mãe —, deles recebia grande incentivo. Quando se referia a eles, costumava comentar, com orgulho e ternura:

— E todos deram boa coisa.

Realmente, enquanto João, advogado, dedicado à política, chegava a deputado e senador, Nestor e José (Juquita), tornavam-se dentista de renome e industrial de sucesso, e Luiz Guimarães Júnior, engenheiro agrônomo, seria duas vezes Ministro Interino da Agricultura e excelente escritor. Cinéias, também engenheiro agrônomo, veio a ser diretor da Universidade Rural do Brasil. Oswaldo se destacava na Engenharia e Vicente de Paulo Guimarães, sob o pseudônimo de Vovô Felício, ficara famoso na literatura infantil.

Todos dedicados chefes de família. Homens bons, brilhantes, que ajudaram, com seu exemplo de força e integridade, a moldar o caráter do sobrinho.

A família Pinto Rosa, do vovô Flordoardo, era natural de Caeté, e aparentada com o presidente João Pinheiro de quem papai pretendia escrever a biografia. Também desse ramo, Joãozito só possuía tios homens:

José (Juca), Eudóxio, Augusto, Aureliano e Francisco (Chico). Eram mais velhos, e apesar de não terem muito contato com o sobrinho, havia um relacionamento bonito entre eles, de respeito e bem-querer.

Papai amava imensamente a sua única tia, Clarinda, irmã do vovô Florduardo. Quando tia Clarinda — casada com Domingos Rodrigues Villaça — levava os filhos para as temporadas de Cordisburgo, era uma festa. E outra festa, quando meus avós levavam as suas crianças para as férias em Caeté. Os primos-irmãos organizavam toda sorte de folguedos, liderados pelo papai: Ismenia, Melila, Pedro, Augusta (Bilica), Maria Luiza (Benzinho) e Alaíde. A preferida do Joãozito era a Benzinho, quase da sua idade, para quem ele tocava violino com muito sentimento. E sempre encomendando-lhe besouros vivos para a sua coleção. Talvez a prima Benzinho tenha sido o primeiro flerte de meu pai. Até hoje ela relembra com vivacidade aqueles tempos antigos e queridos. Benzinho casou-se com Rubens Gonçalves de Souza, moram em Belo Horizonte, têm cinco filhos e dezenove netos lindos, louros de olhos azuis iguais aos dela, que tinha o apelido de 'francesinha,' quando menina, charmosinha que era.

O espírito de família sempre se manteve muito forte, na sensibilidade de meu pai.

Família feliz, unida e bem estruturada, de ambos os lados, materno e paterno. Cultivando tradições, e uma delas a de reunirem-se, à noite, no oratório, para juntos rezarem o terço. Numa integração perfeita.

Meus pais foram viver em Itaguara, onde ele clinicaria durante dois anos. Lugar singelo, povo sincero, as andorinhas celebrando o céu de um abençoado e constante azul.

Nasci no dia 5 de junho, à uma hora de uma tarde gloriosa de sol. Minha mãe assistida pelo papai, meu primeiro banho as suas lágrimas de alegria.

— Ele queria muito uma menina. Sempre quis. Quando Agnes nasceu ele torcia para que fosse outra menina...

Contou-me ela que o Dr. Coutinho fora chamado às pressas. A comunicação entre Itaguara e Itaúna era feita pelo telefone magnético. Porém, ansiosa pela vida, não o esperei. Quando o Dr. Coutinho chegou eu já estava nas mãos do papai, levando a única palmada que dele levaria. Dona Sylvia Brugnara, amiga da família, ajudou no parto. Ela sempre garantiu que aquele havia sido o parto mais diferente e comovedor: a menina de dezenove anos agüentando firme, com uma coragem incrível, e ainda animando o marido, que estava nervosíssimo...

Distrito de Itaúna, Itaguara antes se chamava Dores da Conquista.

Gosto de ter nascido num lugar tão cheio de autenticidade, tão Terra, e com este nome simbólico e bonito. Deve ter influenciado beneficamente a garra *que eu sempre tive para a conquista de meus ideais.*

Vilma reencontra dois velhos amigos de seu pai, dos tempos de Itaguara: Dr. Antônio Augusto de Lima Coutinho e o farmacêutico Ary de Lima Coutinho — Itaúna, set.mbro de 1973.

Meus pais eram muito queridos e todos lhes dedicavam total confiança. Geralmente, os recém-nascidos tornavam-se seus afilhados.

Os primeiros amigos ali foram o farmacêutico Ary de Lima Coutinho, a quem o jovem Dr. Rosa levara uma apresentação verbal do seu colega de Belo Horizonte, primo do Ary, Dr. Alysson de Abreu. Os comerciantes Dorvil Lima e seu filho Mário Lima, e o Sebastião Couto. Os dois chefes políticos do distrito: o farmacêutico João da Costa Guimarães e o major Antônio Luiz de Oliveira Vilela, fazendeiro que mais tarde exerceria o cargo de delegado de polícia, durante quarenta anos. O vigário da paróquia, padre José Viegas. Dona Marieta e José Justiniano da Silva — o Juca Doido —, que acompanhava papai a fim de assistirem às obras da construção da estrada Belo Horizonte—São Paulo. E Virgílio Brugnara, que nos alugava a casinha branca de escadas de pedra, onde morávamos e papai tinha o consultório na sala da frente.

O Dr. Antônio Augusto de Lima Coutinho, irmão do Ary e médico de Itaúna — onde já existia o Hospital da Santa Casa, doado pelo filantropo coronel Manoel Gonçalves —, também se tornou um dos melhores amigos do papai, emprestando-lhe os livros de sua variada biblioteca.

Na obra que publicou em 1932, A Messe de um Decênio, *o Dr. Coutinho faz freqüentes referências ao colega.*

Anos depois, já desligado da Medicina e servindo na Europa como diplomata, papai ainda continuaria se correspondendo com o velho amigo.

HÔTEL SUBASIO
ASSISI

TELEF. N. 206
TELEGR. SUBASIOTEL

Assis, 4 de novembro de 1949.

Meu caro Coutinho,

Em viagem de férias pela Itália, estou passando dia e meio nesta bela, estranha e mística cidade de Assis — tôda impregnada ainda do grande Santo. Vem-nos a idéia de que aqui é uma das *portas*, um dos lugares onde será mais fácil e direto o caminho da terra ao Céu. Pois bem, ontem, à tarde, na basílica de São Francisco, ganhei uma relíquia; depois, na igreja de Santa Clara, uma freira, velhinha e boa como se já vivesse entre isto aqui e o Paraíso, mostrava-me a cripta, onde se vê o corpo, incorrupto, da primeira franciscana. Perguntou-me de onde eu era, de onde *vinha*, e, ao ouvir o nome Brasil, pôs-se a repetir, mansamente: — "De tão longe... De tão longe... Precisa de levar também uma relíquia, para uma pessôa amiga"... Imediatamente, no instante mesmo, lembrei-me de Você, assim sem mais, sem outra explicação. Por que, logo naquele momento? Não sei. A saudade tem suas surprêsas, e há muita coisa misteriosa, que a gente não sabe. Assim, decidi-me logo a enviar-lhe as piedosas lembranças, que, estou certo, hão de fazer prazer a Dona Dulce, cujas mãos beijo e de quem guardo sempre uma muito grata recordação. Como Você sabe, estou na Embaixada em Paris, para onde estou regressando, hoje, via Perúgia, Florença e Pisa. Lá, estarei sempre a postos, para o que Você desejar. Transmita um forte e saudoso abraço meu ao Ary, e minhas recordações à D. Nair. E acolha outro grande abraço, muito amigo, do seu

Guimarães Rosa.

Assis, 4 de novembro de 1949.

Meu caro Coutinho,

Em viagem de férias pela Itália, estou passando dia e meio nesta bela, estranha e mística cidade de Assis — tôda impregnada ainda do grande Santo. Vem-nos a idéia de que aqui é uma das *portas*, um dos lugares onde será mais fácil e direto o caminho da Terra ao Céu. Pois bem, ontem, à tarde, na basílica de São Francisco, ganhei uma relíquia; depois, na igreja de Santa Clara, uma freira, velhinha e boa como se já vivesse entre isto aqui e o Paraíso, mostrava-me a cripta, onde se vê o corpo, incorrupto, da primeira franciscana. Perguntou-me de onde eu era, de onde vinha, e, ao ouvir o nome Brasil, pôs-se a repetir, mansamente: — "De tão longe... De tão longe... Precisa de levar também uma relíquia, para uma pessôa amiga..." Imediatamente, no instante mesmo, lembrei-me de Você, assim sem mais, sem outra explicação. Por que, logo naquele momento? Não sei. A saudade tem suas surpresas, e há muita coisa misteriosa, que a gente não sabe. Assim, decidi-me logo a enviar-lhe as piedosas lembranças, que, estou certo, hão de fazer prazer a Dona Dulce, cujas mãos beijo e de quem guardo sempre uma muito grata recordação. Como Você sabe, estou na Embaixada em Paris, para onde estou regressando, hoje, via Perúgia, Florença e Pisa. Lá, estarei sempre a postos, para o que Você desejar. Transmita um forte e saudoso abraço meu ao Ary, e minhas recordações à D. Nair.

E acolha outro grande abraço, muito amigo,

do seu

Guimarães Rosa.

O escritor mineiro David de Carvalho no seu excelente ensaio "João Guimarães Rosa, o Místico", publicado na edição especial dedicada ao papai — da revista literária bel'Contos —, relata fatos dos tempos de Itaguara:

"Até mesmo com raizeiros e receitadores, João Guimarães Rosa passa a conviver em harmonia, numa atmosfera de respeito e compreensão: então faz-se amigo de Manoel Carvalho, residente nos Gentios, e que receita. João Guimarães Rosa compreende-o e julga-o de utilidade a uma gente marginalizada, distante do médico, da farmácia, quanto mais que Manoel Carvalho é bem intencionado e possui uma biblioteca sadia, fato mais engrandecido se considerarmos a época e as circunstâncias. A par de compêndios de ensinamentos médicos, lá se encontram também vários livros de inspiração espírita: *A Grande Síntese*, de Pietro Ubaldi, e *Depois da Morte*, de Léon Dénis."

Papai e Manoel Carvalho costumavam ter longas conversas sobre a filosofia espiritualista. Muito se respeitavam, o médico e o raizeiro-receitador.

Numa dessas cartas a ele endereçada, meu pai começa com uma saudação kardecista. Assina Dr. Guimarães Rosa, porque, naquela época, era costume antepor o título de doutor ao nome, nas assinaturas.

Meu caro velho e distincto amigo

Paz, Luz, Gloria!

Antes de mais, muito obrigado pela sua intervenção, que muito trabalho me poupará.

Quanto ao que foi arrecadado, rogo-lhe ainda o favor de se encarregar de transformal-o em dinheiro. Depois conversaremos, pois parece-me que são 2 cartas, e só recebi, por emquanto, uma.

Muitos abraços a todos.

Do amigo

Dr. Guimarães Rosa
Itaguara, 14-7-932

Barbacena, 26-VI-933

Meu muito estimado Manoel

A sua carta foi para mim uma surpresa agradabilissima, um motivo suave de satisfação, pode você acreditar. E, como sei dar valor aos gestos delicados de sympathia e amizade, tão raros neste mundo de atrozes torturas e soffrimento multiforme, appresso-me em responder-lhe.

Felizmente vou indo bem, em companhia dos meus. Espero que a sua bondosa Mãe se restabeleça definitivamente dos achaques que a importunam. E o velho Chico Carvalho, que continúe por muitos e muitos annos a comer o queijo assado, rodeado pela família honrada e alegre, numa scena tocante e patriarchal.

Meu caro velho e distincto amigo

Paz, Luz, Gloria!

Antes de mais, muito obrigado pela sua intervenção, que muito trabalho me poupará.

Quanto ao que foi arrecadado, rogo-lhe ainda o favor de se encarregar de transformal-o em dinheiro. Depois conversaremos, pois parece-me que são 2 cartas, e só recebi, por emquanto, uma.

Muitos abraços a todos.

O amigo

Dr. Guimarães Rosa

Itaguára, 14-7-932

Podem vocês estar certos, digo-o com toda sinceridade: o unico logar onde já me pareceu vêr felicidade mais ou menos perfeita, foi nessa bôa casa. Felicidade e paz de espirito merecidas, alliás, e que Deus conserve longamente.

Tenho commigo o livro "Depois da Morte", de Leon Denis, que me offereceram. É o livro mais bello e consolador que já me veio ás mãos.

Nunca me esquecerei do amigo, e, quem sabe, nos encontraremos ainda, neste planeta ou em qualquer outro? O Universo é ao mesmo tempo immenso e pequeno.

Bem, basta de philosophia.

Si você conseguir receber os 100$000 do Carvalho, ficar-lhe-ei muito grato, si puder m'os remetter por intermedio do Banco Commercio e Industria, que tem agencia em Itaúna.

Póde depositar a importancia na agencia do Banco Commercio e Industria, para que o mesmo mande ordem de pagamento para a agencia do Banco Hypothecario e Agrícola, daqui de Barbacena. A commissão cobrada pelos bancos deve ser descontada do dinheiro.

Abraço-o com saudade, cheio de gratidão pela sua delicada lembrança de me escrever, meu bom Manoel.

Abraço o seu pae, o meu caro Chico.

(que sempre se diz "valetudinario").

Abraço, afinal, todos dahi, desejando-lhes a felicidade relativa desta terra, e dirigindo-lhes pensamentos de harmonia e amizade.

Do amigo

Dr. João Guimarães Rosa

Os dois anos vividos em Itaguara influíram enormemente na produção literária de meu pai. Inspirado pela Terra, os costumes, as pessoas e as acontecências do cotidiano, ele os colecionava, anotando as terminologias dos seus ditos e falas, a fim de distribuí-los pelas estórias que certamente já estava escrevendo.

Há uma visível semelhança entre o Manoel Carvalho raizeiro-receitador e o "Compadre meu Quelemém de Goiás", do Grande Sertão: Veredas. *O boticário Raymundo, de* Sagarana, *foi decididamente inspirado na figura do farmacêutico Ary Coutinho. Da turma de trabalho do senhor Paschoal Torguette saiu o Lalino Salãthiel. A Tapera do Arraial, à margem do rio Pará, no conto "Sarapalha", foi baseada no Povoado do Vilela. O major Anacleto do conto "A Volta do Marido Pródigo" não é outro senão o major Antônio Luiz de Oliveira.*

Foi na rua principal de Itaguara que ocorreu o encontro entre o Manoel Fulô e o valentão Targino, do conto "Corpo Fechado". E um crime passional ali ocorrido, que muito impressionou papai, inspirou-lhe "O Duelo".

Os ciganos chilenos, húngaros e sérvios que acampavam nas redondezas e com quem papai conversava, aprendendo-lhes a língua, forneceram-lhe elementos usados mais tarde em suas estórias, inclusive seus próprios nomes, especialmente pitorescos.

David de Carvalho escreve:

"Guimarães Rosa parece supersticioso. Não subestima qualquer crença. Acredita na força da lua. Respeita normalmente os curandeiros, feiticeiros, e as crenças na umbanda, na quimbanda, no kardecismo, talvez acreditando que todas as crenças são coordenadas, que convergem para o mesmo pólo."

Realmente, sei o quanto meu pai era supersticioso. Costumávamos "trocar" superstições, e às vezes inventávamos algumas.

..."supersticioso, sim; e claro. Superstição não preconceito, o ilusório; antes quase poesia. Percepção e arejo, defensivo psíquico automatismo, uma respiração cutânea do espírito, talvez..."

Ele sempre me avisava para acautelar-me contra os maus fluidos. Dizia que as pessoas, as casas e as cidades possuíam fluidos positivos ou negativos, que decididamente influíam nas emoções, sentimentos e saúde dos seres humanos e dos animais. Ele achava que nós éramos sensitivos e não nos seria difícil apreender um fluido perigoso. Aconselhava-me a fugir de toda pessoa ou lugar que me causassem mal-estar. Continuo seguindo o seu conselho.

É caso sabido, na família e fora dela, escutei-o ainda pequena: papai estava de visita ao casal Coutinho e caíra um botão de sua camisa. Dona Nair Coutinho se ofereceu para pregá-lo. Ele recusou, e apesar da insistência do casal que julgava tratar-se de timidez, continuou relutando.

Afinal, não houve mais jeito de se esquivar à boa vontade de seus anfitriões. Porém, delicadamente papai impôs uma condição: Dona Nair deveria pregar o botão, repetindo três vezes:

"Coso a roupa e não coso o corpo,
coso um molambo que está roto..."

Compreensiva, Dona Nair repetiu a frase três vezes, enquanto ia pregando o botão na camisa que ele continuava vestindo.

No conto "São Marcos" de Sagarana, *está transcrita aquela cena, neste trecho:*

— Bem, ainda na data do que vai vir, e já eu de chapéu posto, Sá Nhá Rita Preta minha cozinheira, enquanto me costurava um rasgado na manga do paletó ("Coso a roupa e não coso o corpo, coso um molambo que está roto..."), recomendou-me que não enjerizasse o Mangolô.

Papai tinha horror ao "olho grande".

— É o olho da inveja. Mais perigoso do que uma arma apontada para a gente.

Ensinou-me rezas e "simpatias" para defender-me. Aconselhava-me a não encher a casa de pessoas, para que não houvesse "o conflito dos fluidos".

— A vida é cheia de emboscadas, Vilminha, e viver é muito perigoso. É preciso estar alerta. Viver atentamente. Rezar muito. E ter fé. Porque as coisas estão todas amarradinhas é em Deus.

Itaguara, pouso feliz para minha família:

Quando mamãe era menina e jamais podia imaginar que ainda ali moraria, anos mais tarde, vovó Julia, professora dedicada e estudiosa, tinha ido lecionar na região durante uma temporada. Como isso coincidia com os negócios do vovô Antônio, viajaram eles de Belo Horizonte para o interior, as tropas conduzindo a família e os criados. Paravam para pernoitar nas fazendas de parentes e amigos. Vovó lecionou na escola de Itaguara e mais tarde voltaram todos para Belo Horizonte.

Mamãe e papai, recém-casados, foram viver em Itaguara, onde nasci.

Tio Antônio Geraldo de Oliveira, marido da tia Iza (Maria Luiza), irmã de papai, foi prefeito duas vezes da cidadezinha itaguarense, e também clinicou na região.

Em 1957, vovó Chiquitinha e vovô Florduardo escolheram Itaguara para celebrarem suas Bodas de Ouro, com toda a família reunida. Papai discursou, na ocasião, mencionando como aquele belo lugar havia conquistado a família, tantas vezes, e em gerações diferentes.

A fantasia do destino conduzindo-nos, inexoravelmente, à querida Itaguara, em alguns dos momentos mais sublimes de nossas vidas.

Neste entrelaçar dos fatos, a verdadeira conquista da antiga "Conquista"...

"Santana do Rio São João Acima", hoje Itaúna, celebra sua maioridade, sua emancipação como município, de 10 a 16 de setembro.

Em 1973, idealizada pelo escritor David de Carvalho, a programação cultural desta semana festiva foi dedicada à memória de João Guimarães Rosa, que de lá saíra há quarenta anos, mas prometendo se conservar "itaguaro-itaunense de coração", para sempre.

Eu fora convidada a participar, fazendo uma conferência sobre a obra e a personalidade de meu pai.

Desde o momento em que o comitê de recepção nos recebeu à porta da cidade, com ramos de flores e aplausos, Peter e eu nos sentimos itaunenses também, e vivemos dias maravilhosos, num ambiente de grande carinho.

Tudo perfeito. A gentil hospitalidade da família Guaracy de Castro Nogueira, na sua bela mansão às margens da barreira de Benfica. Dona Ivete mandara enfeitar de rosas desde a entrada até a suíte que ocupamos. Garçons enluvados serviram-nos gostosos pratos típicos mineiros. Amigos antigos, que me haviam visto com apenas dois anos, a última vez, foram, pressurosos, me beijar. Estudantes nos entrevistando, gravadores ligados, fotografias, conversas e risos, amizade, curiosidade e uma grande emoção.

De parabéns a comissão organizadora, constituída pelo próprio David de Carvalho, José Waldemar Teixeira de Melo, chefe-de-gabinete do prefeito Hidelbrando Canabrava Rodrigues, os professores Marco Elísio Chaves Coutinho, Francisco De Filippo, José Gomes Miranda,

Jefferson Ribeiro de Andrade, diretor da revista literária bel'Contos e a jornalista e escritora Carmem Schneider Guimarães, casada com o primo de papai, José Luiz Gonçalves Guimarães, que é advogado e professor. Carmita, como a chamamos na intimidade, é conhecedora entusiasta da obra de meu pai, e muito a tem divulgado, em Minas, com excelentes artigos.

A programação começou inaugurando o minimuseu Guimarães Rosa, com livros, algumas cartas, fotografias e objetos-lembranças. O seu retrato foi descerrado. Professores fizeram conferências diárias sobre a sua obra, e também falou o tio Vicente Guimarães, presente com tia Miretta. Ele lançou então o livro infantil Joãozito, Infância de Guimarães Rosa, *autografando-o para os alunos de vários grupos escolares da cidade.*

O reitor Guaracy de Castro Nogueira e o diretor da Faculdade de Filosofia, professor Antônio de Oliveira, receberam-nos com muita simpatia. E, para um auditório lotado de alunos, professores e convidados, fiz a conferência de encerramento.

Antes, uma bonita missa celebrada pelo padre que havia sido porteiro do Colégio Arnaldo, onde Joãozito estudara, em Belo Horizonte. E à saída da igreja, uma alegre surpresa: a banda de música de Itaguara — e como papai apreciava uma bandinha... Um dos músicos, velhinho simpático de úmidos olhos verdes, se adiantou me abraçando:

— Seu pai salvou a vida de meu filho!

Foi um dos melhores momentos ouvir esta frase feliz de um homem cuja gratidão ainda persistia, muito forte, após quarenta anos.

O enorme sucesso dessa promoção cultural, a beleza da homenagem, a bondade do povo de Itaúna, permanecerão entre as minhas lembranças mais gratas e queridas.

Concordando com a frase do avô e padrinho sobre a arte de escolher os amigos, papai sempre escolheu os seus com muita sabedoria. Amizade florescendo em vários planos: mentais, culturais e sociais. Não os misturava. Com alguns poucos, os eleitos, ele conversava de alma para alma. De temperamento tímido, e um tanto desconfiado, se abria com entusiasmo, ao encontrar uma perfeita afinidade.

Antigos companheiros da juventude, colegas de carreira, escritores, políticos. Mais novos, mais velhos, muitos da sua idade. Por que idade, para ele, não existia. Valiosa era a afinidade espiritual, cultural, literária. E a confiança.

Seus amigos não cabem todos neste livro. Conversei com alguns, que já eram ou se tornaram meus amigos. Eles me impressionaram pela sua fidelidade. Apesar de terem privado da intimidade de meu pai, jamais alardearam este privilégio. Relembram-no com admiração e afeto, sem interesse maior do que ressuscitá-lo na memória, a fim de sentirem a sua presença na forma das lembranças.

Sinto falta de Darcy Evangelista, médico e jornalista, um homem notável. A primeira vez que o vi, debruçado sobre a minha caminha, tomando-me a temperatura, fiquei mesmerizada pela enorme pinta preta naquele rosto bonito e calmo. Não conseguia despregar os olhos daquela pintona, que seria talvez feroz, se o Darcy não fosse o Anjo-que-nos-curava, o amigo querido, a quem meus pais dedicavam enorme estima.

Sinto saudades do Darcy. Fomos amigos até o seu fim, que deve ter sido um belo começo, na eternidade. Quantas lembranças ele desdobraria para mim, se ainda estivesse vivo para contá-las...

Modêlo R. J. 49-A

SECRETARIA DE ESTADO DAS RELAÇÕES EXTERIORES

A

JUSCELINO KUBITSCHEK DE OLIVEIRA :

"Sòzinho,

com alteração",

com premente apêlo —

a gratidão, profunda,

a admiração, de mais de 30 anos,

e a fiel continência

do

seu

Capitão Guimarães Rosa

26.X.

Rio, 1960

A amizade que sempre ligou meu pai ao presidente Juscelino Kubitschek de Oliveira situava-se acima de qualquer política. Datava de muito antes, quando ambos haviam sido oficiais-médicos da Força Pública de Minas e participado da Revolução de 1932.

Dois mineirões valentes, chegando juntos ao topo de suas carreiras, e conservando, sempre, a simplicidade dos grandes.

Papai contou-me, na ocasião, e estava radiante:

O telefonema caíra no ramal do seu assessor, o ministro Arthur Gouvêa Portella.

— Juscelino ao telefone. Quer falar com você.

— Com esse nome, só conheço o presidente...

Alguns minutos depois:

— Ele diz que é o presidente.

— Mesmo? Ou será algum trote?

Papai atendeu. Do outro lado, a voz logo reconhecida:.

— Capitão Rosa?

— Continência, comandante Juscelino! Apresentando arma!

— Parabéns, Embaixador Rosa!

— Embaixador?...

Emoção. A compreensão.

Juscelino comunicou-lhe, com alegria, que acabara de assinar um decreto promovendo-o, e que o fizera com especial entusiasmo.

Papai escreveu-lhe este bilhete, expressando a sua gratidão. À qual junto a minha, numa justa homenagem à memória do grande presidente.

Quando fomos almoçar com o Juscelino, em palácio, e assistir ao filme sobre a construção de Brasília, tive a oportunidade de agradecer-lhe pessoalmente. Ofereceu então ao papai postos ótimos que ele recusava sorrindo:

— Prefiro ficar quietinho, no Brasil...

Nossa amizade pela Dinah Silveira de Queiroz, tão grande quanto a nossa admiração. Papai aconselhava-me a ler seus livros — está escrito em várias de suas cartas —, a fim de aprimorar o meu estilo. Achava graça nas estórias que eu contava sobre a Zelinda, filha do primeiro casamento da Dinah e minha colega de colégio.

Papai gostava muito do Dário Castro Alves e sempre o admirou. Quando ele e Dinah se casaram, deu-lhes um apelido afetuoso: "Dinadário", querendo com isto evidenciar o quanto ambos se completavam.

Peter e eu fomos encontrar o casal em Roma, onde Dário servia. Eles nos receberam com alegria, abriram-nos os braços e daí a amizade aumentou.

Dinah, brilhando na literatura e mostrando sua garra na luta pela entrada da mulher na Academia de Letras, venceu. Foi eleita acadêmica. Dário, brilhando na diplomacia, promovido a embaixador.

Esta carta foi escrita logo após voltarmos de Roma e eu relatar ao papai todas as gentilezas que Dinadário nos havia dedicado.

Rio, 20 de outubro de 1966.

Meu caro DÁRIO,

Alegria! Dinah e Você deram a nota à semana. Primeiro chegou Vilma, grata e encantada, tinindo lôas ao

Casal, campainhas de ouro. Em seguida, a carta, amiga e bem *dária*, trazendo-me essa presença e lembrança que para mim muito valem. Depois, a *écharpe* e envelopão com a pilha de números telefônicos — até efetuei a soma — tudo perfeito. E, ontem, enfim, aqui irrompe Vilma, a sobredita, desrespeitando fronteiras, arrebatando *écharpe* e envelope e carta, repetindo *grazzie*, louvação perena, admiração (hereditária, sim), assim: Dinah, Dário, Dário Dinah, Dinah-Dário, Dinadário.

Abraço Vocês, com vivo afeto.

Guimarães Rosa

Meu pai e Milton Faria se conheceram muito jovens, logo no início de suas carreiras. Amizade imediata, que durou a vida inteira.

Foram juntos para Hamburgo e serviram no consulado, durante a guerra. Havia entre eles grande entendimento e companheirismo.

Chamado amigavelmente de "ablecto", pelo colega, Milton, ao ser promovido, exigiu ser chamado de "paracléto". Foi atendido: "paracléto" para sempre.

Em dezembro de 1966, papai lhe escreveria, no final de uma carta:

... "à Maria de Lourdes — bela e boa, fada que Você teve a sorte e prêmio de encontrar na vida; e cujas mãos beijo —, e a Você, Amigo, Amigalhão, ex-ablecto, paracleto, dileto..."

Mais o permanente, invariável, saudoso abraço do
Guimarães Rosa

Quando embaixador em Budapeste, Milton inaugurou a Biblioteca Guimarães Rosa, na sede da Missão Diplomática.

Em Manágua, deu o nome do amigo à biblioteca da Escola Brasil, inaugurando ali o seu retrato.

Dois atos de fidelidade que manterão, vívida, a imagem literária de meu pai na Terra húngara e na Nicarágua.

Servindo em Manágua, o embaixador Milton Faria e a embaixatriz Dona Maria de Lourdes, amigos antigos de J.G.R., inauguram a Biblioteca J. Guimarães Rosa, da Escola Brasil — 1970.

Rio, 24.X.67.

Meu caro Milton,

Linda, a gravata! E gratíssimo eu, a Você e principalmente à Lourdes, pois dela deve ter partido pelo menos 60% da lembrança e 100% da escôlha. (Se bem que Você também seja campeão de bom-gôsto, e ela, própria, é disso a vivente prova.) Abraço Vocês dois.

Agora, corro. Ando à luta com o meu discurso de posse na Academia, a qual, enfim (depois de 4 anos e 1/2 de eleito) será, se Deus quiser, no dia 16 de novembro proximíssimo. Não haverá convites impressos, mas o coração convida Vocês. Venham pelo menos em espírito e afeto. Isto é, projetem daí bênção de pensamentos irradiados.

"*Tutaméia*" está gostando de Vocês. Retribuam, hem.

Mais abraço, e grande,

do

Guimarães Rosa.

---

*) — Desculpe, a pressa é bárbara, ingrata.

Carinhosamente chamado Silveirinha, pelos íntimos, o embaixador Antônio F. Azeredo da Silveira foi um dos amigos mais queridos de meu pai, e, conforme ele mesmo afirma:

— Uma amizade totalmente à parte...

Papai descobrira no Silveirinha uma sensibilidade e capacidade maior de compreensão da sua literatura. Talvez porque ele não camuflasse a franqueza ao analisar os originais que lhe eram constantemente mostrados, chegando a aconselhá-lo, mais de uma vez, a "não exagerar na roupagem".

Chamavam-se compadres, papai batizara o Flávio Ernesto. Revejo na memória aquele menino bonito e bem-educado, vestindo roupinha marinheira e usando luvinhas, à nossa espera, no aeroporto. Flávio Ernesto é hoje eminente matemático, vive em Genebra, faz sucesso. Na cerimônia de seu casamento com Mahnaze, jovem persa bahai, *leu um trecho rosiano, que ele mesmo traduziu para o francês, em homenagem ao padrinho.*

Papai gostava muito da May e apelidara suas filhas Léa Maria e Lina Margarida, respectivamente Pingo de Luz e Suavidade Rósea. Lucinha, a sobrinha caçula, veio depois.

Deus tem experimentado May e Silveirinha. Um casal de forte fibra, que procura compreender para melhor aceitar o doloroso teste. Com a comovedora certeza de que papai está tomando conta de Pingo de Luz e Suavidade Rósea, tão cedo encantadas.

Silveirinha-Antônio relembra com saudade as longas conversas diárias, pessoalmente ou pelo telefone, com o amigo, e garante:

— Seu pai foi um diplomata admirável, Vilma. Fazia tudo notavelmente a sério. Era um conservador. E um perfeccionista. Costumava compará-lo ao afinador de pianos: enquanto não encontrasse o tom exato, padecia o sofrimento de uma angústia que era a eterna busca da perfeição.

A perfeição que ele afinal encontrou e talvez por isso fosse obrigado a se retirar do mundo, tão cedo...

— Seu pai morreu Grande. Não morreu errado.

Amigo Silveirinha-Antônio, fico-lhe eternamente grata pela sua declaração, que me deu tanta felicidade:

— Você foi muito, muito importante para o seu pai, Vilma. Uma das pessoas mais importantes em sua vida. Ele esperava tudo isso de você...

Muito importante, para mim, é ouvir essas palavras de um homem que meu pai respeitou justamente pela sua sinceridade, e a quem dedicou profunda estima e admiração.

Rio de Janeiro, 27-X-45

Meu caro Silveira

... Ando com fome de coisas sólidas e com ânsia de viver só o essencial. Leia o *"Time must have a stop"*, de Huxley. Pessoalmente, penso que chega um momento na vida da gente, em que o único dever é lutar ferozmente por introduzir, no tempo de cada dia, o máximo de "eternidade"...

Rio, 4/III/946

Silveirinha, Antonio,

... Eu acho uma coisa simbólica e bonita que V. só tenha filhas. (Não sei por que me veio esta idéia bôba, mas é assim mesmo: duas filhas, como acontece comigo; penso que assim se forma uma corrente mais harmoniosa, em casa. Depois, as mulheres são sempre uns amores.) Principalmente a Pingo-de-Luz, com as travessuras de que V. fala, e a caçulinha, a Suavidade-Rósea...

Paris, 25/IX/46

Silveirinha, caríssimo!

... Não quero falar do nosso "Sagarana", mas tenho de dizer que V. compreendeu e sentiu perfeitamente o livro, como pouca gente soube fazer. E, pela leitura dos artigos, V. mesmo viu como o pessoal da nossa "inteligentzia" andou transviado, passeando pela casca dos contos, sem desconfiar de nada, sem querer saber se um livro pode conter algum sentido... Só o Paulo Rónai e o Antonio Cândido foram os que penetraram nas primeiras camadas do derma; o resto, flutuou sem molhar as penas...

... Como V. sabe, eu não gosto muito de ver as coisas de perto, por isso, acho maravilhoso este parêntese em que me encontro, ignorando o que se terá dito ou escrito, pró ou contra o livro. Assim, quando eu voltar, renascerei na matéria literária e maior será a sensação, depurada, além do mais, do imediatismo, da "pintura fresca" da realidade quotidiana...

Rio, 1946 — 1947

Silveirinha, meu amigo,

... Eu ando febril, repleto, com três livros prontos na cabeça, um enxame de personagens a pedirem pouso em papel. Estou apontando os lápis, para começar a tarefa. É coisa dura, e já me assusto, antes de por o pé no caminho penoso, que já conheço. Mas, que fazer? Depois de certo ponto, um livro tem de ser escrito, ou fica coagulado na gente, como um trombo numa veia, pior que um "complexo". Tenho esperança de poder criar coisa nova e diferente, de superar o nosso *Sagarana*, com histórias e romances mais humanos, mas ao mesmo tempo, mais meta-humanos, mais super-humanos; que sei!?!... O bom seria fazer-se um livro só, de 5.000 páginas, que seria escrito e reescrito, durante a vida inteira. Ou — que beleza! — três gerações de romancista (pai, filho, neto), trabalhando um *roman-fleuve*, catedralesco, pétreo, tri-generacional...

Rio, 5 de agôsto.

Silveira, querido,
meu caro Compadre!

... Agora, como vai o meu Afilhado? Quando será o batizado? Terei de mandar procuração para alguém representar-me ou Vocês virão fazer a solenidade aqui? Quando receberei um retrato dêle? Quando irá êle andar, falar, ter entendimento para que Vocês possam falar-lhe do padrinho?! Minha alegria foi imensa, enorme, podem acreditar...

... Meu Afilhado vai ser um gênio. Profetizo-o grande, nas Letras e na Política. Sabe o que eu escrevi a Você, na outra carta, na *extraviada?* Mais ou menos isto; que havia coisas que iluminavam, mais ainda, uma amizade que já se supunha completa, imelhorável, definitiva. E agradecia a Vocês, comovidamente, por isso. Enfim, festa. Parece-me que é maior, mais transcendente, mais profundo, com nova significação o abraço que me traz até Você agora, perto do bêrço do Flavio Ernesto...

Rio, 9, II, 56

Querido Compadre

... Queria escrever a cada momento. Mas, na fase final, e nas providências e cooperações da mecânica editorial, os dois livros me maltrataram tanto, que foi até demais. Conto a Você que, na última semana, antes de entregar ao José Olympio o "Grande Sertão", passei três dias e duas noites trabalhando sem interrupção, sem dormir, sem tirar a roupa, sem ver cama: foi uma verdadeira experiência trans-psiquica, estranha, sei lá, eu me sentia um espírito sem corpo, pairante, levitando, desencarnado — só lucidez e angústia. Daí, entregues os originais, foi uma brusca sensação de renascimento, de completa e incômoda liberação, de rejuvenescimento: eu ia voar, como uma fôlha seca. Imagine, eu passei dois anos num túnel, um subterrâneo, só escrevendo, só escrevendo, só escrevendo eternamente...

Rio, 25.I.62

Querido Compadre,

O envelope, êste, estava sobrescritado, há mais de dois mêses; a saudade estava presente e pronta, desde que Você embarcou, de noite, e sumiu; mas hoje só foi que eu estudei que as cartas mais importantes a gente não escreve, ou tarda, e justamente porque os assuntos seriam muitos, todos, exigindo totalidade de expressão, simultaneidades, revisão de tudo, recaptura anímica dos dias e das horas, um esfôrço inteiro da gente, conforme a gente queria e precisaria. É quase como começar um livro. Escrever, de verdade, a Você, é impossível. Então, movome, e vou pondo e falando, fazendo de conta, fazendo de mim.

O que eu precisava era de ter Você aqui perto, sempre. Para ouvir e falar, perguntar e comentar, e sentir; até mesmo para ficar calado. De fato, nada mudou, no meio da eterna e externa mudança. Por dentro, sigo. Menos angústia, mais certeza; isto, sim. Cada dia aprendo um pouco mais da vida. Sei, agora, que o labirinto também está andando, avançando, evoluindo. Todo fim é exato. O que a gente tem de aprender é, a cada instante, afinar-se como uma linhazinha, para caber de passar no furo de agulha, que cada momento exige. *Mas não pode ser analiticamente*. Mas, como nas histórias de fadas, temos de achar e conservar o contacto com o Gênio que faz tudo isso para a gente. Você sempre conseguiu mais ou menos assim, por dom inato. Por isso, também, é que Você sabe tudo; e, mais que tudo, sabe dar, ajudar. Cada dia vejo mais como Você me ajudou, em tudo e por tudo, no teórico e no prático, sempre, mas, principalmente, no ano de 1960, grande e terrível. A lista é enorme. E há o que não cabe em listas. A tal ponto, que, desta vez, quando penso em Você, o que cresce diante de mim, em mim, é uma imensa gratidão, amiga, que me emociona. Você, simplesmente, encarnou para mim a Providência. Tá? Sem exagêros. Um dia, depois, ainda havemos de conferir ítens. Oh, COMPADRE.

Vou escrevendo, porém, e vejo que o que eu queria, mesmo, era saber de Você, de Você por dentro, fazer uma série comprida de perguntas. Você me entende. Daria a Você temas, a serem preenchidos. Por exemplo: *A gente e o tempo. O papel dos atalhos e o dos desvios. A divisão dos outros, em mutáveis e imutáveis. Despojamento e enriquecimento. Incorporação e ausência. Das necessidades do retôrno a zero. Os ciclos do crescimento do espírito.*

Porque, Compadre, a vida é coisa importantíssima. A vida como gráfico, como o histórico de cada um de nós, como gradual solução de um problema muito sério, que cada um nasceu com êle, próprio e seu, e tem de ir, tacteando e roendo, a trabalhá-lo, como um bichinho de goiaba, até conseguir-se fora da fruta. A todo momento, na ação esforçada ou na inércia, estamos obrigatoriamente a realizar êsse trabalho, eu acho. Assim, até os erros eram importantes, eram necessários: representam o máximo que se podia fazer, em determinado ponto e momento. As coisas externas, pragmáticas, práticas, são apenas pretextos, pois os verdadeiros fins e meios são outros, que a gente não sabe, a gente trabalha pensando que brinca, e brinca pensando que está trabalhando. A direção, real, é única; imposta. Você não acha tudo isto consolador?

Esta filosofice tôda é para provocar Você. Isto não é carta: mas, quando muito, um sumário. Estou vendo se Você está aí, mesmo. E trazendo o abraço. Para Você ver que a gente sempre está perto. Lembranças muitas. Mas gosto de saber que a querida Comadre está aí, em Paris, que não sei de cidade e pessoa que melhor entre si combinem. Afeto.

Muito afetuosamente,
o
seu (Compadre)
Guimarães Rosa

Rio, 29 de julho de 1967.

Minha querida Comadre
e muito May,

Foi uma alegria, nada mais lindo podia ter havido que seu bilhetinho-talismã, certo e inesperado como tudo o que é de verdade, de *graça*; milagroso. Acho que fiquei, de repente, May, ainda mais perto, mais perto, de Vocês. (E olhe que eu já estava em dias com mais saudades à tona — desde que o Alcides aqui estêve e Vocês foram o principal tema em conversa muito afetuosa). Agora, então, foi Você mesma, vindo, me visitando, aparecendo, em doçura, beleza, elegância e luminosidade — tudo o que Você tem de fada e Amiga. Com o Antônio — e como Vocês dois se merecem! — e com tantas lembranças, de coisas até futuras. Hei de escrever, mais, em momentos de sombra e solzinho, de jardim e de chuva. Hoje, graças a Deus, posso trazer a Vocês, para suas mãos de May, o nosso *Tutaméia* (*Terceiras Estórias*), ansioso de que logo o descrevam.

Meu querido Compadre, Antônio, Você podia imaginar como foi que fiquei feliz, ao receber Vocês. Em pequenino papel, foi uma daquelas de que se pode dizer: uma carta nunca termina... E sua presença viva é para mim coisa sempre urgente e necessária. Você "completa" a gente, para o fundo e para os lados — mas, principalmente, para cima. E, May, é a mais suave e sincera abençoadora.

Escreve, mesmo, Compadre, não deixe de...

Em 1987, já morando em Londres, conheci Helena e Heloísa, filhas de d. Nilza e do Embaixador Paulo Campos de Oliveira. Helena convidou-nos, a mim e ao Peter, meu marido, para um chá em sua casa, a fim de conhecermos seus pais. Colega de carreira e amigo do Papai, o Embaixador ofereceu-me, então, uma bela carta que recebera dele, em junho de 1966, cujo fac-símile segue aqui reproduzido.

Passamos uma tarde muito agradável, numa longa conversa enriquecida por saudosas reminiscências. Fiquei feliz de conhecer pessoas tão simpáticas e gentis.

Contou-me então o Embaixador que, ao saber da profunda tristeza do meu pai ao perder seu querido cachorrinho Sung, procurou compreender aquele transbordamento de emoção, embora achasse natural a dor sentida. Mas foi somente entender a profundidade da sofrência do amigo, ao perder ele mesmo a sua cadelinha Mini. Escreveu então ao Papai, comentando que as pessoas compreendem mais inteiramente o grau de sofrimento dos outros, quando, elas mesmas, são atingidas diretamente pelo mesmo tipo de dor.

Emocionado, Papai escreveu de volta, falando dos seus amigos, o pequinês Sunguinho, e do gatinho Tout-Petit (adquirido em Paris, quando lá moramos), ambos sepultados no "cemiteriozinho deles", aonde ele ia "ao menos uma vez por mês, para um preito de carinho".

Na carta ao colega e amigo, Embaixador Paulo Campos de Oliveira, meu pai revela, mais uma vez, o seu espírito profundamente sensível, e o seu grande carinho pelos animaizinhos que possuiu e considerou seus amigos":

"Mas eu creio, firmemente, que os animais têm alma, e que, algum dia, sob não sei que forma, havemos de rever os nossos — aos quais o amor desinteressado uniu, e, ainda mais, talvez, o sofrimento. Assim, a gente se consola."

Rio, 10.VI.66

Meu querido Paulo,

Você fêz muito bem em escrever-me. Nem sei de carta que tão inteira e diretamente me tenha vindo mais ao coração. Compreendo o que vocês estarão sentindo. Dói muito, Paulinho. E a gente não esquece — nunca. Apenas, com o tempo, a saudade vai ficando mais suave e calma; mas, tem horas, torna a apertar. Meu SUNGUINHO está no Cèmiteriozinho dêles, perto da Quinta da Boa Vista, e lá vou, sempre, ao menos uma vez por mês, para um preito de carinho. E o Tout-Petit, morto há 13 anos, também vige e machuca, na memória mais sentida. Mas eu creio, firmemente, que os animais têm alma, e que, algum dia, sob não sei que forma, havemos de rever os nosssos — aos quais o amor desinteressado uniu, e, ainda mais, talvez, o sofrimento. Assim, a gente se consola.

Estou viajando, hoje, para uma reunião a que fui convidado, no P.E.N. Club Internacional, em Nova York. Por isto, escrevo tão curto. Mas com o coração, pleno.

Com o abraço, muito forte, muito amigo,

do seu

Guimarães Rosa

Rio, 10.VI.66

Meu querido Paulo,

Você fêz muito bem em escrever-me. Nem sei de carta que tão inteira e diretamente me tenha vindo mais ao coração. Compreendo o que Vocês estarão sentindo. Dói muito, Paulinho. E a gente não esquece — nunca. Apenas, com o tempo, a saudade vai ficando mais suave e calma; mas, tem horas, torna a apertar. Meu SUNGUINHO está no Cemiteriozinho dêles, perto da Quinta da Boa Vista, e lá vou, sempre, ao menos uma vez por mês, para um jeito de carinho. E o Tout-Petit, morto há 13 anos, também vive e machuca, na memória mais sentida. Mas eu creio, firmemente, que os animais têm alma, e que, algum dia, sob não sei que forma, havemos de rever os nossos — aos quais o amor desinteressado, e, ainda mais, talvez, o sofrimento. Assim, a gente se consola.

Estou viajando, hoje, para uma reunião a que fui convidado, do P.E.N. Club Internacional, em Nova York. Por isto, escrevo tão curto. Mas com o coração, pleno.

Com o abraço, muito forte, muito amigo,

do seu Guimarães Rosa.

Há alguns anos, em Belo Horizonte, de visita à Livraria Itatiaia de meus amigos, os irmãos Moreira, tive a alegria de conhecer um homem muito interessante. Sua conversa inteligente e espirituosa distraiu-me das leituras que eu fazia das orelhas dos livros. Tinha sido ele o fundador, em São João del Rei e em Belo Horizonte, do Instituto Padre Machado, que dirigiu durante muitos anos. Mas no Ginásio Santo Antônio, de São João del Rei, é que ele fora o professor de português de meu pai, naquela época com onze anos. E também do tio Vicente. Isto me entusiasmou.

Este simpático professor Antonio de Lara Resende deu ao meu querido amigo Otto de Lara Resende a felicidade de ser seu pai. Meu entusiasmo aumentou. Fiquei sabendo coisas que o Otto tempos depois me contaria também: papai pego em flagrante lendo Camilo Castelo Branco, fora de hora — ele adorava os clássicos portugueses — e recebendo como castigo a cópia de um texto que exaltava a leitura de Camilo, mas a desaconselhava durante a aula... Este texto, ele jamais esqueceu, e várias vezes recitou-o para o próprio Otto.

Otto é casado com a Helena, uma das filhas do Israel Pinheiro, que vem a ter um parentesco não muito longínquo, e bastante amistoso, com o vovô Florduardo. O avô materno da Helena, dr. Virgílio Uchoa, médico e fazendeiro em João Pinheiro e Paracatu, que morreu lúcido com quase 100 anos, era muito amigo de meu pai, que sempre o consultava sobre palavras e bichos e suas peculiaridades.

Papai gostava muito dos Lara Resende: pai e filho. Admirava o professor e o jornalista. Falava do primeiro com reconhecimento e respeito e do segundo com imensa cordialidade. Dizia que o jovem Otto era um dos rapazes mais talentosos da sua geração.

Tive vontade de conhecê-lo, pelas coisas que sabia a seu respeito. E quando vi e ouvi o Otto, gostei dele de supetão, e ficamos ótimos amigos.

Otto enviou-me algumas crônicas que escreveu sobre Guimarães Rosa. Excelentes. Numa delas, "Rosa rosae rosam — Um leão ruge a plenos trovões, J.G.R.", ele conta com muita graça as emoções e o impacto que sentiu com a leitura do Sagarana, *em 1946 — era então um rapaz — e a primorosa crítica que imediatamente escreveu, pois queria ser o primeiro a consagrar aquele livro sensacional: cinco laudas e o título "Gênio Sadio". Mas como adiou alguns dias o burilamento do artigo, o Álvaro Lins, consagrado crítico da época, publicou o seu artigo antes. Mais críticas foram aparecendo e Otto escondeu o artigo na própria modéstia, e não teve mais vontade de publicá-lo.*

Gostei imensamente de um trabalho que o Otto escreveu sobre meu pai. Aqui transcrevo alguns textos:

... Desde que apareceu "Sagarana", tive interesse pela vida e pelo convívio de João Guimarães Rosa, que já conhecia de nome, por circunstâncias ligadas à nossa condição de mineiros. Rosa foi aluno de meu pai, em São João del Rei, e guardou desse tempo permanente lembrança. Achou São João triste. Oralmente e por escrito, mais de uma vez referiu-se, dirigindo-se a mim, aos sinos de São João del Rei. Há alusões à tristeza do Oeste mineiro em sua obra, por certo a partir de sua experiência infantil. Até o fim da vida, sabia de cór uma cópia que meu pai passou-lhe, por estar lendo na aula de Português. A cópia tinha várias linhas e era um elogio da leitura... nas horas adequadas. Rosa repetia a cópia (que infelizmente não guardei) e imitava meu pai, referia-se aos seus olhos atentos, de onde — dizia — emanava autoridade.

... O conto veio de graça. Ele estava no Itamarati, diretor da Divisão de Fronteiras, quando sentiu aproximar-se a aura. Ao certificar-se que a história vinha para se impor, saiu, pegou o bonde na Rua Larga e dirigiu-se para casa, no Posto Seis, em Copacabana.

Durante a viagem, absorto, o conto delineou-se e surgiu inteiro, irretocável. Rosa me disse que o conduzia com o maior cuidado, para que não fugisse, nem se evaporasse. Levava-o com o carinho com que uma criança leva pela mão um balão colorido que pode arrebentar ou fugir para o céu. Desceu em casa e foi direto à mesa de trabalho: "A terceira margem do rio" saiu de um jato, inteirinho, sem precisar de revisão.

... Gostava muito de lápis, de cuja ponta cuidava com esmero. Antes de começar a escrever, dizia que era preciso "limpar o aparelho". Por "limpar o aparelho" entendia o trabalho prévio de rabiscar, escrever uma ou outra palavra, desenhar garatujas, até que o "santo" baixasse e se punha a escrever febrilmente. Tinha uma concepção meio mediúnica da literatura. Tudo já estava escrito, dizia ele. O escritor, no caso JGR, era apenas o intermediário, escolhido para recolher o texto, quase psicografá-lo.

... Tinha pavor de morrer. A notícia de sua posse na Academia foi dada por mim. Assim que marcou a data, pediu-me para dar uma nota no *Jornal do Brasil*, informando apenas, como boato, que JGR, "segundo consta", iria afinal tomar posse de sua cadeira. Depois eu diria, como disse, no programa que na época fazia diariamente na TV Globo. Ele ouviu e telefonou-me para casa. Pediu-me que me referisse a ele como *Embaixador* e contasse uma história de sua neta, porque desejava que a neta o visse contar a tal história na tv para que ficasse feliz e soubesse que o avô era "muito importante"... O roteiro da notícia de sua posse acadêmica era longo e cheio de curvas.

... Se vivesse mais, será que escreveria outro romance? Ninguém sabe. Sei que ele programava trabalhar mais, precisava estar empenhado em novos projetos, pois estava convencido de que, se parasse, se desistisse do futuro, a morte não o pouparia. Uma vez um jornal mencionou seu nome como possível candidato ao Prêmio Nobel. Procurou-me aflito e pediu-me que, por favor, evitasse associar o seu nome ao Nobel. Por quê? "O Nobel mata" — disse ele, brincando a sério. E pediu-me ainda que desse uma nota sobre a candidatura de outro brasileiro ao mesmo Prêmio Nobel... "Pode dar, com ele não acontece nada" — disse. Esse mesmo temor da morte estava associado à sua posse na Academia, talvez porque tomasse a Academia como "consagração", isto é, fim de uma obra e portanto fim da vida. Curiosamente, morreu 48 horas depois de tomar posse. Ou pouco mais: morreu domingo.

Quando se candidatou à Academia a primeira vez, disse-me, num almoço no Itamarati, que só se candidatava por duas razões: 1) porque sua mãe só acreditaria que ele era um grande escritor se entrasse para a

Academia; 2) porque não podia negar a glória acadêmica à sua pequena cidade de Cordisburgo.

... Em suma, miríades de historinhas, ainda que irrelevantes, porque grande, imenso, catedralesco, era e é João Guimarães Rosa.

Abraço amigo do

seu velho

Otto Lara Resende

João Condé e eu falamos do papai, ouvindo Brahms numa sala de quadros expressivos e santos barrocos. Não podia ser melhor o ambiente para evocá-lo.

Seus "Arquivos Implacáveis", publicados durante dezenove anos na revista O Cruzeiro, *e no* Jornal de Letras e Artes, *suplemento literário do jornal* A Manhã, *guardam relíquias de personalidades e fatos. Muito simpático, os cabelos brancos de hoje suavizando o bigode escuro do moço Condé desta foto, que admira com o papai — ainda não adepto da gravatinha-borboleta — o primeiro exemplar de* Sagarana, *recém-publicado pela Editora Universal, de outro bom amigo, o Caio Pinheiro.*

João Condé gentilmente ofereceu-me esta carta do João-Sagareiro, uma das jóias do seu organizado arquivo. Foi publicada no Jornal de Letras e Artes *de 21 de julho de 1946. É uma confissão de João para João, revelando segredos de* Sagarana.

Na semana seguinte, dia 28, foi publicada no mesmo jornal esta interessante correção, que segue à carta.

Tudo isto tão importante quanto a amizade que meu pai e João Condé se dedicaram.

Prezado João Condé

Exigiu você que eu escrevesse, *manu propria*, nos espaços brancos dêste seu exemplar de "Sagarana", uma explicação, uma confissão, uma conversa, a mais extensa, possível" — *o imposto João Condé para escritores*, enfim. Ora, nem o assunto é simples, nem sei eu bem o que contar. Mirrado pé de couve, seja, o livro fica sendo, no chão do seu autor, uma árvore velha, capaz de transviá-lo e de o fazer andar errado, se tenta alcançar-lhe os fios extremos, no labirinto das raízes. Graças a Deus, tudo é mistério.

Algo, porém, tem de ser dito. Ao autor o que é do autor, mas a João Condé o que é de João Condé.

Assim, pois, em 1937 — um dia, outro dia, outro dia... — quando chegou a hora de o "Sagarana" ter de ser escrito, pensei muito. Num barquinho, que viria descendo o rio e passaria ao alcance das minhas mãos, eu ia poder colocar o que quisesse. Principalmente, nêle poderia embarcar, inteira, no momento, a minha *concepção-do-mundo.*

Tinha de pensar, igualmente, na palavra "arte", em tudo o que ela para mim representava, como *corpo* e como *alma*; como um daqueles variados caminhos que levam do temporal ao eterno, principalmente.

Já pressentira que o livro, não podendo ser de poemas, teria de ser de novelas. E — sendo meu — uma série de Histórias adultas da Carochinha, portanto.

Rezei, de verdade, para que pudesse esquecer-me, por completo, de que algum dia já tivessem existido septos, limitações, tabiques, preconceitos, a respeito de normas, modas, tendências, escolas literárias, doutrinas, conceitos, atualidades e tradições — no tempo e no espaço. Isso, porque: na panela do pobre, tudo é tempêro. E, conforme aquêle sábio salmão grego de André Maurois: um rio sem margens é o ideal do peixe.

Aí, experimentei o meu estilo, como é que estaria. Me agradou. De certo que eu amava a língua. Apenas, não a amo como a mãe severa, mas como a bela amante e companheira. O que eu gostaria de poder fazer (não o que fiz, João Condé!) seria aplicar, no caso, a minha interpretação de uns versos de Paul Eluard: ... "o peixe avança nágua, como um dedo numa luva" ... Um ideal: precisão, micromilimétrica.

E riqueza, oh! riqueza... Pelo menos, impiedoso, horror ao lugar-comum; que as chapas são pedaços de carne corrompida, são pecados contra o Espírito Santo, são taperas no território do idioma.

Mas, ainda haveria mais, se possível (sonhar é fácil, João Condé, realizar é que são elas...): além dos estados líquidos e sólidos, porque não tentar trabalhar a língua também em *estado gasoso*?!

Àquela altura, porém, eu tinha de escolher o terreno onde localizar as minhas histórias. Podia ser Barbacena, Belo Horizonte, o Rio, a China, o arquipélago de Neo-Baratária, o espaço astral, ou, mesmo, o pedaço de Minas Gerais que era mais meu. E foi o que preferi. Porque tinha muitas saudades de lá. Porque conhecia um pouco melhor a terra, a gente, bichos, árvores. Porque o povo do interior — sem convenções, "pôses" — dá melhores personagens de parábolas: lá se vêem bem as reações humanas e a ação do destino: lá se vê bem um rio cair na cachoeira ou contornar a montanha, e as grandes árvores estalarem sob o ráio, e cada talo do capim humano rebrotar com a chuva ou se estorricar com a sêca.

Bem, resumindo: ficou resolvido que o livro se passaria no interior de Minas Gerais. E compor-se-ia de 12 novelas. Aqui, caro Condé, findava a fase de premeditação. Restava agir.

Então, passei horas de dias, fechado no quarto, cantando cantigas sertanejas, dialogando com vaqueiros de velha lembrança, "revendo" paisagens da minha terra, e aboiando para um gado imenso. Quando a *máquina* esteve pronta, parti. Lembro-me de que foi num domingo, de manhã.

O livro foi escrito — quase todo na cama, a lápis, em cadernos de 100 fôlhas — em sete meses; sete meses de exaltação, de deslumbramento. (Depois, repousou durante sete anos; e, em 1945 foi "retrabalhado", em cinco meses, cinco meses de reflexão e de lucidez).

Lá por novembro, contratei com uma dactilógrafa a passagem a limpo. E, a 31 de dezembro de 1937, entreguei o original, às 5 e meia da tarde, na Livraria José Olympio. O título escolhido era "Sezão"; mas, para melhor resguardar o anonimato, pespeguei no cartapácio, à última hora, êste rótulo simples: *"Contos* (*título provisório, a ser substituido*) por *Viator*. Porque eu ia ter de começar longas viagens, logo após.

Como já disse, as histórias eram doze:

I) — O BURRINHO PEDREZ — Peça não-profana, mas sugerida por um acontecimento real, passado em minha terra, há muitos anos: o afogamento de um grupo de vaqueiros, num córrego cheio.

II) — A VOLTA DO MARIDO PRÓDIGO — A menos "pensada" das novelas do "Sagarana" a única que foi pensada velozmente, na ponta do lápis. Também, quase não foi manipulada, em 1945.

III) — DUELO — Aqui, tudo aconteceu ao contrário do que ficou dito para a anterior: a história foi meditada e "vivida", durante um mês, para ser escrita em uma semana, aproximadamente. Contudo, também quase não sofreu retoques em 1945.

IV) — SARAPALHA — Desta, da história desta história, pouco me lembro. No livro, será ela, talvez, a de que menos gosto.

V) — QUESTÕES DE FAMÍLIA — História fraca, sincera demais, meio autobiográfica, mal realizada. Foi expelida do livro e definitivamente destruída.

VI) — (UMA HISTÓRIA DE AMOR — Um belo tema, que não consegui desenvolver razoávelmente. Teve o mesmo destino da novela anterior).

VII) — MINHA GENTE — Por causa de uma gripe, talvez, foi escrita molemente, com uma pachôrra e um descansado de espírito, que o autor não poderia ter, ao escrever as demais.

VIII) — CONVERSA DE BOIS — Aqui, houve fenômeno interessante, o único caso, nêste livro, de mediunismo puro. Eu planejara escrever um conto de carro-de-bois com o carro, os bois, o guia e o carreiro. Penosamente, urdi o enrêdo, e, um sábado, fui dormir, contente, disposto a pôr em caderno, no domingo, a história (n. 1). Mas, no domingo caiu-me do ou no crânio, prontinha, espécie de Minerva, outra história (n. 2) — também com carro, bois, carreiro e guia — totalmente diferente da da véspera. Não hesitei: escrevi-a, logo, e me esqueci da outra, da anterior. Em 1945, sofreu grandes retoques, mas nada recebeu da versão pré-histórica, que fôra definitivamente sacrificada.

IX) — BICHO MAU — Deixou de figurar no "Sagarana", porque não tem parentesco profundo com as nove histórias dêste, com as quais se amadrinhara, apenas, por pertencer à mesma época e à mesma zona. Seu sentido é outro. Ficou guardada para outro livro de novelas, já concebido, e que, daqui a alguns anos, talvez seja escrito.

X) — CORPO FECHADO — Talvez seja a minha predileta. Manuel Fulô foi o personagem que mais conviveu "Humanamente" comigo, e cheguei a desconfiar de que êle pudesse ter uma qualquer espécie de existência. Assim, viveu êle para mim mais umas 3 ou 4 histórias, que não aproveitei no papel, porque não tinham valor de parábolas, não "transcendiam".

XI) — SÃO MARCOS — Demorada para escrever, pois exigia grandes esforços de memória, para a reconstituição de paisagens já muito afundadas. Foi a peça mais trabalhada do livro.

XII) -- A HORA E VEZ DE AUGUSTO MATRAGA — História mais séria, de certo modo síntese e chave de tôdas as outras, não falarei sôbre o seu conteúdo. Quanto à forma, representa para mim vitória íntima, pois, desde o comêço do livro, o seu estilo era o que eu procurava descobrir.

João Condé e J.G.R. admiram o primeiro exemplar de *Sagarana*, publicado pela editora Universal, em abril de 1946. A capa original é de Geraldo de Castro e a editora pertencia ao amigo Caio Pinheiro.

Por ora, Condé, aqui está o que eu pude relembrar, acêrca do "Sagarana". Se Você quiser, eu poderei contar, mais tarde —, num exemplar da 2ª edição — algumas passagens históricas, ocorridas entre o dia 31 de dezembro de 1937 e a data em que o livro foi entregue à Editora Universal. Serve?

Com o cordial abraço do

Guimarães Rosa.

Letras e Artes — Domingo, 28-7-1946

"Sagarana"

Nas "Confissões" do sr. Guimarães Rosa sobre "Sagarana" foram omitidas duas vírgulas, um ponto, aspas e, no final, a palavra *danadamente.*

Como a falta dos sinais de pontuação não prejudicará grandemente as ditas confissões, não nos parece necessário a reconstituição dos períodos em que êles deveriam ter figurado.

Mas a ausência do *danadamente* de certo tiraria ao interessante depoimento do grande contista uma nota de violência, nada desprezível. Por isso vai adiante reproduzido, com o rude vocábulo, o trecho onde por engano este não se apresentou no domingo passado.

Fazemos esta retificação atendendo a que o Sr. Guimarães Rosa é danadamente rigoroso em coisas de lingua e literatura.

XII) — A HORA E VEZ DE AUGUSTO MATRAGA — História mais séria, de certo modo síntese e chave de todas as outras, não falarei sôbre o seu conteúdo. Quanto à forma, representa para mim vitória íntima, pois, desde o começo do livro, o seu estilo era o que eu procurava, danadamente, descobrir.

O professor Paulo Rónai conheceu meu pai quando este, no Ministério, providenciava a vinda de sua família, da Hungria para o Brasil. Porém não sabia ainda que ele era escritor. Tempos depois, ao ser lançado Sagarana, *Paulo Rónai leu o livro, gostou muito e publicou uma entusiasmada crítica, só então identificando o autor do livro com o diplomata que o estivera ajudando.*

Desde então, tornaram-se muito bons amigos.

Em 1957, Paulo Rónai pediu-lhe algumas palavras de apresentação para a sua Antologia do Conto Húngaro. *Papai escreveu um belo prefácio, um verdadeiro estudo da obra — mais de vinte páginas —, que intitulou "Pequena Palavra".*

O Professor Rónai é, no Brasil, uma das pessoas mais entendidas em Guimarães Rosa, e meu pai mesmo o afirma, numa de suas cartas ao seu compadre, embaixador Antônio Azeredo da Silveira, neste livro publicada.

Por isso foi convidado a organizar os originais de Estas Estórias *e* Ave, Palavra, *obras póstumas, por mim entregues ao José Olympio.*

De janeiro a julho de 1967, Paulo Rónai esteve como professor visitante da Universidade da Flórida, em Guinesville, dando aulas de literatura brasileira. Escolhera para explicação a novela "Campo Geral", de Guimarães Rosa. Escreveu então ao papai, pedindo-lhe que elucidasse o sentido de certo número de palavras e expressões. Recebeu esta carta-resposta, meticulosa e informativa, e também muito grata pela divulgação de sua obra, entre os estudantes da universidade.

Rio de Janeiro, 3 de abril de 1967.

Meu caro Rónai,

Alegrou-me muito receber sua boa carta amiga, com notícias que fazem bem à gente. Estou também chegando do México — aonde fui convidado para o II.º Congresso de Escritores Latino-Americanos; ainda meio atordoado, ando a "desadaptar" aos poucos o organismo, daquelas altitudes, reduzindo ao normal os glóbulos vermelhos do sangue, etc. Mas vejo que tenho de responder imediatamente, que de outro modo não chegarei a tempo; nem sei se não venho já tarde demais, fora do prazo de 15 dias. Assim, peço que Você não repare na batida desta, a tôda pressa, dactilografada com um dedo só e a cada instante interrompido, no meio da confusão. Só o afeto e o aprêço é que aqui funcionam íntegros, perfeitos.

Saíu, mesmo, a 3.ª edição do nosso PRIMEIRAS ESTÓRIAS, e, lendo-o de novo, impresso, exultei mais ainda com seu estudo, poderoso. Minha gratidão é imensa. Todos que o leem, também, têm palavras sinceras de admiração e louvor. Daniel já enviou a Você um exemplar. Eu sei que a divulgação de seu trabalho vai fazer muitíssimo, não só para o *Primeiras Estórias*, mas para todos os meus livros. Obrigado! E já entreguei a José Olympio o nôvo: "TUTAMÉIA"/"TERCEIRAS ESTÓRIAS". ("Tutaméia" é o que figura no dicionáriozinho do Aurélio como "tuta-e-meia".) Acho que ficou bom.

Agora, Rónai, passo a fornecer a Você as respostas. Algumas, penso que Você já as terá suprido, aí mesmo. Assim:

7 — gruziava: gurgulejava armando roda, como os perús fazem; 8 — a bem: Antes pelo melhor; pois bem; 9 — meno: menino pequeno, de colo; 10 — nhalvo: alvo

(corruptela); 10 — chovidinhos: pintadinhos (como se respingados); 14 — no pé da poeira: afobados, excitados, enfurecidos; 15 — araçariguama: lugar no mato onde costumam ajuntar-se, a certas horas, os açaris, árvore onde pousam de uma vez muito araçaris; 17 — carossa: croça, capa rodada, feita de palha, coroça; 19 — a mau: feiamente, malmente, ameaçadoramente, de má maneira, de malvado modo; 29 — tirado por tino: deduzido, tido uma idéia; 29 — não somar com: não se incomodar com, não dar importância a; 29 — soável risonho: com som de riso; 33 — susso: acalanto suave; 34 — estipava: agredia, irritava, ardia; 34 — a mal: pior ainda, para mal, etc.; 37 — esperdiçada: errada, que diz ou faz coisas sem senso; 38 — nó-de-pôrco: certo tipo de nó; 38 — encambixar: certa maneira de subjugar o boi no chão; 39 — cancréje:kankredj, cancrédje: uma das raças de zebus importadas da Índia, juntamente com o Guzerat (Gudjarat), o Gyr e o Nellore; 40 — por uma agüinha branca: de maneira alguma, nem de leve; 42 — chuchava: espetava; 42 — vesprando: fazendo véspera, se aproximando, chegando; 42 — não compunha: não conseguia; 44 — urubuguaias: lugares onde se aninham e têm casa os urubus; 48 — supria: procedia, condescendia em; 48 — a sus: subida, aumentada, entusiasmada; 48 — pé de chacolateira: (expressão depreciativa); 48 — em mal que: ruim, máu; 48 — a charneira: comêço das costas; 50 — em de ouros: felizmente, festivamente, gloriosamente, triunfantemente; 53 — cia: (cilha) flanco, parte do flanco, mediana; 53 — cabos: as patas; 53 — ivitinga: oca, ocra (em tupi: barro branco); 54 — o ponto de puxa: quando se está limpando o açúcar (no tacho, no fogão), verifica-se o "ponto", tirando um pouquinho da calda, na colher de pau, e pondo numa vasilha com água fria, numa cuia, por exemplo; 55 — torar volta: fazer um desvio; 56 — assoprado: entusiasmado, influído, excitado; suassú-tinga: veado campeiro (em tupi: veado-branco); 56 — em erado: adulto, já com boa idade, desenvolvido; 58 — resumia de nada: era de não se entender (?); 59 — sete-portêlos, as sete-partidas: (são expressões vindas de Portugal) os lobisômens tinham de, durante a noite, percorrer êsses lugares (CALDAS AULETTE: "Portelo = portal, cancela, desfiladeiro; "PARTIDA = "Correr as sete partidas do mundo: = andar por muitas terras, viajar muito); 58 — desqual: qual dêles? qual seria?; 62 — de sonsagato: à sorrelfa, macio e astucioso; 62 — um frito de toucinho: um fritar de toucinho; 62 — no mioloso: na massa macia; 62 — a cô!: — exclamação, interjeição de caçadores, com que põem os cães a perseguir a caça; 66 — adivinhados: presságios, pressentimentos, agouros; 69 — lélis: intrigas, enrêdos; 85 — lisice: superficialidade, banalidade; 86 — Uma pôia!: xingamento tradicional, em Minas, não sei o que significa, mas é considerado muito feio e ofensivo; 87 — Carapuçudo: orgulhoso, arrogante, presunçoso; 88 — panasco: bôbo, sandeu, idiota; 91 — de triliz: (V. o Latim); 96 — o a-surdo: o rumor surdo (ou a muda presença); 105 — empinho: superposição de: em-pé, empinado, em penha — ??? (e mais a lembrança de: "pinhé!" = o grito do gavião; e uma espécie de gavião; 106 — piticego: (V. peticego = de vista curta); 106 — Donazinha: Senhorazinha.

Bem, meu caro Rónai, as coisas aqui se atropelam — ou me atropelam — e Você não imagina o que é a gente chegar de viagem, encontrando tudo atrasado, com mudanças na administração, etc. Tive de interromper, chamado ao Gabinete do Ministro. Tive também notícia ou convocação para ter de ir depois-de-amanhã a Brasília, a serviço. Aqui está faltando luz, agora escrevo sem poder ler o que vai saindo. Releve-me tudo; é a bem da urgência. O que Você me escreveu, a respeito do CAMPO GERAL, comove-me; sério. Grata está minha alma.

Naturalmente, nas respostas acima, Você tem só o resíduo lógico, isto é, o que pode ser mais ou menos explicado, de expressões que usei justamente por transbordarem do sentido comum, por dizerem mais do que as palavras dizem; pelo poder sugeridor. Em geral, são expressões catadas vivas, no interior, no mundo mágico dos vaqueiros. São palavras apenas mágicas. Queira bem a elas, peço-lhe.

4.IV.67.

Releio, agora, sua carta, e faz-me sossêgo, paz. Aproveitem bem, aí, meu caro Rónai. O nosso belo Rio está invisível: falta água, faz calor, falta luz — fico sob velas e lampião, das 7 às 10 da noite. Você já imaginou?

Tudo de bom para Vocês, desejo, de coração. Diga minhas homenagens à Nora, carinhos a Cora e Laura, saudações cordiais ao Sr. Tausz. E acolha forte, saudoso abraço do seu amigo, muito grato,

Guimarães Rosa

Esta carta enviada ao escritor Joaquim de Montezuma de Carvalho, em Moçambique, é uma das mais belas páginas que meu pai escreveu. É um depoimento, uma autoconfissão de impressionante profundeza, na qual ele parece questionar com a própria alma.

Sentia uma necessidade urgente de acreditar que a morte é o começo da fórmula e não o fim. A premonição mandava-lhe aviso de que a sua travessia seria curta.

Rio de Janeiro, 27 de agôsto de 1963

Prezado Senhor Dr. Joaquim de Montezuma de Carvalho,

Com o maior prazer respondo à sua estimada carta de 22 de junho último, alegre de saber que vou figurar, pelo estudo que fêz de meus livros, na obra *"Les écrivains célèbres"*, a sair, ainda êste ano, em Paris. Desde já, quero agradecer-lhe, vivamente, o interêsse e a atenção, valiosos.

Quanto ao QUESTIONÁRIO, porém, lamento não estar sendo capaz de atendê-lo, como bem gostaria. Tratei, durante êstes dois meses, de fazer isso, com tôda a boa-vontade, mas não o consegui. E o motivo é simples, até mesmo simplório. É que, eu mesmo ainda não encontrei respostas para essas perguntas. Até hoje, não chego, a respeito de tais ítens, a idéias nítidas, definidas. E, quanto mais leio e vivo e medito, mais perplexo a vida, a leitura e a meditação me põem. Tudo é mistério. A vida é só mistério. Tudo *é* e não *é*. Ou: às vezes é, às vêzes não é. (Todos os meus livros só dizem isso.) Tudo é muito impuro, misturado, confuso. Afora uma meia dezena de imperativos, que o espírito-do-coração da gente nos revela, e que os fundadores de religiões descobriram para a Humanidade, o resto é névoa. À parte o que Cristo nos ensinou, só há meias-verdades. Por isto mesmo, a não ser como instrumento para as soluções imediatas da vida pragmática, externa, do dia-a-dia, procuro cada vez mais guiar-me pela intuição, e não pela inteligência reflexiva. Sou um desertor. Abdico. Deixo de pensar em tudo "o que é de César". Fujo das formulações, das definições, das conceituações mais ou menos rígidas e esquemáticas, das conclusões gerais. Rezo, escrevo, amo, cumpro, suporto, vivo — mas só me interessando pela eternidade. Só acredito na solução religiosa para o homem; para *o indivíduo*. Quando aprecio como fruidor uma obra de arte, *sinto* que isso é para que algo *em mim* se transforme. Quando faço arte, é para que se transforme algo em mim, para que o espírito cresça; e desejando ser um sonâmbulo de Deus. Sinto-me num barquinho, e a vida é um mar terrível. É tudo o que lhe poderia sinceramente responder. Desculpe-me. E queira-me bem.

Com o melhor aprêço, grato e muito cordialmente,

o seu

Guimarães Rosa

Reunidos na José Olympio: Manuel Bandeira, Peregrino Júnior, Curt Mayer-Clason (tradutor de J.G.R. para o alemão), Carlos Drummond de Andrade, Athos Pereira (de perfil), Geraldo França de Lima e Fábio Penna da Veiga. (Foto de George Gaffner).

Ao Geraldo, amigo, de tôdas as horas e outroras, definitivo romancista e contista — na ~~beleza~~ alegria dos brejos, nas belezas brancuras, na azulidão das serras ... — com forte abraço do João (Guimarães Rosa)

Rio, 1965.

José Olympio Pereira é mais do que o editor de nomes que se tornaram Nomes. Sabe fazer amigos e conservá-los. É sábio no que diz e generoso no que faz. Papai o estimava, admirando-o, não apenas o editor de seus livros, mas principalmente o amigo.

Eu não o conhecia pessoalmente, pois tornara-se fundamental para mim que ele conhecesse primeiro os meus escritos. Telefonei-lhe, então, sob outro nome. Contei-lhe que tinha escrito um livro e queria publicá-lo. Gostei do seu modo afável e da sua atenção, compreendendo a minha ambição literária e se prontificando em ajudar-me. Aprovava a minha vontade firme de vencer, sem escudar-me no famoso nome, ao mesmo tempo orgulhosa de poder assiná-lo com personalidade e independência.

Cresceu entre nós um enorme bem-querer.

Não só editou meus livros, escrevendo também uma afetuosa apresentação na orelha de um deles; intitulou-me sua sobrinha, e desde então ficou sendo o meu Tio Jotaó.

Recebia-me na sua sala — aquele salão que tanto já viu e ouviu tanta gente —, com o mesmo acolhimento que dispensava às figuras ilustres que o solicitavam.

Quando papai se foi, Jotaó tornou-se para mim um apoio, uma força. Ficávamos horas conversando, ele escutava minhas confidências com paciência, e dava-me conselhos sábios que jamais esquecerei. Transformou minhas lágrimas em sorrisos de otimismo e transmitiu-me segurança. Ele acreditou em mim.

Compreendi, então, por que papai o considerava um homem tão especial, tão singular. Jotaó é todo coração. E no coração dele cabemos todos, na maior harmonia, porque ali não há lugar para mágoas e ressentimentos.

Amado e respeitado pelos seus inumeráveis amigos, editandos e funcionários, Jotaó ainda é maior do que os nomes que tornou grandes. E com a mais perfeita e nobre humildade: Homem-Humano.

Papai chamava sua editora "Minha Casa". Gostava de visitá-la e ali estivemos juntos várias vezes, pois Tutaméia *e* Acontecências *se preparavam para lançamento, com poucos meses de diferença. Quando a prova de capa de* Acontecências *ficou pronta, papai autografava* Tutaméia. *Foi uma forte emoção para nós. Todos sentiam como ele estava feliz e orgulhoso. Eu chorava e ele sorria. Eu beijei a capa do meu primeiro livro e papai me beijou. Nós nos entendíamos, mesmo dispensando as queridas palavras que construíam nossos mundos.*

O entusiasmo do Daniel Pereira pelas edições e publicações (ele me apelidara de "furacão do Leme", mas para o José Olympio eu era apenas uma "brisa saudável soprando dos lados do mar"), a tranqüila e eficiente ajuda do Antônio Olavo (Antoninho); do Flávio, do Geraldo (Coley); o Adalardo e seus ditos espirituosos, temperando-lhe a erudição; a prestativa gentileza do Sebastião (o gentleman *de coração aberto); o Altamir, devotado guardião dos escritos dos autores e do Arquivo-Biblioteca. Todos conferiam uma característica familiar à Casa, tornavam-na mais acolhedora.*

Os almoços das quartas-feiras (havia sempre um dos pratos preferidos do papai, tutu com torresmo), animadíssimas reuniões de gente das letras, críticos e escritores, e convidados que iam participar daquele intercâm-

bio de idéias, informações e carinho, a ficção convivendo com a realidade e ambas se confundindo.

Adalardo era o chefe da revisão. Sua maior proeza, convencer o "Rosa" a tirar os chapeuzinhos das vogais, pois ele os distribuía com circunflexa generosidade. Daí surgiram boas estórias, que me eram contadas pelos dois, quando descobriram que eu também gostava de circunflexos...

Uma vez, em seu escritório, no Ministério, enquanto papai se sentava no sofá recebendo algumas visitas oficiais, instalei-me à sua mesa, escrevendo uma carta, e desta vez não podia me dar ao luxo de errar nos acentos, era assunto sério. Então, interrompia-o a cada dúvida, perguntando se ali cabia um circunflexo ou não. Paciente, papai explicava. E de repente, me prometeu, com ar solene:

— Vilminha, escreve tudo sem acento mesmo. Depois eu vou lá na papelaria, compro uma caixinha de circunflexos e 'confeito' a sua carta. As vogais ficarão radiantes...

Neste versinho, que só saiu de sob a tampa de vidro da mesa do Adalardo porque ele confia em mim — uma relíquia que não deve sair do escrínio — papai demonstra o quanto prezava Adalardo e nele confiava.

E isto também acontece comigo. É ao Adalardo que sempre mostro os meus originais. Não somente para as correções gramaticais — ah, os circunflexos! — mas também para ouvir a sua abençoada opinião.

Juntos lemos as cartas do papai. Escolhemos algumas para figurarem neste livro. Foram momentos de saudosa "reminisção"...

Modêlo R. J. 49-A

SECRETARIA DE ESTADO DAS RELAÇÕES EXTERIORES

Em 6-VII-67

Querido Adalardão:

das batidas

das renhidas

do araticum ... ão

da cachimônia

do coração

do João (Guimarães Rosa):

Resolvi, para facilitar, escolher só um; o qual me parece mais geral, mais público, publicitário.

Obrigado

Abraço

do

Rosa

Conheci Rachel de Queiroz na editora.

Eu fora convidada para um dos almoços semanais, pelo próprio José Olympio. Fiquei tão entusiasmada como se estivesse numa corte, onde o rei fosse ele mesmo. Sua sala, espaçosa e simpática, estava cheia de bons fluidos e boa gente: escritores, jornalistas, ensaístas, críticos, todos conhecidos. A única desconhecida era eu, e fiquei deslumbrada com aquele ambiente transpirando inteligentzia. *Era uma sensação maravilhosa, cheia de esperança de algum dia vir a ser um nome famoso, pelo meu trabalho e minha obra.*

Todos pareciam tão naturais, dentro da própria notoriedade. Todos amáveis, parecendo contentes em cumprimentar a filha do Rosa. De cada um, tive o prazer de escutar uma referência gentil ao papai. Senti que o estimavam e — sem ciúmes — o admiravam bastante.

O José Olympio levou-me pelo braço e apresentou-me à Rachel de Queiroz. Foi simpatia e bem-querer à primeira vista. Conversamos durante o almoço e achei-a inteligente e interessante. Próximos a nós, ainda me lembro, estavam o Rodrigo Otávio e o Vianna Moog. Este chamou-me de "olhos de Capitu", fiquei tão lisonjeada, quase engasguei. Naquela noite, reli Machado de Assis...

O assunto, de repente, era a Academia de Letras. E ali, comendo e conversando conosco, estava a futura primeira acadêmica... O Rodrigo Otávio, ao me ouvir dizendo ser partidária da mulher na Academia, fez uma brincadeira:

J.G.R. assinando autógrafos, para críticos e jornalistas, na José Olympio Editora.

— Concordo, mas só se a candidata tiver de cinqüenta anos para cima e confessar publicamente a idade.

Todos riram, e uma possível candidatura à Academia me pareceu coisa longínqua. Há poucos meses, ao candidatar-me, pensei no simpático Rodrigo Otávio e levei um susto: afinal, eu já atingira uma idade que na época me parecera tão distante...

Entre tanta gente importante, encontrei ali duas pessoas que se tornariam minhas amigas: Valdemar Cavalcanti, o primeiro crítico a consagrar Acontecências, *e George Gaffner, que me fotografou oficialmente para a distribuição de fotos à imprensa. Ambos já se foram, como tantos outros amigos queridos, mas permanecem vivos nas minhas lembranças.*

Acabado o almoço, voei para o Itamarati e fiz ao papai um relatório minucioso de tudo e de todos.

Ele se deliciou com meu bombardeio de descrições e impressões. Perguntei-lhe quando é que a gente podia ter a certeza da própria fama.

— Quando começam a nos pedir autógrafos?

Olhou-me divertido e disse:

— Quando não se é ainda famoso, a gente tem de correr atrás dos editores. Quando eles correm atrás da gente, então aí, sim, já somos famosos...

Falei-lhe da Rachel, cujos livros sempre me aconselhara a ler, e ele gostou de eu ter gostado dela.

Alguns dias depois, telefonou-me animadíssimo. Ao encontrarem-se na sessão do Conselho Federal de Cultura, Rachel havia falado muito de mim. Repetiu-me o que ela lhe dissera e eu vibrei.

Papai me comovia, quando vinha contar-me, feliz e envaidecido, alguma coisa boa ou bonita que lhe dissessem a meu respeito. E isto era absolutamente recíproco.

Rachel de Queiroz sentava-se ao lado do papai, no Conselho Federal de Cultura. Muito conversavam. Não só de assuntos literários, mas também sobre os proble-

mas existenciais. E as conversas se prolongavam, à noite, pelo telefone. Após o primeiro ataque cardíaco, papai sofrera uma fase depressiva, e acredito que essas conversas com uma mulher equilibrada e amiga o tivessem ajudado enormemente.

Ele gostava de mostrar-lhe textos recém-escritos, que ia "rosiando" aos poucos. Realmente um fascinante processo de criação. Também desenhava: a fazenda, o gado ao redor, a cerca e a mulher: "Rachel e sua fazendinha".

Lamenta ela o roubo de seu arquivo, onde, entre outras preciosidades, havia cartas e desenhos do papai. Mas ainda restam as lembranças no arquivo da memória e do coração. E Rachel é capaz de transmiti-las com todo o colorido e o calor da vida.

Cyro dos Anjos, professor e acadêmico, veio a conhecer o papai na editora, quando a José Olympio ficava na Praça Quinze. Conversavam muito, e imagino como deveriam ter sido notáveis essas conversas.

O Martim Affonso, filho do Cyro, ia buscá-lo algumas vezes e papai pegava uma carona até Copacabana, quando estava sem carro, e iam trocando idéias e contando casos. Uma grande simpatia aproximou-os.

Cyro lecionou alguns anos em Lisboa e no México. Apesar disso, nunca perdeu o contato com o amigo.

Rio de Janeiro, em 14 de junho de 1946.

Prezado Cyro dos Anjos,

Para responder à sua consulta, preciso de saber qual a idade dos dois sobrinhos da sultana, mãe das três formosas princesas — que imagino com os nomes de NAHIMA, LEILA e BUDRULBUDUR.

Se êles tiverem mais de 14 anos, qualquer mediação ou intervenção do Ministério será desnecessária: basta que se apresentem à Legação do Brasil em Beirute, onde não encontrarão dificuldades: os passaportes serão visados, como por um passe de "efrit", e para cá virão, que nem num tapete mágico.

Agora, se fôrem menores de 14 anos, a tia terá de apresentar no Itamaraty um *"compromisso de manutenção"* em favor dos mesmos. Mas, ainda assim, *só no caso de virem em companhia de seus pais, ou de serem órfãos de pai e mãe.*

Ainda esta transcrição dos regulamentos, para esclarecer melhor:

> "Tais compromissos, instruídos das provas do parentesco alegado, terão a forma de um requerimento, com firma reconhecida, dirigido ao Ministério das Relações Exteriores, e do qual constarão — além da indicação expressa da obrigação assumida e da repartição brasileira, no exterior, junto à qual os interessados pleitearão o visto de entrada, — o nome, a idade, a nacionalidade, o estado civil e a residência de todos os que nele forem mencionados.
>
> É condição essencial que os requerentes tenham a permanência definitiva no Brasil e demonstrem a sua capacidade financeira para cumprir a obrigação assumida. Para êste fim, os requerentes farão prova de que possuem renda mínima mensal de tantas vezes Cr$ 500,00 (quinhentos cruzeiros) quantas forem as pessoas, maiores de 14 anos, que passarem a viver sob sua responsabilidade, inclusive aquelas cuja subsistência já estiver a seu cargo, na data do compromisso".

Agora meu caro ulema de Várzea dos Buritis, espero que Allah o prestigie, junto às três flores do Líbano.

Salam aleikum!

Seu

Guimarães Rosa.

O meu amigo, professor Américo Jacobina Lacombe — que também é membro da Academia Brasileira de Letras, e presidente da Fundação Casa de Rui Barbosa, pelo que lhe dou os parabéns, pois tudo lá funciona maravilhosamente e o pessoal é gentil e prestativo —, ofereceu-me uma cópia do "Annuario do Collegio Arnaldo de Bello Horizonte, em 1923, IV Ano". Em suas páginas, na "Lista de Premios Conferidos na Festa de Encerramento do Anno Lectivo de 15 de Novembro de 1923, Premios de Comportamento e Aplicação, e Premios de Approveitamento", estão os nomes dos dois alunos — de turmas diferentes — Américo Lacombe e João Guimarães Rosa. Infelizmente não foi possível publicá-la aqui, em fac-símile, como eu pretendia, pois a cópia está muito apagada pelo tempo. Mas o mais importante é saber que meu pai e o querido amigo Américo foram muitas vezes premiados num colégio que além de famoso — ou talvez por isso mesmo — possuía leis muito rígidas de aplicação e comportamento.

Os dois, anos mais tarde, se encontrariam no Itamarati, onde o professor Américo Lacombe lecionava História, no Curso Rio Branco. E prosseguiram na velha amizade.

Antes, na Força Pública de Minas, papai já fora colega, de medicina e farda, do Victor, um dos irmãos do Américo.

E para completar essas agradáveis coincidências, minha irmã e eu fizemos o Curso Clássico no Colégio Jacobina, dirigido pela Dona Laura Jacobina Lacombe, irmã do Américo e do Victor. O professor Américo Lacombe era um dos mais queridos pelas alunas, e suas aulas interessantes e instrutivas.

Providência é muitas vezes confundida com coincidência...

MINISTÉRIO DAS RELAÇÕES EXTERIORES

Em 13. XII. 60

Caro Thiers,

Esqueci-me de dar aviso à dactilógrafa, que destruiu competentemente o infame rascunho. Outra vez, te arranjo autógrafo menos pífio: deixa a celebridade chegar, se Deus ajuda...

Mas, hoje mesmo, falei com o Athos, que vai mandar, aí em sua casa, o "Corpo de Baile" e a 5.ª do "Sagarana".

Grato, sempre, e muito,

o Guimarães Rosa

Mod. R. J. 48

Rio, 31 de maio de 1965.

Meu grande Embaixador, querido GILBERTO, máximo!

Outra vez agradeço, e venho. Tudo ótimo. Festa. E fui ao "POESIAS". Mas, o "MÚSICA DA NOITE" já era também muito meu. Era um daqueles formidáveis poemas que, em 1936 ou 1937, lembra-se?, saíam numa página, inteira, do Suplemento Literário de "O Jornal", e me entusiasmaram deslumbradamente. (Lá, na página memorável, abriam-se também o "PREDESTINAÇÃO"—!!!, o "Ismênia — Noite de Natal", o "Fora da Moda", e aquêle a "Minha arte do poema assim resumo: ... as palavras mais simples do idioma..." etc. Eu trabalhava no Protocolo (hoje, o Cerimonial), naquele tempo. Arranjei o primeiro pretexto, um papel numa pasta amarela, e fui, ansioso, vê-lo, em sua sala de Chefe de Departamento (ARQUIVO, Biblioteca e Mapoteca); que era a que é atualmente a do Chefe do D.A. Foi tudo grande.

E o Música da Noite nunca saíra de minha lembrança. (A não ser o título.) Tudo não obstante, como suspeitado, o poema ficara, para mim, estranhamente diurno; pelo menos, crepuscular ou vespertino. Ficara-me "a bandeira elástica do vento"; a grandeza ordinária; o cósmico; o poder de espaço.

Relei-o, agora, com tôdas as saudades, presentes e futuras. Reempolga-me. A teia do vento, incolor, a surdina de orvalhos, o tôpo, tôpo, tôpo. "Vestido de novo sempre" — é o mar. É a Cordilheira querendo o mar. Gilberto querendo o mar. O Mar. Tudo o que a gente quer, no fundo de tudo. Acima de tudo. Alegria.

Abraço, muito, o seu Guimarães Rosa.

P.S. - Reli o "POESIAS", todo. Viajei muito longe: muito mais perto de mim. Obrigado!

m%. – mais faminto que um índio

ÍNDIOS. "...seguem uma seita oculta denominada — JURIPARIM — "vinho de Jurema, que apezar de não ser mui agradável ao gosto, he com tudo provocador de transportes deleitozos, segundo êles dizem".

m%. – um tlimpiadozinho (de pássaro)

m%) – Os Andrázios, gente desarranjada

m%. – TEMA: O lavrador capitchoso, que todos os vizinhos invejam

m%. – superbias

m%) – com gôsto vantajoso

m%. – na bravaria

m%) – cavalo de estribaria

trasorelho = caxumba ("papeira", no N.)

m%. – provisão de orvalho / profusão da chuva

m%. – o tramontrato

Segundo notícia tenho, – (m%)

imensos gados – (m%)

m%. – – Estão plantando algodão na caatinga.

"só querem saber do seu cômodo" (= vantagem, comodidade)

(m%) – não dá para as custas . [illegible]

m%. – Lá tem matriz de pedra e cal

(14)

IGREJAS (detalhes)

grades, conjunto do côro, etc.

"sua fachada compõe-se de 3 portas, tôdas almofadadas." (acima da porta principal: ... "com grande óculo ou orifício na parte superior")

tocheira

tocheiro

m/.- o Cristo em Cruz do altar-mor
Cristo-cruz

"cujo coração (de N. S. das Dores) é traspassado de punhais de prata de bom toque"

o ornato da sobreporta da capelinha

SALA DO CONSISTÓRIO

SALA CAPITULAR (da Sé)

alfaias

" O Senhor-Morto esticado
Envolto em branco sudário
debaixo do próprio altar" } A. de G.

relicários

m/.- na caixa das esmolas

"O Cristo de Pedra Fria
o Senhor da Cana Verde"

PROCISSÕES

(24)

O pálio bordado

"Sem dúvida o espetáculo, a música e o mistério"...

ANJOS = "pequenas saias, calções pregueados, sapatos de cetim e asas"

Anjos e virgens

IRMANDADES = brancos — opas vermelhas
pardos — " verdes
pretos — " brancas

as estações do Calvário (ou Passos)

"O vos omnes qui transitis per viam, attendite et videte si est dolor sicut dolor meus?"
(palavras do profeta ...
Jeremias

farricôco

S.P.Q.R.

os Irmãos, com as opas — (m%)

lanternas, lampeões, velas — nas janelas das casas

"(acendem luminárias ao longo dos balcões")

"SERENATA" (Poema inspirado pela cidade de Mariana) (48)

"De noite pelos êrmos
Choram violões..."
Dorme a cidade inteira
em agonia:
"A lua é uma caveira
que nos espia."

Uma voz clama
por Jesus.
Rezam tremendo os velhos
Ide em paz
O evangelho.
No. Aqui-Jaz!
Tôda a triste cidade
é um cemitério
Há um rumor de saudade
e de mistério

"No rio o canto
Chora além."

De sul a norte passa,
como um segredo,
um hausto de desgraça:
É a voz do mêdo...

Há pela paz noturna
um celestial
Silêncio de urna
funeral...

B-5

CÔRES E SINAIS DE CAVALOS

côr de canela =: alazão

côr de ouro desmaiado } =: baio
. amarelo torrado }

chairelado = de mancha branca no seladouro

descopado = que, visto de lado, é mal aprumado.

baio bem sujo = lontra

mil-flôres = mesclado de branco e vermelho

pintarrôxo = pintado de castanho claro [Boi]

de côr grisalha =: pigarço

que tem côr carregada =: retinto

pinhão = de côr vermelha, como pinhão.

prateado

CÔRES E SINAIS DE BOIS

vinagre = castanho claro, tirante a rubro

---

defesso = época em que é proibido caçar.

(m/.-) IN PARTIBUS INFIDELIBUS – (título)

m/.- perciência.

m/.- desfé

m/.- Os fatos corriam como água.

Plinio Doyle é um bibliófilo entusiasta. Prometi-lhe doar os originais das cartas do papai, para o Arquivo-Museu de Literatura, que ele fundou há dez anos, na Casa de Rui Barbosa, e que até hoje ainda dirige. Mas, com uma condição: só depois de publicá-las, ou após a minha morte. Mudei de idéia. Seria egoísmo conservar um tesouro numa gaveta, para meu único deleite e estudo, quando tanta gente, estudantes, ensaístas, pesquisadores e professores, poderiam aproveitar tão interessante leitura e matéria de análise e estudo. Fiquei mais firme na decisão, quando fui buscar uma cópia da carta que o Cyro dos Anjos me havia prometido e que se acha no Museu.

Recebida pela simpática e jovem professora, Eliane Vasconcellos Leitão, uma das museólogas, fiquei fascinada pelo lugar. Já de pronto ele me atraíra, porque havia livros espalhados, móveis e objetos antigos, posters *de escritores famosos — inclusive papai, que me olhava sorrindo metido numa roupa de vaqueiro. Os arquivos estão numa ordem impecável.*

Estive estudando o arquivo do papai. Reli as cópias dos caderninhos de anotações que ele sempre trazia consigo e me aconselhava a ter, a fim de registrar tudo o que de interessante e pitoresco nos fosse surgindo.

Ganhei a cópia de uma carta do papai para Gilberto Amado, um amigo que especialmente admirava pela sua genialidade. Revi fotos. Tudo num ambiente simpático e bem dirigido, com pessoas amáveis me atendendo com presteza.

Emocionei-me com o Sagarana *em Braille. Até os cegos, meu Deus, que beleza!, podem conhecer as estórias de meu pai...*

Saí de lá feliz, sem pressa, após um bom papo com o amigo Plinio. E assim que entregar os originais deste livro, voltarei a visitá-lo com a minha doação em cartas, fotografias e manuscritos, cujas cópias enviarei ao Museu Guimarães Rosa, em Cordisburgo.

Será sempre um bom motivo para voltar à Casa de Rui Barbosa, admirá-la e caminhar no seu romântico jardim, florido de lembranças. E depois repousar o espírito no Arquivo-Museu de Literatura, renascendo as recordações adormecidas...

ESTADO DE MATO GROSSO

Amigo Portella, Ministro Arthur de Gouvêa Portella. Braço direito de meu pai e, acredito, o esquerdo também. Doze anos trabalhando juntos no Serviço de Demarcação de Fronteiras que papai chefiava. Dedicado e prestativo, Portella gosta de ajudar as pessoas e torná-las felizes.

Naquela tarde, eu chegara de imprevisto, para o habitual relatório da última missão que me fora ternamente imposta: telefonar aos parentes e amigos, em Belo Horizonte, e convidá-los para a festa da posse. Papai me intitulara sua "Secretária Vip" e isto me enchia de orgulho. Muitas vezes eu enviava o telegrama de parabéns pelo casamento de alguém ou o filho de alguém conhecido, antes mesmo que ele me pedisse para fazê-lo, o que invariavelmente me tornava merecedora de um elogio com ponto de exclamação. E também quando eu comprava as lembrancinhas para os parentes e afilhados: "Bom, bonito e barato, se possível..."

Nas Bodas de Ouro dos meus avós, papai havia pedido à mamãe que escolhesse alguns presentes, e como foram sucessos de qualidade e preço, desde aí meu cargo se oficializara, pois eu havia ajudado na escolha.

— Portella, cadê papai?

Percebi que ele estava preocupado, embora procurasse disfarçar.

Contou-me que papai não se sentira bem, e atribuía isso ao cansaço e ao regime exagerado que ele vinha fazendo. Haviam trabalhado com afinco na questão do

Salto das Sete Quedas, três dias e três noites sem dormir e só indo em casa para o essencial.

— Você sabe, seu pai é tão dedicado diplomata quanto é escritor. Aconselhei-o a descansar. Resistiu, mas foi. Ele às vezes me obedece.

Portella sorria, tentando distrair-me.

— Mandei buscar no restaurante um prato de comida, ele comeu tudo. Até bebeu uma garrafa de coca-cola.

De repente, comecei a chorar. Tinha me sentado na sua *cadeira. E o que me assustava terrivelmente era aquela estranha ordem que fazia da sua mesa uma peça triste, destituída do antigo toque pessoal. Papai havia colocado tudo em ordem, de maneira tão detalhada e completa que se tornara desoladora.*

Ele costumava me dizer que o melhor modo de se organizar as idéias é arrumando gavetas, armários, selecionando papéis; fazer pontas nos lápis e jogar fora o inútil acumulado.

— Portella, estou com medo. Não sei de quê. Só sei que sinto.

Ele chamou-me Menina-Vilma, enxugou-me os olhos com seu lenço e deu-me bombons (havia sempre bombons, em sua gaveta). Abraçados, caminhamos até o elevador.

Eu ainda segurava entre os dedos a tirinha de papel que o papai gostava de enrolar, fazendo uma espécie de bastãozinho, com o qual acompanhava as suas leituras. Fora seu único esquecimento — ou proposital descuido? — sobre a mesa impecável. Parecia uma despedida. Pensei em guardar de lembrança, porém senti uma impressão triste, saudades antecipadas. Transmiti-as ao Portella e atirei no lixo o canudinho. Deveria tê-lo guardado? Porque, na vez seguinte em que lá voltei, semanas após, com advogados, oficial de justiça, e um Portella atônito porém controlado, a ausência de meu pai já se tornara definitiva.

Até hoje, o querido embaixador Portella me envia tudo o que se relaciona com o papai.

Quando o pico culminante da Cordilheira Curupira, na fronteira Brasil-Venezuela, foi descoberto e batizado com o nome de Guimarães Rosa, ele enviou-me as fotografias, os mapas, o boletim informativo e uma cópia do Ato.

Confessou-me não possuir cartas do papai, pois estavam sempre juntos; o que precisavam falar se diziam. Perguntei-lhe se gostaria de escrever alguma coisa sobre o seu amigo e antigo chefe.

Mandou-me um bilhete. Nele diz tudo. (*Ver p. 372.*)

"Guimarães Rosa dá seu nome a pico de 2.150 metros na fronteira com a Venezuela

O nome do escritor e diplomata Guimarães Rosa foi dado ao pico culminante da Cordilheira Curupira, que se ergue na faixa limítrofe entre o Brasil e a Venezuela.

Situado em território brasileiro, o pico levanta-se a 2.150 metros sobre o nível do mar, sendo o 15º mais alto do Brasil. O Pico Guimarães Rosa foi escalado pela primeira vez no dia 16 passado, após 22 dias de jornada, pelos membros da Comissão Mista Demarcadora de Limites Brasileiro-Venezuelana. O Itamarati já fez a comunicação às entidades geográficas de todo o mundo, para que a denominação conste dos mapas internacionais.

Homenagem

O nome de Guimarães Rosa foi sugerido pelo Chanceler Mário Gibson Barbosa, como uma homenagem do Itamarati àquele que, durante 12 anos, foi Chefe

J.G.R. e o ministro Arthur Gouvêa Portella. Divisão de Fronteiras do Itamaraty, 1966.

Ministro Arthur Gouvêa Portella
Ministério das Relações Exteriores

Oi, Vilminha,

Como poderia eu "redesenhar" Guimarães Rosa? Se seu pai era todo uma galáxia e um relógio de sol: só marcava as horas de luz, de vida e de alegria.

Abraço afetuoso,

A. Portella

do Serviço de Demarcação de Fronteiras da Chancelaria Brasileira.

O batismo do pico consistiu no hasteamento da bandeira brasileira, em presença dos membros daquela comissão."

Jornal do Brasil, 20 de dezembro de 1969.

Quando papai e o Arthur Portella terminaram, em Brasília, as sete horas ininterruptas de debates, durante a exposição feita perante o Congresso Nacional do problema diplomático surgido entre o Brasil e o Paraguai, sobre o Salto das Sete Quedas, eles voaram para Belo Horizonte. Meus avós, tios e primos o esperávamos com ansiosa alegria. Tinha eu chegado na véspera, do Rio, para o encontro combinado.

Apesar daquela visita não ter tido caráter oficial, Israel Pinheiro, o simpático governador de Minas, enviara amavelmente o automóvel, com um representante, para nos buscar no aeroporto. Papai, sempre arredio a entrevistas e meio apavorado com os fotógrafos, pediu-me para protegê-lo. Aliás, ele sempre me pedia isso.

Portella colocou a mão do "Rosa" sobre a minha e disse, com aquele seu jeito brincalhão:

— Pronto. Missão cumprida. Seu pai agora é todo seu.

Antes de prosseguir o vôo para o Rio, Portella contou-me como fora divertida a viagem de Brasília a Belo Horizonte, papai dando aulas de geografia a 3.000 metros de altitude, dizendo os nomes dos acidentes geográficos que iam sobrevoando, contando casos interessantes.

Meu pai tinha horror a viagens de avião. Acredito que a tal aula de geografia tenha sido um modo hábil de distrair o próprio medo.

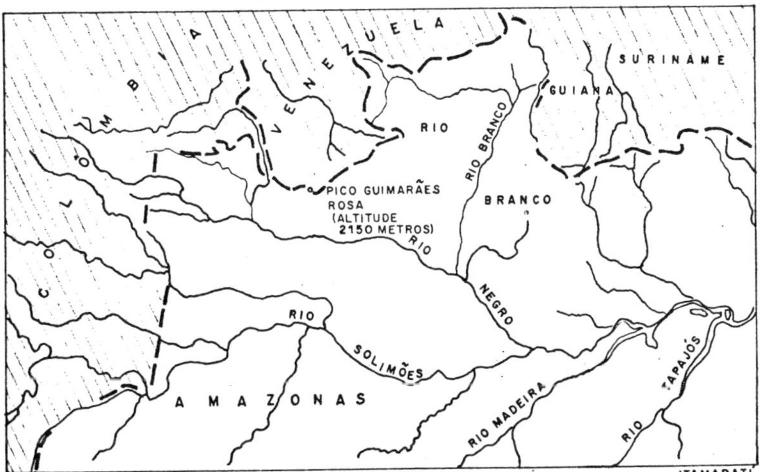

SERVIÇO DE DEMARCAÇÃO DE FRONTEIRAS — ITAMARATI

A família exultava com aquela visita. O almoço seria em casa dos tios Zezé e Gil, na bela casa da Pampulha, onde viviam, com eles, os meus avós.

Fiquei especialmente feliz, quando papai mandou ao governador, além dos agradecimentos, o recado de que só poderia visitá-lo após tomar a bênção dos pais, que não tinham podido ir ao aeroporto. E que o primo Israel desculpasse, mas ele estava com muita fome e ansioso para provar a galinha com quiabo que o esperava.

Ao jornalista que insistia sobre a sugestão do seu nome para candidato ao Prêmio Nobel, respondeu sorrindo:

— O Jorge Amado é que deve ser o candidato...

Foi uma bela e animada reunião de família. Amigos iam chegando, para nos abraçar. Papai estava descontraído e falante. Todos nos sentíamos imensamente felizes. Um alegre retorno à nossa mineiridade. Ele contava casos leves, pitorescos, e queria saber de tudo e de todos.

Pedia ao vovô mais assuntos do sertão, diálogos engraçados entre a gente dos Gerais. E o vovô escrevia páginas e páginas, pois uma operação da laringe o havia há anos emudecido.

Depois, atendendo ao convite do governador, fomos visitá-lo em palácio. Subimos a escadaria, papai de braço dado com a vovó e eu, e o vovô me deu a mão. Formávamos uma corrente de amor e orgulho. Foi uma visita informal, muitíssimo simpática. Já conhecíamos o Israel Pinheiro e sua família, de quem somos parentes, pelo lado do vovô Flordualdo. Entre aplausos, abraços e sorrisos, papai recebeu, então, a medalha da Inconfidência, concedida aos mineiros ilustres.

Ele, tantas vezes agraciado — Légion d'Honneur, Medalha do Mérito Militar, e outras condecorações nacionais e de diversos países — sempre se mostrava hu-

Os ‘‘Rosa’’: Dona Chiquitinha, Joãozito, Vilminha e Florduardo — Belo Horizonte, 1966.

milde no ato de receber homenagens. Desta vez, não escondia a satisfação.

Sem saber — ou já teria pressentido? — ele se despedia de sua Minas Gerais, de sua família e dos amigos antigos.

Viajamos pelo trem noturno, de volta ao Rio.

Saí da cabine para ele trocar de roupa. Ao ouvir as batidinhas na porta, sinal combinado de que estaria pronto, abri a porta e o vi metido num pijama de seda cor-de-vinho, faixa amarrada na cintura e chinelas. Parecia pouco à vontade, constrangido:

— Estou muito ridículo?

— O senhor está alinhadíssimo. Capa de Vogue, *se algum dia eles publicarem na capa homem vestindo pijamas...*

Rimos tanto que os vizinhos fizeram "psiu", ele ficou então preocupado:

— E se nos expulsarem?...

Pulei para o leito de cima, apaguei a luz e comecei a mudar a roupa. Ele perguntou se eu conseguia tal operação, empoleirada e no escuro. Expliquei-lhe que era uma questão de técnica, já estava habituada, com as constantes viagens que Peter e eu fazíamos a São Paulo.

Entabulamos então uma longa conversa, que duraria quase a noite toda. E poderia servir de assunto a um livro.

J.G.R. e os pais, Dona Chiquitinha e Florduardo, quando os visitou em Belo Horizonte, pouco antes de falecer — 1966.

Das mãos do governador de Minas Gerais, Israel Pinheiro, a quem chamava de primo, J.G.R. recebe a Medalha da Inconfidência, com a qual são condecorados os mineiros ilustres — 1966.

Casa em que morou J.G.R. e onde nasceu sua segunda filha, Agnes. Encostados na cerca, Vilma e os filhos de Zilah e Alfredo Renault, vizinhos dos Rosa — 1934.

Muitos anos antes de aplaudir Geraldo França de Lima, o escritor, e apresentar o seu livro de estréia, papai já o adotara como um irmão especial, dedicando-lhe uma fraternura que vinha dos nossos tempos de Barbacena. Geraldo carregou Agnes e eu no colo, nos contava estórias, tinha uma paciência formidável, e era considerado pessoa da família.

Lygia, sua mulher, foi uma das poucas amigas-confidentes com quem papai se abria, e nos últimos anos esta amizade se tornaria mais sólida e completa. Cultivavam uma filosofia espiritualista, e suas conversas sempre se mantiveram num plano muito elevado.

Lygia é filha do engenheiro Paulo da Rocha Lagôa, de antiga família barbacenense. Papai gostava de conversar com ele, homem de notável cultura, seu companheiro assíduo no jogo de xadrez.

Do grupo de Barbacena, faziam parte a Zilah e o Alfredinho Renault, nossos vizinhos. Nonozinha e Armando Araújo, Honório Armond, que recebera o título de "O Príncipe dos Poetas", e o Dr. Durval Nascimento, conhecido pelas suas excentricidades ("tomava mel à maneira de Platão"), homem de idéias avançadíssimas para aquela época e que despertava em todos enorme curiosidade.

Eu era muito pequena para lembrar-me deles, mas conversando com mamãe e com a mulher do Geraldo (as duas Lygias) sinto todo o sabor das reuniões no Clube Barbacenense e na sala de visitas de suas casas, onde debatiam assuntos palpitantes, num ambiente de entusiasmo e amizade.

Em Barbacena, foram tempos felizes. Nossa casa era bonita, cheia de sol e alegria, e eu cultivava, no jardim, um canteiro de violetas que meus pais gostavam de visitar.

— Papai, por que dizem que a violeta é humilde?

— Às vezes, a própria violeta não quer ser humildosa...

Eu tinha dois amigos especiais: Seu *José, o ordenança do papai, muito dedicado a nós, e a minha primeira ama, de cabelos cor-de-fogo, a Marianna, que sabia contar estórias imaginosas. Eu as recontava ao papai, a meu modo, e ele me aconselhava a escrever outras, por mim inventadas, quando eu aprendesse a ler e escrever. Suavemente, já me conduzia pelo fascinante caminho da literatura.*

Meus pais já demonstravam uma diplomacia nata, convivendo amigavelmente com os Andradas e os Bias Fortes, rivais políticos. Lembro-me que mamãe enchia os vasos de cravos vermelhos, quando recebíamos a família Bias Fortes, pois era a flor que os simbolizava...

Rio de Janeiro, 16.VII.48

Meu caro Geraldo,

Achei ótimo, realmente magnífico, seu "O Caminho da Cruz das Almas". Do "berdiaeff" a êste, a subida foi sensacional. Parabéns, velho! Só por isso estou escrevendo, no meio dos meus agitados preparativos. A coisa satisfez-me, tinha onde se morder e mastigar. Muita coisa para contar, e até a forma nada deixou a desejar. Qual, Geraldo danadinho, não há como a gente escrever entusiasmado, possuído de uma idéia, metendo no meio a própria experiência muito vivida, real ou imaginàriamente.

Agora, uma restrição, ou melhor, uma intimação: Você tem, mas tem mesmo, de "organizar" mentalmente, planejando bem, vasculhando na memória, e pulsando e caprichando, Você tem de escrever uma série de artigos sôbre Bernanos — de quem V. foi o Secretário e Anjo-da-Guarda, aí na melomaviosa Mantiqueira. Faça isso, homem. Ou V. faz, ou eu corto relações. Basta que V. use a mesma *maneira* usada nêste. Objetividade, substância, narração, simpatia, reminiscências. Com trêchos deliciosos, como êste:

> "...os sinos da Matriz rompendo a do espaço, riscos de ouro e de púrpura, no desmaio do dia, etc., etc... o vulto lendário cavalgando, a passo, um baio manso e magro, etc., etc."

Ou "a paz florestal de Compiègne e nem transigiu com os aquistas de Vichy". Ou: "numa arrogância triunfante, tìpicamente celta"... Ou como uma porção de coisas mais; ou como o artigo todo.

Conte, narre, simplesmente.

Retoque, condense. Mas, escreva! Artigos assim, seriam triunfalmente publicados em qualquer jornal carioca. Títulos: *Bernanos em Barbacena, Ouvindo Bernanos*, ou coisa que o valha. Afinal, V. tem o dever de contar tudo. Valeu?

Apenas, para fazer um pouco "O amigo da onça": não concordo com a idéia de se mudar o nome do Caminho da Cruz das Almas, nem mesmo para homenagear a memória do seu amigo. O nome é lindo, cheio de poesia. Deve ser conservado. Precisamos de defender os nomes como êsse, carregados de poesia. É como o "Brejo das Almas". Lembra-se?

Bem, Geraldo, pretendo partir, por avião, nos primeiros dias de agôsto. Aracy e Vilminha irão de navio, dias depois. Vou deixar Você bem recomendado.

Se puder abraçar Você, antes da partida, ficarei contente.

Lembre-me à Lygia, com as mais belas palavras.

E abrace, fortemente, o

seu

Guimarães Rosa.

∴

Papai confiou ao Geraldo França de Lima a leitura da carta que me escreveu, pelo lançamento de Acontecências, *meu primeiro livro, em 1967. Os jornais anunciavam a "Semana dos Rosa", o "Festival Guimarães Rosa".*

Papai e eu dávamos entrevistas, nos telefonávamos a todo instante, ele me ajudando na lista dos convidados para o lançamento do livro, lembrando nomes de pessoas, e eu convidando, em seu nome, para a sua posse na Academia. Vivemos com emoção intensa aqueles dias que precederam a tão esperada semana.

Quando os autógrafos de Acontecências *começaram a acontecer, naquela cálida e excitante noite de novembro, na pérgula da piscina do Iate Clube, Geraldo leu em voz alta a mensagem do papai. Um atestado de amor.*

Ele vacilara muito, mas afinal preferiu não comparecer:

— A noite é sua, Vilminha. Você é a estrela. Não quero roubar a cena...

Senhoras e senhores,

Uma palavra apenas, três ou quatro minutos no máximo, para receber no universo dos poetas e dos escritores, Vilma Guimarães Rosa, mineirinha de Itaguara, nascida entre o perfume das flôres, sob o canto dos sabiás, e criada no meio das rosas, dos cravos, das hortências, das giestas e das camélias de Barbacena. Por isso é que ela traz na sua arte e no seu encanto a doçura da terra montanheza.

Peguei-a em meus braços, e pela minha mão a conduzi através das ruas enviezadas de Barbacena. Conheço-a bem. Imaginosa, a fantasia e o sonho lhe deram as dimensões do mundo absorvente da ficção. Cedo ou tarde teria fatalmente de ser escritora, porque escritora Vilma nasceu.

Agora passarei à mensagem que seu Pai, João Guimarães Rosa, meu amigo de 34 anos, retido em casa pela emoção, compôs para esta noite de magia, encantada pela beleza feminina, e que me concedeu a honra de ler em seu nome, para êste momento que Vilma está vivendo.

Geraldo França de Lima

Rio, 13, XI, 67

Ao Geraldo e à mamãe, porém, papai contou a verdade. Desconfiava de seu coração, compassando emoções em ritmo descompassado. Se ele sofresse o ataque cardíaco que pressentia, eu poderia ficar traumatizada para sempre e talvez nunca mais voltasse a escrever os livros que ele tanto me estimulava a publicar.

Na quinta-feira, 16, Geraldo foi à casa do papai, ajudou-o a vestir o fardão — presente do governo de Mi-

nas — e o nervosismo era tal, que eles não conseguiam encontrar a alcinha que prendia a espada à calça. Telefonou-se então ao Álvaro Lins, e este indicou a localização da alça, meio escondida.

Foram os dois sozinhos, no carro. Eu saía de casa ao mesmo tempo, com a família, encontro combinado no saguão da Academia.

Soube tudo pelo Geraldo: papai estava deprimido, controlando a emoção e o medo. Com a sua natural afabilidade, perguntou ao motorista se estava bonito, vestido daquele jeito. A resposta foi lisonjeira e ele riu.

— É, Ubirajara, mas estou com medo do meu discurso...

— É só o senhor falar igual está falando comigo, embaixador...

Não era medo de discursar. Era o temor da premonição, da predição que alguém lhe vaticinara anos antes. E a morte poderia surgir durante a cerimônia. Papai acreditava que se tomasse posse, morreria logo depois. Eleito quatro anos antes, adiara aquela noite para adiar a própria morte.

Terminada a cerimônia, belíssima, e a festa, papai continuava vivo, mas alerta o tempo todo, pois a "coisa" poderia vir e pegá-lo desprevenido. Parecia muito tenso, julguei que fosse a luta entre o seu temperamento e toda aquela agitação de cumprimentos, brindes e solicitações, que na realidade o intimidavam. Mas estava se portando admiravelmente, conforme lhe segredei ao ouvido. Ele se descontraiu um pouco, mas parecia espantado de ainda estar vivo.

Quando saímos, descendo a escadaria da Academia, um mendigo se aproximou. Houve um movimento de impaciência pelos que tentavam monopolizar a atenção do novo imortal.

Papai, de capa, espada, chapéu bicorne de plumas, uniforme bordado a ouro, e absolutamente sem dinheiro, naquele momento, pediu emprestado ao Geraldo "uns trocados" e deu ao homem. Este chamou-o de embaixador, desejando-lhe boa sorte. Era um pobre que papai costumava ajudar e que se pusera ali para cumprimentá-lo.

Domingo 19, dia da Bandeira — e ele amava tanto a sua bandeira — agredido por violento enfarte, papai morreu. Morreu? Não, encantou-se. Ele preferia assim. Há mais poesia num encantamento...

Um jornalista insistira em obter a minha resposta à carta que papai me havia escrito, dias antes. Sou-lhe imensamente grata por esta insistência; ele queria publicá-la ainda naquela semana, a fim de aproveitar o impacto. Adiei até sexta-feira, quando a inspiração veio súbita, em casa dos tios Miretta e Vicente, na mesma sala onde meu pai ensaiara na véspera da posse o seu discurso, para a entusiástica platéia da família, inclusive a vovó, com quem almoçara. Ela viera de Belo Horizonte especialmente para aplaudir o filho.

Não havia tempo, o destino nos rondava. O jornalista telefonou da redação do Diário de Notícias, *pedindo-me o favor de ditar o poema, pois iam fechar a seção. Saiu na edição de domingo. Graças a Deus e ao jornalista insistente, papai chegou a lê-la. Eu lhe avisara da surpresa, e o recorte estava sobre a sua mesa, quando lá cheguei, naquela noite inesquecível de choque e desespero.*

Havíamos combinado um encontro no Itamarati, para a segunda-feira seguinte. Leríamos juntos Acontecências, *e só então eu aceitaria as suas críticas e os conselhos. Ele estava ansioso para comentar o livro, que já folheara na editora e em casa do tio Vicente.*

Eu o convencera a assistir à missa da segunda-feira seguinte, na igrejinha do cemitério São João Batista.

— Promete essa missa às Almas, papai, elas o ajudarão a tomar posse com sucesso...

Sabia que ele andava preocupado e julgava que fosse apenas o temor da emoção.

— Como elas podem nos ajudar, se estão sofrendo?...

— E as que conseguem escapar das trevas, pelas orações? Ficarão ansiosas para demonstrar sua gratidão. Vai rezando, e depois a gente "combina" com elas...

Fiquei de buscá-lo em casa, na segunda-feira cedo, e avisei que não se preocupasse com a escadaria até a igrejinha, pois não sentiríamos cansaço, se subíssemos devagar.

Subimos juntos. Devagar. E ele não sentiu nada. Não estávamos de mãos dadas, como de costume. Pois eu segurava a alça daquele estojo de madeira dentro do qual ele jazia adormecido no próprio encantamento, com Acontecências *dedicado, autografado, entre suas mãos... O mausoléu dos imortais fica logo ao lado da igrejinha...*

Sem que o soubéssemos, aquela troca de mensagens — a carta e o poema — havia sido a nossa despedida.

Apenas uma notável coincidência ou Deus teria programado tudo, registrado em beleza, nas palavras, o nosso adeus?...

Rio, em 13. XI. 67.

Vilma, jovem Colega,

Vir eu queria, queria. Posso não. Estou apertado, tenso, comovido; urso. Meu coração já está aí, pendurado, balançando. Você, mineirinha também, me conhece um pouquinho, Você sabe.

Gosto de Você escritora. Mas, por mais que seja, não excederá a filha — boa, notável, admirável — que Você é e sempre foi: caprichada carinhosa.

Vilminha, canto de pássaro,
Vilminha, pétala de flor!
Vilma — sempre mais Vilminha —
Você é um meu amor.

(E orgulho meu, "acontecência"?...)

Beijo
do
João Papai.

Rio, em 13.XI.67

Vilma, jovem Colega,

Vir eu queria, queria. Posso não. Estou apertado, tenso, comovido; urso. Meu coração já está aí, pendurado, balançando. Você, mineirinha também, me conhece um pouquinho, Você sabe.

Gosto de Você escritora. Mas, por mais que seja, não excederá a filha — boa, notável, admirável — que Você é e sempre foi: caprichada carinhosa.

Vilminha, canto de pássaro,
Vilminha, pétala de flor!
Vilma — sempre mais Vilminha —
Você é um meu amor.

(E orgulho meu, "acontecência"...)

Beijo
do
João Papai

Do Ministerio das Relações
Extériores dos E. U. do Brasil.

À escritora

Vilma Guimarães Rosa (Reeves)

Em mãos

(Pela amizade do Geraldo)

João Papai

Abri os olhos
para o mundo que girava
no meu berço.
E vi, debruçado
sôbre o seu achado,
meu Pai.
Eu não sabia, apenas pressentia.
Era êle,
de óculos e cabelos na testa,
surpreendido e feliz,
seu olhar verde me fazendo festa.
Cresci.
Sua mão certa
me disse o caminho certo.
Com voz doce
me falou dos bichos e das fadas,
do mundo grande e belo
das palavras.
Cresci mais.
Aqui dentro, no coração.
E de repente,
aquêle Pai
que era o meu
João Papai Beleza

que me fazia rir
afugentando qualquer tristeza.
Que ouvia, atento,
eu contar coisas
e, como eu, gostava
de imaginar.
Meu Pai Amigo
virou Colega.

João Papai Colega,
Você gosta do sertão mineiro,
dos bois, da terra e dos vaqueiros.
Eu, sou do mar.
Juntos na palavra, agora,
como nas bonitezas infantis
de outrora,
vamos, Pai Querido,
estórias, muito, mais estórias
inventar?

Muito amor,
Vilminha.
Rio, 17 de novembro
1967.

João Papai

Abri os olhos
para o mundo que girava
no meu berço.
E vi, debruçado
sôbre o seu achado,
meu Pai.
Eu não sabia, apenas pressentia.
Era êle,
de óculos e cabelos na testa,
surpreendido e feliz,
seu olhar verde me fazendo festa.
Cresci.
Sua mão certa
me disse o caminho certo.
Com voz doce
me falou dos bichos e das fadas,
do mundo grande e belo
das palavras.
Cresci mais.
Aqui dentro, no coração.
E de repente,
aquêle Pai
que era o meu
João Papai Beleza
que me fazia rir
afugentando qualquer tristeza.
Que ouvia, atento,
eu contar coisas
e, como eu, gostava
de imaginar.
Meu Pai Amigo
virou Colega.

João Papai Colega,
Você gosta do sertão mineiro,
dos bois, da terra e dos vaqueiros.
Eu, sou do mar.
Juntos na palavra, agora,
como nas bonitezas infantis
de outrora,
vamos, Pai Querido,
estórias, muito, mais estórias
inventar?

Muito amor,
Vilminha.

Rio, 17 de novembro
1967.

A VILMA GUIMARÃES ROSA

Senhora Morte levou Papai :
Nanja o pai dela... Esse, levasse :
Não soltaria (que, nada !) um ai :
Mas Morte mesmo levou meu Pai.

Oh ! tal bobagem meu verso diz,
Que Vilma pegou a chorar !
Papai viajou n'Outro País
E, aí, diz Vilma :
Eu vou viajar.
Lá,vê Nemésio ; ele ouve : "Vilma"
(Nemésio, amigo de Papai,
Que crê que Vilma é terra mesmo
E lhe propõe : — Vamo viajar !
-- Que nada ! Que terra ? -- A esmo !
Eu sou o poeta que tal
Viagem dá ao amigo morto
Por "tutameia", que é imortal !

(Lisboa, 20-21 Novº 1968).

Vitorino Nemésio

VITORINO NEMÉSIO

EXPOSIÇÃO GUIMARÃES ROSA EM PORTUGAL

"Uma carta de Guimarães Rosa a sua filha Vilma, escrita dias antes de ele falecer, é o documento que mais enterneceu os portuguêses, na exposição biobibliográfica realizada recentemente em Lisboa. Uma grande foto do escritor brasileiro e seu discurso de posse anunciavam aos passantes, na vitrina da Livraria Quadrante, a exposição que se desdobrava pelos painéis de vidro da Galeria de Arte: cartas, manuscritos, críticas e fotografias documentando os principais momentos da vida de Guimarães Rosa. O Embaixador Ouro Prêto e o escritor Adonias Filho discursaram na inauguração da mostra, organizada pelo diplomata Sérgio Teles; coube ao poeta português Vitorino Nemésio encerrá-la, dez dias depois. Na mesma Livraria Quadrante, Vilma Guimarães Rosa autografou a segunda edição de seu livro *Acontecências*, cujo lançamento motivara a carta enternecedora de seu pai. Ali também ela recebeu os cumprimentos de personalidades da vida cultural de Lisboa e brasileiros residentes ou em viagem. Entre outros, compareceram à inauguração os famosos escritores Ferreira de Castro, Fernando Namora, Joaquim Paço d'Arcos e Luís Forjaz Trigueiro.

Artur de Souza"

Manchete, Rio, 28 de dezembro de 1968

Vilma — convidada oficial do Itamarati e do Ministro do Exterior Magalhães Pinto — entre o diplomata e pintor Sergio Telles, que organizou a Exposição Biobibliográfica J.G.R., em Lisboa, e o acadêmico Adonias Filho, que discursou, na abertura da solenidade — 19 de novembro de 1968.

O embaixador Orlando Leite Ribeiro teve uma influência decisiva e muito importante na carreira do jovem diplomata João Guimarães Rosa. Soube reconhecer os seus valores, incentivou-o, e foi quem sugeriu o seu nome para chefe-de-gabinete do chanceler João Neves da Fontoura.

Tornaram-se amigos e se correspondiam com freqüência — cartas minuciosas e informativas, quando afastados pelos postos.

Conheci o embaixador Leite Ribeiro, apresentada pelo papai. Era uma pessoa bonita, de dentro para fora. Sua família mantém esta tradição.

Rio, 5/VI/946.

Meu caro Orlando,

Muito agradeço a Você a amável carta, que, mesmo no desconfôrto dos primeiros dias nessa "urbs" pouco submissa — que imagino tão difícil como pôço que não dá pé, e agitada como um curral cheio de bois, em hora de trovoada —, V. não demorou para escrever. Se não pude responder imediatamente, como queria e devia, vá perdoando: o Gabinete tem sido, cada vez mais, uma pequena Nova York... Mais telefonemas, mais audiências, mais telegramas, mais incumbências. No meio da barulheira, o Guimarães Rosa vai fazendo um pouco como o burrinho pedrês da história; mas, à saída, lá pelas nove da noite, nada se fez, de ponderável e palpável, e a cabeça está zonza de nomes, coisas, providências a tomar, a anotar, a telefonar, e não há ânimo para segurar papel e pena, para uma carta amiga. Veja Você no que deu a sua idéia de colocar um poeta na chefia do Gabinete... Mas, em compensação, há o contentamento de trabalhar com o nosso Ministro, pessôa que a gente é obrigada a admirar e a estimar, cada dia mais. Tenho conversado com êle, a respeito de Você, e me alegro ao verificar (ou, melhor:) ao ver sempre confirmada, reafirmada, a amizade dêle por Você. E, da minha parte, esta é a senha: o Orlando gostaria de poder ficar por lá, em paz...

Imagino como não terão sido intensos e trabalhosos os dias, para Vocês aí. A O.N.U. é coisa viva, organismo que pulsa, esquina de grande movimento.

Por aquí, tudo corre sem grandes novidades; ou, talvez, seja eu que me ressinta da falta de capacidade para selecionar notícias dignas de menção. Perto das árvores, não se vê a mata... Houve a reforma em edição definitiva, houve os Conselheiros, houve a trapalhada do Newman, houve outras coisas que o Boletim côr-de-rosa lhe terá contado; não houve a Conferência de Paris. (Cheguei a expedir uma mala, com roupas e coisas, que anda a me esperar, lá na beira do Sena...) Boatos, sempre há, mas mal tenho folga para que êles cheguem até a mim. Com o Fernando Lobo trabalham o Houaiss e o Camargo Neves. Os Escritórios de Propaganda vão passar do Ministério do Trabalho para o Itamaraty; é coisa quase assentada. Por falar nisso, aqui vai um pedido, ja que é meu destino não deixar Você nunca em paz: tenho um amigo, um bom amigo, que se chama Orlando Meríngolo e trabalha no Escritório em Paris, tendo sido removido, faz pouco, para Londres. Ele gostaria, por diversos motivos, de procurar outra coisa, pois a remoção para Londres maltratou-lhe a vida. O Embaixador Cyro de Freitas Valie pediu ao Emb.or Leão Velloso que obtivesse para ele um cargo no Secretariado da O.N.U. Poderia V. apoiar aí êsse pedido? Desde já muito agradeço o que V. puder conseguir, pois é pessôa que vale a pena ajudar: amigo firme, franco e leal, desassombrado e de cabeça alta, másculo e limpo.

Bem, meu caro Orlando, vou deixar assunto para outra. Mande ordens, sempre, sem hesitar. Muito obrigado por tudo que V. diz e faz pelo *Sagarana*. Por falar nêle, a 1.ª edição já está completamente esgotada, e estamos preparando a 2.ª. Tem sido realmente um sucesso, um barulho. Teve sorte, o bicho!

O Palmeiro ficou sensibilizado com o que V. escreveu sôbre êle, e retribúi o forte abraço. Agora, anda êle por Buenos Aires, onde foi para a posse.

Que tudo corra bem a Você, com saúde e alegria, juntamente com os seus. Que se instalem bem e se libertem dos hotéis a 70 dólares (coisa que impressiona a um bom mineiro...).

E continúe contando com a sincera amizade do seu, sempre grato,

Guimarães Rosa,
que envia, aqui, um abraço forte.

Rio, 11.VI.58

Meu caro "Tenente", Chefe,
Embaixador e querido Amigo,

Estou chegando de viagem — que desta vez me levou até ao lugar no meio dos chapadões onde andam levantando BRASÍLIA —; e encontro o telegrama amigo. Alegria! Gratíssimo, por essa palavra sincera e afetuosa, que eu já esperava, de coração acêso.

Porque, no dia, e nos dias seguintes à promoção, pensei muito em Você — como não podia deixar de ser. Um saudoso pensamento de amizade, e de profunda gratidão. Você, meu caro Orlando, foi, incontestàvelmente, a grande ajuda, oportuna e eficaz, no encaminhamento, para cima, da minha carreira. Primeiro, com aquela bela promoção, em 1945, em circunstâncias tão especiais e tão simpáticas. Depois, fazendo-me Chefe do Gabinete do Ministro João Neves, de um modo, também, como raramente as coisas acontecem neste mundo. Sei, êsses foram os impulsos reais, os elementos decisivos, no ponto crucial do caminho; o resto, não passou de simples continuação, do rolar de águas colocadas em canais seguros. Tanto reconheço o que recebi de Você, querido *Tenente.* Nesta Casa, em gratidão e afeto, sou o seu maior devedor.

Mas, por isto mesmo, meus melhores sentimentos, e vivos votos — de merecida felicidade e muitas alegrias, sempre, para Você e todos os de sua harmoniosa Família — são e hão de ser repetidos constantemente.

Mais fortes, ainda, hoje
com o abraço, grande, fiel, amigo,
do seu

Guimarães Rosa

Belo Horizonte, 20-08-1985.

Prezada e talentosa escritora
Vilma Guimarães Rosa Reeves:

Anexo, encaminho duas cartas-missivas preciosas, de alto valor literário e afetivo, formuladas por seu inolvidável e genial Pai. Faço o encaminhamento, a fim de que a festejada escritora, tome conhecimento do documento epistolar, que certamente desconhece, pois sòmente foram publicadas uma vez, num suplemento literário do "Minas Gerais".

As ditas cartas, além de constituírem um texto de alta excelência literária, escritas com muita espontaneidade, trazem as confissões da inquebrantável do Gênio, digo, as confissões da inquebrantável vinculação do Gênio às suas origens, aos seus, trazem a denúncia do seu admirável telurismo, constante em toda a sua inexcedível e ciclópica criação literária, no dito prosoema, inigualável, tanto pela originalidade, como por outros aspetos de cunho estético-filosófico.

Quando ocorrer nova edição da biografia do seu saudosíssimo Pai, o que deverá acontecer, causa da alta excelência da obra, desejava que se inserisse na mesma, fatos referentes à atuação de seu nobre avô, Flordoardo Pinto Rosa, que talvez não são do seu conhecimento. Para melhor detalhar as suas atividades comerciais. Alí por volta de 1922/23, o seu avô administrou em Gustavo da Silveira, estação da Central do Brasil (Estrada de Ferro), um armazém de cereais da firma de Curvelo, Pereira Diniz & Cia Ltda. Gustavo dista 6Km de Curvelo e naquela época, existia lá duas grandes charqueadas, com inúmeros empregados. O armazém visava os mesmos.

Dita firma comercial, era integrada por meu Pai, José Pereira Diniz, seu irmão, João Pereira Diniz (grande amigo do seu avô) e outro sócio, o José Barata. A firma dedicava-se ao comércio atacadista de cereais e ferragens grossas, atuando em todo o Vale do São Francisco, inclusive Bahia.

Com um cordial abraço, despede-se o admirador, tanto dos seus notáveis atributos de beletrista, como de pessoa de gente dotada de invulgar simpatia.

Paulo Emílio

Rio, 23 de agôsto de 1963

Meu caro PAULO EMÍLIO Pereira Diniz,

Sua forte, bela carta — viva em simpatia e crepitando de sinceridade — foi para mim uma alegria, mesmo, diferente, real, das mais, no meio dêstes dias com barulhinho de festejo. Quero logo agradecê-la, muito. Mensagens assim, pelo espontâneo, pelo calor que trazem, fazem, é que valem, de verdade, para pagar a gente. Gratíssimo, pois, meu caro Paulo Emílio.

E, ainda, peço-lhe, no quando tenha ocasião, dizer de mim a êsses outros Amigos, de que me fala: Dr. Dalton Canabrava, Dr. José Olímpio Borges Filho, Dr. Morse Belém Teixeira (o nosso Cyro dos Anjos já me falara nêle, entusiasmando-me), Jeovah Amaral, Ulisses Batista de Oliveira, Telmo Lívio Couto e Silva, Hélio Adjunto Botelho (deve ser um daqueles bons paracatuanos, de longa estirpe), Valter Andrade, Dr. Juvenal Gonzaga, o Juquita de Matos — que estarão sempre comigo na animadora lembrança fértil, amigos de chão a fora e livro a dentro.

Decerto, gosto, tiro estímulo de ver que sou lido e sentido tanto, aí, pulsadamente, por espíritos parentes, de escolha grande. Mas, principalmente, por gente minha, daí. Dessa parte vasta de Minas, nossa, que puxa sempre o afeto da gente, em apertos concêntricos. CURVELO, por exemplo (e como Você disse bem: "capital do país" de meus livros, ponto nuclear dessa paisagem terrestre e humana que amo), é para mim uma amizade, um exemplo e um símbolo. De claridade, firmeza, otimismo, franqueza, coragem, valor. Por isto, mesmo, nem sei dizer-lhe como exultei com o que me adianta: a generosa idéia de darem, lá, o meu nome a uma rua. Júbilo de bom orgulho. De Curvelo, até a poeira vermelha enriquece a minha imaginação. Curvelo, sempre a senti bem junto com Cordisburgo. Vocês são nobres, grandes, como grande há de ser a minha gratidão.

Já, quanto à homenagem, com a minha presença — e como me sentirei fortemente feliz de lá poder ir, em qualquer tempo! — teremos de conversar. Não saberia dizer quando me vai ser possível fazer essa viagem. Por vários motivos, de compromissos de trabalho, de deveres aqui, de saúde, êste ano ela não seria, de todo, exequível. Porque, tendo deixado acumular muita ausência, ver-me-ia obrigado, na ocasião, a passar também por Sete Lagoas, Cordisburgo, e outros lugares queridos, com os quais tomei compromisso. Teria de ir a Itaguara. A Paraopeba. A várias fazendas de parentes. A Barbacena. E, tudo isto, não contando os dias que teria de passar em Belo Horizonte, que seriam, calculando por baixo, pelo menos uma quinzena, dias que de há muito já estou devendo. Veja, só. De tudo isso, tão bom, tão do coração, não poderia me esquivar; e os prazos me asfixiam. Tudo terá de ficar, pois, para os meados do ano que vem. É o que, sincero, sinto.

Mas, como Você me anuncia, hei de vê-lo, dentro em breve, por aqui. Venha ver-me, no Itamaraty, onde mourejo quase as 24 horas de cada dia. Terei prazer puro. (Já da outra vez, lembro-me, fiquei com pena de não nos avistarmos, conforme disse à nossa amiguinha Staël Alves Pequeno.) E, então, abraçarei, sempre grato, êsse "curvelano de mais de cem anos, Mascarenhas, Diniz, e Ferreira, de Traíras", com outro possante, sincero abraço, como êste, que vai aqui,

do seu
Guimarães Rosa

Rio, 29.VII.65

Meu caro Paulo Emílio Diniz,

Obrigado, por tudo, pela bela carta amiga, pelas felicitações, pelas ativas e espontâneas manifestações ao Govêrno de Minas, pela forte alegria que agora me traz.

Curvelo é grande no permanecer.

E me alegra, não menos, sua fidelidade na lembrança, a firmeza sertaneja. Repito: nada me conforta e entusiasma mais que a estima dos de lá, dos meus, dos nossos.

Outra vez, também, sua presença mexeu-me saudades. O Dr. Péricles, amigo, desde Cordisburgo; depois, meu contemporâneo na Faculdade. E admirável. Quando escrever ao Dr. Dalton Canabrava, por favor fale-lhe de minha grata estima e vivo aprêço. Grande nossa gente!

Ando empurrado demais, por obrigações e assuntos, às vêzes em atordôo.

Mas o sentir é invariável, e foi boa esta conversinha, ótima. Todos os votos de felicidade aí em Vitória, simpática cidade.

E, aqui, o forte, grande, grato abraço

do seu
Guimarães Rosa

Belo Horizonte, 20-03-1985.

Prezada e talentosa escritora

Vilma Guimarães Rosa Reeves:

Anexo, encaminho duas cartas-missivas preciosas, de alto valor literário e afetivo, formuladas por seu inolvidável e genial Pai. Faço o encaminhamento, a fim de que a festejada escritora, tome conhecimento do documento epistolar, que certamente desconhece, pois sòmente foram publicadas uma vez, num suplemento literário do "Minas Gerais".

As ditas cartas, além de constituirem um texto de alta excelência literária, escritas com muita espontaneidade, trazem as confissões da inquebrantável do Gênio, digo, as confissões da inquebrantável vinculação do Gênio às suas origens, aos seus, trazem a denúncia do seu admirável telurismo, constante em toda a sua inexcedível e ciclópica criação literária, no dito prosoema, inigualável, tanto pela originadade, como por outros aspetos de cunho estético-filosofico.

Quando ocorrer nova edição da biografia do seu saudosíssimo Pai, o que deverá acontecer, causa da alta excelência da obra, desejava que se inserisse na mesma, fatos referentes à atuação de seu nobre avô, Flordoardo Pinto Rosa, que talvez não são do seu conhecimento. Para melhor detalhar as suas atividades comerciais. Alí por volta de 1922/23, o seu avô administrou em Gustavo da Silveira, estação da Central do Brasil (Estrada de Ferro), um armazém de cereais da firma de Curvelo, Pereira Diniz & Cia Ltda. Gustavo dista 6 Kms. de Curvelo e naquela época, existia lá duas grandes charqueadas, com inúmeros empregados. O armazém visava os mesmos.

Dita firma comercial, era integrada por meu Pai, José Pereira Diniz, seu irmão, João Pereira Diniz (grande amigo do seu avô) e outro sócio, o José Barata. A firma dedicava-se ao comércio atacadista de cereais e ferragens grossas, atuando em todo o Vale do São Francisco, inclusive Bahia.

Com um cordial abraço, despede-se o admirador, tanto dos seus notáveis atributos de beletrista, como de pessoa de gente dotada de invulgar simpatia.

Paulo Emílio

Remete: Paulo Emílio Pereira Diniz
R. Mato Grosso, 1072/202 - Tel 335-9378

Rio, 23 de agôsto de 1963

Meu caro PAULO EMÍLIO Pereira Diniz,

Sua forte, bela carta — viva em simpatia e crepitando de sinceridade — foi para mim uma alegria, mesmo, diferente, real, das mais, no meio dêstes dias com barulhinho de festejo. Quero logo agradecê-la, muito. Mensagens assim, pelo espontâneo, pelo calor que trazem, fazem, é que valem, de verdade, para pagar a gente. Gratíssimo, pois, meu caro Paulo Emílio.

E, ainda, peço-lhe, no quando tenha ocasião, dizer de mim a êsses outros Amigos, de que me fala : Dr. Dalton Canabrava, Dr. José Olímpio Borges Filho, Dr. Morse Belém Teixeira (o nosso Cyro dos Anjos já me falara nêle, entusiasmando-me), Jeovah Amaral, Ulisses Batista de Oliveira, Telmo Lívio Couto e Silva, (Hélio) Adjunto Botelho (deve ser um daqueles bons paracatuanos, de longa estirpe), Valter Andrade, Dr. Juvenal Gonzaga, o Juquita de Matos — que estarão sempre comigo na animadora lembrança fértil, amigos de chão a fora e livro a dentro.

Decerto, gosto, tiro estímulo de ver que sou lido e sentido tanto, aí, pulsadamente, por espíritos parentes, de escolha grande. Mas, principalmente, por gente minha, daí. Dessa parte vasta de Minas, nossa, que puxa sempre o afeto da gente, em apertos concêntricos. CURVELO, por exemplo (e como Você disse bem : "capital do país" de meus livros, ponto nuclear dessa paisagem terrestre e humana que amo), é para mim uma amizade, um exemplo e um símbolo. De claridade, firmeza, otimismo, franqueza, coragem, valor. Por isto, mesmo, nem sei dizer-lhe como exultei com o que me adianta : a generosa idéia de darem, lá, o meu nome a uma rua. Júbilo de bom orgulho. De Curvelo, até a poeira vermelha enriquece a minha imaginação. Curvelo, sempre a senti bem junto com Cordisburgo. Vocês são nobres, grandes, como grande há de ser a minha gratidão.

Já, quanto à homenagem, com a minha presença — e como me sentirei fortemente feliz de lá poder ir, em qualquer tempo ! — teremos de conversar. Não saberia dizer quando me vai ser possível fazer essa viagem. Por vários motivos, de compromissos de trabalho, de deveres aqui, de saúde, êste ano ela não seria, de todo, exequível. Porque, tendo deixado acumular muita ausência, vér-me-ia obrigado, na ocasião, a passar também por Sete Lagoas, Cordisburgo, e outros lugares queridos, com os quais tomei compromisso. Teria de ir a Itaguara. A Paraopeba. A várias fazendas de parentes. A ~~Itaguara~~ Barbacena. E, tudo isto, não contando os dias que teria de passar em Belo Horizonte, que seriam, calculando por baixo, pelo menos uma quinzena, dias que de há muito já estou devendo. Veja, só. De tudo isso, tão bom, tão do coração, não poderia me esquivar ; e os prazos me asfixiam. Tudo terá de ficar, pois, para os meados do ano que vem. É o que, sincero, sinto.

Mas, como Você me anuncia, hei de vê-lo, dentro em breve, por aqui. Venha ver-me, no Itamaraty, onde mourejo quase as 24 horas de cada dia. Terei prazer puro.(Já da outra vez, lembro-me, fiquei com pena de não nos avistarmos, conforme disse à nossa amiguinha Staël Alves Pequeno.) E, então, abraçarei, sempre grato, êsse "curvelano de mais de cem anos, Mascarenhas, Diniz, e Ferreira, de Traíras", com outro possante, sincero abraço, como êste, que vai aqui,

do

Seu

Guimarães Rosa.

Rio, 20.XII.6.

Meu caro Paulo Emílio Diniz,

Obrigado, por tudo, pela bela carta amiga, pelas felicitações, pelas ativas e espontâneas manifestações ao Govêrno de Minas, pela forte alegria que agora me traz.

Curvelo é grande no permanecer.

E me alegra, não menos, sua fidelidade na lembrança, a firmeza sertaneja. Repito: nada me conforta e entusiasma mais que a estima dos de lá, dos meus, dos nossos.

Outra vez, também, sua presença moveu-me saudades. O Sr. Péricles, amigo, desde Cordisburgo; depois, meu contemporâneo na Faculdade. É admirável. Quando escrever ao sr. Dalton Cavalcanti, por favor fale-lhe de minha grata estima e vivo aprêço. Grande nossa gente!

Ando empurrado demais, por obrigações e assuntos, às vêzes em atordôo.

Mas o sentir é invencível, e foi boa esta conversinha, ótima. Todos os votos de felicidade aí em Vitória, simpática cidade.

E, aqui, o forte, grande, grato abraço do seu Guimarães Rosa.

Parte III

Discursos de João Guimarães Rosa:
Orador da Turma de Medicina 1930
Discurso de posse na
Academia Brasileira de Letras — 1967

Vilma descerra a placa, inaugurando a sala de artesanato que leva o seu nome, na Escola João Guimarães Rosa, em Magalhães Bastos. Ao lado, o tio-avô Vicente Guimarães, vendo-se também a diretora da escola, Dona Aurora Alvarez — 1977.

scola Guimarães Rosa, inaugurada pelo governador Francisco Negrão de Lima, n Magalhães Bastos, com a presença da família do escritor — 5 de dezembro de 967.

Professor Samuel Libanio, paraninfo da turma de 1930, da Faculdade de Medicina de Minas Gerais.

O professor Samuel Libanio, um dos doze fundadores da Faculdade de Medicina de Minas Gerais, hoje integrada à Universidade Federal, foi um dos grandes mestres de meu pai.

Muito querido e admirado pelos seus alunos, estes o aclamaram paraninfo da turma que se formou em 1930 e da qual o jovem Dr. João Guimarães Rosa fora eleito orador.

Conversando com as filhas do professor Libanio, Maria Vitória e Rachel — esta, mãe da pintora e decoradora Mary Ann Pedrosa —, três queridas amigas, fiquei sabendo o quanto papai era estimado pelo mestre, que lhe reconhecia as qualidades, não só de notável aluno, mas também de um homem que prometia se tornar Grande.

Rachel e Maria Vitória eram meninas, porém ainda se lembram do dia em que aquele rapazinho, aluno do pai, chegou em sua casa numa visita formal, levando o discurso para ele dar o seu parecer.

Em 1981, houve em Minas uma bela homenagem organizada pela Faculdade de Medicina, à memória de seu ilustre fundador, que se fosse vivo estaria fazendo cem anos. A Academia Mineira de Medicina também participou da organização.

Falando em nome da família, o professor emérito da Universidade Federal do Rio de Janeiro, Dr. Javert de Souza Lima, genro do homenageado, citou meu pai, em seu discurso, como um dos alunos que mais se desta-

caram, tornando-se um dos luminares da literatura brasileira.

Numa tradição de genuína amizade, prosseguem as descendências de Libanio e Guimarães Rosa.

Dona Margarida e o professor Samuel Libanio tiveram quatro filhos:

Nelson Brandão Libanio, já falecido, que foi casado com Heloisa (Isá) Guinle de Paula Machado, e Cecília Lucia (Saúcha) Bandeira de Mello.

Rachel, senhora do professor emérito Javert de Souza Lima.

Roberto Brandão Libanio, casado com Dora Ferraz Pinheiro, neta do presidente João Pinheiro.

Maria Vitória, viúva de Baldomero Barbará Filho.

A todos, o meu imenso carinho.

"Minas Geraes" —
(Órgão da Imprensa Oficial do Estado)
22 e 23 de Dezembro de 1930.
Universidade de Minas Geraes
Collação de Grau dos Medicos de 1930
Paraninfo, Prof. Samuel Libanio.
Orador da turma, Dr. João Guimarães Rosa.

"Revestiu-se de grande brilho a cerimônia de collação de grau dos doutorandos em medicina de 1930, realizada hontem no edifício da Camara dos Deputados.

Ao acto compareceram muitas familias de nossa sociedade, professores e alumnos da Universidade de Minas Geraes, jornalistas, officiaes dos batalhões da Força Publica, do Estado, aqui aquartelados e muitas outras pessoas gradas.

A's 20 horas, chegava o sr. presidente Olegário Maciel, em companhia do seu assistente militar, tenente-coronel Feliciano de Andrade, sendo executado, por essa occasião, o Hymno Nacional pela banda de música da Força Publica Mineira.

Tomaram assento à mesa, que estava lindamente ornamentada de flores naturaes, o chefe do governo mineiro; o Secretario das Finanças, Dr. Amaro Lanari; o dr. Mario Casasanta, reitor da Universidade de Minas Geraes; dr. Alfredo Balena, director da Faculdade de Medicina, e professores da Universidade de Minas Geraes.

Depois de prestado o compromisso de praxe, pelos novos doutores em medicina, foi pelo dr. Mario Casasanta, reitor da Universidade de Minas Geraes, dada a palavra ao orador da turma, João Guimarães Rosa, que pronunciou o excellente discurso que se segue, e que foi muito applaudido.''

DISCURSO DO DOUTORANDO JOÃO GUIMARÃES ROSA

Quando o excesso de seiva levanta a planta joven a escalar o espaço, só á custa de troncos alheios logra ella chegar á altura — faltando-lhe as raizes, que sómente os annos soem improvisar, restar-lhe-á apenas o epiphytismo das orchideas.

Tal a licção da natureza que faz com que a nossa turma não vos traga pela minha bocca a discussão de um thema scientifico, nem ponha nesta despedida these alguma de medicina applicada, que oscillaria, aliás, inevitavelmente, entre a parolagem incolor dos semidoutos e o plagio ingenuo dos compiladores.

Venho tão unicamente pedir a palavra de senha ao nosso Paranympho, nesta hora plena de emoções para nós outros, quando o incenso das bellas cousas velhas, desabrochando em nossa alma a flor do tradicionalismo, nos evoca Iena, a douta, e Salamanca, a inesquecivel, emquanto o anel symbolico faz-nos sonhar com uma leva de *Cavalleiros da Ordem da Esmeralda*, que recebessem a investidura ante magica frontaria gothica, fenestrada de ogivas e ventanas e toda colorida de vitraes.

E a sua sabia eloquencia discursará então, *utile dulci*, sobre assumptos da maior importancia e mais patente opportunidade, tanto mais que elle, o verdadeiro proágoro de hoje, que levou o seu microscópio de hygienista a quasi todos os Estados do Brasil, conhece, me-

Dr. João Guimarães Rosa, orador da turma de 1930, da Faculdade de Medicina de Minas Gerais.

lhor que ninguem, as necessidades da nossa gente infectada e as condições do nosso meio infectante.

A VOZ DOS NEOPHYTOS

contrariando o scepticismo elegante de um dos mais illustres medicos e professores que o nosso Paiz tem possuido, combate abertamente a opinião de que o apostolado medico seja um mytho.

Por certo a larga experiencia, que a nós faz falta, ter-lhe-ia mostrado o desapparecer gradual das *cousas bellas juradas com o feiticismo do anel verde*, e soterradas logo depois, na argamassa pesada das seriedades da vida. Talvez tenha razão. Todavia, coherentes com a mocidade, que sendo a propria illusão não póde tolerar desillusões prematuras, preferimos esperar, recitando a tradição orthodoxa do medico sacerdote, as possiveis decepções dos annos... para continuarmos ainda mais idealistas, a despeito do prosaismo de quaesquer realidades.

Isso porque, mesmo que a formula não passasse de mero rotulo, seria já um rotulo-programma para as gerações posteras melhormente evoluidas; e, quaes os discipulos de Coué, acreditamos na suggestão creadora das pseudo-verdades muitas vezes repetidas.

Ninguem entre nós, para bem de todos, os exemplares do medico commercializado, taylorizado, standardizado, aperfeiçoadissima machina mercantil de diagnosticos, "un industriel, un exploiteur de la vie et de la mort", no dizer de Alfred Fouillé, para quem nada significam as dôres alheias, tal qual Chill, o abutre kiplinguiano, satisfeito no jangal faminto, por certo de que depressa todos lhe virão a servir de pasto.

Esses justificam a velha phrase de Montaigne, "Science sans conscience est la ruine de l'âme", hoje aposentada noa rchivo dos logares communs, mas que de verdadeira se faria sublime, si se lhe intercallasse: "... et sans amour..."

Porque, dêm-lhe os nomes mais diversos, philantropia tolstoica, altruismo comtista, humanitarismo de Kolcsey Ferencz, solidariedade classica ou beneficencia moderna, bondade natural ou caridade theologal, (quanto a nós preferimos chamar-lhe mais simplesmente espirito christão) esse é o sentimento que deverá presidir aos nossos actos e orientar as agitações do que seremos amanhã, na vitalidade maxima da expressão, homens no meio dos homens.

Demo-nos por satisfeitos com o facultar-nos a profissão escolhida as melhores opportunidades de praticar a lei fundamental do christianismo, e, já que o mesmo Christo, sabedor das profundezas do egoismo humano, estigmatizou-o no "... como a ti mesmo" do mandamento, ampliemos fóra de medida esse *eu* comparativo, fazendo com que elle integre em si toda a fraternidade soffredora do universo.

Tambem, a bondade diligente, a "charité efficace", de Mamoz, será sempre a melhor collaboradora dos clinicos avisados.

De distincto medico patricio, contam que, achandose moribundo, gostava que os companheiros o abanassem. E a um delles, que se offerecera trazer-lhe modernissimo ventilador electrico, capaz de renovar-lhe continuamente o ar do aposento, respondeu, admiravel no esoterismo profissional e sublime na intuição de curador: — "Obrigado; o que me allivia e conforta, não é o melhor arejamento do quarto, mas sim a solicita solidariedade dos meus amigos..."

Não será a capacidade de esquecer-se um pouquinho de si mesmo em beneficio de outrem (digo um pouquinho porque exigir mais seria platonizar esterilmente) que aureola certas personalidades, creando o iatra verdadeiro, *o medico de confiança, o medico da familia?*

Deixamos suspensa a pergunta para manifestarmo-nos convictos na affirmação de que, si bem que innata nos seres de escol, a technica da bondade póde ser apprendida nas linhas geraes dos seus rudimentos.

Mesmo quando surgirem as ocorrências complicadas que improvisam no medico o juiz, não se esqueça elle jámais que o seu julgamento, ao envez do da Themis velada, deverá ser o da Mait egypcia, que no inventario moral das almas, na presença de Osiris, punha ás escondidas maior lastro na concha das bôas acções.

E o sigillo profissional? Forçados frequentes vezes pelas leis a transgredil-o poderá elle em outros casos condemnar-nos á displicencia de um dar de hombros egoista, esquecidos de que, si bem que não faltem nas chronicas da nossa carreira os mais heroicos Nepomucenos, temos, logo no inicio das mesmas, Erasistrato a levar a paz a uma familia com a opportunidade das suas revelações?

Todavia, o mais fervente enthusiasmo pelo bem estar dos semelhantes não exime, o que seria absurdo, do conhecimento das conquistas scientificas as mais modernas, porque então toda a bôa vontade daria irrisoriamente numa reproducção da parabola do cégo guiado pelo que não sabe vêr.

Assim, ao conselho quadrifonte de Trismegisto, o tres vezes magno, — *Saber, querer, ousar, calar-se* — ajuntemos o *amar*, enfeixando toda a nossa deontologia.

E seja a explosão geyserica do estro de Lermontov: — "Liubliu' kak volnuiu' straiu', Hubliu' kak jiznhi moiu" (Amo como uma torrente livre, amo qual a minha propria vida)!, a profissão de fé daquelle que entra nas praticas do mundo visando ser, senão o *isotheos* hipocratico, pelo menos um

"VIRTUOSE" DO BEM

Para se conhecer a plenitude do ardor que leva os humanos a se mutuarem soccorros, não é necessário lêr-se, nas *Confissões de um Medico*, do dr. Veressaief, o desespero que o possuiu ao se ver impotente para salvar o humilde filhinho de uma criada. Tão pouco precisamos acompanhar, numa das mais impressionantes novellas de Dannunzio, os rudes marinheiros do Adriatico operando á faca um companheiro a quem asphyxiava subita tumefação do pescoço — scena digna de illustrar um estudo dos primordios da cirurgia, ainda empirica e tacteante.

Quem não presenciou ainda o alarme de doença repentina e grave na tranquilidade de uma casa?

Para ninguem poderá elle ser inedito, porquanto, a cada momento, temos uma repetição da fallencia do organismo humano, desse pobre organismo humano que ha millenios vem procurando, dentro e fóra de si, a defesa contra os seres ultrapequeninos.

Mas, nesse rebate tragico do *salve-o quem puder*, nessa hora do subconsciente, não se occultará, por detraz do nobre afan de solidariedade, um primeiro movimento de debandada, esboço de movimento, esboço frustro de movimento?

Descontando as falhas communs ás observações, parece remanescer ainda algo desse instincto peludo e grosseiro, que leva certos polynesios a sacrificarem impiedosamente os enfermos, e que faz com que os civilizados os entreguem ainda mais pressurosamente ás responsabilidades *daquelle que sabe.*

E, nesses minutos-seculos, quando alguem oscilla um pouco além da vida e um pouco aquem da morte, reduzido a um destroço de materia a torturar-se sobre um leito, o clinico escutará, no gemido por socorro do moribundo, a voz da especie, a advertencia da sociedade, o dictame da consciencia, o mandamento de Deus:

— Homem, corre ao teu irmão que te supplica auxilio! Medico, vem até aqui, onde a doença prepara a recepção da morte! Há alguem que soffre, põe-te todo na tarefa, oh enxugador de lagrimas!...

Não; é impossivel que situações como essa, mesmo quando vividas todos os dias, consigam embotar os sentimentos de algum, fazendo delle o protandro do paradigma nietzcheano, que zomba dos males e das circumstancias com a placidez do petrel entre a fervura do mar e os vagalhões do vento, com o orgulho de aguias que aeroplanassem sobre crateras.

E, como a quase totalidade dos medicos tem aperfeiçoado, no decorrer dos tempos, o sentimento humanitario, vemos esse procedimento assumir a forma imprevista de

BONDADE DEFENSIVA

Ao lado dos sacerdotes e dos extrangeiros, os medicos sempre alcançaram o *record* indesejavel de principaes personagens do anecdotario mundial.

Satiras, comedias e bufonices não os pouparam.

Era fatal. As anecdotas representam a maneira mais commoda das massas apedrejarem, do escuro do anonymato, os tabu's que as constrangem com a sua real ou pretensa superioridade.

E Molière, hostilizando durante toda a vida medicos e medicina com tremenda guerra de epigrammas, não passou de um *speaker* genial e corajoso da *vox populi* do seu tempo.

Comtudo, a nossa classe já não occupa logar tão destacado no florilegio da truaneria.

A causa? Parece-me simples.

É que as chufas dos Nicoeles não fazem ninguém mais se rir daquelles que se infectaram mortalmente aspirando as mucosidades de creancinhas diphtericas; é que a mordacidade dos Brillons não attinge agora a pleiade dos metralhados nos hospitaes de sangue, quando soccoriam amigos e inimigos; é porque, aos quatro ridiculos medicastros do "Amour Médecin", com longas vestes doutoraes, attitudes hieraticas e palavreado abracadabrante, a nossa imaginação contrapõe involuntariamente os vultos dos sabios abnegados, que experimentaram nos proprios corpos, "in anima nobilissima", os effeitos dos virus que não perdoam; é porque a cerimonia de Argan recebendo o titulo ao som do "dignus est intrare" perde toda a sua hilaridade quando confrontada com a scena real de Pinel, do "citoyen Pinel", arrostando a desconfiança e a ferocidade do Comité de Salvação Publica, para dar aos loucos de Bicêtre o direito de serem tratados como seres humanos!

Pobres thaumaturgos da alta charlatanaria, medicos predecessores da medicina, humildes barbeiros ou esculapios doutrinadores, que cultivavam o empirismo emquanto iam semeando sciencia com desinteresse, entre o escarneo da plebe e a oppressão dos poderosos! Recuando o olhar pelo passado em fóra, como vos lemos nos retratos, bondosos como de parentes antigos, a admiração com que assistis os vossos continuadores roubarem a cada instante os lumes do Olympo, sem soffrer o Caucasso das satiras nem recear o abutre do ridiculo!

E vem até o nosso espirito a "Oração" de um de vós, do illuminado Moysés Maimonides, da qual deixamos aqui, como um "intermezzo" luminoso:

"Senhor, enche a minha alma de amor pela arte e por todas as creaturas. Sustenta a força do meu coração, para que esteja sempre prompto a servir ao pobre e ao rico, ao amigo e ao inimigo, ao bondoso e ao malvado. E faz com que eu não veja sinão o humano naquelle que soffre!..."

Voltando agora a nossa pagina intima, dir-vos-emos que, outra que não o valor de medico, a erudição de professor ou as condecorações colhidas quando homem publico, foi a razão da escolha do nosso Paranympho. Veiu dos corações, num brotar de espontaneidade, quando, logo aos primeiros contactos, nelle identificamos.

ARIEL

Ficaram inesquecíveis para nós aquellas aulas, quando elle conduzia o bando de aventaes brancos por entre os leitos da enfermaria, em excursão "não menos instructiva por menos variada que a "Voyage autour de ma Chambre", segundo palavra delle proprio.

Alli, todos postos á vontade por natural camaradagem, só se distinguia qual o professor, ao ouvil-o, sobrio de gestos, elegante nas palavras, affavel no trato, carinhoso para com os doentes, trocando por sympathia os seus ensinamentos.

Então, sem que nem elle nem nós mesmos o soubessemos, já era o nosso Paranympho.

E é com o jubilo transcendente da saudade, que passamos a dirigir-lhe, bem como aos demais mestres, a nossa despedida, o nosso

ADDIO DOLCE SVEGLIAR'

Não querendo sublinhar os nomes do nosso director e dos nossos homenageados na lista aurea daquelles que repartiram comnosco os seus esforços e repartirão entre si a nossa gratidão, porque essa lista já é uma collecção de superlativos, reunimol-os todos no adeus da turma.

E agora, Camaradas, depois de agradecermos a todos que trouxeram á nossa reunião o brilho da sua presença, deixae que eu deponha a fala collectiva de interprete, para que, possa, reclamando avaramente a compensação das responsabilidades que me impuzestes, deixar-vos algo de mim.

Não alongarei o foco das lanternas evocadoras por sobre o nosso convivio de seis annos, passado universitario que cada um de nós guardará comsigo, rhapsodia sublime phonographada na alma, e cujas surdinas rhythmarão todos os actos da nossa carreira.

Quero apenas repetir comvosco, nesta ultima revista de aquem-Rubicão, um velho proverbio slovaco, em que clarinam sustenidos marciaes de encorajamento, mostrando a confiança no auxilio divino e nas forças da natureza: "Kdyz je nouze nejvissi, pomoc byva nejblissi! (Quando mais terrivel é o desespero, é que o soccorro já vem perto!)"

E, quanto a vós, caro Padrinho, ao apresentar-vos os agradecimentos e as despedidas dos meus collegas, eu lamento não poderem falar-vos todos elles a um tempo, para que sentisseis, na prata das suas vozes, o oiro de seus corações.

João Neves da Fontoura, ministro das Relações Exteriores, convidara o jovem poeta-diplomata João Guimarães Rosa para seu chefe-de-gabinete. O embaixador Orlando Leite Ribeiro, que dirigia o Departamento de Administração, muito teve a ver com a escolha, pois seus conselhos eram acolhidos com plena confiança pelo chanceler. Ambos foram amigos muito queridos do papai.

João Neves o chamava de "minha consciência mineira".

Eles se admiravam, se entendiam. Trabalharam juntos numa colaboração mútua, e juntos participaram de importantes conferências. Esta amizade sobre base firme se perpetua nas filhas e netos que a mantêm viva, até hoje.

A querida Maria Helena Neves da Fontoura Direne, desaparecida tão prematuramente, entusiasmava-se tanto quanto eu em participar da vivência profissional e humana de nossos famosos pais. Trocávamos sobre eles estórias que pareciam simplesmente corriqueiras e no entanto se transmudavam, pelo colorido que lhes dávamos, em episódios político-diplomáticos.

Foi João Neves quem aguçou em papai a tentação acadêmica. E afinal, a cadeira número 2 pertenceu a ambos. Sucedendo-o — justa unanimidade — o antigo chefe-de-gabinete escolheu o dia do aniversário do seu ministro para revivê-lo, no antológico discurso acadêmico: o chanceler, o tribuno, o homem. Especialmente o amigo.

O chanceler João Neves da Fontoura com os netinhos João e Fátima, no dia em que esta fazia um ano — 21 de junho de 1956.

Ainda me lembro a vaidade feliz dos dois, tão comentada em casa e no Ministério:

— Agora eu também tenho um neto João!

— Então, parabéns para nós; empatamos!

As netinhas eles as tratavam de ladiezinhas, *galanteria que as empolgava.*

Agnes e eu, adolescentes, passávamos as férias na casa da mamãe, em Petrópolis. O ponto alto eram as terças-feiras, quando papai e João Neves subiam a serra, com a comitiva, a fim de despacharem com o presidente Getúlio Vargas. Muito faceiras, anáguas engomadas, ruge e batom, saltos altos, íamos encontrá-los no Copacabana, restaurante-sorveteria favorito do ministro. Se acontecia algum atraso, ficávamos impacientes, telefonando para o Palácio Rio Negro e mandando recadinhos ao papai.

Getúlio, compreensivo e cheio de simpatia, ao saber de tudo isso, achou muita graça, e nos convidou para esperarmos em Palácio, no salão. Foi um frisson *sentido até pela nossa babá Vitalina, de olhos arregalados e prendendo a respiração!*

No Copacabana, serviam-nos sorvetes piramidais, doces deliciosos, sanduíches incríveis e milk-shakes *de sabores sempre variados. Papai entrava direto na gulodice, com apetite igual ao nosso. Ríamos, trocávamos as últimas piadas, porque ele gostava demais de anedotas. E o tempo era miúdo, terça-feira só acontece uma vez, cada semana...*

Nosso grupinho de amigos foi espiar, mesa mais longe da nossa, "ver pra crer". João Neves "pescou" nossos olhares e sinais, compreendeu — aquele risinho legado à Maria Helena e ao Joãozinho — e mandou incluir a despesa deles na própria conta. A turma vibrou. Aquilo era mesmo uma generosidade ministerial!

Foi ali, no Copacabana — um lugar positivamente histórico, para nós — que confidenciei ao João Neves meu namoro com o Caio Antonio Bernardo, filho de seu colega de carreira e amigo, embaixador João Emílio Ribeiro. E convidei-o para meu padrinho de casamento — se eu for pedida, é claro...

João Neves beijou-me a mão com aquela galanteria bem dele — um autêntico gentleman, *foi o comentário das minhas amigas — e aceitou "a honra", pois tinha a certeza de que eu "seria pedida"...*

Caio estava no Rio, e pouco tempo depois ficamos noivos. E na Glória do Outeiro, numa tarde nupcial cor-de-rosa de abril, coroinhas de vermelho e sinos badalando, João Neves-Padrinho e o João-Papai, lado a lado, nos abençoando...

Naquela tarde, papai usava o fraque emprestado de seu "Frater-in-Clave", embaixador Renato Mendonça, pois engordara, não cabendo mais no seu.

Desde que ambos haviam feito, juntos, o concurso para o Itamarati e se classificado na mesma chave, Papai o chamava assim.

Ele ensaiou a cerimônia do meu casamento de braço com a Vera Marina, filha dos Mendonça, e minha amiga (hoje embaixatriz Andreas Somogyi, da Áustria), pois eu me recusara — superstição atávica — a ensaiar, confiando na espontaneidade do momento.

Nos velhos tempos, Ecila e Renato, com meus pais, costumavam tomar chopinho e comer tortas alemãs no Bar Berlim, que ficava na Lagoa; e no Bar Alpino, do Leme, onde "alguém tocava uma sineta e então pagava a rodada de chope", ao som da orquestra típica tirolesa, vestida a caráter.

Do grupo deles também faziam parte a Heraida — bela eurasiana — e o Nelson Tabajara, com os filhos pequenos.

O destino as reaproximou, Ecila e mamãe, em suas casas de veraneio vizinhas, em Petrópolis. Juntas, gostam de reconduzir o passado, pelo caminho dos relembramentos.

Dona Jujuca e Austregésilo de Athayde sempre foram amigos especialmente queridos. Desde os meus tempos de colégio, colega de sua filha Laura Constância, no Sion. Hoje ela é uma excelente crítica de literatura infantil. O Roberto, que vi desde recém-nascido, tornou-se escritor de renome. Eles formam uma família bonita e talentosa.

No dia da posse de meu pai, Austregésilo mostrava-se feliz em receber o novo imortal. Sabia de seus receios e de suas cismas e procurou tranqüilizá-lo, assegurando-lhe que nada interromperia o brilho da solenidade. E, caso papai se sentisse mal, as providências já estavam tomadas para que fosse imediatamente socorrido. O Peregrino Júnior, médico também, ficaria atento. Tudo preparado para um socorro imediato, se preciso fosse.

A segurança do Austregésilo aquietou os temores de meu pai. E durante a cerimônia, o perigo iminente que o ameaçava adiou o ataque.

Graças às atenções e ao carinho de que foi cercado, ele conseguiu alcançar a serenidade e discursar magnificamente. E, se acabou o discurso em lágrimas, é porque seria impossível conter de todo o transbordamento de sua profunda sensibilidade.

Sou infinitamente grata ao amigo Austregésilo. Ele organizou uma bela cerimônia, noite inesquecível. A última vez em que vi meu pai vivo. Conduzido, pelo destino, à Imortalidade.

J.G.R. no seu escritório, em casa, com os gatos de estimação e o cachorrinho Sung — 1958.

"O verbo & o logos"

Academia Brasileira de Letras
Cadeira N.º 2
Vaga do Ministro João Neves da Fontoura
16 de Novembro
1967
Discurso de Posse
de
João Guimarães Rosa

Cordisburgo era pequenina terra sertaneja, trás montanhas, no meio de Minas Gerais. Só quase lugar, mas tão de repente bonito: lá se desencerra a Gruta do Maquiné, milmaravilha, a das Fadas; e o próprio campo, com vasqueiros cochos de sal ao gado bravo, entre gentis morros ou sob o demais de estrêlas, falava-se antes: *"os pastos da Vista Alegre"*. Santo, um "Padre Mestre", o Padre João de Santo Antônio, que recorria atarefado a região como missionário voluntário além de trazer ao raro povo das grotas tôda sorte de assistência e ajuda, esbarrou ali, para realumbrar-se e conceber o que tenha talvez sido seu único gesto desengajado, gratuito. Tomando da inspiração da paisagem a *loci opportunitas*, declarou-se a erguer ao Sagrado Coração de Jesus um templo, naquele mistério geográfico. Fê-lo e fêz-se o arraial, a que o fundador chamou *"o Burgo do Coração"*. Só quase coração — pois onde chuva e sol e o claro do ar e o enquadro cedo revelam ser o espaço do mundo primeiro que tudo aberto ao supraordenado: influem, quando menos, uma noção mágica do universo.

Mas, por "Cordisburgo", igual, verve no sério-lúdico de instantes, me tratava, êle, chefe e o amigo meu, JOÃO NEVES DA FONTOURA. — *"Vamos ver o que diz Cordisburgo..."* — com o riso arroucado, quente, dirigindo-se nem reto a mim, senão feito a escrutar sua presente sempre cidade natal, "no coração do Rio Grande do Sul". Provinciano — no justo traço psicológico e moral, que não no social e político — buscasse, aquêles momentos, uma reinsuflação de lá, rente o aconselhamento. Dessa Cachoeira, que o formou, que êle constante amou, a que como Prefeito prestou devotado e afincado anos de vida, refazendo-a, e pronunciando-se ainda filho devedor, dela orgulhoso; como, pensando "rio-grandensemente", diz ser o Rio Grande "orgulhosamente província". Ribeiro Couto, saudoso mais hoje conosco, e que a ponto co-adotara o hipocorístico, de Belgrado vem vez me telegrafava: *"Pouso Alto se embandeira e toca os sinos em honra de Cordisburgo."* João Neves, porém, nosso Embaixador e Chanceler — requerendo o interior e a província, onde firma residir ainda "a fôrça do Brasil, especialmente nos maiores Estados", reclamando seu trato como necessário para quem aspire a exercer qualquer notória influência, imputando às metrópoles levarem "ao diletantismo, à superficialidade, ao epicurismo", e professando nada conhecer "que melhor exprima a vontade do povo em geral do que o povo municipal", — entendíamos juntos, do modo, o país entrançado e uno, nosso primordial encontro seriam resvés íntimos efeitos regionais. Para Paris, escreveu-me: *"Vi uma fotografia da entrega de credenciais do Carlinhos. Nela você aparece ao fundo ostentando uma gravata de listas vivas, que tanto pode ser fabricação do Sulka, como comprada no armarinho da Main Street de Cordisburgo."* Via-me lento e desacostumado mineiro capiau, indeformado, ou o-quê, segundo seu avaliar, xará e caçula companheiro no sentir de homem lá-de-fora ou lá-de-dentro; isso nos concertava. Às quandas, equivocava-se e dava-me *"Barbacena"* — a sagaz e espiritual, onde, em tempos diversos, ambos residíramos gratamente, e tão-então não menos um nosso "lugar geométrico". Por mim, freqüente respondia-lhe topando topônimos. — *"Cachoeira concorda?"* — se bem que, no comum, o chamasse de "Ministro". Escuto-o: — *"E agora? Que há com Cordisburgo?"*

— Muito, Ministro. Muita coisa...

De fim a fundo. Digo, conto o que de João Neves da Fontoura, por afortunada aproximação, me foi dado colhêr — o transordinário na experiência humana ordinária, idéia e impressão, singelo testemunho simples, do ato ao fato — na memória mais sentida. Para tanto, terei de à-pauta citar-me. Embora. No que refiro, sub-refiro-me. Não para a seus ombros aprontar minha biografia, isto é, retocar minha caricatura. Não eu, mas mim. Inábil redutor, *secundarum partium*, comparsa, mera pessoa de alusão, e há de haver que necessária. O espelho não porfia brilhar nem ser; mas, por de-fim, para usação, bem tem de relustrar-se. Direi.

Dêle devo por exemplo datar o que recebi, com mãos menores. Da valia intelectual e dos rastros de cumprida vida pública — sua vasta capacidade inquieta, sua fôlha de batalhas, seus breves postos em poder e frementes empenhos de antagonista, seu inteiro atuar na política brasileira, tantas horas decisivo, tensa sua figura histórica — discorrem e esclarecerão, a olhos gerais, os anais, arquivos, livros, esplêndida informação autobiográfica. Êsse o metal já amoedado — não permitido a alguma espécie de desaparecimento e esquecimento. Duvidemos, isto, dos que o não souberam compreender; a traça não pode com a alfazema. Tenho, sim, muito pouco, um tantésimo, um quantésimo. O que devo portar por fé.

Nem o que queria atinjo. Como redemonstrar a grandeza indivídua de um homem, mérito longuíssimo, sua humanidade profunda: passar do João Neves relativo ao João Neves absoluto? Sua perene lembrança — me reobriga. O afeto propõe fortes e miúdas reminiscências. Por essa mesma proximidade, tanto e muito me escapa; fino, estranho, inacabado, é sempre o destino da gente.

Vai para quarenta anos; e era momento de juventude. Súbito, o povo guardava brado e gesto, um comêço de comêço. Foi a 5 de agôsto de 1929. Aparecia

J.G.R., momentos antes da sua posse, entre os netos Laura, Beatriz e João Emílio, filhos de Vilma, vendo-se também o presidente da Academia Brasileira de Letras, Austregésilo de Athayde, o acadêmico Josué Montello, o escritor Henrique Alves e Vilma.

para o Brasil, dêste tamanho, um nome — o do destravador, servo da palavra e de prender fogo. (João — que nem os Crisólogos, Crisóstomos, donde ouro qual tal: *Fons Aurea, Fonte áuria,* Fontoura; alvo — Neves — em nitidez. Davam os jornais, eco centelhar de fragmentos, sua fala na Câmara, de três horas, discurso-suma de tôda uma equipada: "... *Vamos para o prélio aceso das urnas, e quiçá para o prélio sangrento das armas.*" Vocava "*uma crença nas fôrças imortais do espírito de renovação.*" Reportava-nos os da altiva marca meridional, de rajadas, rasgos, verticalidade e ímpeto, robusta evolução cívica: ... "*os riograndenses, que traçaram as fronteiras da Pátria a ponta de lança e pata de cavalo...*" — o gaúcho de brio e cerne ao ar livre. Trazia a Paraíba, valente em entono em sonância, "*até às montanhas de Minas Gerais. Minas pacífica, Minas vitoriosa!*" Tomamo-lo a tento. Êle ardia. Ia, no entreassomo, mas no eito do arremêsso:

"*Sonhava nesta geração bastarda*
Glórias... e liberdade!
....
o gênio das pelejas parecia..."

— o de

ÁLVARES DE AZEVEDO, no "Pedro Ivo". Mas, de quem, então:

"*A fronte envôlta em fôlha de loureiro*
Não a escondamos, não!"

Na convibração, no momento, comportávamos, nós outros, seja ou não, sobeja exaltação e fantasia. Seduzia-nos assim entanto, imantados, o pregador, o Orador por antonomásia — que acudira das assembléias de sua terra, politizada e parlamentária, sobressaído em quanto âmbito de acústicas e tôda sorte de embates, medalhado já de fulgor e forma, desde as pugnas de estudante senhor da tribuna. Vinha-se mais de ouvi-lo, frente às artes-mágicas do fatual e retendo-o daí como haraldo de um futuro em faces limpas. Seu discurso — seus discursos "liberais" — rota de obrigação — trem e incessar de lumes. Nêles podia-se experimentar não apenas a comensura de facúndia e talento: mas coragem, de cor, ânimo, de alma. Tive-o, imediato, antes que outro incorporando em si o movimento que arrancava. Todo o mais adiante foi confirmação. Graças por êste sóbrio meu não desacêrto.

Seguiu-se, meses altibaixos, o comando do líder, causa avançadora daquelas jornadas, que tangeram o remate da Primeira República. Reconhece-se e unânime refere-se que João Neves da Fontoura — promotor da inteligência com Minas e, a todo e próprio risco e quase rituar mística significação, com Minas firmador do pacto da Aliança — susteve e alentou, inarredado, infatigável, insobrossoso, o rojão da campanha até à revolução e o triunfo. Dêle foi a representação em relêvo. Dêle se retraiu — modo algum por machuque em melindre, frustração ressentida ou rancor de ambição, sei-quê; senão por drástico realismo conforme desconfiado desencanto, — sempre operário todavia tentando servir a uma então impossível congraça ou enquistando-se na vigilância mais lúcida. Dêle não desmentiu ao conspirar a pronta reconstitucionalização de um Brasil renovado na ordem democrática — e a sustentar, verbo, o glório São Paulo de 1932, para onde arriscara-se a abrir o arco, num mixe aviãozinho de aluguel, em expediente dramático qual leal declaração de firmeza e vivo audaz como labareda metáfora. Nem o denegriu, já depois no exílio, publicando-se desabusado acusador; menos ainda, mais tarde, ao repor-se com o Govêrno, porquanto flui, outro-e-outro, o rio humano, certo se no álveo do árduo de propósitos, e: quem pensa no Brasil, e no povo do Brasil, vêzes quantas rebeija pedras e santos. Notável êsse mirável João Neves. Voltava, em 34, remanente líder, à Câmara, da Minoria, de nôvo facho e voz.

Esta era uma vontade, frágil alta fôrça.

"Orador, foi dos maiores, senão o maior, do nosso tempo" — consigna Afonso Arinos de Melo Franco. Depõe: *"João Neves da Fontoura... oriundo dos mais ilustres troncos sulinos... o fulgurante paladino de 1930... o mosqueteiro gaúcho... contou com um incomparável instrumento: a sua verdadeira e magnífica eloqüência. João Neves chegara dos pagos com fama de temível orador. A brilhante campanha oratória de João Neves por êsse tempo, que transformou, afinal, a oposição em revolução, não encontra talvez nada superior, e pouco haverá de comparável, em tôda a história parlamentar do Brasil. Quantas vêzes o vi e em outras tantas o admirei."*

Por mim escutei-o sempre com alegria alertada. Ver era vê-lo partir a falar, sem manhas de virtuose que soberbas de ás, vezos nem rompantes: cumprindo apenas correto informar o recado, propor sua pleita, dar conta. Êle, que meditava e redigia os discursos, drede botava-os sob contido arranjo, alinhando tópicos reflexivos, conceitual o pensamento, lisa correntia a linguagem, lhano o teor cogente. Lidos, pegavam logo disciplinada periodicidade e velocidade uniforme: nanja boleações, arrastos, retóricas ou vocais surprêsas; por-pouco nenhum ornato. Sérias serenas as feições, também êle não se prometia em porte e aspecto; retreito de gestos, não mimava a jôgo. A voz, antes desbrilhada, só insistência e volume, forjando-se hirta ou adensada se entornando, dados foscos subtons, tocava as frases num andamento ascendente quase invariado, sequência de pontuais cortes e simétricas modulações, homofônicas.

Então. E, em instante, brusco ou gradual, baixavam-lhe outras veras, estalo, faculdade, fôlego, expediam-se-lhe por volta anjos novos da guarda, caboclos, gênio, verbigênio, apolínica chispa, o *"duende"*, o *"daimon"*? Erguia-se e erguia-nos, por comoção e impacto, raptura. Erecto — mínimo vulto, mais mente e menos matéria — maludo e esmarte agora, ao ápice e às ordens, no tinir do metal, centro de círculos até que em fecho enfim o circuito único encantatório, por efluxo também invariável —: daquela presença e intensidade anímica. Induzia, convencia; impressionava, quando não, encostando em respeito adversários, e no sem-jeito os emparedadamente insensíveis. Isto: isto é, sabeis, o orador, o fluido e o halo. O que responde igual, mas circumpatia e nimbo espúrios, a outras dicções, que não menos sojigam e enfeitiçam — a pítica, a hipnótica, pseuda e só-labiosa, a elemental ou animal, mesmo a vesânica. Não a dêle. Sua palavra era lavada forra do ideal sôbre o contingente.

Assim aqui, assim lá, nas alienas e internacionais reuniões. Ao abrir, inesquecìvelmente, a IX.ª Interamericana, de Bogotá, por lembrar. Ou, na Conferência da Paz, em Paris, quando acorçoados o espiávamos assumir a tribuna, do mundo, convocado pelos "grandes", Bevin, Bidault, Molotov, que alternados ali presidiam: — *"I call upon the Representative of Brazil, Mr. da Fontoura..."* — *"Je donne la parole au Premier Délégué du Brésil, Monsieur Da Fontoura..."* — *"Imiéiet slóvo Pêrvyi Brazílhskii Delegat Gospodin da Fontoura..."* Ah, Ministro! Como cabe tanta coisa nos meus olhos?

Dessa oratória e eloquência — quais o mérito e crédito, o mando, o móbil? De onde fura a fonte? Diga-se: valor. O altamente impessoal, quer dizer, o personalìssimamente profundo. Da cauta, recolhida verdade do sentimento — era o que se externava — veemência ética, a sinceridade mais descoberta e em fé. Tão a fio mormente seu raciocínio, tanto mais a emoção legal certeira. Tenência. Íntegro, falava com uma autoridade; a de quem sabe ser vedor puro e por vêzes pasmo da própria e movida grandeza. Retitude permeio e a fim, enraiz de convicção, sem regateio ou prêço. Devoção à diáfana carne moral dos princípios. Mas à base então — a angústia pelo bem comum, a paixão da Pátria. Êsse, dado a ver, o segrêdo do orador João Neves da Fontoura. Alma exercida, disse. E coração. Coração, é indispensável; todos sentimos porquê. O dever, mesmo, vem dêle. Entanto que dever e pudor compelem-no a pelejar oculto.

Volto. Vai para 30 anos. Vim aqui, por causa de um prêmio, tinha de fazer discurso, cheguei tímido e cedo. Dei no saguão com grupo de acadêmicos. Dêles, um, talvez não o mais próximo, endireitou para mim. (*"Um acaso? Uma coincidência?"* — êle é quem indaga, noutra ocasião e por diferente passo, em de seus livros: *"Melhor é acreditar que uma harmonia secreta domina..."* — conclui.) Encontrávamo-nos, primeira vez. Dispôs: — *"Vai o poeta tomar chá conosco."* Subimos, me apresentou aos pares, de mim curou todo o tempo. (Lembro-me: Adelmar Tavares, afável, glosava-me o "*...nome certo para poeta...*" —; guardei, tudo quanto há com nomes me apanha.) Em 29 de junho de 1937. E, a 12, êle, João Neves, tivera posse, apresentando sôbre Coelho Neto estudo crítico abarcador, com achados, perdurável por substância e senso. *"Assim, terçando motivo rigorosamente literário, vós — o expoente, — provais quanto merecem e têm direito, as individualidades da vossa esmerada categoria, ao convívio acadêmico, selecionador e acertado"* — saúda-o Fernando Magalhães. (Expoente — e máximo — de um gênero; contudo como aspado "expoente" inajeitadamente quem-sabe se balanceasse, usando por vêzes intitular modo curto a entidade: "Academia Brasileira"; e entretanto, já pois ainda antes das "MEMÓRIAS", pondo rancho arriba nas Letras do país.) E estava, eu disse, em sua doce lua com a Academia? (Mas, se sempre estêve, melenluarado e dos mais, tais querer e aprêço prestava à Casa...) Me lembro — tributava jovial reverência ao

Assistindo J.G.R. discursar, suas filhas Vilma e Agnes, os genros Peter Quin Reeves e Antonio Carlos Souza e Silva do Amaral, e os netos Laura Beatriz G. Ribeiro e João Emílio Ribeiro Neto, filhos de Vilma — 16 de novembro de 196

mestre Antônio Austregésilo, outrora seu médico. Relembro, mais, Ataúlfo, Roquette, Múcio, Alceu...? E eu enxergava o tido herói — aquém — nas aparências: corriqueiro, trêfego prazenteiro, leve, leviano que qual? Mais lembro! Tudo o que era, a olhos cheios, uma coisa — caseira, desusada, despercebida: bondade. O que êle endereçou, a uns e outros, natural e ágil, tôda a vida. Não adamantino; barro. Mas do melhor humano. Sua real simpatia humana, ativa, principal. Êle era bom. Será que faz ainda sentido a palavra?

Semanas mais, deu-se-nos nova minúcia — senha ou casualidade? (E ajuntemos delas, que é como a vida se faz.) Tudo o que, aliás, tutaméias peripécias, se passava nas ocasiões tão avulso, cabível sem antecedência nem consequência, que pôde me parecer até enganoso, fora de esquema, lapsos de improbabilidade; só no futuro iriam assentar nexo. Foi, foi que eu vinha distraído pela Avenida e sem rumor esbarrou à beira de mim um carro, alguém cordial falando-me: — *"Aonde vai o poeta?"* Era, claro, João Neves. Me fizeram subir — êle estava com Olegário Mariano e, por estúrdio que se tenha, jamais me acontecera convocação do jeito! — levaram-me a casa. No caminho... bem: — *"Você um dia será também acadêmico"* — sisudo emitiu. — "Mas, mais tarde..." — retomou-se. Mesmo muito mais tarde (disto não sei se riu, do analógico). comentei: — *"Na terceira vez, o sr. me içou foi a chefe de seu Gabinete..."* E é episódio a contar; tanto dêle revela.

Vem de mais de 20 anos. João Neves, até lá, percorrera muito, incluso nos espaços diplomáticos: membro da Delegação do Brasil à II.ª Reunião de Consulta dos Ministros das Relações Exteriores das Repúblicas Americanas, em Havana; Embaixador em Missão Especial a Cuba e ao Panamá; e Embaixador do Brasil em Portugal. Eu, de mim eu andara por Alemanha e Colômbia, e agora, na Secretaria de Estado, tomava conta do Serviço de Documentação, valha dito, em taipa no meu hipogeu. Soube, vago, que João Neves da Fontoura ia ser o Ministro das Relações Exteriores. E — vêde que homem. Vai, vai, um dia, o, saudosíssimo, Embaixador Orlando Leite Ribeiro, Chefe do Departamento de Administração, Chefe meu, me mostrou (— *"Sabe de quem é esta letra?"*) tira de papel com o meu nome. Era uma escôlha, acontecia meio algébrica, despessoal, certo modo abstrata. Escutai-me.

Em dadivada página das "Memórias", das que me honram maior e comove-me, põe êle o fato — de outra margem. E: *"Rosa é um dos meus mais novos amigos.* (...) *Quando tive de escolher o chefe do meu gabinete, no Govêrno Dutra, inclinei-me por êle, por fôrça da chamada "dupla vista".* (...) *Dou muita importância às pequenas coisas; mais do que às grandes."* Já, em artigo num semanário, êle publicara: *"Para a chefia do gabinete convidei o então 1.º Secretário João Guimarães Rosa. Não o conhecia bem, mas, num lampejo ocasional, êle me apareceu como a pessoa de que precisava junto de mim."*

Então explico. Nada quase corre simples, nesses casos, depois tremeiam-se lembranças e contralembranças; e há que, se o destino quer e faz, aplica luxo de lances, ataca por linhas simultâneas — disto sei recheados exemplos. O que êle grava nas "Memórias", certo a certo, deu-se. Mas houve mais, confluência, e eis aqui João Neves reavulta. Se bem que conhecedor de funcionários à altura no Itamaraty, êle, jogando seguro, pediu a Leite Ribeiro indicações (e, com um e outro, confirmei comprovada essa conversa). Encomendava: *"alguém que, chefe de gabinete, não se ensaiasse "eminência parda" ou "ministrinho", arrogando-se a ministrança..."* Leite Ribeiro apontou diversos. Mas: *"... e que entrasse para a chefia com atitude de espírito igual à de quem sai..."* Vindo ora a mim a vez, atentai para o que João Neves por cima perguntou. — *"É de que Estado?"* — *"Minas."* — *"Fico com êle!"* Assim considerava a minha mátria pátria, à qual devesse também pelo sangue, por sua avó materna. A ela se reconhece unido e grato: *"Visitando muitas vêzes Minas, aí por volta de 1929 e 1930, e falando ao povo em comícios apaixonados, nunca deixei de meditar sôbre os insondáveis juízos da Providência: eu tinha ido dez anos antes àquela bendita terra buscar um pouco de saúde..."* Prezava não tão-só *"a doçura daqueles ares de montanha"*; mas própria a gente: — *"Vocês, mineiros, são diferentes de todo-o-mundo..."* — repetia; apreciava mesmo *"as tragédias mudas da política mineira."* Assaz confalasse o mote de COELHO NETO: *"A terra venerável de Minas, terra de abundância e de hospitalidade, fértil e amável como o doce e generoso país quenanita..."* E, pois, dela nunca poderia ser dito duvidador ou menos amigo.

Desoferecido foi que fiquei, peado quase. A um mestre achei de pedir conselho, ao Embaixador Leão Velloso, o Ministro que deixava a pasta. — *"Que fazer para ser um chefe de gabinete?"* Êle, coloidalmente bondoso e dono de curtida sabedoria, não à-toa vivera anos na China. Ainda assim primeiro se pasmou, um átimo. Acudiu-me porém com fino sorriso adequado: — *"Sempre trate de não chegar depois dos outros. E de mais não precisa, quem é capaz de fazer essa pergunta..."* Nem tanto. Desde cedo, apenas, também eu aprendera que "o sábio fia-se menos da solércia e ciência humanas que das operações do Tao". Muito junto do braseiro, gente há às vezes que não se aquece direito, mas corre risco de sapecar a roupa. Eu gosto do amarelo. Talvez enfim nunca pudesse ter sido chefe de gabinete, de ninguém; salvante mesmo só de um João Neves da Fontoura.

Não que para preposto caçasse êle homem de capim, anódino, esmorecido; estimava ao invés a franca contestação e resistência. Disso intuí nota, ligeiro. Contava eu aprender primeiro suas querências e movimentos: assunta-se o leopardo é de dentro da jaula. Mal me deu tempo. Mandara a despacho um decreto, sem que eu o visse; o que, em si, importava nada. Apenas, êsse ato — e era, menina-dos-olhos, o que criou o "Curso de Preparação à Carreira de Diplomata", uma das conquistas institucionais da administração Dutra e da gestão Neves da Fontoura — suprimia, de golpe, os concursos diretos, deixando penìvelmente por baixo os candidatos do interior, dos Estados. Vim estouvado opor-me; riscou-se o quadro a corisco, feito raspar de garrotes em escaramuça. Desfechou-me: — *"Alguém de Barbacena ou Cordisburgo?"* — *"Ou de Cachoeira, por exemplo..."* — tive de repontar. — *"Isso nunca acontece!"* — êle revirou. *"Aconteceu, comigo..."* — pus ponto. Digo, pontuou êle, sussurrado só, numa de suas reações rapidíssimas: — *"Talvez não seja mesmo democrático..."* Solilóquio peremptório. O Ministro pediu de volta o decreto, para modificação; manteve o concurso de provas, excepcional e paralelo ao Curso, inventou bôlsas de recurso aos estudantes desprovidos.

Sei, nesse entestar ficamos de verdade ligados. Descobrindo também que êle era, por constância e excelência, o democrata. Creio não ter encontrado outro assim inerentemente autêntico. Ideal, espírito, sentir democrático, possuíam-no — como respirada quantidade, fundamento e arraigo, sua característica. Por aí sofria, pensava, acertava ou se enganava, persistia. Escarafunchai-lhe a vida, e verificareis. Ralavam-no a engulho quaisquer conotações de regimes superados. Chegou a mandar proceder a original escrutínio no Itamaraty, a respeito de mudança de horário. Seu conviver demonstrava, porejante, a ingente crença. A mim, a quem o conceito da soberania do povo suscitava ainda visos meu tanto teóricos, ensinou-me que ela tem outrossim carne e canseiras, tarimba e pão, consolação; mas, principalmente, certeza criadora.

E êsse — revolucionário, o removedor, exemplar de cultura e humanidade, dado ao esfôrço progressivo e aberto a quanto de construtivo, visando permanentemente ao bem da comunidade, admitindo a coexistência honesta das ideologias — desatentou na temática da transformação social, dela se desavisou ou dessentiu-a, a grau de merecer tacha e pecha, não andou com o tempo? *"A idade que vivemos, é a da cooperação niveladora"* — proferiu. Repetia-me citação: *"Vivemos no seio de uma grande injustiça..."* Detestava tôda sorte de usurpação, não toleraria o mínimo retrocesso, o rejeito de nenhuma das duras e graduais aquisições nesse plano, no qual sòmente não colocava a urgência como um optativo categórico. Temesse, há de ser, qualquer sôfrega dissolução do genuíno no aleatório, receava o destabocamento, caos, a má ordem. De feita, apostrofou-me: — *"Você pensa que a gente vive no Céu?!"* Desde menino destinado, e desde a adolescência entrado à lida partidária, e por uma carreira de seis decênios na estacada, prisioneiro de cívicos intuitos — confez-se aos despóticos valôres políticos da ação em superfície, sem pausa para esfriar-se do tumulto e da fôrça adquirida — incicatrizado investindo sempre o imediato — e portador de um alarme.

João Neves vinha à direção dos negócios sabendo o aranzel do ofício. Dominara encargos e responsabilidades de sua missão e enorme experiência diplomatica, de 1943 a 1945, em Lisboa, neutra, pôsto crucial pelo entrejôgo de meias manobras, pressões, urgidas decisões ponderosas. Comandante, agora, e por duas vêzes, desestreitado e no cluso, deu-se à faina de nossas relações internacionais: de maneira fôrra, lúcida, objetiva, sutil, decente e oportuna. Sei que, a pensar e realizar, êle se adiantava em tôda iniciativa e dignificava qualquer rotina. Documentado está o que pôde, conservado nos rascunhos e registros. Apenas, o meu Itamaraty, mansão de equilíbrio e mourejo, fiel e febril, muito mais do que fora se crê, e também uma Casa hierárquica, timbra seus assuntos — não por cavilosidade, culpas, má fé,

Vilma saudando o pai imortal — 16 de novembro, 1967.

senão rigor de precaução essencial, moderação co-harmonizadora e universal regra específica de estilo — pelo sêlo de "secretos", "confidenciais" ou "reservados". Do que êle fêz, sem subservir ou omitir-se, sem falsimilhanças, me penetro. Disto não darei parte; nem serei quem deixe de deixá-lo *sub rosa.* Mas aqui inscrevo, como premissa honrada e sustentada, a que, a 1º de fevereiro de 1951, em discurso de posse, foi seu juramento: *"Convém tornar explícito que, na condução da política externa, o Govêrno — acima de tudo — velará para que aos interêsses fundamentais do Brasil não se sobreponham, em quaisquer circunstâncias, interêsses alheios."*

Reevoco-o: vejo, que trabalha, trabalha, à mão-cheia entusiasmada, no retângulo-arena de seu gabinete. Sôlto lépido, serviçal que nem jovem secretário-de-embaixada, e a todo tempo impartível da exata dignidade, e da amenidade de irmão da gente, ingênita gentileza. Fazia conta do bem-estar e das necessidades ainda que de servidores infimífimos. Manipulador agudo do concreto, descia, prático, a sugerir meios e aconselhar-nos na execução das tarefas; e eu me envergonhava da minha entorpecedora e distanciadora precisão do absoluto, nas ocasiões em que, enrolado êle mesmo a debater tropel de assuntos, em reuniões, tomava instante para passar-me expeditivos bilhetes de auxílio, — solícito espontâneo, valedor constante, servidor de seus servidores. Difícil de quadrar-se a tolhedores métodos, aparentemente um absorvedor individualista, lia tudo, tudo capturava e examinava, produzia e orientava, sem cessar, ditava com proba avidez. Arremetia grandes olhos a qualquer problema, não enjeitando a farinha por grossa nem o angu por duro, jamais avaro de si. Nunca o vi bocejar; se estremunhava era como despertado gato. Seguro de modos trastanto exercitado autodomínio, inimigo de ênfases, dramaticidade ou imponência, nem com ensombrar meio rosto se traía, ou só em quebrado de segundo, no semicerrar o cenho; quando indicado, ensurdecia-se um pouquinho mais, polidamente. Temi, vez, que, devido a raso descoincidir de índoles e vistas, estivesse-o menos socorrendo que estorvando, e o interpelei: — *"Ministro, como é que o sr. me suporta?"* (Nessa manhã, de seguida, empalhara eu alguns de seus projetos, tendo-me como isolador ou mau-condutor contra as descargas de bateria poderosa.) Retrucou-me: — *"Porque nós nos completamos... Você é a minha consciência mineira..."* Por certo assim ministrava-me sua natural generosidade, propinado automático agrado de político; vêde, porém, que na tirada predominava pico do *sense of humour*, absolutamente indispensável e uma de suas riquezas. Senhor na indubiedade, sem intricantes vacilações, destorcido era que puxava pelos mais complexos fatos; nem se furtando de abrir janela ao vento. Discorria-os a fino e gume ardor inteligente, seja sôbre a tábua da justa medida e bom-senso. Sabia esperar, conquanto suponho achasse que esperar é darse em hipoteca. Nada desandava, entretanto, nem desconchavando mesmo a quem não afeito a êsse ritmo e velocidade de espírito. Inteligência que ao auge resplêndida se exercia, quando no aperreio do arrôcho e já a horas de estalar, sem beirada o prazo. Dêle então se inesperava: faísca, a inédita idéia, terminante, ou a útil definição, saltada acima, brasa. Ainda mais se em contenda. Parece mesmo que, para com tôda a eficácia fixar-se a escogitar coisa do correr comum, primeiro carecesse êle de atribuir-lhe sentido adverso hostil, para acometida e de vencida.

"Mas meu signo era claramente o da luta" — vem descobre. Decerto. Seu era o signo do Escorpião, sob cujo influxo hoje transpiramos, campo-de-fôrça de Marte. *Scorpio* reparte a seus filhos, com senso extra dos deveres e fôrça-de-vontade tremenda, a pugnacidade decidida, intrepidez, gôsto da rusga e da guerra. Fazem aos punhados inimigos. São políticos perigosos. O sujei-

to do Escorpião desfaz no risco, não alui por temor nenhum, defende-se atacando, nutre-se do conflito, dêle extrai renovada sustância ao contrário de despender energia nervosa, resiste até à morte. João Neves, a gente encontrava-o amofinado, perrengue, pessimista, e já se sabe: embaraçava-o a apatia dos entreatos pacíficos, atolava-se na tranqüilidade. Êle não via o sol nos belos brejos, horizontais. Depois, a gente voltava, e eis ora o homem sem achaquilhos e o acessório, são, alegre esportivamente, suas fôrças tôdas enfeixadas. Pois então, é que de nôvo em patriótica briga — era o realizar-se e renitir — o entrevêro! Disso deixa conhecimento: "*a poesia da peleja*", "*o sabor agradável dos embates*". Define-se? "*Por uma longa experiência, estou convencido de que a consciência do perigo e a certeza de vencê-lo influem uma grande paz nos espíritos atribulados.*" Daí mais sua filosofia, ou melhor, Weltanschauung, resoluta cosmovisão, que era já a de Jó, de Uz. Diz: "*Tôda segurança é aparente, todo bem-estar terrìvelmente interino.*" "*A escôlha e a luta são nossas inseparáveis companheiras.*" Por tanto: "*andava sempre, como se diz, com sete sentidos*". "*A vida é uma perpétua emboscada.*" Só que com ainda escorpiônica sensatez, mas nada de supérfluas cautelas; e humano não é sinônimo de paradoxal? Refrega durante e em avante, sim, desembuçado respeito pelo contendor. Nem o estúrdio potencial de ódio do Escorpião podia com sua não menos inata magnanimidade.

Então — e êle e Vargas? E ante Aranha? A dúvida pertine e o ponto pertence, cortando aqui desconversa, porquanto dentre bando e numeroso escol — os brasileiros grandes do Rio Grande — plano adiante inscritos na mesma moldura: tríade que em conjunto giro insólito a história nos trouxe. Impende, a pergunta. Resposta, Deus sabe, só sou contador. Vínhamos, por exemplo, de visitar Oswaldo Aranha — feérico de talento, brilho, genialidade, uai, e daquele total conseguido esculpir-se em ser — e Neves pauteou: *"Você estava extasiado, empolgado..."* Mas vi e já advertira em que não menos cedia êle à cordial fascinação. — *"Sagarana* (sic sempre), *cuida disto para o João..."* — telefonava-me Aranha alguma vez. Prezavam-se e queriam-se, alta, gaùchamente; a despeito de quais-que despiques, queixas, rixas, unia-os a verdade da amizade. Getúlio Vargas, muito falávamos a seu respeito, compondo uma nossa tese de controvérsia. Meu interêsse, sincero, pela imensa e imedida individualidade de Vargas, motivava-se também no querer achar, em sã hipótese, se era por dom congênito, ou de maneira adquirida mediante estudo e adestramento, que êle praticava o *wu wei* — "não interferência", a norma da fecunda inação e repassado não-esfôrço de intuição — passivo agente a servir-se das excessivas fôrças em tôrno e delas recebendo tudo pois "por acréscimo". — *"Enigma nenhum, apenas um fatalista de sorte..."* — encurtava João Neves, experimentando fácil dissuadir-me. Mas, apto êle mesmo ao mistério, sensível às cósmicas correntes, à *anima mundi* antiga, teria de hesitar, de vez em quase, também a memória cobradora beliscando-o. — *"De fato, o Getúlio dá estranhezas, nunca ofegou ou tiritou, nem se lastimava de frio ou calor, que nós outros todos padecíamos, nada parecia mortificá-lo..."* — concedia-me, assim pequenas observações. Logo, porém, sacudia-se daquilo. Fazia pouco de minha admiração-e-simpatia por Vargas, sem com ela se agastar. Diferença fundamental de temperamentos em contraste — o ousado opugnador sem coleios e o elaborador expectante do contempo — de incerto modo inconciliava-os: por um lado insofrido espenejar-se contra visco, de outra banda quieto apartar-se de picadas. Voltas e contravoltas de longo acontecer, as vãs vicissitudes, fizeram o resto. Ou injunções de fôro íntimo, públicas concepções diversas. Aproximações, afastamentos, reaproximações, como têrmos periódicos, patenteiam nada de outro que uma forma do *"Kaemp-*

fende Liebe", de afeto combatente. Demais, não se pisaram nem cuspiram nos ponchos, haveriam de entender-se, dia ou dia, em fim; já não pelo hábito caroável e em tradição cavalheiresca, mas por vinculação predeterminada e obedecida, acima de dessemelhanças ou revergências no obscuro e ambíguo das causas transitórias. Lembremo-nos sempre do que ainda não houve. Retirou-lhes a tragédia a extensão dessa substância amorfa e escolhedora — o tempo. Esta horária vida não nos deixa encerrar parágrafos, quanto mais terminar capítulos. Entanto que, como viável esteira do próprio tempo, só nos resta, a nós, cegos rastreadores, o desconjuntado *flou* de uma má montagem. Recordo: *"As coisas estão amarradinhas é em Deus!"* — entimema único que punha em acôrdo minhas Vovó Chiquinha, de Traíras, no Rio das Velhas, e Vovó Graciana, de um povoado do Paredão do Urucuia.

Mesmo em meio de política.

Salteai-o nos tomos de crônica comentada — *"Borges de Medeiros e seu Tempo"* e *"A Aliança Liberal e a Revolução de 1930"* — em que João Neves da Fontoura nos estende texto digno de estadista sarado, de marca. Asseado depoimento, razoado a rigor de cunho positivo, nas formas da lógica; entrediz-nos entanto, quando por zêlo explanador ou afã de interpretação, o titubear do autor, testemunha ou personagem, frente ao desconforme improviso dos casos e rente ao ultra-propósito de acontecimentos. Tal quer-se transparente para objetividade e acurácia — e a transparência pressupõe fundo luminoso — tão logo tem de citar os *"altos juízos"*, os *"desígnios"* da Providência, seu *"império"*, o *"papel"* que ela lhe distribui. Alega antecipações, não pode *"desviar o pensamento de certas fôrças imponderáveis"*, reitera menção de outroversas coincidências numerológicas. Duvida enfim do plano empírico: *"Sonhos ou realidade? Será que a gente vê mesmo, com exatidão, as pessoas e as coisas?"* Nem estamos em Alexandria ou

O acadêmico J.G.R. entre seus amigos, o editor José Olympio Pereira e o gover nador Francisco Negrão de Lima — 16 de novembro, 1967.

Ásia, mas soletrando verídico relato de um americano latino, de idéias ordenadas.

Supersticioso, sim; e claro. Superstição não preconceito, o ilusório; antes quase poesia. Percepção e arejo, defensivo psíquico automatismo, uma respiração cutânea do espírito, talvez. Soubesse que poesia é remédio contra sufocação. (Acompanhei-o, primeira sexta-feira, aos franciscanos, achávamos benigno gesto sob apaziguadoras signas de ensalmo. Não empreendia longa viagem, sem à última folga visitar igreja, mas assim mobilizava-se era para o que der e vier do agir. De outra levada, voltávamos de Petrópolis, rodamos ao outeiro de São Bento, aplicaram-nos os monges a bênção de São Braz, 3 de fevereiro, acesas as velas cruzadas, era como em remoto em meu Cordisburgo sôbre o Ribeirão-da-Onça, a gente reentrava a intacta confiança e infância.) Sabe-se disto — que justo os rijos fazedores, de maneira calada ou confessada, têm de ser no particular susceptíveis ao mais, captem os cantos de todos os galos. Tudo, pela metade, é verdade. Os extremos já de si sempre se tocam, antes que tese e antítese se proponham.

Mas, êsse tom intuicional, aquela atmosfera passada de eflúvios, compertencem ao que se espera de currículo descrito por homem público? Talvez não; tanto nuamente são mesmo é da vida.

Salvo dissermos ainda do individido discernir entre obrigação e vocação, tendência e necessidade. João Neves foi político por encaminhamento, determinismo ambiente, renovados ditames; não por vício. Melhor, por recurrente ecologia pessoal como inevitável campo de ação, a metade estática do fadário — seu *dharma*. Estou-lhe no eco: afirma que em política sempre caminhou e subiu dando as costas aos mais entretidos desejos, até mesmo aos propósitos mais fincados. Dela diz ter sido, "*talvez hereditàriamente*", sua "*fatalidade*". Vê, nela litigando, a imposta relatividade que a macula — bem em intenção, mal necessário. Aí dá-se outra medida de sua nobreza e rareza. De fato.

Surpreendi-o, amiúde, no vivo. Uma vez, por exemplo, descansávamos, especulando disso e daquilo, chegou-se a confronto entre o político e o artista. Precipitei-me a grado de argumentos e exercício. Neves, repartido absorto, externou-se então em frases muito planas, não dissertava, recordava. Falou das obras que pudera promover na Cachoeira, de tanto que no Brasil precisava de urgente ser feito, imaginava humildes enormes realizações. De ato, entendi. O que êle pretendia e perseguia, era a política substantiva, seu discreto cívico exercício e trabalhosa consecução, sacrifícios pelo cabedal coletivo, a concreta causa do povo: culto aprendido, desde quando contemplava famoso manifesto de Júlio de Castilhos, impresso em cetim branco, num quadro no escritório do Pai — que êle acompanhava, a cavalo, em suas idas de Chefe local do município. Colocava-a alta, mas na escala dos deveres, sem refugar nem reter seus aspectos subalternos.

Provável porém daí também decorram as constantes negativas que o embaraçaram na falácia das situações vitoriosas: um sobrevir de empecilhos *"between the cup and the lips"*, entre a colher e a bôca perdendo-se a sôpa, e o obstinado opor-se da perfídia imanente às coisas, *"die Tuecke des Objekts"*. Cabia-lhe, nas campanhas, *"receber os primeiros e os últimos golpes"*, entanto que, *"na hora das honrarias e dos postos"*, sofrer as *"injustiças e preterições"* — diz.

Tenho que o onerasse o *handicap* de excessiva sensibilidade, com a mobilidade, mercurial, conseqüente; mais alguma incontida impaciência de idealista. Faltavam-lhe, além da gana irracional que em vontade-de-poder se revela, blindagens grossas, densidade epidérmica, o quanto de macicez para o desempenho do calibanato. Da sensibilidade e inteligência tem-se sempre de pagar ingrato prêço.

Por contra, que formidável campeador, quando na oposição, aquelas mesmas aparentes limitações o faziam, com destaque dado e conquistado! O que se pensava dispersivo, plástico e fragmentário, resolvia-se em flexibilidade presta, multiplicados meios e órgãos de movimento e ataque. A fartura de antenas sensitivas provia-o de incomparável tino, quase adivinhador. Funcionavam-lhe engenhadas as imaginosas aspirações, vêzesmente, sem relaxe; tanto quanto jogando-o ao arranque de superação a própria experiência de reveses. Tremendo, ei-lo, contendor duro, conspirador sério, conferindo fôrça de persuasão e evidência convincente, inchante fermento; pequeno-polegar, malasarte, malino não maligno nem maquiavelhaco, mutuca — como Sócrates de si mesmo na "Apologia" diz-se "a mutuca de Atenas" — ou melhor na pressa não reta das abelhas em vôo, à mão-de-deus-padre de táticas inseguras e certeiros desatinos, fogo em tôdas as frentes, não lhe importando perda de chumbo ou pólvora. Espetáculo! Franzino a performar seus trabalhos-de-hércules. E, aqui, estamos no vértice do incontestável. Contai-os.

Revêde, a etapas, o que dêle guarda lasca e garra, e dívida à eficácia de sua impulsão sustentada exata, à ponta extrema. Re-citem-se, 29/30, Aliança e Revolução; 32 a Epopéia da gente Paulista, que remeteu inadiável em prumo o Brasil; a vitória, 1945, da candidatura Dutra, por êle alevantada (e recusara filar em mãos a sua, própria, com manilha e trunfo, posta por Vargas); a campanha mesma pró-Vargas, 1950. Mas meramente marcos de geodésica, ou, devo, digo, rebojos que mexem à flor de correnteza estrênua. Drede detendo-me de algum juízo entre o quer-que de homólogo ou díspar, aí, eventos e causas. Quem julga? Apreendeu já alguém, sôbre o fluxo dos fenômenos e dar-se de valôres instantâneos, a ortografia das tortas linhas altas? Seja sim obediente então a intenção — em que quanta composta coisa se insere, coalesce e coere. Teste-se, no mais severo balanço, sem encarecimento, de João Neves da Fontoura: não um bélico tumultueiro, lansquenete, buscador de vantagens ou construtor de revanches. Só o servidor enxuto. Sete-capotes, rompe-gibão, tranca-porteiras, angico-branco, ouricuri que a queimada lambe e poupa, quebra-machado, tamborilbravo. Até ao final, montou guarda.

Mas, política, tempo e modo, mudavam em antes não visto acelerar-se, ultrapassante, enquanto que a idade pegava-o já com meio frias meias mãos; tanto o viver vai maior e mais ligeiro que a gente. — *"A vida é uma série crescente de restrições"* — falava-me. Rejeitara ainda ser Ministro do Exterior do Govêrno Kubitschek. Na lonjura as trépitas festas de orador — e a diminuição auditiva (dizia-se êle um "hipoacúsico") tôda maneira tolher-lhe-ia a tribuna polêmica. Embora, à altura, procurado sempre para opinião e conselho, irradiador, prezada mais sua presença condutora. Então entrou à imprensa que nem a outra paliçada. Formou de jornalista, dos pontualmente mais atuantes, em artigos e editoriais, coraçonados, escorridos, acertantes, de destopeteada bravura. Das coleções de *O Globo*, por mencionar, estariam de desentranhar-se, dêsses, volume e volume.

E envelhecia bem; isto é, tomava posse do passado. O passado também é urgente. Abriu-o em tôdas as páginas. Escreveu as "MEMÓRIAS". Narração e demonstração. O lutador conta — descreve as passagens de próprias guerras, fama devida... — perfila-se. Máxime. Não era homem de não prosseguir, ao sol-entrar, quando a lembrança cria exemplo. Fêz grande, importante livro. Tirando-o de cadernos, maços de documentos, tanto quanto do tutano da memória, mesma, objetiva e afetiva, recuo montante. Mais de sua arte de rever e aviventar, forte honestíssima. Fiel às amizades e às inimizades; leal, acima, à verdade, perceba-se. Ivan Lins refere como João Neves fiou-lhe a ler os originais e tomou em rigorosa atenção tôdas as retificações; procedeu também assim com outros, igualmente íntegros e fidedignos. Quis ser justo, daí o escrúpulo e cuidados para com os fatos. Vereis que pôde falar, em desaparato, do muito que foi, *"a contragôsto, e o imenso que não quis ser". Seus ethos* — o da era, que começa, dos comportamentos a descoberto — é o roteiro esforçado da fé e a dinâmica da humildade. A de homem culto: o que sabe pensar. Por outra parte, são as "Memórias" livro de que se honrará a nossa cultura. Relêde-o. Jamais enfara; cativa e gratifica, a cada volta; com êle se convive. Tudo põe e repõe, desenredado, simplificado, pormiùdamente humano, com tacto e lisura, tanto bastante. João Neves nêle confessa-se, espontâneo e discreto, desimpedido e comedido, como um recibo de entendimento, como o clamor de um cochicho. Vem franquear, a quantos, um fundo de consciência, o centro de sua personalidade. Ele mesmo — transretratado. Direi, escreveu-o para o Juízo Final, como todo livro deveria ser escrito.

Seu fervor literário aliás se extravasava sempre. Lido, lia em dia, fazendo das leituras a um tempo húmus para a mente e estímulo às idéias que povoavam-lhe aquêles retidos *"territórios íntimos"*. Dividia-os, entanto, prazeroso pleno conversador, nos entremeios da ação, lembro-o de nôvo: quaisquer vêzes, quando a gente corria — *"Allons-y!"* — estradas de Flandres e Holanda, ou passeando sós longo-praias de Ipanema e Leblon, ou tomando chá à beira do Marne, qual se sob sombra de um plátano à borda do Ilissos, quer debaixo de caraíba ou umbu, vendo a coxilha ou a chapada.

Nem esqueço, em Bogotá, quando a multidão, mó milhares, estourou nas ruas sua alucinação, tanto o medonho esbregue de uma boiada brava. Saqueava-se, incendiava-se, matava-se etc. Três dias, sem policiamento, sem restos de segurança, o Govêrno mesmo encantoado em palácio. Éramos, bloqueados em vivenda num bairro

J.G.R. fez questão de convidar para a sua posse na Academia o antigo amigo Juscelino Kubitschek de Oliveira. O presidente e o diplomata haviam sido ambos médicos da Força Pública de Minas, e feito juntos a Revolução Constitucionalista de 1932.

aristocrático, cinco brasileiros, e penso que nem um revólver. Recorro a notas: *"12.IV.48 — 22 hs. 55'. Tiros. Apagamos a luz."* Mas, o que, com João Neves, por sua calma instigação, então discorríamos, a rôdo, eram matérias paregóricas: paleontologia, filosofia, literatura; ou lembrava tropelias brilhantes de seu Sul, citava o saudoso nosso Dr. Glicério Alves, nobre tipo humano, do melhor gaúcho e amigo. E todavia foi sua determinada e ativa decisão um dos ponderáveis motivos por que a IX.ª Conferência se manteve na capital andina, adiante e a cabo.

Sua contenção derivava do bom-gôsto, essa forma ameníssima de renúncia; imolava-se, diário'diuturno, com naturalidade. Daí a gentileza de espírito e elegância de maneiras — econômico de corpo mas nãonadamente mesquinho, petulante ou cosquilhoso — jamais vulgar nem em desclasse. E a permanente galanteria: portava-se com sua netinha Fátima como se perante uma *lady* ou um flirte. E no neto Joãozinho já visse futuro o adulto, seu continuador em renome, renhir, responsabilidades. Sob o afoito combativo, a gente acertava mais, sempre, a tranqüila sabedoria do medimento: *sophrosyne*. Não punha contra si em movimento os mecanismos da Nêmesis. Era quase como um menino que êle pedia alguma coisa à vida. Compreensivo, notava-se pela benevolência e de-sobra tolerância — *"Ninguém muda ninguém..."* — não julgava. Usava e dava a esperança. Imortal é o que é do sofrido e espírito; tudo, abaixo daí, é póstumo. As coisas que êle me disse, não se afastam com o tempo.

E expande-se: *"... cada alma vai sentindo, na descida do caminho, a ânsia de se devotar a deveres mais altos do que as paixões públicas."* Tem-se então, imediato, avançando dos grandes fundos, outra extraordinária personalidade, Arthur da Silva Bernardes, que faleceu súbito, em meio à lida lúcida, mas deixando, como por toque de preconhecimento, num derradeiro bilhete:

"O fim do homem é Deus, para o qual devemos, preferentemente, viver. Eu, porém, vivi mais para a Pátria, esquecendo-me d'Êle" — pedindo ainda aos amigos, correligionários, e aos de boa-vontade, que com orações o ajudassem a resgatar aquela falta.

João Neves, tão perto o têrmo, comentávamos, suas filhas e eu, temas dêsses, de realidade e transcendência; porque agradava-lhe escutar, ainda que não tomando parte. Até que falou: — *"A vida é inimiga da fé..."* — apenas; ei-lo, ladeira pós ladeira, sem querer fim de estrada. Descobrisse, como Plotino, que *"a ação é um enfraquecimento da contemplação"*; e assim Camus, que *"viver é o contrário de amar."* Não que a fé seja inimiga da vida. Mas, o que o homem é, depois de tudo, é a soma das vêzes em que pôde dominar, em si mesmo, a natureza. Sôbre o incompleto feitio que a existência lhe impôs, a forma que êle tentou dar ao próprio e dorido rascunho.

Talvez, também, o recado melhor, dêle ouvi, quase *in extremis*: — *"Gosto de você mais pelo que você é, do que pelo que você fêz por mim..."* Posso calá-lo? Não, porque sincero sei: exata estaria, sim, a recíproca, tanto a êle eu tivesse dito. E porque deve ser esta a comprovação certa de tôda verdadeira amizade — impreterida a justiça, na medida afetuosa. Acredito. Nem creio destoante ou mal assentado, numa solene inauguração de acadêmico, sem nota de despondência, algum conteúdo de testamento. Giremos a perspectiva.

Ainda talvez mais que eu, êle vos agradeceria minha presença aqui, aonde desejei vir — para o ver *"claro e quieto"* que Machado de Assis inculca. Só não cismando, há-de-o, que em sua mesma vereda, a subseguir, orgulhoso e transido, o elenco dêstes que ganharam vida difícil, trabalharam sem repouso e hora por hora renderam-se à intimação interna — escôlha ou chamado. Êle, Neves da Fontoura. Álvares de Azevedo, o que morreu môço, poento de poesia. Coelho Neto, amoroso pastor da turbamulta das palavras. Tenho-os comigo. Pois não descendemos dos mortos?

Deferidos, entretanto, à simpatia dos vivos. Vós. Demais que vindo-me o bom modo de vosso agasalho pela palavra de um a mim bem próximo, admirado e querido, malungo, autorizado. Afonso Arinos de Melo Franco — : capaz para pretender-se *"mineiro, totalmente"*, por estirpe e por espécie, *"das Gerais e dos Gerais"*; idôneo de declarar que tudo o que sente de mais espontâneo e natural no seu espírito *"tende a considerar intelectualmente e mesmo literàriamente a vida"*; autor de *A Alma do Tempo*, que fundo releio, para alongamento e consôlo, um dos livros maiores do pensar e sentir brasileiros; originário dessa Paracatu — grande e memoriosa entre chapadões sertões —, e cuja estranha notícia, trazida por vaqueiros, boiadeiros, tropeiros, desde a meninice enriquecia-me a imaginação, qual outrotanta maravilhosa Tombuctu, a depois do Saara, sobrenomeada *"a Rainha das Areias"*. Dêle temo e alegra-me ouvir afirmações de doador muito entusiasmo; já que arriscado e conturbante é a gente se tirar das solidões fortificadas. Trar-me-á, igual, simbólico, vosso primeiro abraço, o escritor sem falsas e amigo sem falha: Josué Montello. Cumulo-me.

Nem agüentaria dobrar mais momentos, nesta festa aniversária — dêle, a octogésima, que seria hoje, no plano terreno. Tanto tempo a esperei, e fiz que esperásseis. Relevai-me.

Foi há mais de 4 anos, a recém. Vésper luzindo, êle cumprira. De repente, morreu: que é quando um homem vem inteiro pronto de suas próprias profundezas. Morreu, com modéstia. Se passou para o lado claro, fora e acima de suave ramerrão e terríveis balbúrdias.

Mas — o que é um pormenor de ausência. Faz diferença? *"Choras os que não devias chorar. O homem desperto nem pelos mortos nem pelos vivos se enluta"* — Krishna instrui Arjuna, no Bhágavad Gita. A gente

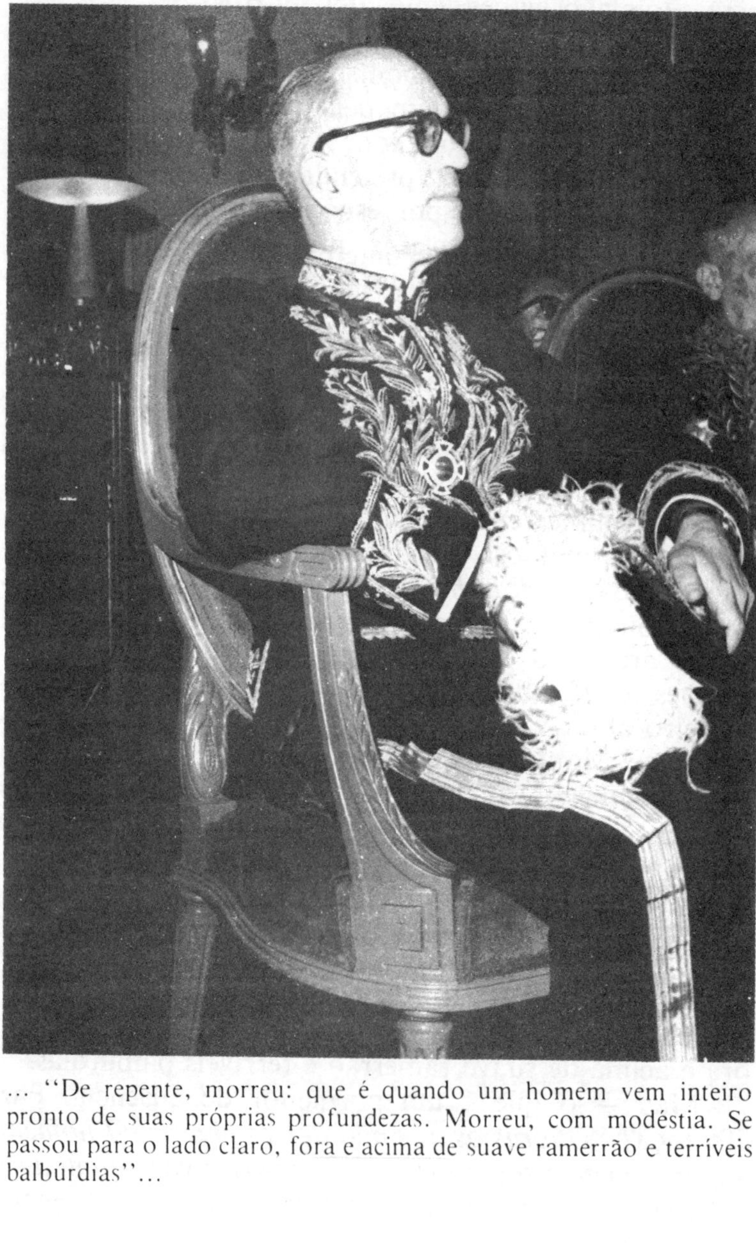

... "De repente, morreu: que é quando um homem vem inteiro pronto de suas próprias profundezas. Morreu, com modéstia. Se passou para o lado claro, fora e acima de suave ramerrão e terríveis balbúrdias"...

morre é para provar que viveu. Só o epitáfio é fórmula lapidar. Elogio que vale, em si, perfeito único, sumário: JOÃO NEVES DA FONTOURA.

Alegremo-nos, suspensas ingentes lâmpadas. E: *"Sobe a luz sôbre o justo e dá-se ao têso coração alegria!"* — desfere então o salmo. As pessoas não morrem, ficam encantadas.

Soprem-se as oitenta velinhas.

Mais eu murmure e diga, ante macios morros e fortes gerais estrêlas, verde o mugibundo buriti, buriti, e a sempre-viva-dos-gerais que miúdo viça e enfeita: O mundo é mágico.

— Ministro, está aqui CORDISBURGO.

Este livro foi impresso em São Paulo
pela Lis Gráfica e Editora, para a Editora Nova Fronteira.
O papel do miolo é offset 75g/m² e o da capa é cartão supremo 250g/m².

Visite nosso *site*: www.novafronteira.com.br
Atendemos também pelo reembolso postal.
EDITORA NOVA FRONTEIRA S.A.
Rua Bambina, 25 - Botafogo - 22251-050 - Rio de Janeiro - RJ